The MANZAI

十五歳の章 上

あさのあつこ

角川文庫
20988

目次

上

人物紹介

瀬田《せた》 歩《あゆむ》

二年で転校してきた学校
本貴史から誘われて半ば
制的に漫才コンビを組まされ
る。父と姉を交通事故でなくし
た後、母の故郷で二人暮らし。

秋本貴史《あきもとたかし》

転校生だった歩に熱烈なアプローチをして、漫才コンビ『ロミジュリ』を組む。公明正大な性格。お好み焼き店『おたやん』を営む母と二人暮らし。

萩本恵菜《はぎもとめぐな》

貴史と同学年で幼馴染。幼いころからずっと彼のことが好きで、歩をライバル視している。『おたやん』を手伝っている。

森口京美《もりぐちことみ》
篠原友美《しのはらともみ》
高原有一《たかはらゆういち》
蓮田伸彦《はすだのぶひこ》

歩や貴史と同学年で、『ロミジュリ』を応援する会」のメンバーたち。

1　おつきあい

中学二年の秋、十月の最初の木曜日。ぼくは、俗にいう『おつきあい』を申しこまれた。やたら暑い日だった。衣替えしたばかりの黒い学生服は、ぞんぶんに残暑の熱をすいこみ、ぼくの背中も胸もへそから下も、じんわり汗でしめっていた。なのに、寒気がした。

駐輪場のそばの花みずきの木の下で、ぼくは身ぶるいし、脇からずり落ちそうになったカバンをかかえなおし、半歩後ろにさがった。三十秒ほど前、『おつきあい』を申しこんだ相手の顔を見上げ、つばを飲みこみ、

「冗談やろ？」

と、へたな関西弁でたずねてみた。「冗談だろ」より「冗談やろ」のほうが、ほんとに冗談になる可能性が高い気がしたのだ。なのに、相手は、にこりともせず、首を横にふった。

「いや、おれ、本気や」

真剣な顔で言う。ぼくの背中にまた悪寒がはしる。同時に、あまりの情けなさに涙が出そうになった。目をしばたたかせる。相手、同じ二年三組の秋本貴史《あきもとたかし》は、しゃがみこむよ

うにして、ぼくの顔をのぞきこみ、どないしたんやとたずねた。

「泣くことあらへん。あっ、うれし泣きか？」

でかい体のわりに優しげな声だったので、ぼくは少し落ちついた。それまでは、正直、秋本が怖かったのだ。ぼくより確実に、一回りは大きい体や太い声が怖かった。

クラスメートと言っても、一月前《ひとつき》に転校してきたばかりのぼくは、秋本と口をきいたことなんかほとんどなかった。きょう、放課後、駐輪場に呼び出された時も、呼び出される理由がまるでわからなかった。なぐられるのかなとは思った。他人をなぐるのに難しい理由はいらない。気に入らないの一言でいいのだ。ぼくは秋本の気にさわることをした覚えはなかったが、気に入られるよう努力した覚えもなかった。

教室から駐輪場まで、秋本は一度もふりかえらなかった。ぼくが、ついてくるのが当たり前だというふうに、大股《おおまた》で歩いた。その後ろから、ぼくは唇をかみしめ、俯《うつむ》かないように努力しながらついていった。

なぐられっぱなしはいやだと思った。半分、あきらめながらも、いやだと思った。百六十センチ、五十キロそこそこの体しかないぼくが、次期サッカー部のキャプテンとうわされ、クラスの中でも群を抜いて大きい秋本と、まともにやりあって勝てるわけがなかった。しかし、まともにいかず、あいてを翻弄《ほんろう》しつつやりこめるというケンカの高等テクなど一つも知らない。それでも、なぐられっぱなしはいやだった。

なんとかうまく、にげられないだろうか。黙ってなぐられて、このあとも、ずっとやられちゃうってことになったら……。一発でもなぐり返すことができたら……。ともかく、ともかく、なぐられっぱなしだけはいやだ。

幅広の背中を見ながら、頭が痛くなるほど考えた。

しかし、なぐられっぱなしのほうがましだった。

「なあ、ええやろ。瀬田《せた》、おれとつきおうてくれや」

同性のでかいクラスメートから、こんなふうに迫られるよりは、ぼかんとなぐられて気絶したほうがずっとましだ。情けねぇ。まだ女の子と正式なデートさえしたことがないのに、なんでこんなやつに、交際、申しこまれなくちゃなんないんだ。

「瀬田、なぁ、なんとか言えよ。なっ、ええやろ、歩《あゆむ》」

秋本の手がのびて、ぼくの肩をつかんだ。

ばっかやろう。気安く名前、呼びすてにすんなよ。

そういって、ぱしっと払いたかった。しかし、ひえっと悲鳴にちかい声を出して、また半歩後ろにさがるのがやっとだった。

「あっ、秋本くん、しかし、あのぼくは、そういうしゅ、趣味はなくて……あの」

「いや、おまえが初めて教室に入ってきた時、なんや、ピンときたんや。直感ってやつやな」

「ピンて、そんな一方的に……ぼっ、ぼくは、別にピンもキリも感じてなくて……」

秋本の手が肩からはなれた。ほっとした。

「なんや、それ。ピンからキリまでにかけたんか？」

「えっ？……あっ、まあ」

「ギャグとしては、いまいちやな。まあ、ええわ。ともかくおれ、この一月、ずっとおまえのこと見てたんやで。やっぱり、最初のカンは正しいと思うた。まちがいない。なんか、おまえとなら、うまくやれそうなんや」

「いや、しかし、ぼくは、みっ、みかけは女の子みたいなんだけど、その、ほんとノーマルで、あの、だからな」

「運命の出会いやぞ、きっと。なっ、いっしょにやってみぃへんか、歩」

「だから、やれないって。なっ、秋本くん、冷静になったほうがいいって。やるんだったら、女の子のほうがいいにきまってる」

「女はいやなんや。なんかテンポがずれて、へんに生々しゅうなってあかんねん。やっぱ、男どうしのほうが、からっとして品がええというか、おれにはぴたっとくるねんな」

「いや、しかし、男どうしが品がいいとは……いや、しかし、趣味の問題だから、あの、いいけど、ぼくは、あの、やっぱり女の子がよくて……あっ、あの、あっ、秋本くんは経験豊富みたいだけど、ぼっ、ぼくはほんと、未経験で、やり方なんか知らなくて、お、男となんか絶対、無理で」

「経験は、これからや。ふたりでコンビ組んで、やろう。だいじょうぶ。おれもおまえも才能あるって」

「コンビ？　どっちかっていうと、カップルって言うんじゃないの」

それに、あれするのに才能なんかいるのか？

その言葉をぼくは、つばといっしょに飲みこんだ。秋本との会話が少しずれていることに気がついたのだ。

「秋本……くん」

「なんや？」

「コンビって、コンビか？」

「そうや、コンビネーションの略。カップルってのは、ちゃうで」

「なんの？」

「は？」

「だから、なんのコンビなんだよ」

「なにって、漫才に決まってるやん。さっきから言うてるやろ」

「言ってない。一言も言ってない」

「え、そうか？　言うたつもりやったけどな」

秋本は、後ろ頭をがりがりとかいて、にっと笑った。笑うと目が細くなって眉毛《まゆげ》がさがり、みょうに愛嬌《あいきょう》のある顔になる。秋本を怖いとは、もう感じなかった。人なつっこいセントバーナード犬にしっぽをふられている感じだ。

犬は好きだった。二匹飼っていたことがある。雑種のポンスケとマルチーズのマリリン。

今は、もういない。ポンスケは、一年前に死んでしまったし、マリリンは、この町に引っ越すことが決まった時、となりの吉田さんにあげた。引き取ってもらったと言うほうが正しいのかもしれない。

今、秋本の顔を見て、ポンスケのことを思い出した。ポンスケも愛嬌のある目をしていた。しかし、死んだのだ。死んだもののことなど、思い出してもしかたなかった。ぼくは、大きく息をつく。カバンをかかえこみ、一歩、前に出た。そのいきおいで、駐輪場の横の坂をおりる。

「おーい、ちょっと待てよ。なっ、瀬田、ＯＫやろ。おれと漫才のコンビ組んで、やろうぜ」

「やだよ」

「なんでや」

ぼくは、ふりむいた。秋本をにらみつけるつもりだった。ふりむくと、秋本はすぐ後ろにいた。学生服の胸が目の前にある。ようするに、ぼくの身長は秋本のあごまでしかないということなのだ。むしょうに腹が立つ。秋本のでかい体にも、間延びしたものの言い方にも、漫才コンビなどという唐突な申し出にも、ポンスケににた愛嬌のある目にも腹が立つ。

「だいたい、なんだよ。いきなり、わけのわかんないこと言って。漫才なら漫才って、最初に言うのが順序だろうが」

「えっ、だから、おれ、おれとつきあってくれって、ふたりでやろうって言うたやろ」

「おまえなあ、つきあうっていう意味がわかってんのか。ふたりでやることってのは、漫才だけじゃないんだぞ」

秋本が目をしばたたかせる。下から見ると、まつげが長い。

「なにがあるんや？」

「は？」

「ふたりでやることって、漫才よりほかに、なにがあるんや？」

「そりゃあ……あるだろ。いろいろ。あ……たとえば」

「たとえば？」

「その、じゃんけんとか」

「じゃんけんするのに、駐輪場まで呼び出すかいな」

「あやとりとか、にらめっこも、ふたりでするだろうが」

「そんなんもせこいわ。なっ、瀬田、わざわざ呼び出したおれの気持ちわかるか。ほんま、どきどきしてたんやで。真剣なんやから。じゃんけんやあやとりすんのに、こんな本気な顔して申しこむか？」

「いや、だから、びっくりして、誤解したんじゃないか。どきどきしたのは、こっちだよ。まったく」

「誤解って……あっ、瀬田、やらしい」

秋本が両手でほおをおさえ、腰をくねらす。

「おまえの格好のほうがよっぽどやらしいよ。だいたい、ふたりでやるって言えば、絶対あれを連想するに決まってるだろう。おれは、健全な中学生だぞ」

「あれとは、やはりあれか？」

秋本がますます目を細くして笑う。ほんとうにポンスケににている。なんか、かわいいなぁと思ってしまった。

「あれだよ」

「ふたりで、ほとんど裸になってやるやつやな」

「そうそう、汗なんかかいちゃって、息なんかハアハアになっちゃって、おれ、恥ずかしながら、まだやったことないんだけど」

「えー、瀬田、おくれてるぞ。そら異様や。男なら、たいてい経験してるぞ。おれなんか、幼稚園の時からやってるで」

オチはだいたいわかったけど、ばかばかしいとは思わなかった。秋本のごつい体と愛嬌のある顔をなぜか、愉快と感じていた。はずむような自然のリズムをとりながら、会話が進む。久しぶりの経験だった。一美《かずみ》姉ちゃんとは、よくやった。ぼくは姉ちゃんと話すのが好きだったのだ。相手の言葉をうけて軽く、小さくきり返す。そんな会話から、もう一年以上遠ざかっていた。

ぼくは、秋本の胸をたたき、軽く押した。

「おまえ、なんの話、してんだよ」

「だから、すもうやろ。はっけよいってやつ」

ぼくは、おおげさに肩をすくめ、ばかばかしいと言った。秋本が笑う。体に似あった大きな声だ。

「ちょっと、オチがふつうすぎるよな。もっとひねりがいるか」

「かってにひねれ。おれは、帰る」

回れ右をして、歩き出す。ふいに疲れたと感じた。秋本のリズムにのってしまった自分が恥ずかしかった。

「なあ、瀬田」

秋本がとなりに並ぶ。

「今のでいいやん。やろうや。なっ」

ぼくは、足を止め、「秋本くん」と、わざと丁重に名前を呼んだ。そして、秋本貴史を見た。見上げた。

「ぼくは、一月前に転校してきたばかりです。やっとクラスに慣れたかなというところです。だから、きみのことなんか、なんにも知りません。きみもぼくのことなんか知らないでしょう。コンビなんか組めるわけがありません」

秋本の両手がぐわっという感じでのびてきた。ぼくは両腕をつかまれ、引き寄せられた。カバンが落ちる。

「瀬田。これからや。おたがいのことは、これから、ぼちぼち、知っていったらええのや」

「ちょっ、ちょっと。いて。秋本、はなせよ」

「おれのカン、信じろって。コンビ組んで、これから、じっくりつきおうていこう。なっ、わかりあえるって。おれたち、絶対相性ええで」

秋本の顔は笑っていなかった。まゆを寄せ、眉間《みけん》にしわを寄せた表情には、愛嬌のかけらもなかった。ぼくの足が宙にうく。

「なっ、瀬田、いや、歩。おれとつきおうてくれ」

「つきあうって……だから、誤解されるような……」

ガシャンと、自転車の倒れる音がした。

「いや、貴ちゃん。なにしてんの！」

秋本の手がはなれる。ぼくは、息を飲みこんだ。

秋本の後ろに、萩本恵菜《はぎもとめぐな》が立っていた。

2　発光少女

　この学校、湊《みなと》市立湊第三中学校に転校してきた次の日、ぼくは、萩本恵菜の名前と顔を覚えた。

　二年一組、図書委員、萩本恵菜。

　最初に出会ったのは、掲示板前の廊下だった。目がうるむほどまぶしかった。それは、窓ガラスから九月の強い光がもろに射しこんでいたからでも、彼女の白いセーラー服が光をあびて、ハレーションをおこしていたからでもない。萩本恵菜が輝いていたのだ。

　肩のほんの少し下まで真っすぐにのびた髪だとか、ほおからあごにかけての、わずかな丸みだとか、すっと強く、でも柔らかく見える首の線だとか、彼女の全部がきらきら輝いていた。十四年間生きてきて、みずから発光する女の子に初めて会った。

　ぼくは、ぽかんと口を開け、まばたきもせずにすれちがう女の子を見つめ、ふいに首をかしげたその子と目があってしまった。

「こんにちは」

　女の子が言った。

「あ……どうも」

ぼくは、頭をさげながら、胸ポケットの名札を見た。

萩本と読めた。はぎもと。

「めぐな。図書室のカードがたりないって、一年生がさわいでるて。はよう、来て」

廊下の先で、大柄な女の子がさけぶ。

「はぁい」

萩本恵菜がぼくの横を過ぎていく。

はぎもとめぐなと、ぼくは発光する後ろ姿につぶやいた。名前を知っただけだった。その後、話しかけたわけでも、手紙を出したわけでも、交際を申しこんだわけでもない。ただ、廊下や校庭や図書室で彼女の姿を見た時、ひどく得をした気分になれた。学校で得した気分になれることなんて、めったにない。萩本恵菜の存在がありがたかった。

今、彼女は紺色の冬服をきている。二つに分けた髪を、赤いゴムで留めていた。幼く見えた。

「なんや、メグか。びっくりするやないか」

秋本がくちびるを突き出し、ちっと舌をならした。メグだって。なんで、そんな呼び方ができるわけ？

「貴ちゃん、なにしてんの？　こんなとこで」

「ええやん、おまえには、関係ないって」

秋本は萩本恵菜にむかって、しっしっと手をふった。おまえだって。なんで、おまえなんて言えるんだ。

「だって、気になるやん。貴ちゃん、サッカー部の練習、ずるしたやろ。みんな、さがしてたもの」

「ええの、ええの。今は、こいつとだいじな話してたんやから。サッカーなんかどーでもええの」

萩本恵菜がぼくに顔をむける。花みずきの葉の間から光がこぼれ、ぼくにむけた萩本恵菜の顔を金色に照らした。産毛が光っていた。彼女は光を反射することもできるのだ。

「あっと……この前、貴ちゃんのクラスに転校してきた人？」

「そうや。瀬田、瀬田歩」

秋本がぼくの名前をゆっくり発音する。萩本恵菜がゆっくりうなずく。

「うち、萩本恵菜です。メグでええよ。貴ちゃんの」

メグこと萩本恵菜は、そこで言葉をきり、秋本に視線をうつした。

「貴ちゃんの恋人……じゃないか？」

「ただの幼馴染。幼稚園からの長いおつきあいなんや」

ふいに、秋本はぼくの肩をだいて歩き出した。ぼくは、引きずられる。

「貴ちゃん。ほんまにサッカー休むの？　おこられても知らへんで」

「かまわんて。おれ、今、こいつに夢中やねん。サッカーなんかどうでもええて」

「貴ちゃん！」

ほとんど悲鳴にちかい声が背中にあたる。秋本がくすっと笑い声をもらす。ぼくは無言だった。あの声で、歩くんと呼ばれてみたい。しかし、現実に名前を呼ばれたのは秋本で、秋本はその声を無視して、ぼくの肩に手をおいている。ぼくは、ほとんどなにがおこったかわからないまま、秋本に引っぱられて歩き、メグから遠ざかっていた。

事の重大さに気がついたのは、学校前の坂をくだり、郵便局の角をまわり、お好み焼き『おたやん』の前で、秋本が足をとめた時だった。ぼくと母さんの住むマンションは、この道を右にまがって、まっすぐ徒歩十分の距離だった。

「ばっかやろう」

と、ぼくはどなった。肩をゆすって手を払い、ふりむきざまに、秋本のあごを一発、ぶんなぐる。そのくらいのことは、できそうだった。肩をゆする。手がはなれた。ふりかえって、こぶしをにぎる。秋本が言った。

「歩。腹、へってるやろ」

「へってる」

きょうの給食は鰯《いわし》のフライで、ぼくの唯一苦手なおかずだった。残した。今、胃袋はしぼみきった状態で、おさえると痛いほどだった。

「おごったるわ。こいよ」

秋本が『おたやん』の戸をあける。ソースの香ばしい匂いがした。へそのまわりがぐるぐるなった。こぶしを開き、ぼくは秋本のあとから、『おたやん』ののれんをくぐった。

「スペシャル、二つ」

カウンターの中でキャベツをきざんでいるおばさんに、指二本、立ててみせて、秋本は鉄板台が三つ並んでいる座敷にあがる。ガスの栓をひねり、鉄板に油を引く。慣れた手つきだ。カウンターのおばさんがぼくに向かって、あごをしゃくった。

「だれやん?」

「あ、おれの友だち」

「友だち? あんたの」

おばさんは白いエプロンのポケットからメガネをとり出すと、カウンターから出てきて、ぼくの前に立った。丸いメガネだ。顔も丸い。三角巾《さんかくきん》をしているので、こけしがスカーフをまいているように見える。鼻も目も丸くて、ほっぺたがきれいな赤色をしていた。頬紅の赤ではなく天然の頬の色だ。『おたやん』のお好み焼きを食べると、すごく健康になれますよと宣伝しているみたいな、いい色だ。

「あら、ほんまに貴の友だち。信じられへん。まぁ、かわいい。いや、髪の毛なんかさらさらやんか。まぁま、ほっぺもすべすべで。まあまあ、今まで熊かあざらしみたいなんしか、つれてきぃへんから、がっかりしてたんやけど。かわいい。お名前は?」

「はっ、あの瀬田です、瀬田歩。歩くという字で」

「まあ、名前までかわいいんやね」

「おかん、スペシャル。鉄板、熱うなってきたで」

はいはいと、おばさんは笑いながらカウンターにもどっていく。もどる時、ウインクを一つした。

「おかんて……お母さん？」

「そうや。ここ、おれん家《ち》。言わんかった？」

「言ってないよ」

「あっ、そうか。まぁすわれって。おかん、美少年好みやから、きっと特大スペシャル、もってくるで。おごりやから、食べ。なっ、これからコンビ組んだら、なんべんでもおごったるから」

ぼくは、制服のボタンをはずし、息をついた。このまま、こいつのペースにはまったら、とんでもないことになる。他人のペースにのせられるのがいやなわけじゃない。そのほうが楽なことがいっぱいある。しかし、わけのわからないやつに引っぱりまわされるのはごめんだった。

「秋本」

ぼくは、できるだけ低い声で言った。

「なんや？」

「なんで、そんなにおれにこだわる？　おまえが漫才コンビ組みたいんだったら、ほかにもたくさんいるだろう。おまえ、クラスでも人気あるみたいだし、サッカーでもめだってるんだろ。仲間、たくさんいるじゃんかよ」

秋本が手まねきする。

「なんだよ?」

「ええから、ちょっと横にこいよ」

「へんなことすんなよ」

「せえへんて。ほら、並んで、そこの鏡、見てみぃや」

カウンターの横に大きな鏡があった。下に赤い文字で、祝、おたやん新装記念。勝原《かつはら》工務店、と書いてある。

鏡の中に並んで、ぼくと秋本がうつっていた。

「なっ、絶妙やろ」

「なにが?」

「だから、おれと歩の組みあわせ。全然、感じが違うやろ。ぱっと見ただけで、おもろいやん。なにかあるぞって気にさせるやろ」

「べつに、おれはそんな気、しないけど……」

「するって。おれ、おまえがエガちゃんのあとから、教室入ってきた時な、転校してきた時やで、びびんときたもんな。これこれ、こいつやて感じ。歩、おれ見て、なんにも感じんかったか?」

エガちゃんとは、担任の江河《えがわ》政志《まさし》先生のことだ。「だからね」と言うのと、ため息をつくのがくせみたいだった。国語担当の角野真由美《かどのまゆみ》先生にふられたとかいううわさがある。

「べつになにも感じなかったけど……でかいやつだとは思った」

「ほんと、体ばっかり大きくて、全然かわいげないやろ。はい、歩くんだったね。スペシャルやで、おあがり」

おばさんが、鉄板の上にお好み焼きの生地をながす。エビ、イカ、肉、キャベツ、ネギ。色合いだけでも美しい。ぼくは、つばを飲みこんだ。

「おかん、おれの、豚とキャベツしか入ってないやん」

「ブロッコリーのかすも入れといたで」

「あほか。お好み焼きにブロッコリー入れて、どないすんのや」

「おまえ用のスペシャルや。歩くん、自分で焼ける？　おばさん、焼いてあげようか？」

「いえ、自分でやれます」

「そう、けど、お好み焼き、引っくり返すのがむつかしいんやで。まっ、指も細くてかわいいわぁ」

ぼくがあわてて、指を引っこめた時、お客が入ってきた。四人。おばさんは、アメリカの俳優のように肩をすくめ、ぼくに二度目のウィンクをして、カウンターにもどった。

「歩、おかんに気に入られたみたいやな。けっこう、女の子にもてるやろ？」

おまえのおふくろに気に入られたからって、女の子にもてることになるかよ。

さすが、その言葉は飲みこんだ。かわりに、ほんとに、気になることを思い出した。

「彼女、誤解してないだろうな」

「おかんが？　なにを誤解するんや」

「秋本、いいかげんにしとけよ。おまえのおふくろが彼女というイメージか」

言いすぎたかなと思ったけど、秋本はうんうんとうなずいた。

「そりゃあ言える。失言でした。で、だれや、彼女って？」

「え、だから、あの、なんて言ったたっけ……おまえが、メグとか言ってたけど、あっ、萩本恵菜だっけ……」

顔が赤くなったような気がして、ぼくは少しだけ俯《うつむ》く。

「メグか。メグが、なにを誤解するんや？」

あゆむくーん、もう引っくり返したほうがええよぉと、おばさんが声をかけてくる。ぼくは、俯いたまま、スペシャルお好み焼きを引っくり返した。

「だからさ、おまえ、へんなこと言っただろ。おれに夢中だとかそんなこと」

「事実やもん」

「だって。そんなの、へんにとられたら、困るよ。おまえ、なれなれしく肩だいたりして、メッ、メグさんがだな、なあに、このふたり、あやしいわなんて誤解したら」

「なあに、このふたり、あやしいわとは、思わへんやろ」

「そうか？」

ぼくは、顔を上げた。秋本は、生地からブロッコリーをとり出していた。

「なんや、このふたり、あやしいんとちゃうとは、思うかもしれへんけどな」

「おんなじだろうが」

「微妙にちがう」

「困るよ。そんな誤解うけたくないんだからな」

秋本が顔を上げる。まじめな表情をしていた。まじめな表情をした秋本は怖い。迫力にちかい雰囲気がある。こいつがこんな顔でむかってきたら、にげることもできないだろう。

エビやネギのこげる匂いをかぎながら、ぼくはそう感じていた。

「わかった。メグにはちゃんと話しとく。おれが勝手におまえに夢中になって」

「だから、そこがちがうだろ。漫才のコンビのことだよ」

「あっ、そうそう。漫才のコンビ組みたくて、呼び出したってことやろ。わかってるって。メグも漫才好きやから、へんな誤解せぇへんて。あっ、歩、もう一度引っくり返せ」

「えっ、メッ、メグさんも漫才、好きなわけ？」

「大好きやで。ただし自分でやるんやなくて、見て聞くほうやけど。おもろい男が好きなんやて。前に言うてたで」

萩本恵菜、メグの笑い顔がうかぶ。

そうか、彼女、漫才好きなのか。ぼくは、焼けたお好み焼きの上に、たっぷりとソースをぬった。

スペシャルをたいらげたあと、焼きそばと野菜炒《いた》めまで食べた。どれも文句なくうまかった。食べている間、お客が次々やってきた。『おたやん』は、はやっているらしい。

ぼくは、カバンからサイフをとり出した。

「いくらだっけ？」

「おごりや言うたやろ。ええよ」

「いいよ。秋本におごってもらう理由がないもの」

秋本の口元が引きしまった。

「歩、なに警戒してるんや。おれ、おまえに貸しつくるつもりで、おごったんちがうで。あいさつがわりや。おれの家がこんなんやて、知っといてほしかっただけやから、へんに気ぃまわすな」

けっこうきつい口調で言われた。ぼくはだまってうなずいた。警戒という言葉がちくっと胸に痛かった。

「貴、手ぇあいたら手伝《てつど》うて」

おばさんが、ものすごい速さでキャベツを切りながら言った。

「わかってるって。食った分は体でかえします」

「あっ、じゃあ、ぼくも手伝ったほうがいいかな」

「ええって。おまえって、ほんま気にしぃやなあ」

「そうよ。気にせんと、またおいで。歩くんの体なら、他のことに使《つこ》うたいわぁ」

おばさんがウインクする。三度目だ。ぼくは、あわててくつをはいた。その時、一番たずねなければならないことを、秋本にまだ質問してないことに気がついた。

「秋本さ」

「うん？」

「おまえ、なんでそんなに漫才好きなの？」

鉄板の上をかたづけていた秋本が顔を上げる。綿シャツをまくり上げている。かちっとした筋肉質の腕がのぞいていた。この筋肉があれば、なんでもできるような気がした。筋肉質の体と漫才なんて、どうにもちぐはぐで、ぼくには理解できなかった。秋本がぜいたくな浪費をしているようにさえ思えた。なにがあってもゆるがない強靭《きょうじん》な体と精神を、ぼくは、ずっと望んでいる。

「なんでて、おもろいやつが一番やないか」

「一番て……そうか、そうかなぁ」

「決まってる。勉強できたかて、スポーツできたかて、なんぼのもんや。たいしたことあらへん。やっぱ、おもろいやつが勝ちやで。絶対や、歩」

なにか言いたかったけど、言葉がみつからなかった。ぼくは、ゆっくりまばたきし、秋本の顔を見て、

「ごちそうさま」

とだけ言った。

「歩、ほんま、本気で考えといてくれや」

「歩くーん、また、おいでな」

秋本親子の声とお好み焼きの香りに背を押されて、ぼくは『おたやん』を出た。

外はもう暮れかかり、わずかに風が冷たかった。夏は完全におわったのだ。そう感じるとほっとする。それからふいに、秋本の秋は秋の秋だと気がついた。続いて、あいつのおやじさんはどうしたのだろうと思った。

3　笑う人、笑わない人

マンションの部屋にかぎはかかっていなかった。ドアを開けると、甘ずっぱい匂いがした。

「おかえり、おそかったのね」

母さんが言った。ぼくの顔を見て、ほっと息をつく。

「おそいから、心配してたのよ」

ぼくは、母さんの顔を見ない。ぼくを心配して不安になって、たぶん何度も何度も、時計を気にしていただろう母さんの顔を見たくなかった。上着を脱ぐふりをして目をそらす。それをソファの上に放り投げ、なにげない明るい調子で、ぼくは言う。

「母さんこそ、早いじゃん。かぎ開いてたから、どろぼうさんかなと思っちゃったよ」

母さんは、車で十分ほどのスーパーで働いている。スーパーといっても、経営者は母さんの兄、つまり、ぼくにとってのおじさんで、母さんの仕事は、チラシのレイアウトとか商品のコーディネートとか、比較的らくな自由なものらしい。生まれ故郷に帰ってきた時、母さんはすぐ、このマンションを借りた。おじさんは自分たちといっしょに住むようにすすめてくれたけど、ことわった。

「兄さんの気持ちうれしいけど、ほかにもいろいろめいわくかけるし、歩とふたりでがんばってみたいの」

　ぼくの体に寄りそうように立って、母さんは小さな声を出した。そうかと、おじさんはうなずいて、メガネの奥からじっと母さんを見た。仲のよい兄妹《きょうだい》なのだと、ぼくは思った。あの時の母さんの声や体温やおじさんのまなざしを、今でもはっきり覚えている。そして、その後、おじさんがぼくの肩をたたき、「歩、母さんをたのむぞ」と言ったことも覚えている。一美姉ちゃんと父さんが死んでから、何度も言われてきた言葉だ。

　ぼくが姉と父親を、母さんが娘と夫を交通事故で失ったのは、去年の夏、八月三十一日の日曜日だった。直接の原因は、父さんの運転ミス。間接の原因は、ぼくだった。

　その年の夏が始まるころ、中学一年の六月から、ぼくは学校を休んでいた。具体的な理由をあげることはできない。中学に入学してから、ずっと感じてた疲労感みたいなものがピークになった、そうとしか言えない。

　学校と家と塾だけの生活が、ひどくあじけなくて、なにかが欠落してるんじゃないかと思うのに、欠落したものがなんなのか、どうにもわからなかった。級友と話をあわせてへらへら笑っているのも苦しかったし、数式や地名や英単語が、自分にとってどんな意味があるのかと、ふいに問うてくる自分の声もうっとうしかった。自分自身をもてあましていた。みんな、くったくなく笑ったり、ふざけあったり、勉強したりしている。

その仲間にすなおに入れないことに、焦り、いらだっていた。焦りやいらだちを、だれかに伝えたかった。伝えられれば、らくになると思った。

小学校の時、仲のよかった友だちふたりに、ぼくは、ぼそぼそとしゃべってみた。放課後の教室で、さらっとした気持ちのよい風が吹きこんでいた。

「歩、そりゃおまえ、ノイローゼってやつじゃないの。やばいぞぉ」

小学四、五、六年とずっと同じ組だった堂島《どうじま》は、こわぁいと言って、ふるえるまねをした。

「あんまし深刻ぶらないほうがいいぜぇ。はやらないもん、そういうの」

狩野《かりの》という同級生は、ぼくの鼻先十五センチぐらいのところに、かるいジャブを打った。

「そうそう。歩、あんまし暗いことといってると、イジメられるぞ。ほんと、はやんないんだから、さっ、もう帰ろうぜ」

堂島と狩野が出ていこうとする。ぼくは、ひとり立っていた。

ドアのところで、堂島がふりかえり、ちっと舌をならした。

「じゃあな」

狩野が手をふる。西日がいっぱいに射しこんでくる廊下は、きらきらと明るい。ふたりの白い夏服が、光の中に消えていく。とけていくように見えた。それだけだった。堂島や狩野があまり話しかけてこなくなったほかは、なにも変わらなかった。六月の半ばまで、それでもぼくは、学校に通った。きっかけとなったのは、ある先生の言葉だった。笑いながら冗談のように、先生は言った。

「瀬田、おまえ、どっかおかしいんじゃないか。いつもぼけっとして、目の焦点あってないぞ。ふつうじゃないぞ。精神科にいったほうがいいかもな」

ああ、そうなのかと思った。他人から見て、ぼくはふつうじゃない。少しおかしく見えるのかと思った。他人の目にさらされることがつらいと感じた。きりっと体が痛むほど強く感じた。夏休み前だったし、病人が自宅療養するつもりで、ぼくはしばらく学校を休むことにした。母さんはうろたえた。父さんはなにも言わなかった。いや、違う、一言、言った。

「歩がしんどいなら、休むのもいい。そのかわり、二学期からがんばれ」

その一言に、ぼくはなんと返事したのだろう。だまっていたのかもしれない。夏休みは海にいった。一美姉ちゃんが、クラゲにさされて、右手の甲をはらした。高校一年で、美術部に入っている姉ちゃんは、

「絵筆がもてない。わたしの芸術家生命もここまでだ」

と、泣くまねをしたけど、はれは二日でひいた。

宿題もちゃんとやった。二学期の予習さえ少しだけどやった。けれど、新しい学期の一日前になっても、ぼくは、自分が変わったとは思わなかった。もう少し休みたかった。だから八月の三十一日、日曜日、父さんと母さんにもう少し休むと言ったのだ。母さんは泣いた。びっくりした。父さんはテーブルをたたいて、甘えるなとどなった。それにもびっ

くりした。続けて、

「学校にもいかないで、どうするつもりだ」

と、大声で問われた。どうするつもりもなかった。もう少しぼんやりしていたいだけだと答えると、またどなられた。父さんも母さんもおだやかな人だと思っていた。こんな風に泣かれたりどなられたりした覚えは、ほとんどなかったのだ。ぼくはおろおろし、それでも学校にいきますの一言が言えなかった。

そのうち、父さんと母さんが言いあいを始めた。「学校にいって、ちゃんと話をしてこい」と、父さんが言う。「わたしにばっかり、おしつけないで」と母さんがしゃくりあげる。しゃくりあげながら、「歩、いじめられてるの？　そうなの、いじめなの？」と聞いた。ぼくは否定する。胸の上でにぎりしめた母さんの指も声も少しふるえていた。それから、いろんな言葉がとびかった。よく、おぼえていない。父さんや母さんの言葉、一つ一つが、なにか毒々しい色彩をしていた。うまく言えないけど、そんなイメージばかりが残っている。変わっていないのは、一美姉ちゃんだけだった。

「いいかげんにして、ふたりとも。歩がかわいそうでしょ」

ほうたいをまいた右手を腰にあてて、お姉ちゃんが大きな声を出した。

「ふたりがそんなにかっかしてたら、歩がかわいそう。少し、頭冷やそうよ」

お姉ちゃんの声は、どこでもいつでも凛《りん》とよくひびく。父さんと母さんは顔を見あわせ、だまりこんだ。

「パパ、少し、わたしとデートしようよ。涼しいとこでさ、お昼食べようよ」

お姉ちゃんが父さんの腕をとる。

「ママは、歩とおすしでもとったら。おなかいっぱいになると、人間、おちつくんだから」

お姉ちゃんが父さんの背中を押す。父さんはふりかえり、母さんを見て、まばたきした。そして、だまってお姉ちゃんと出ていった。

ぼくと母さんはなにも言わず、むかいあっていた。庭の木に蟬がきて、激しくないていた。母さんが冷やしソーメンをつくってくれた。食べた。母さんは何度もため息をつきながら、それでも少しいつものおだやかな表情にもどっていた。ぼくは自分の中の思いを整理しようと、言葉をさがしていた。暑かった。そして電話がなった。

父さんと姉ちゃんののった車がカーブをまがりそこねて、ガードレールにぶつかり、大破したという電話だった。父さんは、ちかくの高速道路にのり、サービスエリアのレストランにいくつもりだったらしい。

父さんの背中を押していた姉ちゃんと、姉ちゃんに背中を押されていた父さんの姿が、ぼくと母さんの見た、最後の生きた姿になった。

ポンスケが死んだのは、ふたりの初七日の朝だった。犬小屋の前で両脚をのばして死んでいた。

「ポンスケ、ふたりのあとを追ったのかしら」

母さんは、ポンスケのかたくなった体を白いシーツで包んだ。

「年だったんだよ。歯もぼろぼろで、目もよく見えてなかったじゃないか」

夕方、ぼくは庭のすみにポンスケを埋めた。

次の日から、ぼくは学校に通った。勉強した。クラブもやった。学級の活動も積極的ではないけれど、ちゃんと参加した。

「おまえ、しっかりしてきたな。つらいこと乗り越えて、よくがんばってる。えらいよ」

ぼくをおかしいと言った先生が目に涙をうかべて、ぼくをほめた。

「ぼんやりしたくないんです」

ぼくは答えた。

「そうだ、がんばれ。お母さんもおまえを頼りにしていらっしゃるんだからな」

ぼくはうなずく。大きくはっきりとうなずく。先生は、ぼくの肩に手をおいて、もう一度、がんばれよと言った。

一周忌の夜、母さんは、ぼくたちの家を売って、生まれ故郷の湊市に引っ越したいと言った。ぼくはそれでいいと答えた。母さんの一番生きやすい場所で生きていけばいいと思った。

ぼくたちの家と庭を買った人が、庭のすみを掘り返すことがあるかもしれない。そしたら、ポンスケの骨が出てくるだろう。中型の雑種犬の骨。その人は、驚いたあと、どうするだろうか。埋め直してくれるだろうか。すてしまうだろうか。

そんなことを、ちらっと考えた。

湊第三中学校に転校してきてからも、ぼくは、一日も学校を休まなかった。毎日、軽い足どりでマンションを出て、いってきますと、母さんに手をふった。教室で冗談もダジャレも言った。秋本がそんなぼくを見て、漫才の相方、コンビの相手にしたいと考えたなら、まちがっている。確かにまちがっている。秋本はなにも見ていない。

視線を感じた。顔を上げると、母さんと目があった。

「どうしたの、歩？」

「どうって？」

「深刻な顔して、なにか考えてたよ。学校でなにかあった？」

ふいに救急車のサイレンが聞こえた。かなりちかくだ。母さんの目が大きく広がる。ぼくからはなれた視線が窓の外をうろつく。サイレンはすぐに遠ざかった。母さんはまだ、窓の外を見ている。

「母さん、きょうさ、お好み焼きおごってもらった」

「え？」

母さんの目が、やっとぼくのところにもどってきた。

「きょう、へんなやつに、お好み焼きおごってもらった」

「へんて？」

「うん、話せば長くなりますがねえ。同じクラスの秋本ってやつに、呼び出されてさ。おれ、てっきりなぐられると、びくびくしてたわけ、そしたらさ……」

秋本の話をした。身ぶり手ぶりを加えて、なるべく詳しく話した。

「漫才のコンビ？　へぇ、歩とねえ。おもしろい子ね。本気なのかしら」

「かなりマジだったみたい。えらい入れこまれちゃったよ。『おもろいやつが一番やで、歩』だってさ」

母さんが笑う。

「そういえば歩、一美といっしょになってよく、冗談言ってたものね。家庭内漫才だって、父さんとよく笑ったわ。一美は特に……」

母さん、もういいよ。もう父さんや姉ちゃんのところにもどっていくなよ。

ぼくは、下唇を軽くなめ、それでさと続けた。

「そいつがちゃんと説明しないで、急におれとつきあってくれなんて言い出したわけ。おれ、てっきり交際を申しこまれたと思っちゃって、えーこいつ、マジかよって感じでさ、情けないし、怖いしで」

「やだ、歩ったら」

「だって、そいつ、すごいでっかい男なんだぜ。そいつがちょっと顔赤くして……」

ぼくは、話し続ける。母さんが噴き出した。

くっくっと、リズミカルな笑い声が続く。ぼくの胸の中、心臓の動きが速くなる。

おかしくてたまらない。そんな感じの母さんの笑い声を久々に聞いた。

秋本の身ぶり、秋本の口調、秋本の雰囲気……一つ一つを思い出しながら、少し誇張してしゃべった。

『おたやん』でのおばさんと秋本のやりとりのところで、母さんはついにしゃがみこんでしまった。

「やだ……おかしい……『おたやん』て知ってるけど、そんなにおもしろい人がやってるのね」

「味もグッドって感じだったし、こんど、いこうよ」

「ほんと、お礼も言わなくちゃあね。息子の体、好きなように使ってくださいって、あいさつしとこうか」

「じょーだん。考えただけで、貧血おこしちゃうよ」

母さんは立ち上がり、指先で目の下をぬぐった。

「なんだか、久々に笑っちゃった」

そうだね。ほんとに久しぶりに笑ったね、母さん。

「でも、そんな楽しい人がいてよかったじゃない、歩」

「まあ、うん、めいわくなとこもあるけど、楽しいことは楽しいかな」

ぼくは、楽しいというところに力を込めて言った。母さんはうなずき、微笑む。背中をきゅっとのばして、エプロンをしめなおした。

「さっ、ごはんにしましょ。酢豚だから、お好み焼きのあとでも食べられるよね。歩、好物だから」

酢豚は、一美姉ちゃんの好物だった。甘ずっぱい匂いをかぐたびに、一美姉ちゃんのうれしそうな顔がうかぶ。母さんの中で、いつのまにか、酢豚はぼくの好物になっていた。

お好み焼きでいっぱいの胃袋をかかえて、一美姉ちゃんのようににこにこと笑いながら、どろりとした肉や野菜を食べられるだろうか。

「でも、ほんと、おかしかった」

台所で母さんが言う。笑いの余韻を残した、軽い言い方だった。

おもろいやつが一番やないか。

秋本の言葉が耳の中にふっとひびいた。

4　笑う人、笑われる人

　放課後、ぼくは秋本を見ていた。校庭から校舎へと続く石段に腰かけて、秋本が走りまわる姿を目で追っていた。

　秋本は、きょうはまじめに部活をしている。ぼくは、運動が苦手で、見るのもやるのも、あまり好きじゃあない。サッカーなんか、ルールもよくわからなかった。ただ、人と人との間を軽快に走り抜ける秋本がかなりの選手だということは、なんとなくわかった。思いどおりにボールを動かしているように見えたのだ。楽しそうだった。あんなに楽しげに見えるやつが、なんで漫才だの、ぼくだのにこだわるのか。そんなことをぼんやり考えていた。

　今朝、教室に入るなり、秋本がそばにやってきた。

「なあ、歩。昨日のことな」

「あっ、うん、ごちそうさま」

「そっちはどうでもええけど、考えてくれた、おれのこと？」

「考えたといってもなあ。どうも、よくわかんなくて、ただ……」

「ただ、ただなんや？　ただほどええもんはないで」

「いや、ただのただだよ。まぁ、おもしろいのが悪いことないし、具体的にどうすんのかわかんないけど、やってみてもいいけど」

ぼくの中に、母さんの笑い声と笑い顔が残っていた。秋本を母さんに会わせたいと思った。

「歩、おおきに。おまえ、ええ子やなあ」

一時限目の予鈴のまっただ中、教室の右隅、窓際の席の前で、秋本は、ぼくをだきしめた。冗談でなく、貧血をおこしそうになった。教室の中が静まったのがわかる。おしゃべりしていたやつも、ノートをうつしていたやつも、走りまわっていたやつも、みんな動きをとめ、ぼくらを見ていた。視線がわかる。ぼくは、手足をばたつかせて、ひぇえと、情けない声を出した。秋本がはなれる。顔中で笑っていた。

「瀬田くん……」

秋本が自分の席に帰ったあと、となりの森口京美《もりぐちことみ》が声をかけてきた。

「あの……秋本くんと、もしかして、そうなん？」

そうなん？　が遭難にきこえた。

「遭難て、なんのこと」

「いや、そういう関係、もしかして」

天然のカールのある短い髪型が、森口のはっきりした顔立ちによく似あっている。ぼくは、あわてて首を横にふった。

「まさか、まさか、あっ、あいつ、冗談きついよな」

ふーんと、森口はあごを引き、目を細めて、ぼくを見た。

「秋本くんて、けっこう女の子に人気あるんだけど、なんや女なんて関係ないって雰囲気あるやろ。なんかへんだなって思ってたけど……そっか、瀬田くんみたいなのが好みなのか……」

「ちょっと、も、森口、ばかなこと思うなって、おれの話を聞けよ。あの秋本は」

「そうか、瀬田くんて、かわいいし、なんとなく納得できる気ぃするわ」

かってに納得するな、ばかもの。

森口はぼくのほうに身をのり出し、ささやいた。

「うちな、恋愛て、男とか女とか関係ないて思うてるの。同性のほうが純粋てこともあるし、へんに打算的にならないだけ美しいかもしれへん。そうよ、うちのテーマやわ」

「もっ、森口、おまえ確か」

「なによ」

「文芸部だったっけ」

「大当たり。こんどの文化祭に作品集出すからね。純なる愛の物語やで。買《こ》うてな。ふふ、すごいで。性とか人種とか年齢とかすべてを超えた愛の物語なんやから。瀬田くんなんかにおすすめ」

「まだ決定やないけど、『ピュア、愛の生き方』ってのにしようと思ってるんやけど」

「なんて題？」

絶対、買わねえよ。

声に出さずにつぶやいた時、江河先生が入ってきた。

なんにも言わずに黒板の前に立ち、ため息を一つ、つく。毎朝、そうだった。江河先生は細身の長身だ。このため息をつくのと、背中を丸めて歩くくせがなければ、もっとしゃきっとして見えるのにと、いつも思う。角野先生にふられたとうわさが立ってから、ますます背が丸くなったような気がする。ため息のあと、咳払《せきばら》いをして、先生は文化祭についてしゃべりはじめた。

この中学では、一年生は合唱、二年生は劇、三年生は自由参加と決まっている。それと各クラスでの展示。二年生の劇は、出し物が生徒会で決められていて、それぞれクラスごとに工夫をこらして発表するらしい。今年の出し物は、

「ロミオとジュリエットや」

江河先生の言葉に、クラスがどっとわいた。

「これをミュージカルでやろうが、パントマイムでやろうが、人形劇にしようが、おまえらの勝手や。それで、一時限目のホームルーム使って、話しあってくれ。まずは劇する係と展示係とにわかれて、それぞれになにするか話しあわなあかんやろな」

他人事《ひとごと》のような言い方だった。クラスの雰囲気もなんとなくだらけていた。「かったる

いやん」だれかのささやきが耳に入る。江河先生がまた、ため息をついた。クラス委員の森口と高原有一《たかはらゆういち》が前に出て、ホームルームをすすめる。

「まずは、係を決めます。希望者は挙手してください。まずは展示係になりたい人」

森口のきりっとした声がひびく。つられたわけではないだろうが、クラスのほとんどの手があがった。ぼくもあげた。展示のほうが、舞台でごちゃごちゃやるより簡単だと思ったからだ。

「えー、ほとんどが展示にまわっちゃったら、困ります。劇はクラス対抗みたいなとこあるんやから、もうちょっと、みんな、まじめに考えてください」

「だって、ロミオとジュリエットやで。そんなんなぁ」

「かったるい、かったるい」

「だれが決めたんや、そんなもの」

教室のあちこちで声がおこる。それは意見というほどはっきりしたものでなく、ぼやきにちかいざわめきだった。江河先生は、窓際の壁にもたれて目をつぶっていた。

「文化祭の決定について意見のある人は、生徒総会で提案してください。今は、ともかく劇の出演者をどうするかです」

「おまえ、やったらええやんか」

ざわめきの中で、一つの声がはっきりと聞こえた。

「蓮田《はすだ》くん。意見は、ちゃんと立って言ってください」

蓮田伸彦《のぶひこ》が立ち上がった、秋本ほどじゃないけど長身だ。そういえば、蓮田もサッカー部のはずだった。

「だから、森口さんがやればいいと思います」

みょうにていねいな口調で、蓮田が言った。

「やるわよ」

森口があごを上げる。鼻筋が通って目が上がりぎみなので、ずいぶんと挑戦的な顔になる。

「やればいいんでしょ。やりますよ。じゃあ、わたしがジュリエットをやったら、蓮田くんがロミオ、するわけ？」

「じょ、じょーだん、こかんといて」

「なによ、その態度。他人を推薦したんだったら、自分もやるのが筋やない」

「もっ、森口さん」

高原が、森口の後ろから制服を引っぱる。

「なによ」

「あの、ぼくら司会やから、そんな感情的になったら」

「わかってます。ほら、ぐちゃぐちゃ言ってないで、板書して。劇のとこ、森口と蓮田」

「おい、まってや。なんで、おれがせなあかんのや」

蓮田はまじめな顔で、口をばくばく動かしていた。あわてているのだ。おかしかった。

教室の中に、笑いが広がる。口笛、ひやかし、拍手。収拾のつかないさわがしさが壁や窓ガラスにぶつかりはねかえって、意味不明の音になる。蓮田は、腕組みして森口をにらみ、森口はあごを上げて、その視線をうけとめていた。高原は、蓮田の名前を書いていいものかどうか迷い、江河先生はため息をついて、黙っていた。

「あのー、提案なんですけど」

秋本が立ち上がる。黒い学生服の体は、立ち上がっただけで存在感があった。魔法のように、教室がしずまる。

「おれ、いや、ぼく、考えてたんやけど、せっかく、ロミオとジュリエットするんやったら、変わったやつせな、めだたんのとちがいますか。ふつうの劇とかしても、あんまりうまくいかへんと思うし」

森口が軽くうなずく。

「だから、それは劇の係を決めて、その中で決定します。秋本くん、なんか考えあるんですか？」

「あるある。おれ、漫才で、ロミオとジュリエットやりたいんやけど」

秋本の背中や森口の顔がぐらっとゆれた。ゆれた気がした。鼓動が速くなる。血が引く。手足の先と顔が冷たくなっていく。

「みんながよければやけど、おれと瀬田とで漫才、ロミオとジュリエットやります。いっしょにやるやつがいれば、ぜひぜひ、お願いしますってことや。あっ、森口、ジュリエットしたかった?」

森口が、手と頭を同時に横にふった。その視線がぼくにむけられる。森口だけではない、クラス中の視線がぼくに集まっている。あわてて下をむこうとした。

「秋本がやるなら、おれもやるわ」

蓮田が、すわったまま手をあげる。

「じゃっ、あたしも」

「おれも、ただし道具係やで」

ほかにも何本も手があがる。ぼくは、苦しいほど高鳴る心臓をもてあましていた。息がつまりそうだった。胸をたたきながら、ふっと思った。

これ、いじめじゃないのか。秋本は、ぼくをいじめて喜んでいるんじゃないか。

拒否すればいい。できませんと、一言言えばいいのだ。わかっている。しかし、大勢の前で明確な拒否を示すことは、むつかしい。せっかく盛り上がった教室の雰囲気が、その一言でだいなしになる。教室の雰囲気をだいなしにするのが怖いわけじゃない。だいなしにすることで、秋本やクラスのみんなを敵にまわすのが怖かった。拒否の言葉は、いつも宣戦布告の危険をはらむ。なぜかそう感じていた。昔からそうだ。だから優しい子だとよく言われた。優しいのではなく臆病《おくびょう》なのだ。

しかし、こんどは拒否したかった。下をむいたままでいれば、その意思表示にならないだろうか。

疲れたな。そう思った。秋本が心底、うらめしかった。もしかして、秋本はぼくの優しさに似た臆病さをちゃんと知ってて、さらしものにしようとしているのかもしれない。

「歩」

秋本がぼくを呼ぶ。空気のいっぱい入ったゴムマリがはずむ。そんな小気味よいリズムで名前を呼ばれた。顔を上げると、秋本は後ろをむいて、ぼくに笑いかけていた。そしてウインクする。『おたやん』のおばさんそっくりのウインクだった。

あぁ、やっぱり、親子ってにるんだ。なんの関係もないことをちらっと考えた。

「なっ、歩、やろうな」

ぼくだけにむけられた言葉と笑顔だった。悪意などかけらもなかった。

こいつ、ほんとに、おれのこと好きなんだ。おれといっしょに漫才やりたいんだ。

秋本は、きっとぼくのように、ごちゃごちゃ思い悩まないんだろう。まっすぐに単純に感情を伝えていける。相手に伝わる。秋本といれば、そんな明快な生き方を知ることができるかもしれない。

「ああ、いいよ、やっても」

ぼくは、わずかに胸をはり、答えた。

拍手がおこる。秋本が四方に頭をさげた。

「秋本くんと瀬田くんの『ロミジュリ』なら、なんかいけそうやね」

拍手しながら、森口はまじめな顔でうなずいていた。

それが一時間目。放課後『おたやん』で第一回、ロミオとジュリエット、略してロミジュリ実行委員会を開くことにした。劇の係に希望した者は二十人ちかくになっていた。ほとんどが塾のため、夕方はいそがしい。集まれるのは六人ほどだった。

「六人いれば、充分や。なんせ、漫才やから、出演者ぎょうさんいらへん」

秋本が鷹揚《おうよう》に言う。そして、ぼくにたずねた。

「歩は、塾、ないんか？」

「ないよ」

引っ越してくる前は、二つの塾に通っていた。学校を休んでいた時でさえ、ほとんど毎日、通っていた。

事故のあと、学校にいき出したかわりのように塾をやめた。学校と塾、二つをこなすエネルギーがなかったのだ。母さんはなにも言わなかった。湊に越してきてからも、塾にはいってない。成績がよいわけじゃなかった。たぶん真ん中へんをうろうろしているとこだろう。母さんは、やはりなにも言わなかった。

「ほな、部活がおわって、六時に集合。えっ、早すぎる？　ほな晩飯かねて七時や。これるやつだけでええで。まだ、あせることないから」

「うち、塾あるけど休んでいく。お好み焼き食べたい」

森口が舌で、ちっちっと、かわいい音を出した。

「あっ、ぼくも。塾、早引けしていくわ」

高原がメガネをおし上げ、森口をちらっと見た。

あとは、蓮田と篠原《しのはら》。篠原は森口と仲のよい大柄な女の子だった。いつもにこにこして、森口に言わせれば「神様みたいに人のよい」人なんだそうだ。

篠原はピアノのレッスンがあるけど、やはり早めにきり上げてくると、にこにこしながら言った。授業がおわると、七時にあわせて、みんなあわただしく散っていった。そして、なにもないぼくは、校庭の石段にこしかけ、秋本を見ている。

あいつがぼくにこだわる訳をはっきりと知りたかった。直感だと言ったけど、直感みたいなあやふやなもので、人が人を選べるのだろうか。自分の直感をそんなに信じていいのだろうか。

チャイムがなる。最終下校のチャイムだった。空は夕焼けだ。おどろくほどたくさんのカラスがむれて、夕空を飛んでいく。風が出始めていた。ぼくは腰を上げた。『おたやん』にいく前に、母さんに夕食をいらないこと、告げておきたかった。

「おーい、歩。帰るかー」

歩き始めるとすぐ、秋本が手をふってきた。風にのったわけではないだろうが、よくひびく声だ。ぼくは、肩をすくめ、それでも小さく手をふった。

秋本のとなりに、サッカーボールをもった蓮田が立っていた。ボールを無造作に放り投げて、蓮田もぼくに手をふった。

5　悲劇のロミジュリ

きょうは、『スペシャルバージョン、海鮮風』というのを選んだ。イカとタコと小エビとわかめが入っている。もちろんキャベツとネギもだ。

「すごいな。わかめの入ったお好み焼き、初めてだ」

ぼくは、感心する。

「うちのスペシャルは、おかんの気持ちしだいで、やたらバージョンアップするんや」

秋本が器用に、鉄板の上にヘラをすべらせる。

「こっちの『山嵐』バージョンもすごいやん」

森口が鉄板を見つめて言った。森口の注文した『山嵐』は、肉とマッシュルームとタケノコの千切りがたっぷり入っている。おもちゃ箱を引っくり返したようなにぎやかさだ。

森口は、私服だった。森口だけでなく、みんなそうだ。ただ、大きめの真っ赤なトレーナーにジーンズ姿の森口は、制服の時とは感じがまったく別人で、中性的で、ふしぎな雰囲気だった。篠原友美《ともみ》のほうは、やわらかなピンクのブラウスに、薄手のカーディガンをはおっている。胸のところがきゅんともり上がっていて、なんとなく目のやり場に困った。

メグは、あの萩本恵菜は、制服を脱いだあと、どんな服装をするのだろう。学校なんてつまんない場所でなく、もっと別の所で出会ってみたかった。

森口が、ヘラで山嵐を軽くたたいて言った。

「けど、漫才って、あっ、これもう、引っくり返してええのん？　漫才って、どういうふうにやるのん？　劇なら、あるていどセリフとか決まってるけど、あっ、まだ、早いんやな。友ちゃん、豚玉と半分こしよな」

篠原が笑いながらうなずいた。

「森口さん、一度に二つのことしゃべると、なに言うてるか、わからへんで」

と、高原。高原と篠原はふつうの豚玉を注文していた。

「わかるやん。わかるやろ、みんな」

「わかる、わかる。まだ引っくり返さんかてええて。それから、漫才のネタについては、おれと歩とで考えるけど、演出とか細かいとこは、どないしょうか」

秋本が答えた。

「まず、劇の係の二十人が、それぞれなにができるか考えないとあかんのやけど、とりあえず、ここにおる六人が中心になるとして、これから、どういうふうに進めていくか話をしていこう」

そう言って、高原がノートをとり出した。

「まったく、超マジなやつやな」

と、蓮田が鼻先で笑う。高原は顔を上げ蓮田を見た。メガネをおし上げる。

「まじめなやつもいないと、話が前に進まへん。ありがたいこっちゃないか」

秋本が言うと、森口が笑い声をあげた。

「やだ、秋本くん、それカンペキ、おっさん口調やないの」

「えー、そうか」

「ともかく、おれ、できることなんか、なんもないで」

蓮田が、自分の牛玉を引っくり返す。あざやかな手つきだ。

「蓮田くん、ベースひけるやろ」

篠原だった。

「けっこう、うまいよね」

「なんでそんなこと、知ってんのや？」

篠原がにこっとした。目が細くなって、ふっくらしたほおがかすかにもり上がった。

「あの、うちもまあまあピアノひけるでしょ。ふたりで音楽担当したらどうやろ。テープ音ばっかりじゃ迫力ないし」

「あっ、そういえば、うちの班の連城《れんじょう》くん、オカリナ吹けるんよ、たしか。この前、音楽室で『鏡のドレス』きれいに吹いてた」

森口の言葉に、篠原がうなずく。

「連城って、あの柔道部の」

蓮田が噴き出した。

「ぜんぜん似あわねえな」

「似あってるよ。ゆったりしたいい音やったもの。ピアノとベースとオカリナと……うん、おもしろいと思うわ。ほかの組はたぶんチャイコフスキーの『ロミオとジュリエット』なんかテープで流すんやないかな」

「そうやね、特に一組なんか、絶対、芸術路線やね。角野先生が担任やし。角野先生、卒論、シェークスピアやったんやて、えらいはりきってるみたいよ。情報によると、ジュリエット、メグがやるみたいやで、秋本くん」

ぼくは、頬張っていたスペシャルバージョン海鮮風を吐き出しそうになった。秋本を横目で見る。鼻の頭に汗をかいている以外、表情になんの変化もなかった。

「ふーん。メグがジュリエットとは、よっぽど役者がおらんのやな、一組は」

「メグ、美人やん。ぴったりやわ。衣装にもよるけど、けっこうめだつんとちがう？」

ぼくは胸のうちでうなずく。

めだつだろうな。

「うちは、どっちがジュリエットやんの？」

高原がぼくと秋本の顔を交互に見た。森口が笑い出す。

「そりゃもう瀬田くんに決まってるやん。だれも秋本くんのジュリエットなんか見たくないわ」

「でも、漫才やったら、おもろいほうがええわけやろ。瀬田がドレス着ても、なんや似あって、まともすぎるかもな」

蓮田が、やけにまじめな調子で声を低くする。高原がやはりまじめな顔でうなずいた。

「そうやな。そういえば瀬田くん、ちょっとオリビア・ハッセーににてるもんな……知ってる？　映画のロミオとジュリエット。ずいぶん昔のやけど。この間、リバイバルでやってた」

森口と篠原が同時に、きゃあと笑い出す。

「見た見た。映画のロミオって、レオちゃんしか知らなかったけど、あのロミオもすてきやったわ」

「レオちゃんて？　あの……あっ、レオナルド・ディカプリオのことか」

ぼくは、隠れ西武ライオンズファンなので、レオときいて一瞬、松井《まつい》がうかんだ。秀喜《ひでき》ではなく稼頭央《かずお》のほうだ。なんでメッツになんかいっちゃったんだろう。ともかく、松井がロミオの衣装を着て、二塁に盗塁しているシーンがやけにはっきりとうかんだのだ。頭の回転が漫才むきになったのかもしれない。篠原がふっと息をはく。

「音楽もじーんときた」

「音楽はニーノ・ロータ。ロミオはレナード・ホワイティング。傑作やで。オリビアがきれいで」

高原はかなりの映画好きらしい。メガネの奥で、両方の目がきらきらしていた。鉄板の熱のせいばかりでなく、ほおが赤らんでいる。話題は映画から音楽に移り、篠原と蓮田がキーがどうのリズムがどうのと話し始めた。ふたりともやはり、赤い顔をしている。心全部ではなくともその一部が、鼓動しはずんでいる。そんな顔の色だった。

ぼくは、ただ黙ってはしを動かしていた。食べることよりほかにすることがなかった。映画も音楽もそこそこに好きだけど、強引に入っていく気はしなかった。というより、入ることができなかった。

こういうとこがだめなんだろうな。笑っていればいいんだ。明るくて楽しそうな顔をしていればいいんだ。わかっている。だから、笑いたかった。なのに、ぼくの中でほがらかに気持ちよく笑っているのは、いつも一美姉ちゃんだけだ。

「歩」

秋本の声に顔を上げる。いつのまにか、俯《うつむ》いていたらしい。

「スペシャルバージョン海鮮風がのどにつまったか？　水、もってきたろか？」

「あっ、いや、いいよ。そんなんじゃないから。ただ、やっぱり不安になって……」

「なにが？　あっ、だいじょうぶ、だいじょうぶ。わかめってあんがい、お好み焼きと相性がええで」

「いや、スペシャルバージョン海鮮風は、いいんだけど、その漫才って、おれ、まじでやったことないし、なにかむいているようにも思えないし……やっぱ不安というか」

「やれるって、やれます。絶対最強コンビやで」

「いや、しかし、やっぱり、自信ないし」

「瀬田くんならやれるわ」

断定的な口調で言う。言ったのは篠原だった。驚いた。森口ならともかく、篠原がこんなものいいをするのかと思った。もちろん篠原のことをよく知っているわけじゃない。ほとんど知らないだろう。でも、他の四人もこくっと一息のみこんで、篠原の顔を見つめたから、きっと意外だったのだ。篠原は、表情をくずし、いつものぷるんとした笑顔をうかべた。

「瀬田くん、なんや独特の雰囲気あるもん。秋本くんとようあうと思うで。うちも漫才なんて考えたことなかったけど、ホームルームで、秋本くんが瀬田くんと漫才しますて言うた時ね、あっ、ぴったりと思うたもん。ねっ、やりぃ。絶対、やれるって。やってほしいねん。文化祭て言うても、まじめなつまんないのが多いし、そんなのが親や先生たちに気に入られて、ほめられたりするやん。なんか全然ちがう。ほんまにおもしろいの、やりたいやん。やろうよ、瀬田くんと秋本くんなら、ふたり立っただけで雰囲気ある、なっ」

ぼくは、口を少し開けて篠原を見ていた。篠原が大きく息をはいた。森口がその肩をぽんとたたいた。

「友ちゃん、すごい。友ちゃんがそんな力入れて、もの言うの、久しぶりやん」

「うん、舌がつかれた」

蓮田がヘラの先で、ソースの焼けこげを集める。

「そうやな、篠原の言うことあたってんな。おれと秋本じゃ、なんもおもろうないもんな」

「そうそう、瀬田くんのキャラクターてええよね」

高原はあいかわらず、まじめな顔で言う。ぼくは、口を開けたまま、みんなの顔を見まわしていた。なんのことかわからなかった。ぼくは、自分がわからない。ただ、それほどめだつ人間じゃないとは思っていた。事実、今まで、めだったことなどないのだ。勉強ができるわけでも、スポーツや楽器が得意なわけでもなかった。まったくできないわけじゃない。そこそこ、まあまあに、ふつうのレベルで、なんとかやっていける。そんなやつなんて、どこにでもいるだろう。ぼくは、どこにでもいる内のひとりにすぎないじゃないか。それをいやだなんて思っていなかった。

独特の雰囲気って、なんだよ。おれのキャラクターってなんだよ。本人にわからないこと、なんでそんなに、あっさり言い切れるんだよ。

大声でわめきたい。ふいにそんな衝動がつき上げる。ぼくは一瞬、目をつぶった。ジュワッと音がして、香ばしい匂いが鼻をついた。秋本の声が、ひびいた。

「歩、早《はよ》う食べ。蓮田、ソースまわしたってくれ。おまえ、さっきから、なんでソースの焼けこげばっか食うてんのや」

「いや、これうまいで」

「貧乏くさいやっちゃな」

「貧乏やもの。秋本、きょうはおごりにしたってくれ」

カウンターから、怒声がとんだ。

「仲彦、調子にのるんやないで」

おばさんだった。蓮田がひえっと肩をすくめる。

「歩くんならええけどな。歩くん、ジュースはどんな？」

「いえ、けっこうです」

蓮田が鼻をならす。

「ほんま、かなわんなぁ。おれと瀬田とどこがちゃうねん」

「顔がちがう。心がちがう。ほくろがちがう」

おばさんはへんな節をつけて歌った。森口と篠原が手をたたく。

「えー、歩、おまえ、おかんとほくろがわかる関係までいったんか」

「いってない。絶対、いってない」

「おばちゃんと瀬田の……そんなん、ちょっと想像するだけで恐ろしいな」

蓮田がナンマンダブ、ナンマンダブと手をあわせた。

「想像するな。そんなこと」

森口と篠原がまた笑った。女の子たちの笑い声は、はなやかで明るい。カウンターにすわっていたおじさんがひとり、ふりむいて、

「いいねえ、若い子は」

と言った。

「ほんま、からかってると、おもしろくてたまらんわ」

おばさんが笑う。こっちの声は、カッカッカという感じで耳にぶつかってくる。

「秋本」

ぼくは秋本にささやいた。

「よかった。からかってるんだって」

「うん、よかったな。おれも、おかんがマジやったらどないしょ思うた。歩、怖かったな」

「うん、怖かった」

秋本がよしよしと、ぼくの頭をなでた。女の子ふたりの笑う声がまた、高くなる。

「いや、瀬田くんて、ほんまおもろいね」

口のはしに青海苔《あおのり》をつけて、森口がぼくを指さした。

「えっ、そう。おれ、別にふざけたわけじゃなくて……ほんとに、怖かったから」

森口は、篠原の丸い肩に顔をうめるようにして笑っている。篠原も高原も蓮田も笑っていた。小刻みに体をふるわせたり、肩をゆすったり、お好み焼きをほおばりながら、にやついたり、格好はさまざまだったけど、みんな笑っていた。

「なんだよ。おれのどこがおかしいんだよ」

ぼくは口をとがらせた。森口がめじりの涙をふく。

「どこがって、なんとなく、いや、おかしいもん、しゃあないわ。おこらんといてね」

ぼくはとまどい、秋本の顔を見る。目があった。秋本は笑っていなかった。口を動かして、なにか言おうとした。一呼吸考えて、その言葉を飲みこむ。ぼくから目をそらし、ひとり、かすかにうなずいた。

6　悲劇のロミジュリⅡ

みんなの笑いにおし切られるかっこうで、ぼくは、不安や自信のなさやとまどいをひとまず、おしこめた。

文化祭は一月後《ひとつき》、十一月の最初の土曜日だった。体育祭も十月の半ばに予定されていたから、かなりきびしい日程だった。

篠原と蓮田と連城を中心に音楽班ができ、森口と高原は構成と総監督を受け持っていた。ほかにも、衣装とか照明とか決まったらしい。みんな、めまぐるしく動いている。いちばん、のんびりしているのは、ぼくと秋本かもしれない。

「なあ、どうすんだよ」

と、ぼくは秋本をつっつく。放課後の教室で、秋本はなぜか焼きうどんパンを食べていた。

「おまえ、そんなもの、学校で食っていいのかよ」

「チョコレート卵サンドもあるで。食うか？」

「なにそれ？　そんなパンあるわけ」

「うん、おかんの独創的アイデアからうまれたやつや。チョコレートクリームにゆで卵まぜて、サンドにしてあんのや。朝飯の残り。食う？」

「いらないよ。おまえとこ、そんな朝飯なの？」

「うん、ほかにも、とろけるチーズまきむすびとか、生ハムのタコ焼きつつみウィーン風とかある。なんや突然、ひらめくんやと。おれ、いっつも試食させられるんや。残すと、きげん悪うなるから、もってきて食べることにしてんのや。めちゃ腹へった時なら、なんでも食えるやろ」

「おまえ、苦労してんだな」

「歩、わかってくれはる」

秋本は、カバンからホイルの包みをとり出した。

「助ける思うて、チョコレート卵サンド食べてくれ、たのむ」

「やだよ、そんなもの食べるぐらいなら、にしんを丸飲みしたほうがまだましだよな」

「オットセイみたいなこと言わんと」

秋本が、ホイル包みをおしつける。ぼくは両手を後ろにくんで、引き取りを拒否した。

「歩、情のないやっちゃな」

「ジョウもマークもあるかよ。やだ、そんなもの」

後ろで、ひかえめな声がした。

「あの、練習中、悪いけど」

ふりむくと、高原が立っていた。横に大きな紙袋をかかえて、小柄な女の子が立っていた。たしか、井野原《いのはら》……下の名前は知らなかった。

「衣装係の井野原さんが、ジュリエットの衣装あわせしたいんやて。瀬田くん、ええ？」

「瀬田くんて、おれ、やっぱりジュリエット役なわけ？」

秋本をふりかえる。秋本は、焼きうどんパンを飲みこみながら、うーんとうなった。

「そこんとこ、まだ決めてないんやけど」

「えー、そんなん、困るわ。うち、絶対瀬田くんやと思うてたのに。秋本くん、こんな細身のドレス、入らへんでしょ」

井野原さんは、袋の中から、真っ白なドレスをとり出した。

「高原くんのお姉さんのウエディングドレス借りたんよ。これをベースにします。すごいやろ。ロン毛のかつらもあるし、衣装係でティアラを作って……」

秋本が、へえ、きれいやなと言った。ぼくはつばを飲みこむ。

「これ……おれ、着るわけ？」

「そうよ。早《はよ》う、あわせて。サイズ見るだけやから、上着だけ脱いで、着てみて」

井野原さんという人は、かなり強引な性格らしい。ぼくにドレスをおしつけて、早くと上着を引っぱった。

「あの……けど、こんなとこで」

「あのね、瀬田くん。うち、いそがしいわけ。塾もあるし、マッピルマの散歩もせなあかんの。早うして」

「マッピルマって？」

「犬」

井野原さんがしっしっと手をふる。いらいらしているのがわかった。みんないそがしいのだ。文化祭の準備にしても、要領のいいやつは、さっさといなくなる。塾があり、習い事があり、見たいテレビがあり、一日が細切れの時間のうちにすぎていく。そこに文化祭の準備時間を割りこませるのは、実際たいへんなのだろう。ぼくは、上着を脱いだ。ドレスを着ると、井野原さんがかつらをかぶせてきた。黒髪のきれいなかつらで、後ろを三つ編みにして、金色のリボンで結んである。

「いや、きれいやん」

井野原さんが両手をあわせてさけんだ。

「ほんま、めちゃ似おうてるで、瀬田くん」

高原がうなずく。蓮田が教室に入ってきて、おおっと声をあげた。

「うわあ、みんなきてみぃ。お姫さま、おるぞ」

廊下にたむろしていた連中が教室にかけこんでくる。どういうわけか、他のクラスの者や江河先生までまじっていた。

「わぁ、ほんまに、ジュリエットや、ジュリエット」

「ごっつうきれいやん」

「瀬田、おまえ、ずっとそのままでおれや」

「ジュリエットやて、ええなぁ」

「おい、写真とろ。写真。この前の給食試食会を写したカメラがあったはずやけど……あった」

江河先生が、机のひきだしから、インスタントカメラをとり出す。

「あっ、まだ三枚もフィルム残ってる。みんな並べ。ほれほれ、瀬田が真ん中で」

井野原さんがきゃあとか言って、ぼくの腕にだきついてきた。

「あっ、おれも瀬田のとなりがええ」

蓮田が反対の手をとる。

「おれもジュリエットの横がええ」

「おまえ四組やないか。まざんな」

「ええやんか。美人はみんなの共有財産やで」

「先生、早う。写して、写して」

江河先生がシャッターを押す。ぼくは、どんな顔をしていいかわからないまま、井野原さんと蓮田に手をとられて立っていた。刑事に連行される犯人のようなかっこうだった。

「よぉし、本番の時は、ほんまもんのカメラで、ばっちし記念写真とったるからな」

江河先生がいつになく、明るい口調で言った。

「瀬田くん、お化粧もしよな。うち、ないしょなんやけど、メーキャップアーチストめざしてるねん。ばっちし、きれいにしてあげるからな、ほんま、まかしてな」

井野原さんがガッツポーズをする。さっきまでのいらついた表情は消えていた。かつらをとって、手早くドレスを脱ぐ。

「えー、もう脱いじゃうわけ」

「瀬田ぁ、本番の時は、おれとツーショットたのむで」

「きゃあ、いややわ。あっ、でもうちも予約しとく」

いろいろな声にむかって、ぼくはあいまいに微笑む。ふっと視線を感じた。自分のイスにすわったまま、秋本がぼくを見ていた。そして、また視線をそらす。

「なんだよ？」

ぼくは問う。秋本はなにも答えなかった。


その夜、秋本がたずねてきた。

夕食の後、母さんに、きょうのできごとを話していた時だった。母さんは湯飲みのお茶を噴き出しそうになり、顔を赤くして口を押さえた。声を出して笑ったりもした。

「話、聞いてるだけでおもしろいわね」

「そうかな。なんか倒錯してるよ、うちのクラス。ジュリエットォォだもんな。なんか、あの衣装で漫才するって、どうなるんだか」

「楽しみ。ね、親も観にいっていいのよね」

「えー、母さん、くる気？　超ヤバイよ」

「いきたい、いきたい。話聞いてるだけじゃつまらないもの」

笑顔の母さんは若く見える。よく笑う人だったのだ。ぼくや一美姉ちゃんのなんてことのない冗談にもダジャレにも、よく笑った。

そうだ、笑ってよ、母さん。そのほうがいいよ。

ぼくは、セリフをさがす。母さんが笑えるような、顔を上げて声を出して笑えるようなセリフをさがす。

チャイムがなった。ドアを開けると、秋本が立っていた。

「よう」

急に冷えこんできた夜気に、秋本の息は白かった。

「ちょっと、ええかな？」

「あ？　ああ、いいよ」

母さんは秋本を見てよろこんだ。

「歩から話聞いてて、会いたいなぁって思ってたの。うれしいわ、会えて」

「あっ、どうも。ぼくもお母さんに会いたかったんですけど、こんなとこで会えるなんて偶然ですね。ほんまうれしいです」

ぼくは、後ろから、秋本の頭をたたいた。

「ばか、こんなとこって、ここは、おれんちだよ」

「あっ、そうやな。ほな、部屋にいこか」

「だれの」

「おまえの。よごれててもええから気にせんとき。あっ、お母さんもおかまいなく。ぼく、甘いココアが好きですから」

「よく言うよ。母さん、コーヒー二つ、キリマンのブラックで」

「キリマンのブラックの甘いココアを。牛乳は、成分無調整のやつでお願いします」

ぼくは、秋本の腕を引っぱって、部屋につれていった。四畳半の部屋は南むきで、狭いけど明るく暖かい。気に入っていた。

「いい部屋やな」

ベッドに腰かけて、秋本が言う。

「うん、まあね」

「きちんとかたづいてるんやな。自分でするわけ？」

「うん、ほこりとか、たまってるのいやなんだ。けっこう、みがいちゃうね。匂いとかにもわりに敏感だしさ」

「ほんま、おれの部屋なんかすごいで。ほこりなんか、足跡がつくぐらいたまってるし、この前なんか、すごい匂いするから、なんやて思うたら、ネズミが死んでくさってんの。トドメスの食べ残しみたいなんやけどな」

「トドメスって」

「ノラネコ。中年太りでな、トドみたいなメスネコなんや、そいでトドメス。そいつ、おれの部屋、倉庫とかんちがいしてるみたいで、勝手に入りこんで、ネズミは食うわ、子どもは産むわで、たいへんなんや。家賃払えて言いたいわ、ほんまの話」

「子ども産んだの、へぇ」

「一週間前にな、六ぴき。歩」

「はっ？」

「ネコ好きか？　好きやろな、好きそうな顔してる」

「きらい」

突然、秋本は立ち上がり、イスにすわっていたぼくの前にひざまずいた。

「ジュリエット」

秋本の手がぼくの手をにぎる。

「ねえ、お願い。トドメス二世を一匹、引きとって。うちのお母さま、すっごくネコと相性が悪いの。見つかったら、丸焼きにされちゃう」

それだけじゃないのよと、秋本は、ぼくのひざの上に顔をふせた。

「次の日、わたしの朝ごはんのおかずに、子ネコの西海岸風丸焼きミモザサラダ味なんてのが出るの絶対出るの。ロミオ、耐えられない」

秋本の声は太くて、もう完全に男のものだった。それなのに、みょうに色っぽくて、ぼくは少しどきっとした。ひざに伝わってくる秋本の体温をあたたかいと感じた。あたたかい心地よさだった。あたたかさといっしょに、秋本の呼吸というかリズムみたいなものが、ぼくの中に流れこんでくる。それがわかった。

「ロミオ」

と、ぼくは言った。秋本が顔を上げる。

「ほんと言うと、おれ、子ネコ好きなんだ」

「まっ、さすがジュリエット」

「いいよな、あれ。えっ、何匹いるって？」

「六匹。黒白、まだら、真っ白、茶色、花柄リボンつき、黒の総レースTバック型なんてのもいてるで」

「いません。そんなネコいません。ロミオが下着のセールスしてどうすんの」

「あっ、はいはいはい。それで、ジュリエット、子ネコもらってくださるぅ」

秋本は、うふっと笑って、片目をつぶってみせた。ウインクのつもりらしい。

「おまえ、気持ち悪いから、あんましそばにくんな」

「まっ、恋人どうしなのに、冷たい。うふっうふっ。子ネコねっ、子ネコ、子ネコよ、うふっうふっうふっ」

「わかった、わかったって。二匹ほどもらうよ」

「あい、まいど。ジュリエットさま二匹、どんなんがお望みで」

「バストボン、ウエストキュッ、ヒップポン。見た目は広末涼子《ひろすえりょうこ》が基本だけど、笑うと、山田《やまだ》まりや風もよくて、子どもとか好きって性格で、無駄づかいなんかしなくて、宝くじなんか買うと、三回に一回は特賞当てちゃうような女の子お願いします」

「ネコやネコ。ネコがボンキュッポンやったら、えらいこっちゃ。それにジュリエット、きみは女の子なの。絶世の美女、わすれんといてちょうだい。ほい、子ネコ二匹、かわいがってよ」

「はい、どうも。おやまっ、ころころして」

「かわいいでしょう。ほんと山田まりや風よ」

「うん。ところで、ロミオ」

「はい」

「西海岸風丸焼きミモザサラダ味って、どうやってつくるの」

「ちゃんちゃん」

リズムをつけて、そう言ってから、秋本は腕をくんで、渋い表情をつくった。

「いかにもオチが弱いよな」

ぼくは、だまっていた。じっくり考えるのではなく、相手とのかけあいの中から、言葉が即興で生まれてくる。そういう感じがひどく新鮮だった。相手に気をつかう必要がない。

自分の中からわいてきた言葉をそのまま投げ返し、返ってくる言葉をうけとめる。そのことが爽快《そうかい》だった。涼しい風が体の真ん中を吹き抜ける。重くからみあっていたなにかが、風にあおられ、ゆれて、ほどけていく。軽くなる。この軽さ、爽快な感じはなんなのだろう。解放感。ぼくは、ゆっくりと首をまわしてみた。

「そうやな。こんな感じでええとは思うけど、やっぱ、もうちょっと練らなあかんよな」

「秋本」

「あっ、うんうん。わかってる、わかってる。おれ、ちゃんとノート書いとくから、また練り直しして」

「秋本、なんで、おれなんだよ」

秋本は口をとじて、ぼくを見た。部屋の中が静かになる。急ブレーキの音が聞こえた。若い男の声がバカヤローとどなっていた。ドアを開けたのか、カーステレオの曲まで聞こえてきた。

「PENICILLINやな」

秋本が言った。古いけれど、知っている曲だった。ぼくは、うなずく。

「うん、『夜をぶっとばせ』」

「好き？」

「あんまし。どっちかって言うと、女性系がいいな。ELTとかHysteric Blueとか、好き」

ドアのしまる音がして、『夜をぶっとばせ』は聞こえなくなり、車はエンジンをふかして遠ざかった。風がかすかに窓ガラスを鳴らした。外は冷えてきているのだろう。

秋本が立ち上がり、大きくのびをする。のびた手が、そのままおりてきた。ぼくの鼻の先を秋本の指がはじく。

「いて、なにすんだよ」

「歩、おまえ、前にも同じこと聞いたやろ」

「うん、お好み焼き、おごってもらった時」

「お好み焼きと焼きそばと野菜炒《いた》め。しかも歩くん用スペシャルやったな。おれは、ブロッコリーのかす入りやったのに」

「うらむなら、自分の親をうらめ」

秋本は、ふんと鼻をならした。

「おれが、あの時、あれほどの犠牲をはらっておまえに伝えたこと、わすれたんか」

「犠牲って……それほどのもんじゃないだろ。けっこう、おいしそうだったぜ。チョコレート卵サンドよりましと思うけど」

「それは、言えてんな」

言えてんなのあと、秋本はなにも言わなかった。窓ガラスがまた鳴る。ぼくは、イスの上で足をかかえこんだ。自分の体温があたたかい。ぼくがなにかを言わなければ、秋本のほうからは、しゃべり出さないだろう。そう感じた。

「だって、あの時、おまえ言っただろ。その……おれを一目見て、ピンときたとかなんとか……そういうの、おれ、よくわからないし……そりゃあ、冗談とか言うのきらいじゃないし、自分の言ったことで、みんなが笑ってくれたら、うれしかったりもするけど、そんなの、だれでも……たいていのやつはそうだろ。なんで、おれなんか、わざわざ、選ぶのかわかんないよ」

口の中にたまったつばを飲みこむため、口をとじた。秋本の返事はない。下唇をなめる。

「だって、おまえのまわりって、いっぱい人、いるだろ。おれなんかより、頭よかったり、人をのせるのが上手だったりするやつ、いくらでもいるんじゃないの。なんで、おれみたいなフツーのヘーボンなやつをわざわざ」

言葉がとまる。秋本が笑っているのだ。両手をポケットにつっこんで、机にもたれかかり、にやついていた。脚も手も長い。あごの線も鼻の形もかちりとかたい。にやついている口元さえ、軽薄には見えなかった。確実におとなの男に変わっていく顔だ。迷うこともそれることもなく一日、一日変わっていける。本人は意識もしないのに、あやふやなものをいつのまにか脱ぎ捨てて、かっこいいおとなになれる。女の子からすれば、きっとすごくどきどきしちゃう対象なんだろうな。

ふいに、メグ、萩本恵菜の顔がうかんだ。『貴ちゃん』と秋本を呼んだ声が、頭の中でかすかにひびく。

秋本が肩をゆすった。くすっと、小さな笑い声がもれた。

「なにがおかしいんだよ」

秋本のむなぐらをつかんでいた。窓ガラスが鏡のように、ぼくらふたりをうつし出した。手の力がゆるむ。むなぐらをつかんで対等に怒りをぶっつけているつもりなのに、身長差があった。『秋本くんにぶらさがった瀬田くん』状態なのだ。体の力もゆるむ。さっきまでの爽快感は幻だった。跡形もない。かわりに、ひどくみじめな思いがしみてくる。ぼくは、机の上につっぷした。

「歩、あっ、わるかった。笑うつもりなかったんやけど」

「帰れよ」

「歩な……」

「帰れったら」

「でも、まだココアが……」

「ココア？」

「ココア、くるやろ。おれのカンだと、ケーキもついてくるはずやし、こういうのココア残りやないか……あっ、わかるよな、心残りにかけたんやけど」

顔を上げ、秋本をにらむ。秋本は、もうにやついていなかった。まじめな顔で、ぼくの視線をうけとめ、わるかったとつぶやいた。

「けど、瀬田があんまりフツーだのへーボンだのにこだわるから、おかしかったんや」

「どうしてだよ。おれ、ふつうだろ。そこらへんじゅう、どこにでもいる中学生じゃないか」

「おまえフツーじゃないで」

「瀬田、おまえ、ふつうじゃないぞ」一年前、先生から言われたことが秋本の言葉と重なる。体がふるえた。唇をなめる。いつのまにか、かわききって痛いほどだった。

「ふつうだよ。おれ……ふつうに決まってるだろ。ちゃんと学校にいって、みんなと同じことしてるじゃないか。なんで……」

唇が痛い。のどの奥が痛い。しゃべるたびに、のどの奥のもっと奥の、肋骨《ろっこつ》のあたりがきりきり痛んだ。

「なんで、ふつうじゃないとあかんのや」

秋本は机の横に立ち、ぼくを見おろしていた。

こいつが嫌いだ。大嫌いだ。

ぼく自身の声が、ぼくの中で反響する。

「ふつうじゃないとだめなんだよ。ふつうに学校いって、ふつうに勉強して、みんなと同じことができないとだめなんだ。そうでないと、不幸なんだ」

嫌いだ。ぼくにないものを全部もっていて、ごちゃごちゃ考えなくたって生きていける。「なんで、ふつうなんて単語を笑いとばしながら生きていける。「なんで、ふつうじゃないとあかんのや」そんなことを平気で問うてくる。嫌いだ。こいつが大嫌いだ。

口をきくまいと思った。無視してだまっていれば、ココアに心を残したままでも帰るだろうと思った。なのに、舌がとまらない。意志とは別のところで言葉が生まれ、出ていくようだ。

学校を休んだこと、父さんや母さんのケンカのこと、一美姉ちゃんのこと、事故のこと、次から次へとしゃべっていた。しゃべりながら、よく覚えていたなと、自分に感心していた。

あの夏の終わりの一日を、ぼくは少しもわすれていなかったのだ。蟬の鳴き声も、ソーメンの味も、一美姉ちゃんの着ていたデニムのサブリナパンツも、赤いチャイナブラウスも、父さんの背中をおしていた指に、ガラスのファッションリングが光っていたのも覚えていた。ぼくは、しゃべる。大嫌いな秋本にむかって、わすれていない一つ一つのことを順をおってしゃべる。ぼくの部屋にぼくの声だけが聞こえる。ずいぶんと長い時間だったようなのに、しゃべりつかれて、大きく息をついた時、目の前の時計は四分と三十秒しかたっていなかった。

ギシッと音がした。秋本がベッドに腰をおろしたのだ。目の高さがぼくとほぼ同じになる。秋本はとまどってはいなかった。うんざりしたようにも見えなかった。ただ、うながしているように感じた。

まだ、言ってないこと、あるんじゃないか。まだ、終わりじゃないだろう。

まだ、言うてないこと、あるやろ。まだ、終わりやないやろ。

ぼくは、秋本の視線から目をそむけ、天井を見た。

「なんかさ、疲れたってのか、うん、自分でもよく、わからなかったんだけど、ふつうの中学生やってるの、急に疲れちゃったんだよ。学校いくたびに、どんどん、疲れ、たまるみたいで、このままだと、しわしわのじいさんになるみたいに感じちゃったんだよ。先生にさ、『ふつうじゃないぞ』って言われた時、なんか……うん、なんだろうな。怖いというか、自分がふつうに見えないってのが怖くて、けど、どうにもなんなくて……学校、休むしかなかったんだよ。な、夏休み前だったし、ちょっと休むぐらい、どうってことないよって……二学期だって、全部休むつもりなんかなかった。もうちょっと……もうちょっとだけって……父さんがあんなに怒るなんて、思ってなかった……」

一瞬、目をつぶった。白い天井がくらりとまわった気がしたのだ。思い出した。あの時、父さんに言われたのだ。

みんながふつうにやっていることが、どうしてできないんだ、歩。

ミンナガフツウニヤッテイルコトガドウシテデキナインダアユム。蟬の声が重なる。

油蟬のふるえるような重い鳴き声。

ミンナガフツウニ……。

「あのさ、おれ、おまえに惚《ほ》れてるんやないかと思うんだけど」

ミンナガフツウニ……ホレテルンヤナイカトオモウ。

「はっ？　えっ？　なんだって」

「いやあ、口にすると照れるけど」

秋本は顔をふせ、後ろ頭をかいた。古典的『照れてます』ポーズだ。

「秋本、おれな、いいか、おれはな、まじめに話したんだ」

「あっ、おれかてまじめ」

「まじめって……おまえ、まさか」

ぼくは、イスごと一メートルほど後ろにさがった。

「そんな、歩、逃げんかてええって。別におまえを押し倒してどうしようとかな、おまえとエッチをしようとか考えてるわけやないんや」

「あっ、あっ、あったりまえだろ。だれが、おまえなんかと。おれ、自慢じゃないけど、キスもしたことないんだぞ。いやだからな。は、初めてのキスやエッチは、絶対女の子とやるんだ」

「じゃ、二番目でもええわ。順番待ちするわ」

「やだ、二番目も三番目も五十二番目も、女の子とやる」

「まっ、瀬田くん、おさかん」

秋本はベッドに横になり、なんかなぁとつぶやいた。

「実は、さっきメグがお好み焼き、食べにきてな、言うわけや。あっ、歩くん、ここくる？　おれの横」

秋本の手が、ベッドをたたく。

「だれが、いくか、バカ。そいで、どうしたんだよ。彼女、なにを言ったわけ？」

「だれ？」

「メグ、萩本さん。おまえんとこ、きたんだろ」

「ああ、メグな。彼女なんていうから、わからんかった。つまり、メグが言うわけよ。

『貴ちゃん、なんやこのごろ、いっつも瀬田くんばっか、見てるみたい』。で、おれが『えっ、そうか』と返事して、冷蔵庫を閉めたんや。その時、手伝いしてて、ビールをカウンターのとこまで運んでたからな。『そうよ、めちゃうれしそうな顔して見てる。わたしのこと、あんな顔して見てくれないやん』と、メグが続けるわけ。それで、『おれ、そう言えば、歩見てると、すごくうれしいな』と、おれがビールつぎながら」

「だれに、ついだんだよ」

「ビール？　あっ、メグ。あいつ、イカ玉食いながら、一ぱいだけビール飲むんだよ。いそがしい時は、店、手伝ってくれるから、一ぱいだけは、おかんのおごりなんや。あいつ、お好み焼き屋の仕事が好きなんやと」

ぼくは、ため息をついた。好きなのは、お好み焼き屋の仕事じゃなくて、秋本といっしょにいることなんだろう。みえみえじゃないか。『わたしのこと、あんな顔して見てくれないやん』だって、なにそれ、正真正銘愛してます宣言じゃないか。

「で、そう言われて、考えたわけ。前にも言ったけど、歩、初めて見た時、ほんとびびんときたんだよ。絶対こいつだと思ったわけ。ほんと、電気はしったみたいな感じやったぜ」

「そのまま感電して死んじまえ」

「またまた、そういう意地悪言うて。おれな、見てのとおり、繊細で慎重な性格やから、どきどきする気持ちを抑えてやな、一月《ひとつき》、約三十日間やで、おまえを見てたわけ。わかる？　そいで、絶対に絶対に、こいつやてわかって……うーん、だからな、なんていうか」

秋本の言葉がつっかえる。声が小さくなる。ぼくは、少しベッドのほうによった。

「だから、ふつうやないんや」

突然、秋本がおき上がる。ぼくは、あわてて後ろにさがり、頭をかべにうちつけた。

「いてえ……まったく、もう」

「だから、おまえはふつうやないんやって」

後ろ頭を押さえたまま、秋本を見る。秋本も唇をなめていた。

「おれにとっては、特別なんや。全然ふつうとちがうんや。ほかのやつとは、ちがってて……歩だけなんや。特別なんやな、やっぱり。歩やないと、いっしょにロミオとジュリエットやろうなんて思わへんし、メグに『まさか本気で好きなんやないわね』なんて聞かれて、『本気かもしれへん』と言ったとたん、これは、歩に会わなあかんなと思うて、おかんの怒鳴り声を無視して、きたわけ」

後ろ頭がいたかった。じんじんする。涙が出た。

「歩、感動したか。泣かせて悪かったな」

「どこに感動すんだよ、ばか。だいたい、なんだよ、その話。ようするに、おまえは、おれに漫才の相方してほしいわけだろ？」

「そうそう」

「そういう意味で特別なんだろ。だったら、惚れてるなんて言うなよ」

「惚れてるもん。マジで」

秋本がさらっと言う。

ぼくは、聞こえないふりをして続けた。

「萩本が誤解して……へんなうわさになったら、どうすんだよ」

「メグなんて、どうでもいいやん。それに、あいつ、ぐちゃぐちゃ言いふらすようなやつやないから、だいじょうぶ。それに、べつにうわさになっても、気にならへん」

「おれは、なる」

ノックの音がした。母さんが入ってくる。ココアとチーズケーキののったお盆を机の上におく。秋本が、口笛を吹いた。

「ごめんね。おそくなっちゃって」

母さんの顔に血の気がなかった。ほおにかかった髪が何本かみだれて、からんでいる。

「どうしたの、母さん？　貧血」

「うん、さっき、車の音したでしょ。急ブレーキの音」

「あっ、『夜をぶっとばせ』」

「え？」

「うん、いや」

ココアの甘い香りがした。母さんが髪をかき上げる。

「ブレーキの音。やっぱり、どきっとするよね。怖くてね。歩、だいじょうぶだった？」

だいじょうぶだった。なにも感じなかった。ＰＥＮＩＣＩＬＬＩＮの音のせいだろうか。秋本との話に気をうばわれていたからだろうか。

母さん、なにも感じなかったよ。ごめん。

声にならない声があやまる。母さんが、ぼくの目の奥をちらっとのぞきこんだ気がした。

「すいません、いただきまぁす」

秋本がケーキにかぶりつく。

「いい食べっぷりね、秋山くん」

「秋本です」

「あっ、ごめんなさい。ごゆっくりね、秋本くん」

「はい、ゆっくりさせてもらいます」

「するな」

ぼくは、秋本をけるまねをした。

「ココア飲んだら帰れ」

「わあ、むっちゃ冷たいやっちゃな。せっかく、おれが勇気出して愛の告白したのに」

母さんがドアのところでふりむく。

「なんの告白ですって？」

血の気のない母さんの顔はきれいだったけど、人形のように見えた。冗談をうけいれて笑える顔じゃなかった。

「ロミオ」

ぼくは、秋本の両手をにぎりしめ、口のまわりにケーキのついた顔を見つめた。

「おれも愛してるよ。男どうしの友情、深めような。おれたち、きっといい友だちになれるよ」

「はあ」

秋本が気のない返事をする。

「と、ここで派手なジェイポップ流そうぜ。何でもいいからさ」

「はあ」

「友情を高らかに歌い上げたやつがいいよな。仲間と一緒なら何でもできるみたいな。な、な、いいだろう」

「はあ」

ぼくは、母さんのほうをむき、顔をしかめて見せた。

「けっこう、むずかしいんだ。漫才も」

母さんはうなずき、かすかに笑って、部屋を出ていった。

ほっとする。それから少し疲れたと感じた。

「疲れてない？」

ふいにそう言ったあと、秋本はケーキのついた指先をなめた。下品なやつだ。ぼくは、あごを上げ、たずね返した。

「なんだって？」

「いや、歩って、どこにいてもな、気ぃつかってるやろ。そんなん、えらいしんどいんとちゃうかなと思うて」

言葉をきり、口のまわりをふき、ココアを飲みほしてから、秋本は、

「前から、気になってたんやけどな」

と続けた。頭の中で、なにかがぷちっとはじけた。きれた。

秋本のむなぐらをつかむ。秋本がすわっていたので、こんどは『秋本くんにぶらさがっている瀬田くん』状態は、まぬがれていた。たとえ、そうでも気にならなかった。顔に血が上るのがわかる。熱いのだ。

ふざけんなよ、ふざけんなよ。ふざけんなよ。

「ふざけんなよ。おれがだれに気をつかおうが、それがおまえに、なんの関係あるんだよ。え、なんだよ、えらそうに。前から気になってただって、ばっかやろう。気にしてくれなんて、いつ頼んだよ、えっ、いつだよ。勝手に人の家にきて、好き勝手なこと言いやがって」

息がきれた。汗が出る。口の中がかわく。

「おれはおまえとは他人なんだからな。他人のことわかったようなこと言うな。めちゃくちゃ気にさわる。おまえ、おれのこと、なんでもわかってると思ってるのか、あぁもう、

ばか」

テレビのドラマなら、こんな時、相手を力いっぱいなぐりつけ、相手は部屋のすみまでぶっとんでうめき、ぼくは血のにじんだこぶしをさすりながら、ふっと笑ったりするんだろう。しかし、現実は息が苦しいだけだった。興奮して一気にしゃべると、酸欠状態になるのだ。どうしたわけか、鼻水まで出てきた。すすり上げる。

「歩、どうしたの」

母さんが青い顔のままドアを開ける。

「どうしたの、ケンカ？　これも練習なの？」

ぼくは、答えない。秋本もだまっている。頭の芯《しん》から熱がひいていく。不快な汗の感覚だけが残った。

秋本が立ち上がる。ココアのカップとケーキ皿を重ね、母さんにむかって、ごちそうさまでしたと言った。

「じゃ、帰ります。おじゃましました」

「あ……どうも、歩、秋山くん、帰るって、いいの？」

「秋本です」

「あっ、ごめんなさい。歩」

母さんと秋本は、玄関のところで、なにかくちゃくちゃ話していた。秋本が「そう言えば、秋山写真館てのが二丁目にありますよね」と言っているのが聞こえた。母さんの小さな笑い声も聞こえた。ドアの開く音と閉まる音。足音。風の音。

母さんが部屋に入ってきて、

「歩」

と、ぼくの名前を呼んだ。ぼくは、冷えたココアを飲み干して、乱暴にカップを置く。

「よかったの、あきや……秋本くん、あんなふうに帰しちゃって」

「いいよ。ほっとけば。あいつ、嫌みなんだよ。おしつけがましくて、ずけずけ、もの言って、うんざりだよ。あっ、ケーキいらない。風呂《ふろ》入って寝る」

母さんは、でもとか、そうだけどとか、つぶやきながら立っている。そんな母さんにもいらいらしてきた。

立ち上がり、ベッドのシーツを直した。秋本がねころんだせいで、あちこち、しわがよっている。母さんに背をむけて、丹念にしわをのばした。

「久しぶりだね」

後ろで、母さんが笑った。ふりむく。

「なにが、久しぶり？」

「歩が、人の悪口言うの。あんた、絶対、他人のこと悪く言わないじゃない。嫌みだの、おしつけがましいだの、ずうずうしいなんて、言ったことなかったでしょ」

「ずうずうしいは、言ってない」

「あっ、ごめん。でも……うん、歩が他人の悪口言うのも、そんなに怒るのも、ほんと久々に見たって気がしたな。ケンカなんか何年もしてないでしょ」

ぼくは、ベッドにむき直り、真っ白なシーツの上をもう一度、手で払った。

いさかいは嫌いだ。肉体も精神も無傷のままでいたかった。

「母さんは、秋山くん、好きだけどね」

「秋本。好きな相手の名前ぐらい、ちゃんと覚えなよ」

母さんは肩をすくめ、舌をぺろっと出した。その顔と一美姉ちゃんが重なる。あっと思うほど、よくにていた。

母さんが出ていく。シーツの白さが目にしみた。

おれにとっては、特別なんや。

秋本の言ったことが、声が、頭の中でリピートする。巻き戻し、再生、巻き戻し、再生。だから、ふつうやないんや。だから、おまえはふつうやないんやって。おれにとっては、特別なんや。

自分の中の再生のボタンを何度も押して、秋本の声を聞く。なぜか心地よかった。ベッドに横になる。

そう言えば、あいつに、いろんなことしゃべっちゃったな。あいつ、聞き上手なんだ。漫才とかコントとか言わないで、悩み事相談所の所長とか易者になればいいんだ。向いてるんだよな、きっと。

怒ってるかな。ふっと思った。それから、ずいぶんひどいこと言っちゃったなとも思った。でも、あまり気にならなかった。

　母さんの言うとおり、ほんとに久々に他人にたいして腹が立った。本気で頭にきた。それをそのまま、ぶっつけた。それは、秋本を傷つけただろうか。ぼくが、もしだれかに、あるがままの怒りをぶっつけられたら、ひどく痛いだろうか。切り傷ではなく、やけどのようにただれ、ひりつく。そんな痛みにうめくだろうか。わからなかった。ぼくは、まだ、だれからも、そんな生々しい感情をぶつけられた経験がない。ぶつけたと感じたことさえ、初めてだった。

　初めてだ。

　声に出してつぶやく。風がなる。なんだか、眠くてしょうがない。もう、眠っちゃおう。考えなくちゃいけないことがあるなら、明日《あした》にしよう。明日でいいや。風呂もいいや。入んない。

　眠りにおちる寸前に、宿題の文字がうかんだ。英語のミニプリントと、数学の練習問題十問。

　あぁ、どうしよう。しょうがないか。

　意識がとけていく。気持ちのよい眠りの中に、ぼくは、すぐに引きこまれた。

7　ふつうでないこと

朝、歯が痛かった。歯磨きしないで眠ったからだ。歯磨きどころか、顔も洗わなかった。歯間ブラシまでつかって、ていねいに歯磨きをしていたら、宿題のことを思い出した。

一年前、学校にいき出してから、宿題をわすれたことはなかった。宿題をすることは、学校にいく儀式のようなものだった。教科書もノートも宿題も、他の提出物もわすれない。全部がきちんとそろったカバンをかかえて出ていく。ぼくだけの儀式だった。なにかをわすれると、そのことが引っかかって、気が重くなる。そうしたら、前に進めない。たぶん校門の前で立ちすくむ。いつもではないけれど、ほんとにたまになんだけど、

『だいじょうぶ、歩。おまえは、なにもわすれてない。準備は完璧《かんぺき》だよ』

そんな声におされないと、校門を通りぬけられないことがあった。

きょうは完璧だ。完璧にわすれている。時間割もいいかげんだ。英語の予習もやっていない。体操服に関するアンケートみたいなのもあった気がする。

準備のととのっていないカバンは、なぜか重かった。歯も痛い。ただ、頭だけは軽かった。よく眠ったせいか、さえていた。

（だいじょうぶだよな。だいじょうぶ。英語は三時限目だから、業間休みにプリントかたづけて、数学は給食のあと、がんばれば、なんとかなる）

さえた頭で考える。きょう一日の段取りがめぐる。なんとかなりそうだった。

そうだ、だいじょうぶ。なんとかなる。

ぼくがぼくに言い聞かせる。

校門の前で、二メートルほど手前で足が止まる。指の先がしびれた感じがした。コンクリートでできた門柱はそれほど高くない。ローラーのついた手押し式の門がついているけれど、今、大きく開け放たれ、たくさんの生徒が入っていく。どこにでもある、なんの特徴もないただの校門だ。威圧感があるわけではない。ただの無機質のかたまり。なのに、ぼくは校門が苦手だった。

息をととのえた。鼓動がはやまる。深呼吸する。

ぼくの横を何人もの生徒がすりぬけていく。立ち止まったままのぼくをふり返る者もいた。情けなかった。自分で自分が情けない。なんで、みんなみたいに平気な顔をして、ここを通れないのだろう。

ミンナガフツウニヤッテイルコトガドウシテデキナインダ。

そうだよ、父さん。なんでだろう。だけど、いつもじゃないんだ。きょうは、宿題わすれちゃったから、それでなんだよ。だいじょうぶだよ。もう父さんを怒らすようなこと、しないから。

「オッス」

背中をかなりの力でたたかれた。

「瀬田、こんなとこでなに、突っ立ってるんや」

蓮田だった。体操服を着て、缶コーヒーを飲んでいた。

「えっ、あっ、いや。別に。ここにきて、宿題やってないの思い出しちゃって」

「宿題？　ああ英語のプリントなら、うつさしたるわ。おれ、英語だけは好きなんや。数学はあかんけど」

蓮田は、校門の前で缶コーヒーを飲み干すと、草むらに投げた。夏の間にのびきった草が音も立てず、赤い缶をうけとめる。

「サッカー部の朝練？」

ぼくの問いに、蓮田はうなずいた。

「サッカー好きなんだ？」

「まあね」

「高校いってもやる？」

「どーだか。おれの成績やと、高校いけるかどうかもわからんしな」

「英語好きなのに？」

「英語だけで、入れる高校あるかいな。内申なんてものもあるんやで」

「サッカー推薦とかあるだろ。そんなこと考えたことない？　あっ、そう言えば、秋本は？　あいつも朝練、やってるの？」

蓮田の視線が、ぼくの足から頭までをすっとなでた。

「なんで、そんなにいろいろ聞いてくんのや。おまえ、よっぽど質問好きなんやな」

赤面する。

「ごめん」

と、あやまる。怖かったのだ。蓮田に「なんで、こんなとこに突っ立ってんのや」と、もう一度たずねられることが、こわいほどうっとうしかった。蓮田がふんと鼻をならす。

「秋本がな」

「は？」

「秋本、貴史や。まさか、知らないなんて言うなよ」

「よく知ってるよ。うんざりするぐらい知ってる。きのうもうちにきて、ココアとケーキ食って帰った」

「おまえな、秋本のこと怒ってんのか」

「おれが？　なんで？」

疑問形をつかってから、あっ、確かに怒っていた、そう気がついた。

「そういえば、昨日、かなり秋本にあたっちゃったな」

ひとりごとみたいにつぶやく。蓮田が肩を寄せてきた。

「秋本、かなりまいってるで」

「え？」

「いやいや、朝練の時な、サッカーボールかかえて、ため息ばっかつきよんねん。おまえ、なにしてんねん、ボールは蹴《け》るもんで、あっためるもんやないぞて、おれが言うとな」

「うん」

「いっつもの秋本なら、卵をかえす練習してんのやと、まっ、これぐらいの軽い切り返しはくるはずなんや」

「うん」

「それが、どないしたと思う。おれの顔見て、ため息ついて」

「うん」

「それだけやで。それだけ。おかしいなってだれでも思うやろ。それで、いろいろ聞いたら、おまえとケンカしたて言うやないか。まっ、ケンカのことなんかおれには関係ないけど、けど、なっ、瀬田、おまえ、まだ怒ってるか」

ぼくは、顔を横にむけた。さっき、缶を飲みこんだ草むらが日に輝いている。

怒っているかと蓮田に問われて、少しとまどっていた。きのう、秋本のむなぐらをつかんでどなりまくったのは、確かにぼくなのだ。

風がふく。サワリと音をさせて、草の葉がゆれる。

蓮田に視線をもどした。蓮田があごを引く。

「怒ってないよ」

ぼくは、つぶやく。

「ほんまに」

「うん、昨日は、本気で頭にきたけど……別に、秋本が悪いわけじゃないし……ただ」

「ただ？」

ただ、秋本は危険でやっかいだ。ぼくの中にずかずかと踏みこんでくる。無神経でいいかげんな踏みこみ方ではなく、単純に率直にまっすぐに入りこんでくる。だから、危険なんだ。昨日みたいな入りこみ方をたびたびやられたら、かなわない。そのたびに混乱してどなりまくるのは、こっちなのだ。蓮田が体をゆする。

「なあ、ただ、なんや？」

「いや、別に。なんか、あいつもよく、わかんないやつだから……でも、おれも昨日は、ちょっとやりすぎたかなって」

「反省してる？」

「いや、反省までは、いかないけど」

「けど、そんなに秋本のこと怒ってないよな」

「うん、秋本にあったら、おれから、あやまるよ」

いかにも優等生的発言だったけど、本心だった。

「いやいや、あやまらんかてええよ。そんな、他人《ひと》さまからあやまってもらうような上等なやつやないから。とにかく、瀬田は怒ってない、なっ」

ぼくがうなずくと、蓮田はピッピッと口笛を吹いた。犬を呼ぶときの吹き方だ。

校門のかげから、秋本があらわれた。

「やっ、どうも」

と、手をふる。蓮田が横を向いて、笑い声をたてた。たぶん、ぼくの顔を見たのだろう。間の抜けた顔をしているのが自分でもわかる。口が半開きになったのも、目の玉がうろうろしたのもわかる。

「あっ、よかった。安心した。歩が怒ってたらどないしょうて、どきどきしてたんや。あっ、よかった。蓮田、ごくろうさまでした」

「いやあ、ロミオとジュリエットの間をとりもつのもたいへんや。瀬田、これからは、あんまし、怒らんといてやってくれな。おれら、一応、湊三中サッカー部のツートップやから。こいつが、うだうだしてたら、困るねん」

蓮田が笑う。秋本は、にこにこしながら立っている。ぼくは、蓮田を見て、秋本を見て、校門を見た。コンクリートの柱のかげで、秋本はぼくらの話を聞いてたわけだ。大きな体を柱におしつけて、聞き耳をたてていた秋本の姿を思う。大声で笑い出しそうになった。なんだか、訳のわからないおかしさが、身の内をめぐる。

おかしい。秋本がおかしい。蓮田がおかしい。ぼく自身がおかしい。なにより、朝の光の中で、ぼんやりと立っている校門が、ひどくおかしい。しかめつらをして裸で歩く王様のようだ。

せり上がってくる笑いをおさえようとする。涙がこぼれた。わっと、秋本がさけぶ。

「あっ、歩、なんで泣くんや。いや、これは、べつにからかったんとちゃうで。蓮田が話つけたるいうからな」

「まて、なんで、おれのせいにするんや」

「ばっかやろう」

自分でもびっくりするくらいの大声が出た。そばを歩いていた女生徒が悲鳴を上げた。秋本をおしのける。学校の中に走りこむ。予鈴がなる。チャイムのひびきとわずかな風の中を、ぼくは、笑いに息をつまらせながら走った。

8　未熟な革命

「ちょっと、瀬田くん、校内メールまわってるわよ」

業間休み、蓮田から貸してもらった英語プリントをうつしていたら、森口が声をかけてきた。

「校内メール？」

「そうよ、今朝、秋本くんと蓮田くんに泣かされたんやて」

森口は、大型のカードのようなものを、ぼくの前でふった。ペンギンがウインクしている絵がすみにかいてある。小さな丸い文字が並んでいた。

「ほんとなの？」

「うそだよ。だいたいなんだよ、校内メールって」

「女の子の、情報網。校内でおこっただいたいのことは、これでわかるわけ。今月の校内メールナンバー6『今朝、校門のところで、二年三組の瀬田歩くんは、同じ組の秋本くんと蓮田くんになにか言われ、泣いていたように見えました。ただし、ケンカではなく、もっと深刻な雰囲気。もしかして、三角関係？　きゃっ♥これからの注目株みたいでぇす♥

発信二年、ものぐさ姫』どう？」

「どうって、ひどい情報網だよ」

「じゃ、ちがうんやね。秋本くんとケンカなんかしてないのね」

「してません」

森口は、両手を腰にあてて、大きくうなずいた。

「けっこう。ここにきて、痴話ゲンカせんといてね。えらいことになりそうなんやから」

「えらいことって？」

「これよ」

森口は、口元を一文字に結んだ。ショートカットの細い顔が引きしまる。制服のポケットから、同じようなカードをとり出した。こっちは全体がさくら色をしている。

「校内メールナンバー7『文化祭で三組が計画している漫才ロミジュリについて、先生たちから反対意見が出たらしい。教育イーンカイのおじいさんたちが見にくるので、あんまりふざけたのは、バッ！　みたいです。〈だからね〉のエガちゃん、校長センセに呼び出しらしいよ。これ、生徒会筋、および職員室おそうじ係筋の情報です㊙　発信、二年、キンキガールズ』」

ナンバー6の時より、森口の声は、ずっとよくひびいた。柔らかな音程とリズムがあった。教室にいた者は、ほとんど耳をかたむけていた。

「なに、それ。むちゃくちゃやん」

だれかが、声を上げる。

「エガちゃん、なにしてんねん。朝の会の時、なんも言わへんかったやないか」

ぼくの後ろに人の立つ気配がした。秋本だ。

「森口」

秋本に呼ばれ、森口はもう一度、口元を引きしめた。

「ほんま、確かな情報か」

「わからへん。でも、職員室おそうじ係筋ってのが気になるわね。この筋からの職員室情報、あんまりはずれへんの。しかも、昨日、わたしと高原くんとで、文化祭のクラス別報告書書いて、提出したの。三組、教室展示、『ちょっと気の早い今年の十大ニュース』、舞台『漫才ロミオとジュリエット、ほんまは、あんたがアホやねん』」

「ほんまは、あんたがアホやねん……なに、それ？」

「なにって、瀬田くん、なにも聞いていないの。漫才だけやったらイメージ弱いから、題つけようかて、秋本くんが」

「そっそっ、適当につけたんやけど、だからそれも昨夜、言うつもりやったのに、ごちゃごちゃして、わすれてた。歩、気ぃ悪うせんとき」

気なんか全然悪くならなかったけど、ため息が出た。

『ほんまは、あんたがアホやねん』なんて舞台、学校側がよろこぶわけないだろう。文化祭とか体育祭とかは、学校が外にむかって扉を開く数少ない機会だ。親もくる。他校の先生や生徒もくる。教育委員会のおじいさんもくる。学校全体が正装してとりすまし、作り笑顔で客をむかえる。そんな日じゃないか。そこに『ほんまは、あんたがアホやねん』だって……もう少し考えろよ。

そう思った。思っただけで、だまっていようとした。知らないふりして、横をむいていれば、たいていのことは通りすぎる。

顔を上げると、秋本と目があった。

「どっちがアホだよ。まったく、秋本も森口もちょっとは考えろよ。提出用の書類なら、それなりの書き方すれば、よかったのに」

言ってからすぐ、後悔した。他人を責めてはいけないのだ。それは傲慢《ごうまん》なことなのだ。よく、わかっているはずなのに、責めの言葉がすらすら口をついた。自分自身にあせる。

「そりゃ瀬田の言うとおりやわ。学校さんには、インパクト強すぎたんやな。セカンドインパクト、世界の破滅、エヴァもまっ青やで」

蓮田が、ぼくよりもっと大きなため息をついた。森口が肩をすくめる。

「少しノリすぎたのは、認めるわ。けど、このくらいのことで、騒ぐとは……甘く見すぎたかな」

高原が、メガネをおし上げる。

「ともかく、情報の確認を先生にせんとあかん。それが第一や」

「あったりまえやわ」

「ちょっと、エガちゃん呼びいっといで」

さまざまな声と物音が教室の中をとびかう。

そこに、エガちゃんが入ってきた。英語の担当なのだ。辞書やら教科書やらプリントやらをかかえて、ぼくらの担任は、

「こらこら、なにを騒いでるんだ」

と、か細い声を出した。

運の悪い人は、どこにでもいる。エガちゃんもそういう運命の人らしい。やせて背の高い先生にぼくは、少し同情していた。

「先生」

席にかえっていた森口が、やたら大きな音をさせて立ち上がる。

「わたしたちの舞台計画が反対されてるって、ほんとうですか」

エガちゃんは、あっと言ったきり、だまりこんだ。

「どうなんですか」

「先生、ほんまやったら、うちら怒るで」

エガちゃんは口を閉じ、ネクタイを直し、咳払《せきばら》いをして、黒板の前に立った。

「あの、だからね……えっと、森口、どこから聞いたんだ」

「先生、女子中学生の情報網を甘く見んといてください。それより、ほんまのことなんですね」

「え、うん、だからね……そう、確かにきのう、学校側からぼくに話はあったんや。三組の計画書があんまりふざけてるてな」

「わたしたちは、正直に書きました。ふざけてなんかいません。まじめです」

森口が胸をはる。きれいな標準語だった。たいしたやつだなぁと、つくづく感心する。この前習った四字熟語、威風堂々そのままだ。

「だからね、そう、ぼくも校長にそう言ったんや。うん、だからね、帰りのホームルームで話しあってもらうつもりやったけどな、あの、ただな、今回の文化祭は、わが校の創立百周年にあたり、いつもよりずっと来賓の数も多いんだよ。そこで学級活動の成果とも言うべき舞台活動で、あまりふざけたものでなく」

「ふざけてないです」

森口ににらみつけられて、エガちゃんは、目をしばたたかせる。

「ふざけてるとは思うで」

やけにのんびりした言い方をして、秋本が立ち上がった。エガちゃんの表情がゆるむ。

「ほんま、ふざけてるのはあたりまえやで。漫才……なんやコントにちかくなりそうやけど、まっ、どっちにしても、ふざけてないと勝負にならんでしょ。まじめな漫才なんてアホらしゅうて、だれも見んと思います。ぼくら、ふざけたことしたいんです。あっ、もちろん、ええかげんやないですよ。まじめに、ふざけたことしたいんです、なっ、そうやろ」

みんなの視線が、ぼくのほうにむいた。それで、なっ、そうやろと問いかけられた相手が、ぼくだとわかった。

ぼくは下をむき、手の先を見つめ、ゆっくり顔を上げた。エガちゃんの目とぶつかる。疲れた目に見えた。きのう、校長先生にしぼられたのかなと思った。クラス指導の問題とか、中学生らしい活動とか、いろいろ言われたんだろうな。

去年の夏休みの間、一度だけ学校にいった。いったというより、呼び出されたのだ。すでに一学期の終わりを二週間以上、休んでいた。名目は学期末の三者懇談を欠席したかわりというものだった。旧盆前の夕方ということで、学校は静かだった。ぼくの知っている学校の音——チャイム。呼び声。放送。足音。教科書をめくる音。ひそひそ話。笑い声。牛乳ビンの割れる音。こらえてこらえて、それでも、もれる小さな泣き声——そんな繁雑な音は、一つもしなかった。がらんとした校舎に夏の日だけが照り返していた。蝉のぬけがらのようだった。

久しぶりに制服を着たぼくと母さんは、校長室に通された。校長先生と担任の先生と全然知らない先生の三人がいた。

いろんなことを言われた。ほとんど覚えていない。三人ともすごく優しい話し方をしたこと、にこにこしていたこと、母さんが、かたい表情で頭をさげていたこと、そんなことをぼんやりと覚えている。窓からの風で、成績表がカサコソ鳴っていたのを覚えている。高校入試、心配ない、これから取り返しはつきます、成長の過程としてとらえて、もとにもどれる、がんばれば、宿題と課題と。とぎれとぎれの言葉を覚えている。それだけだった。いやな経験だ。今でもぞっとする。にこにこ笑っていたのに、優しかったのに、先生たちは、ぼくがひどく、やっかいで手のかかる存在であることを無言でつげていた。いやな経験だ。ほんとにいやだ。もう二度とごめんだ。

ぼくは、エガちゃんを見返す。エガちゃんも同じような経験をしたのかもしれない。先生どうしだから、もっときつかったかもしれない。つらいよなぁ。おまえ、今のままじゃ、なんの価値もないぞみたいな視線でなぶられるのって、絶対つらいよな。

やめちゃえばいいんだ。

ひらめいた。漫才なんか、やめちゃえばいいんだ。へたでも中途半端でもいい、適当なロミオとジュリエットをやっちゃえばいいんだ。

「歩」

うつむいているぼくの背をおすように、秋本が呼ぶ。顔を上げ、秋本と目をあわせた。死ぬ前のポンスケににている。頼りないさびしい目だ。

こいつでも、こんな目をするんだ。

あとで考えたら、バカの二乗にプラスがつくぐらいなんだけど、ぼくは、この時、秋本が泣くんじゃないかと思ったのだ。漫才なんかやめちゃえばいい。その一言は、秋本を泣かすほどひどい言葉なんだと思えたのだ。そして、ぼくは、秋本を泣かせたくなかった。

「あの、よくわかんないですけど、たぶん題が悪いわけで……そこらへんを直したらいいんじゃないかと……内容までチェックするわけじゃないし……そう思います」

エガちゃんは、ぼくの顔をちらっと見て、腕をくんだ。

「そうだな、そういう手もあるがなぁ……しかし内容もいずれはわかるわけだからなぁ」

「先生」

教室のすみで、女子がひとり立ち上がった。

「野崎《のざき》、なんや」

エガちゃんが、少しびっくりしたように、野崎藍那《あいな》を見つめた。つられて、ぼくも野崎の丸い小さな顔を見た。野崎は、無口なめだたない生徒だ。発言することなんか、めったにない。

藍那というめずらしい名前だけがめだつ。

「あの、先生……あの、これ見てください」

小さいけれどはっきりした声で言って、野崎は、机の横の紙袋からなにかを取り出そうとした。井野原が手伝う。ふたりは、顔を見あわせてうなずき、前に出て、みんなの前にそれを広げた。歓声が上がる。

ドレスだった。ジュリエットの衣装。この前の時より、ずっと豪華になっている。ビーズの玉がいくつもぬいつけられ、きらきらしていた。そでぐちなんか、やたらひらひらしたものがくっついて、そこにもビーズが光っていた。半端じゃない。きれいだった。女の子、メグみたいな女の子が着たなら、きっとよく似あうと思う。

「あの、わたしたち衣装係は、みんながんばって、これ作って、ティアラなんかも作って……ロミオのも、これから作るんです。あの、これむだになったりしたら……そんなん、いやです」

野崎が、顔を赤くしながら、つまりながら言う。井野原が何度も大きくうなずく。拍手がおこった。野崎が俯《うつむ》く。エガちゃんがあわてる。

「いやあ、だからね、みんな誤解せんといてくれや。だれも止めるなんて言うてないやろ。だからね、なんでそういう方向に話がいくんだ。の、の、野崎、泣くな。あほ、やるって。止めたりはしません」

拍手が大きくなる。森口が、ゆっくりと立ち上がる。出番をちゃんと知ってるんだ。

森口、おまえのほうがよっぽど主役はれるよ。

「では、先生、三組は、このままの予定でいきます。ただし、学校提出用の計画書は書き直します。芸術的な題をつけますから」

「あ……わかった、そうしてくれ。漫才でもコントでも、好きなことやってくれ。生徒に泣かれるより、校長にねちねちやられるほうがまだ、ましや。覚悟を決めた」

高原が、メガネをおし上げる。

「先生、そんな悲壮なこと言わんといてください」

「あほ、今回、百周年てことで、学校側は力が入ってるんだ。いや……だからね、まっ、学校の都合は都合やからな。きみらには関係ないか」

「先生、好き」

だれかがさけんだ。笑い声がおこる。

「先生、だいじょうぶ。公立学校なんだから、一方的にクビになったりせえへんわ。それに、先生の実家って、灘《なだ》の大きな酒屋さんなんでしょ。いざとなったら、跡継ぐ道もあるやないですか」

「もっ、森口、なんでそんなことを……」

エガちゃんは心底びっくりしたらしい。目の玉が一回転した。森口が不敵な笑みをもらす。

「ふっふっふ。先生、人気あるから情報量も多いんです。ともかく、なにがあっても、わたしたち、先生を見捨てたりせえへんから。同窓会の時は、絶対、先生呼びますから」

「そりゃどうも……灘の酒もっていくわ」

拍手と笑い声が同時におこる。エガちゃんは、まじめな顔で野崎に、

「もう、泣かんといてくれな」

と言った。野崎がはいと答えると、やっと、笑い顔になった。

9　これからのロミジュリ

森口と高原の書き直した計画書がよかったのか、エガちゃんが悲壮な努力を続けているのか、学校側から表面的にはストップがかかることはなかった。

ただし、チェックされてるなとは、たびたび感じた。放課後の練習時間に、校長先生が見まわりにくるのだ。「おっ、みんな、がんばってるか」なんて、にこにこしながら教室に入ってくる。

「このクラスは、なんやユニークな舞台を計画してるみたいやな。楽しみにしてるよ。ただし、中学生らしい活動にしてくれよ。いやいや、楽しみ、楽しみ」

中学生らしいというところに力を入れて、校長先生は笑う。それから、ゆっくりと教室を見まわして出ていくのだ。

国語の角野先生は、授業時間を一時間つぶして、シェークスピアと『ロミオとジュリエット』についての説明をした。

「いい機会だから、みんなにわかる範囲で、シェークスピアについてお勉強しましょうか。今くばったプリントを……そうね」

角野先生は美人だ。鼻筋がすっと通って、色が白い。エガちゃんが一目ぼれしたってうわさがあるけど、うなずける。そのきれいな顔がぼくにむいた。

「瀬田くん、読んでちょうだい」

ぼくか秋本が指名されるだろうと予測していた。ぼくは、カタカナと漢字の並ぶプリントに視線をおとし、読み始めた。

「ロミオとジュリエット。イギリスの劇作家ウィリアム・シェークスピアの悲劇。五幕からなる。ルネサンス時代のベローナを舞台として、名門モンタギュー家、キャピュレット家の確執を背景に、両家のロミオとジュリエットの悲恋を描いたもので……」

そこまで読んだ時、蓮田があくびをした。やけに明るい声で、角野先生はあらと言った。

「蓮田くん、寝不足なの」

「くだらねえ」

蓮田が、横をむく。

「なにが、くだらない？　あなたたちの年代でいろんな文学作品にふれることは、とてもたいせつよ」

「こんなプリント読んで、ブンガクサクヒンがわかるんかいな」

「すくなくとも、読んでみようかなって気持ちのある人には、刺激になるものよ。文学というのは、特に古典作品にはね、人間の高尚な魂があるものなの。理屈じゃなく、そういうものにふれてほしいわね。中学生は中学生なりに理解できる範囲でふれてほしいです」

角野先生は背筋をのばし、ぼくたちに向かってうなずいた。蓮田が、もう一度大きなあくびをする。

「蓮田くん、あのね」

「先生」

ぼくも背筋をのばす。背をのばすと、空気がたくさん肺に入ってくるんだなと思った。

「プリントの続き読みます。シェークスピアの悲劇は、このほかにも……」

読み終えると、口の中につばがたまった。飲みくだす。角野先生は笑い顔をつくって、

「ごくろうさま。さすが、じょうずね」

と言った。


「あの、さすがって、どういう意味なんだろ」

放課後、ロミジュリの実行委員会の席で、だれにともなくつぶやいてみた。実行委員会といっても、みんな係ごとに集まって、それぞれの仕事をしてる。

「嫌みにきまってるやろ。おまえがジュリエットするんで皮肉られたんや。いやな女やで、ほんま」

蓮田が顔をしかめる。なんとなくおかしかった。

「蓮田って、よっぽど角野先生が嫌いなんだな」

「好きになれるようなセンセなんて、そうそういてへんわ。エガちゃんなんか、ましなほ

うや」

「蓮田に一票」

森口が、蓮田の後ろに立って、指を一本立てた。森口と高原はいそがしい。それぞれの係の間をまわって、一つ一つ、確認とうちあわせを繰り返しているのだ。特に、森口ははりきっていた。ビデオにとれば、エネルギー波が映るんじゃないかと思えるほど動きまわっている。

「おっ、森口、賛成してくれる」

蓮田が、ニマッと笑う。

「だから一票や。特に、なにあの校長の言い方。ほんま、ろくなもんやないわ。中学生らしいものをだって、三分間に六回も言うたのよ。教頭までちらちらのぞきにくるし、角野先生は、やたら文学作品のおしつけするし、まったくうんざりやわ。秋本くん」

「はい」

「あんた、なにしてんの。ひとりパンなんか食べて」

「えっ、あっ、これ。お好み焼きマヨネーズ味サンド。食う?」

「また、おばちゃんの試作品」

「そうそう。基本的には、焼きソバパンの変形やね」

「そんなもの食べてるひまあったら、構成のほうどないするか考えてよ。欲を言えば、漫才よりもうちょっと動きのあるものにしてほしいわけ」

森口が、後ろを向く。ひかえていた家臣のごとく、高原が前に出てくる。秋本の机の上にノートを広げた。

「えーっと、まだ、ざっとしたことしか考えてないけど、メインはふたりの漫才としても、その前後に登場人物を入れたいわけなんや。たとえば、ふたりが初めて出会う仮装舞踏会のシーンとか、乱闘のシーンとか。なんや、舞台に立ちたいやつも何人か出てきたりしたから」

「ふんふん」

秋本がうなずく。ぼくは、ひたすら感心していた。高原にだ。高原は、ちゃんと『ロミオとジュリエット』を読んでいるのだ。少なくとも、中学生の範囲をこえたあたりで理解しているような気がした。

「前だけでええと思うけどな。めちゃまじめなシーンでやろうぜ。荘重《そうちょう》ちゅうか、うわっ、本格的とか思えるような感じで」

秋本は、食べるのとしゃべるのを同時にやって、口のはしからキャベツをこぼした。

「うわっ、本格的と思わせといて、漫才やるんかいな」

蓮田が大げさに仰《の》け反《ぞ》ってみせる。森口もくっくっと、かわいらしい笑い声を立てた。ぼくと高原は顔を見あわせて、どちらからともなく、首をひねった。秋本が、お好み焼きサンドを見つめて言った。

「まっ、漫才ちゅうか、もうほとんどコントやろうけど、そっちはまかせてくれや。もとは歩とだいたい決めとくけど、その場の雰囲気見て、ぱっぱっとあわさなあかんとこあるし」

「えらく難しいな。だいじょうぶか？」

蓮田と高原の目が、ぼくのほうをむく。

「知らない。でも、秋本がやれるっていうんだから、やれるんだろ。なんか、どうとでもなれって心境だよ」

「あら」

と、森口が腰に手をやる。ぼくをじっと見る。

「なんだよ」

「瀬田くん、変わったやん」

「なにが？」

「だって、ゆとりあるもの。今までだと、『えっ』とか『でっ、できません』とか、なんかばたばたしてたやない。うん、余裕感じる。ヒロインの貫禄《かんろく》やね。けっこう。がんばって、漫才でずっこけてもらわんと、せっかくの構成がパァやから」

余裕かと、口の中で、その言葉をころがす。自分に余裕があるのかどうか、わからない。でも、少しばたばたしなくなったのはほんとうかもしれない。自分の中に生まれたもの、怒りとか恥ずかしさとかうれしさとか情けなさとか、そんないろいろなものを、ばたばたあわてて、打ち消さなくなった。

「あっ」

と声が出た。自分の中に生まれた感情が、ぼくはうっとうしくなかったのだ。おし殺そうとしなかった。自分自身にかくそうとしなかった。その分、エネルギーがあまったのかもしれない。余裕って、そういうことかもしれない。

「瀬田くん、どないしたん？　急にだまって。うち、悪いこと言うたかしら？」

森口がのぞきこむ。真正面から、その視線をうけとめる。森口のほおが赤くなった。

「森口はさ」

「うん」

「あの森口のエネルギーは、どっからきてるわけ？」

「え？」

「いや、なんかこのごろ、エネルギー発散て感じだから。あの、なんか、森口、すごく腹立ててない？　怒ってんのわかるし」

ぼくは、口を閉じた。森口は、まゆの間にしわをよせ、形が変わるほどきつく、唇を結んでいる。

「えっ、いや、あの、ごめん」

「も、森口、歩は悪気なかったんやで、怒らんとってくれ。本人、反省してますさかい。ホラ、これやるから」

秋本が、お好み焼きサンドをさし出す。森口は、ふんと鼻をならした。それから高原に

むかって、

「高原くん、最初は仮装舞踏会のシーンでいきましょう。ナレーションも入れて。衣装係と配役決めなくちゃいけないので、あした、一時間、活動時間くれるように、江河先生に交渉してみてください」

と言った。秋本は、サンドイッチを飲みこみ、マヨネーズのついた手で、ぼくの上着を引っぱった。

「おい、標準語やで。マジやで、歩、あいつマジで怒ってるわ。反省しろ。早《はよ》う。歩くん、反省ポーズ」

ぼくは、額に手をやって深くうなだれた。

「森口、見たってくれ。歩は、このように深く反省の意を表明して、今後二度とこのような過ちをおかさぬよう」

「瀬田くん！」

はいと返事する前に、手首をつかまれた。

「ちょっときて」

ひえぇとかさけんだような気がする。森口は、けっこうな力で、ぼくを引っぱっていった。

「ジュリエットォォ」

と、秋本が、両手をのばして、指をひらひらさせる。

「ひえぇ、秋本じゃない、ロミオ」

「うるさい。しらじらしい動きせんといて」

森口は、手をはなさなかった。廊下ですれちがう者が、みんなふりかえる。教室からのぞいているやつもいた。一組の教室の中に、メグがいた。目があったような気がする。

「も、森口、どこにいくんだよぉ」

森口は、ぼくの手首をにぎったまま廊下を歩き、階段をあがった。

「こっ、この上って、まさか」

「屋上よ」

屋上のドアを開けてから、森口はやっと手首をはなした。

「瀬田くん、ここくるの、初めてやない」

初めてだった。高台にある湊三中の屋上からの眺めは美しかった。都市と田舎がまざり混んでいるような湊市の風景が美しかったのだ。家やビルの密集した向こう側に、大きな川がゆったりと流れていた。川辺に群れているススキの穂が、風になびく。遠くの山々はひそかに色づいていた。

「あれが水無瀬川《みなせがわ》、こっちのこんもりした林が湊神社。十一月にはお祭りがあるの。向こうのレンガ色の大きな建物が高校。アニキが通ってるんだ」

森口は、まわりを囲ってあるフェンスにもたれ、説明してくれた。怒っている声じゃなかった。

「お兄さん、いるんだ」

「うん、ひとり。それと、小学生の妹がいてる」

森口は、フェンスに背をもたせかけてだまりこんだ。迷っているように見えた。

屋上には風が通る。学生服を着てさえ肌寒いほどだった。セーラー服のリボンがゆれる。甘い匂いをかいだ気がした。森口の横顔に目をやる。セッケンや香水の匂いではなかった。気づかれないように鼻を動かす。鼻の先を風がぬけていく。もうなにも匂わなかった。なのに、鼓動が速くなる。

女の子って、みんな、こんないい匂いがするんだろうか。

「瀬田くんて」

うつむいていた森口の顔が上がる。

「待てる人なんやね」

「は？」

「待てる人。うちの話し出すの待っててくれてるやろ。そういうの、すごいね」

いや、森口の匂いっていいなと、ぼんやりしてました、なんてことを言えるわけなかったので、ぼくは、適当に笑っていた。

「それに、けっこう鋭い。瀬田くんに言われて、気がついたわ。うち、すごく腹が立ってたんやって」

「腹が立ってたって、校長先生や角野先生に？」

「うん、それと」

森口は、またしばらくだまりこみ、唐突に深呼吸を一つした。

「瀬田くん、ちょっとこれ見て」

森口の手がセーラー服をたくし上げる。

「森口さん、こんなところで、なにをするんだ。不謹慎だ。やめろよ」

と、言おうとしたけど、舌がこわばって、

「もっ、もり、もり、もり」

としか発音できなかった。顔なんか、ぴくっとも動かない。目の玉がかわいて痛かった。

森口は、胸の下までたくし上げて、ぼくに脇腹を見せた。白いブラジャーの縁がちらっとのぞいた。

その縁から十センチほど下に、ピンク色の細い筋があった。筋というより肉がもり上がっている。

「あ……火傷？」

「うん。火傷のあと。もうずいぶん前なんだけど」

セーラー服がもとにもどる。

「かんにん。へんなもの見せてしもて」

「いや」

ぜんぜん、へんじゃない。もう一回、あと三回ぐらい見てもいい。ぼくは、苦労してつばを飲みこんだ。

「あのね、うちのアニキ、わりにかっこいいんだ。反町系《そりまち》かな。頭もええし、優しいし、おもろいし……うち、大好きやった」

「大好きやったって……」

大好きやった。その過去形が、ぼんやりしていたぼくの気の中に、入りこんできた。

ぼくは、一美姉ちゃんが好きだった。好きだった。

森口は、ぼくに向かって、あわてて手をふった。

「ちゃうの。生きてるのよ。ほら、さっき高校いってるて言うたでしょ」

「あっ、あっ、そうだよね」

「ごめん、へんな言い方で。あの……あのね、アニキ、中学のとき、やっぱ文化祭でロックやるってはりきってたんや。けっこう、なんでもできる人やから、ドラムとかも上手やったの」

「すごいね」

「うん、中学の文化祭でロックなんて、めちゃかっこいいやん。アニキ、はりきってた。けど、文化祭の十日前ぐらいになって、やっぱり、あかんてことになってしもて」

「うん」

そうだろうなと、なっとくする。文化祭でロックなんて過激だよな。

「初めからだめじゃなくて、もしかしてなんて気ぃもたせといて、あかんかったから、アニキたちがっかりしちゃって……それで、うちに帰ってから、めずらしく荒れて……うちにも、ぼんぼんあたるわけ。うち、まだ小学生やったし、気ぃ強いから、兄ちゃんにとびかかっていって、そしたら、つきとばされて、テーブルの上にたまたま、熱湯の入ったヤカンがあって、ここにかかっちゃって……ふふっ、みんなびっくりやわ。兄ちゃんなんか、まっ青になってるし、妹は泣くし、うち、すぐ服脱げばよかったんやけど、なんや服脱ぐとき、皮膚までとれそうな気ぃして、脱がそうとする兄ちゃんから逃げながら、わぁわぁ泣いてた。むちゃくちゃやったわ」

森口の手が脇腹をこする。火傷のあとより、皮膚の白さとか、ブラジャーの縁にどきどきした自分を、ぼくは少し恥じた。森口がふぅと息をはく。反町系のかっこいいアニキは、兄ちゃんに変わっていた。

「火傷も痛かったけど、これは治るやろ。少しぐらいあとついてもかまわへん。けどな、兄ちゃんがいやややて思う気持ち、消えへんの。文化祭でロックやりたいんやったら、やればよかったんや。学校が都合で中止にして、それをがまんして妹にあたるなんて、おかしいやろ。なんや、がっかりしてしもて……それからだって、やたらうちに優しいの。医学部いくんだって。うちの火傷のあと治そうと思うてるみたい。このごろ、ロックのロの字も言わへんの。勉強一筋やで。親は、ほくほくしてるけど」

優しい人なんだ。妹のことが、ほんとにかわいくて、かわいい妹に火傷させたこと、きりきり音がするくらい悔やんでるんだろう。自分を責めて、つぐなう方法を懸命に考えたのだろう。

「うそくさいやろ」

はき出すように、森口が言う。あごを上げ、空を見ていた。

「うそやと思う。絶対うそや。うちの兄ちゃんは、もっとかっこよかったんや。学校に文句も言えんくせに、妹にべたべた優しい兄ちゃんなんか、いややわ。だから、うちはいや。がんばって、漫才ロミジュリやるの。やりたいの」

森口は大きく息をすいこんで、だまった。ぼくも空を見上げてだまりこむ。せつなかった。兄ちゃんがせつなかった。なんで責めるんだよと、森口につめ寄りたい気もした。だけど、ぼくは踏みとどまる。森口の抱いている怒りにそいたいと、強く思った。森口が、兄ちゃんや学校や親や優しさやうそくさい言葉に抱いている怒りが、ものすごく、まっとうに思えた。兄ちゃんのせつなさより、ずっとまっとうで必要だと思えた。

「あはっ、大告白しちゃった。なんか、瀬田くん、ふしぎやね」

「えっ」

「だって、じっと見られたら、なんか、うちの中にあるもん、全部言いたくなるもん。自分でもわすれてたようなことまでしゃべってしもた。ごめん、おおきに」

森口が手をさし出す。握手。手のひらが柔らかだった。

「なんとなくやけど、秋本くんが瀬田くん好きなの、わかるわ。あいつも、いろいろあるやつやから」

そう聞いたぼくを無視して、森口は走り出した。ドアを開ける。

「もう、あんたたち、なにしてんの、あほやねえ」

くすくす笑いながら、森口は階段をかけおりていった。

ドアのところに、秋本と蓮田と篠原と高原がいた。八つの目がいっせいにぼくを見る。

「おまえら、なにしてんの？」

森口と同じことをたずねる。

「立ち聞き」

と、秋本が答える。

「せっ、瀬田くん」

高原が、いつもより高いビブラートのきいた声を出した。

「あっ、あの、もしかして、森口さん、なんかこんな、こんなことして、服めくって、みせ、みせ、みせて」

「どこの店や」

蓮田がちゃかす。高原は完全無視だった。ぼくだけを見てというか、にらんでいた。

「見せてなかった？　めくって、こう」

「見せたというか、まあ、なんか、いろいろとしゃべったけど」

「感想は？」

蓮田がにやついている。

「感想なんかないよ。あっ、でも、いい匂いしたな。うん、甘いみたいな、でもさらっとしたような。女の子って、みんなあんないい匂いするのかなって思っちゃったよ。ちょっとどきどき」

高原の顔が赤くなる。口を開けて、それでもなにも言わず、階段をおりていった。

「もう、みんな、高原くんが京美のこと好きなの、知ってるくせに」

篠原が、ため息をつく。蓮田は、ぼくをちらっと見て、へんな笑い方をした。

「瀬田って、なんやトラブルメーカーやな。そばにいるとおもろいわ」

蓮田と篠原が並んで、おりていく。ぼくと秋本だけが残った。風が強くなる。空が染まり始め、最終下校時間をつげるチャイムがひびいた。

「帰るか」

秋本がぼくをうながす。

10　これからのロミジュリⅡ

『おたやん』の前で、秋本が、

「寄ってくか？」

と、たずねた。ぼくは、明日《あした》にすると答えた。

「そっか、明日な。ばぁい」

「あ……うん、秋本」

「うん？」

「あの、高原って、森口のこと好きだったのか？」

秋本は、あっさりとうなずいた。

「おれら、小学校からずっといっしょやけど、高原はなんやずっと、森口一筋みたいやなあ。あいつ秀才やからな。頭のええやつは、思いこんだら一途《いちず》なんやないか。そういう学説聞いたことあるやろ」

「ない」

「あっ、そっ。まあ、ええやないか。みんな十四年も生きてるんや、いろいろあるのあたりまえやろ。おまえ、気ぃせんかてええで」

気にしてるわけではなかった。ただ、ふしぎな気はしていた。森口の傷も怒りも、高原の恋心も、外からは見えなかった。いろいろなことは、蓮田にも篠原にもそれぞれにあるのだろう。

あいつも、いろいろあるやつやから。

森口の言葉を思い出す。

「秋本さ」

おまえのいろいろって、なんだよ。そう続けようとして、ぼくは唇をかんだ。

「じゃあな、ばいばい」

走り出す。

「歩、あほ、とちゅうでやめんな。気になるやんか」

秋本に背をむけたまま、ぼくは手首から上だけをひらっとふった。

秋本のいろいろが、ちらっとだけどわかったのは、夕食の時だった。母さんが、ごはんをよそいながら、

「秋本くんのおうちって、ふつうじゃないのね」

と、切り出したのだ。

みそ汁の椀《わん》をもって、ぼくは、母さんにたずね返した。

「なに、どういうこと？」

「なにって、今日、菊地《きくち》さんが教えてくれたんだけど、菊地さんて、食料品売り場の係の人で、秋本くんとこの近所なんだけど」

とうふと、きざみネギを飲みくだす。菊地さんなんて、どうでもいい。

「秋本くんて、お父さんいないでしょ。えっと、これ、単なるうわさでしかないんだけど……お父さん、名古屋《なごや》のほうの人で、そこにちゃんとした家庭、あるんですって。つまり……なんていうのかな、秋本くんて」

「非嫡出子《ひちゃくしゅつし》？」

「まあ、歩、そんな言葉、よく知ってるわね。あっ、誤解しないでよ、母さん、秋本くんとお友だちになるななんて、言ってないのよ。いい子だと思うし、今のも、ほんとただのうわさ話で当てにはならないから。ただ」

母さんは、言葉をさがすように首をひねった。ぼくは、コロッケを口にほおばる。好物だ。でも、なんの味も感じなかった。

「ほら、あの子、ちょっと雰囲気あったからね。なんとなく、ふつうの家庭の子じゃないなって感じてたのよ、だからね」

「秋本は」

ぼくは、口の中の味の分からないものを、むりやり飲みこんだ。

「ふつうじゃないよ」

立ち上がる。口をぬぐう。母さんは、赤いはしをもったまま、ぼくを見ていた。

「特別なんだよ」

「え？」

「この家だって、ふつうじゃないだろ。父さんも一美姉ちゃんもいないじゃないか。全然、ふつうじゃないよ」

「歩！」

母さんがさけぶ。赤いはしがテーブルの上にころがった。

「なに言うてるの。うちは、しかたないでしょ。事故やったの。どうしようもなかったでしょ」

母さんの声がふるえる。物言いが、この街のものになっていた。

「あの事故がなくたって、ふつうじゃなかったかもしれない。あの事故がなかったら、たぶん、おれ、学校いってないと思うし……そういうの、母さんたちから見たら、ふつうじゃないだろ、だから」

「歩、いいかげんにしなさい」

母さん、知ってる？　森口は、脇腹にやけどのあとがあるんだ。高原は、その森口がずっと好きだったんだ。そういうこと、みんな知ってる？

立ち上がる。そんなに急いだつもりはなかったのに、体がテーブルにぶつかった。みそ汁がこぼれる。母さんの視線がこぼれたみそ汁と、立ち上がったぼくの間をうろうろする。

「歩」

母さんは、ひじをテーブルについて、両手で顔をおおった。

「歩、やめてよ。そんなひどいこと言わないでよ」

ふきんでテーブルをふく。食べかけのコロッケの皿と汁碗《しるわん》を流しにはこんだ。

「歩、どこいくの」

出ていこうとするぼくを、母さんは呼びとめた。

「ちょっと。すぐ帰ってくる」

マンションのドアをしめる。母さんの声がとぎれる。風は、体の芯《しん》をつらぬくように冷たかった。この街では、冬はこんなに早くやってくるのだろうか。

『おたやん』は、いそがしさが一段落したところだったらしい。カウンターにもテーブルにも、コップや汚れた皿や先にソースのついたわりばしが散乱していた。

おばさんも秋本も、あー、かったるいという顔をして、のろのろ動いていた。ひとり、きびきび動いているのは……。

「いらっしゃいませ……あっ、瀬田くん」

青いエプロンをして、ひとり、きびきび動いていたメグがぼくを見て、ひそかに眉をひそめた。

「よお、歩。なんや、やっぱきたんか。なんぞ食うか」

秋本がカウンターの中から手をふる。

「いや、あの、腹はいっぱいだから……その、ちょっと話が」

「おばちゃん、はい、これ。あっ、瀬田くん、ちょっとじゃまなんやけど、ごめんね」

メグが、コップや皿をのせた盆をおばさんに渡す。ぼくをおしのけるようにして渡す。髪を青いリボンで一つにたばねた横顔は、うっすらと汗をかいていた。

ほんとにきれいな人だ。

ぼくは、メグの横顔から目がはなせなかった。

「話があんなら、おれの部屋にいこか。汚いけど」

「あっ、うん」

カウンターの横、藍色《あいいろ》ののれんにかくれるようにして、急な階段があった。秋本のあとに続いてのぼる。

「瀬田くん」

階段のとちゅうで、メグがぼくを呼んだ。声まできれいだ。

「あんまり長居せんといてね。お店、これからいそがしくなるの。悪いけど」

「あっ、はい、すぐにすみます」

自分でもバカかと思う。同学年に丁寧語つかってどうすんだよ。

メグは、髪をかき上げて、プイと横をむく。おばさんは、なぜか、くすくすひとり笑いをしていた。

秋本の部屋は、正真正銘の汚さだった。ベッドのシーツはくちゃくちゃだし、机には、プリントだの雑誌だの教科書だのが、山になっていた。本箱にはホコリがたまっているし、制服のズボンは脱いだままの形で英語の辞書の上にあった。英語の辞書は、床に開いたまま放り投げられている。

「あはっ、おまえの部屋とはえらいちがいやろ」

「うん、おれなら、ここでは生きてくの無理だな。ここ、すわっていい？」

「どうぞ、どうぞ」

ぼくはベッドにすわり、秋本は少しはなれて、あぐらをかく。

「あっ、いらっしゃいませ」

メグの声がきこえる。おばさんの笑い声が大きくなる。

「お客さん、きたみたいだけど」

「かまへん。おかんもメグもいてる」

「あ、メグって、よく手伝いにくるんだ」

「うん、そう言うたら、このごろようくるな」

会話がとぎれる。ぼくは、唇をゆっくりとなめる。

なんで、ここにきたんだろうと考えた。秋本になんの話をするつもりだったんだろう。

なにを聞きに、なにを伝えにきたのだろうか。

秋本はなにも言わなかった。ぼくを急《せ》かすでも、促すでもなく、だまっていた。待ってくれているとわかった。ぼくが森口の言葉を待ったように、秋本はぼくを待ってくれている。

「あのさ」

ぼくは、口を開いた。

「おまえさ、前に言ったろ。おもしろいやつが一番だって」

「うん」

「どうして、そういうこと思うわけ？」

うーんと、秋本がうなった。天井を見上げて、もう一度、うなる。

「なんでて、ほんまに他人を心底、笑わせられるやつってすごいて思わへんか。おれ……ようわからへんけど、すごいて思うねん。すごいもんになりたいて思うねんな」


ぼくは、だまる。お好み焼きの香りがのぼってきた。コップのこわれる音と、メグの声と、どっかのおじさんの笑い声がいっしょになって、耳にとどいてくる。唐突に、秋本が言った。

「校長」

「え？」

「いや、校長とか教頭とかほかの先生とか、ほら、おれたちの教室くるやろ。練習とか見に」

「うん」

「その時、すごくへんな笑い方してると気ぃつかへんかったか」

「笑い方って、笑ってたっけ？」

「うん、口だけで笑ってる。目は全然、笑うてないんやな。うそっぽいていうか、ほんまの嘘笑いやな。ああいうの、めちゃいややねん。背中が寒うなるわ。あんなんと全然ちがう、ほんまにおかしゅうてたまらんて笑い、気持ちええねんで。エネルギーあるんや。ああ、おもろ。これで明日《あした》もだいじょうぶて気ぃにさせてくれる。そんな笑い、やりたいねん、おれ」

どこで、そんなに笑ったんだよ。おまえ、明日もだいじょうぶ、これで生きていけるって、そう思わなければいけないほど、つらいことあったのかよ。それ、どんなことだよ。

ぼくは聞きたかったのだ。秋本の十四年間につまっている、いろいろなことを聞きたかったのだ。そう気がついた。気がついたとたん、聞かなくてもいいやと思った。

聞かなくてもいい。

「歩？」

秋本がのぞきこむ。ぼくは、その手をにぎった。

「ロミオ、わたし、あなたのことスキよ」

秋本の顔が一瞬、まじめになる。それから、わぉと言った。

「ジュリエット。すてき、わたしうれしい」

「まてまて、ふたりともおねえ言葉になって、どうすんだよ。それから、おれがスキって言ったのは、意味がちがうぞ。おれは、なんと言うか、森口もスキだし、高原も蓮田も篠原もスキで」

「まっ、うわきもの」

「よせって、ロミオ、秋本、寄るな、やめろ」

「なにしてんの、ふたりとも」

メグが、ドアをけとばすような勢いで開けた。ほんとに、けとばしたのかもしれない。

「貴ちゃん、店いそがしいの。はよ、おりてきて」

「え、これからええとこなんやけど。じゃませんといてくれる」

「じゃまします。しまくります」

メグがさけんだ。

「瀬田くん、悪いけど、いや、全然悪いことないわ。もう帰ってよ。ほんまに信じられへんわ、なにがええとこやの。下、めちゃいそがしいのよ。貴ちゃん、おばちゃんが過労でたおれてもええの。意識不明になって救急車で運ばれてもええの。注射して点滴して、レントゲンなんかとられてもええの。今晩が峠ですなんて言われてもええの」

「おかん、笑ってるやないか。どうせ柴田《しばた》のおっさんとマージャンの話、してんのやろ」

メグの顔が赤らんでいる。赤らんでもきれいな人だ。

「ともかく、瀬田くん」

「はい」

「帰りなさい」

「はい、すぐ、帰ります」

ぼくは、ベッドから立ち上がる。メグは、足音をひびかせて階段をおりていった。

「おれ、徹底的に嫌われたよな」

「うん、嫌われてるな。けど、どうでもええやん、そんなこと」

ぼくは、ため息をつく。どうでもよくないけど、これからどうにかできるかもしれない。

ちらっと思いながら、ため息をつく。

11　これからのロミジュリⅢ

ぼくらのロミジュリは、森口と高原を中心に順調にすすんでいた。

「準備、完璧《かんぺき》やからね。あとはふたりの芸にかかってるわけ。わかってる?」

森口は、一日に最低一回はぼくらの前に立って、そう言った。

「オッス」

秋本は返事する。ぼくは、文化祭がちかづくにつれて、プレッシャーを感じ始めていた。三組が、なんやおもろいことするらしいでなんてうわさが、しっかり広まっていた。

秋本と廊下なんかにいると、

「よっ、がんばれや」

なんて声がとんでくる。校長先生や教頭先生は、あいかわらず教室をのぞいて、嘘笑いをする。

その日も、教頭先生がやってきた。後ろにエガちゃんもいる。

エガちゃんは、目をしょぼしょぼさせて、教室に入るなりため息をついた。

「いやいや、どうや。みんな、がんばってるか。ほお、なかなかりっぱやないか」

舞踏会のバックにつかうシャンデリアのかざりやジュリエットの衣装を見て、教頭先生はほうほうと、やたら感心した。

「いや、漫才するなんて聞いたから、ええかげんなもんかて思うてたけど、なかなか本格的やないか」

「本格的ですよ。今、最初のナレーションのとこ練習してたんです」

森口が、高原を見る。高原がうなずく。ナレーター役の藤川にノートを渡し、前に出る。

「えーと、まず音楽が流れます。曲の選定はまだですが、グレン・ウエストンの歌にするか、思いきってピアノとオカリナとベースの生演奏にするか、迷っています。三十秒、音楽が流れてナレーションが入ります」

「ともに等しい名門の両家が、舞台となる美しいベローナで、昔のうらみから、新たな争いを起こし……」

藤川は、ヤンキースの松井にそっくりの男だ。でっかくて、いかつい顔をしている。でも声は、深くて柔らかく、よくひびいた。

「おれ、声優になるしかないわ」

なんて笑ってたけど、納得できる。いい声だ。

「ナレーションは、ローレンス・オリビエの有名なプロローグをつかいました。ジョン・ギールグッドが第一フォーリオ版のシェークスピア全集から朗読で十四行のプロローグを聞かせたのをまねてもいいなと思ってるんですけど、あっ、先生は、もちろん知ってますよね、カステラーニ監督の作品でのことですけど」

「は？」

教頭先生は、まばたきし、メガネをおし上げて空咳《からせき》をした。

「ローレンス・オリビエね。知ってる、知ってる。自慢じゃないが、若いころ、似ていると言われたこともあるよ」

ぼくの後ろで、蓮田がげっとさけんだ。高原は動じない。

「なんなら、そのまま英語をつかってもいいかなと、つまり、「Two households both alike……」

「すばらしい。そしてそのあと、ロミオとジュリエットの登場となるわけだ」

「いや、その前に仮装舞踏会のシーンが入ります。ここでは、プロコフィエフ作曲のバレエ音楽をつかって」

「すばらしい。いや時間がなくて、残念やけど、またゆっくり見学しにくるわ。ははは、いやいや、ローレンス・オリビエとはね、りっぱりっぱ」

教頭先生が出ていく。蓮田が一番に笑い出した。森口が高原の肩をたたく。

「さすが、学年トップやわ。これでとうぶん、文句は言わへんはずよ。なんせ、プロロフォルムやから」

「プロコフィエフ」

高原がすまして言う。おかしくて、おかしくて、みんなが口々になにか言って笑った。

「あっ、たびたびすまんけど」

教頭先生の顔が廊下側の窓からのぞく。

「あんまり感心してわすれてた。いや実は、そのちょっと瀬田くんに用事があったんや」

「え？」

「ちょっと話があるんやが、ええかな」

「困ります」

そう答えたのは、秋本だった。

「ジュリエット、つれていかれたら練習になりません。時間、ないんですけど」

秋本が教頭先生の前に立つ。十センチは高い。教頭先生は、秋本を見上げ、眉をひそめた。

「ちょっとだよ」


ぼくは、進路指導室につれていかれた。小さな部屋。机とイス。灰皿。資料棚。窓には白いカーテン。かすかなたばこの匂い。こういう部屋って、どの学校も同じなのだろうか。同じ匂い、同じ家具、そして同じような言葉。

「瀬田くん、まぁすわりなさい」

ぼくはだまって、かたいイスにすわった。イスの感触まで同じだ。顔がこわばる。いつのまにか、エガちゃんが後ろにきていた。

「瀬田くん、どうだね、うちの学校は？」

「はぁ……」

「いやいや、きみのことは、気になってはいたんだけど、お父さんのこととか、学校を休んだこととか、その、きみもいろいろ、たいへんだったろうからね」

机の上には、黒い背表紙の綴《つづ》りがのっていた。教頭先生の指が、パラパラと書類をめくる。

「うちにきてからは、欠席なし、遅刻なし、早退なし。よく、がんばってるね。うんうん、提出物もほとんど出してるみたいやし、なかなかや」

なるほどね。ぼくは、顔を上げ、窓から外を見ようとした。まぶしい。ガラスが反射している。白く輝く光が、ぼくから視界をうばっていく。

なるほど、そこにぼくの個人情報が集められてるわけですね、先生。どう書いてあるんです。

怠学、登校拒否、精神的不安定、指導効果なし、長期欠席、ミンナガフツウニヤッテルコトガデキナイ、交通事故により父親と姉は死亡……。

なにが書いてあるんだよ。それを読んで、あんた、おれのなにがわかったんだよ。

息が苦しい。手のひらに汗がにじむ。吐くかもしれない。気分が悪かった。

「きみは、無理してないか？」

教頭先生が綴りから顔を上げる。

「無理って……」

「だから、みんなと早く慣れようとしてだね、その、はっきり言うと、ぼくたちから見て、きみは人前に立って漫才なんかやるタイプには見えないんだよ。いや、だから、悪いわけじゃない。むしろ積極的行動ができるのは、いいことだよ。けど、瀬田くんが無理して、まわりにあわせてるんだったら、疲れるし……心配してるわけだ。その、われわれとしては、きみに学校にきてもらいたいしね、あまり無理をしてもらうと、かえって」

「無理じゃないです」

ぼくは、ゆっくりとそう言った。吐き気が引いていく。

「無理じゃないです。だいじょうぶです」

「そうかね、心配だが……」

先生、あんたは心配してるんじゃない。疑ってるんだ。ごまかすなよ。ごまかされるのは、もういやだ。うんざりしてるんだ。

本気の言葉がほしかった。本気でしゃべってくれる人間と向かいあいたかった。こんな部屋で、こんなイスで、うそっぽい言葉に時間を費やしたくなかった。

「あ、先生、瀬田はだいじょうぶだと思いますけど」

エガちゃんの声が斜め後ろでする。

「秋本もいますし、みんな、けっこうのってますから。瀬田ひとりに負担をかけてるわけやないし、だいじょうぶです」

「そののってるのが、いいのか悪いのか。中学生やからね、あまり調子にのせると、はめをはずすから。まっ、そこらへんは、担任の仕事なんだが」

「はあ……」

ノックの音。ドアが開く。秋本たちがいた。教頭先生が立ち上がる。

「こらこら、おまえら、なにしてるんや」

「先生、ほんまにジュリエット返してください。練習できんと困ります」

秋本が情けない声を出した。

「ほんとです、先生。時間なくて困ってるんです」

森口が、秋本の後ろからのぞく。ドアから風が吹きこんでくる。ぼくは、大きく息をついた。

「まったく、話をしてるさいちゅうに、なにを言うてくるやら」

教頭先生が舌打ちする。森口は、あらっと、やたら明るい声を上げた。

「先生、話なら、高原くんとしてください。なんや、高原くんがローレンス・オリビエについて話したいらしいです。ねっ、高原くん」

「え……あっ、あっ、そうなんです。なんや、ローレンス・オリビエなんて知らんてやつばっかで。あの、先生、一九三五年のロミオとマキューシオを演じた舞台について……」

教頭先生は、ひらひらと手をふった。

「わかった、わかった。もうええよ。瀬田くん、いきなさい」

「歩、だいじょうぶか？　湊三中のオリビエちゃんに、なに言われた？」

廊下に出ると、秋本が肩に手をまわしてきた。

「べつに。なんでもない。なんか、どうでもいいことだった」

強がりでなく、ぼくは、そう答えた。

「そっか、ほな、どうでもええな」

秋本の手に力が入る。

「はいはい、ちょっとごめんなさいよ」

森口が割って入ってきた。

「まったく、そういう態度とるから、こういう校内メールがまわるんやで。秋本、反省せなあきません」

森口は、例のカードをとり出した。きょうのは、白くて四隅が丸くなっている。

「校内メール、ナンバー10。『これ未確認情報。三組のロミオとジュリエットが、この前、屋上でデートしてたってほんとうですか？　タシカメタイ。確実な情報おねがいしまあーす。一年、トモちゃん』。ちなみに、これ、うちが瀬田くんを屋上に引っぱっていった日のことやね。どうも、情報が混乱してるわ」

「なに言ってんだよ。おれは、森口に引っぱっていかれただけなんだぜ。なんで、そんなへんてこな話になるんだよ。森口とうわさになるなら、まだいいけど」

「そうなんよね。どうも感情的な情報操作が……えっ、瀬田くん、そうなん？」

「え？」

「うちに気ぃあるの？」

ぼくは、立ちどまる。背中に高原がぶつかった。

「せっ、瀬田くん、ほっ、ほんまに」

高原は、ぼくの前にまわり、メガネをなんどもおし上げた。

「まっ、まさか、冗談やめてくれよ」

森口が口をとがらせる。

「なにが冗談よ、失礼やわ。あとで、ラブラブコールなんかしても受けつけません。締め切りました。後悔したかて、知らへんよ」

「かってに締め切ってください。わかりました。とうぶんジュリエットにてっします」

「けっ、開き直ったわね」

森口は、それだけ言うと背をむけて、足早に教室に入っていった。篠原が独特のかわいらしい笑い声をたてる。

「よかった。瀬田くんが本気やったらどないしょ思うたわ」

高原が息をつく。

「おまえこそ、えらい本気やな。あいつ気ぃ強いから、そんなんやと、永久ケツしかれ状態やぞ」

蓮田は、笑っていなかった。まじめな顔で高原に目をむけていた。高原は、メガネ越しに蓮田を見返していた。

「うん、それでもええ」

ぼくは、高原の少し赤くなった顔を見ていた。すごいなと思った。

ローレンス・オリビエだとか、なんとかエフだとか、英文だとか、高原の頭の中には、ぼくなんかおよびもつかないほど、たくさんの知識がつまっている。県模試で二番だったと聞いたこともある。いろんなものがいっぱいつまった高原が、こんな単純な言葉で自分の想いを表わすことが、すごいなと思った。ほんとに本気なんだとわかった。

「そう言えば、高原、塾の時間やろ。ええのんか？」

秋本の問いに、高原は考えるように首をかしげた。

「うん、当分休むわ。舞台のほうも追いこみやし……瀬田くんを森口さんのそばにおいとくの心配やから、見はってる」

「おい、人を毒キノコみたいに言うなよな」

篠原が笑い声を高くする。蓮田も肩をゆすって、声をたてずに笑った。

「あっ、気持ちええな」

窓から吹きこむ風をうけて、秋本が大きなのびをした。

12　それからのロミジュリ

空は晴れていた。秋の終わりの空は、ぴんと張りつめて美しい。

ぼくも張りつめていた。文化祭の当日、七時三十分には、登校していた。いつもなら、あと五分眠れたらなあなんて、みれんがましく、まくらにしがみついている時間だ。目はさえていた。体も軽い。心臓のあたりがかすかに痛い。緊張しているのだ。

「だいじょうぶ？　なんだか、顔、こわばってるわよ」

でかける時、母さんがたずねた。母さんが心配するほどの顔をしていたらしい。

「少し緊張してるんだ。でもだいじょうぶ」

ほんとに？　と母さんがのぞきこむ。

緊張している。でも、だいじょうぶ。だいじょうぶだよ、母さん。

不快な緊張ではない。背中に脂汗がにじむような、大声でさけんで逃げてしまいたいような、あんな追いつめられた緊張感ではなかった。たとえば、一〇〇メートルの走者がゆっくりとスタート地点にむかうような、オーケストラの演奏者がコンダクターのタクトを見つめるような、自分の中でのたかまりを自分で確認し理解できる緊張感。だれのものでもない、ぼく自身のものだった。

だいじょうぶ、母さん。たぶん、おれ、楽しんでるんだ。だから、だいじょうぶ。

スニーカーのひもを結び、立ち上がる。

「見にきてもいいよ。十時前ぐらいになりそうだけど……」

母さんは、化粧気のない顔で微笑んだ。


教室はごったがえしていた。午後からは、展示になるので、後ろ半分は、幕を張りめぐらせている。床にマジックだの紙くずだの、写真の切り抜きだのが散乱している。

「舞台の衣装や道具を運び出したら、すぐ展示用に幕張って、アンケート用紙をわすれずに」

森口と展示係の波原《なみはら》こずえが、教室の真ん中で腕組みをしていた。

時どき、顔をよせあい、うなずきあう。

森口は、ぼくの顔を見ると、波原になにかささやき、ぼくにおいでおいでをした。

「瀬田くん、おそい。あの幕の後ろ。メーキャップ係がいてるから、用意し、あとで最後の打ちあわせをしよな」

そう言うと、なぜかにやりと、口のはしをゆがめた。波原まで、おなじような笑い方をする。

「なんだよ」

「なにも。井野原亜美子《あみこ》、メークのアミちゃんが待ってるで」

森口が言い終わらないうちに、幕が開き、井野原が出てきた。

幕の後ろは、控室のようになっていた。大道具はきのうのうちに、体育館に運び出していたから、衣装と小道具だけが残されていた。それと、鏡と大きな化粧箱。

「あっ、瀬田くん、やっときた」

化粧箱の前から野崎藍那が立ち上がる。めずらしく、にこにこしていた。井野原が指をならす。

「さっ、始めるぞ。瀬田くん脱いで、はよ脱ぎぃ」

「ぬ、脱いでって、ちょっと、ばか、自分でやるって、わっ、わ、これ、なんだよ」

「ブラジャー。うちのお姉ちゃんのやからCカップやで。中にタオルつめて、その上から衣装つけてな」

「なんだよ、なんか変態っぽくない」

「だって、胸のないジュリエットっておかしいやろ。ドレスの形もきれいに出えへんし」

野崎がにこにこしたまま説明してくれる。笑うと、右ほおにえくぼができた。

「わかったよ、ちょっと出てけよ」

衣装をつけ、かつらをかぶり、井野原にメークをしてもらう。

「わっわっ、瀬田くんてええね、お肌がつるつるしてるから、ファンデーションめちゃのびるわ。つけまつ毛もして……ちょっと藍ちゃん、すその長さええよね」

「うん、ハイヒールはくし」

「ハイヒールなんて、やだよ」

「瀬田くん、もの言わんといて」

秋本がやってきたのは、ぼくの準備が終わって五分もたってからだった。

ぼくは最後のしあげに香水までふりかけられた。めまいをおこしそうだ。漫才するのに、なんで香水までいるのだろう。

白いひらひらしたドレスに、黒髪のかつら。後ろの三つ編みの長さは、腰のあたりまであった。

(これ、ジュリエットというより、白雪姫じゃないの)

と言おうとして、口をつぐんだ。野崎の目がうるんでいたのだ。びっくりした。

「いや、ごめん。なんやうれしくて。なんかね、あのね、衣装、瀬田くんに着てもらうと、すごくすてきなんやもの」

「藍ちゃん、がんばってくれたもんね」

井野原がしんみりと言う。胸の下にきりかえをいれて、そこからすそにむかってふんわりとひろがるドレスには、真珠ににせた白いガラス玉がぬいつけてある。数えきれないほどだ。これを一つ一つ、手で縫いつけたのだろうか。すそのところには、バラをかたどったビーズの模様がある。なるほど、これは労作だ。超中学生級のうでまえだ。

「野崎って、才能あるよ」

ぼくの言葉に、野崎は、大きくうなずいた。

「おお、歩、めちゃきれいやん」

秋本がやっと登場した。まだ学生服のままだ。

「なるほど、これならつかえるわ」

森口が、秋本の後ろから顔を出す。

「オーバーした分をさしひいてもおつりがくるぐらい、稼げるかもしれへん」

「え、なんのことだよ?」

「瀬田くんは気にせんかてよろし。わてらは浪速《なにわ》の商人の血ぃひいてますのや、まかせときなはれ。瀬田くん、ぎりぎりまで教室を出んといてね」

森口の命令は絶対のようだ。ぼくは、ジュリエットのかっこうのまま、幕の後ろにすわっていた。いきから足音や声を聞く。みんなが、少し興奮して早口になっているのがわかる。時間がこちこちと音を刻んで過ぎていく。ぼくの前で、衣装に着がえた秋本が鏡を見ている。

「なんや、歩とえらい差がついてると思わへんか」

ぼくは、噴き出すのをこらえるため、横をむいた。秋本の衣装は、白いトレパンとハイネックの黒いセーターだった。その上にクリスマスのかざりのような金モールがひっつけてある。メーキャップもやたら白粉《おしろい》をはたかれて、白っぽく光っていた。

「しょうがないわ。うちら、ジュリエットに全力投球しすぎて、ロミオまで手ぇまわらへんかったの。かんにん。それに秋本くんて、全然、化粧映えせえへんし、つまらんわ」

井野原が、ねえと、野崎に同意をもとめる。野崎はえくぼをみせて、うなずいた。

「さっ、時間よ、みんな」

森口が手をたたく。

「今、前の組が演技に入ったから、次よ。打ちあわせどおり、落ち着いていこな」

「よっしゃ、ほな、みんな深呼吸」

秋本に続いて、みんな大きく胸をはり、息をすいこんだ。


舞台裏で、秋本と別れる。舞台そで左右から、それぞれ出ることになっているのだ。別れる時、秋本はぼくの背中を軽く押した。うなずいてみせる。

「瀬田くん、六組終わった。次やで」

森口が、早くと言うように手まねきする。

幕がおり、カーテンコールがあり、また幕がおりる。

「なっ、アニキ、きてんの」

森口がささやく。

「前から三列目の右すみ。のぞいて見て」

前から三列目の右すみ……。

「あの人、青いブレザーの？」

「うん、あの人」

「森口、おまえなあ、いいかげんにしとけよ。どこが反町なんだよ。三倍はあるじゃないか」

「昔反町なのよ。なんせ、勉強ばっかりやし、ストレスから、やたら食べるもんやから、太っちゃって」

無意識なのだろう。森口の手が脇腹をなでる。まだ、そこが痛むかのように、口元がかすかにゆがんだ。

大道具係の田代《たしろ》が、息をはずませてちかよってきた。

「よっしゃ、できたで。仮装舞踏会のシーン」

舞台は、一クラス十五分と決められていたから、ワンシーンだけを演じることになる。六組は、有名なバルコニーシーン、しかも英語劇だった。

「音響、照明も準備完了」

高原が親指を立てる。

「よし、三組、いきます」

森口があごを上げる。森口らしい、引きしまった表情をしていた。

13 The MANZAI

仮装舞踏会のシーン。二人一組で五組、計十人が輪になってワルツを踊る。篠原のピアノ、蓮田のベース、連城のオカリナ。なかなかのものだった。照明がしぼられる。藤川の柔らかく静かな声がながれる。

・客席が小さくどよめく。

　ともに等しい名門の両家が
　舞台となる美しいベローナで
　昔のうらみから新たな争いを起こし
　市民どうしが流した血で手を汚した。

「ナレーション終わったら、すぐよ、瀬田くん」

森口がこくりと、つばを飲みこむ。

「瀬田、たのんだで」

肩に軍手をはめた手がのった。田代だ。

「がんばれ」

「ほんまに、たよりにしてまっせ」

軍手をはめたいくつもの手が、ぼくを軽くたたく。

敵である両家の宿命的な胎《たい》から
星まわりの悪い一組の男女が生まれ
このふたりの不幸な悲しい破滅は……。

音楽がピアノだけになる。舞台はじょじょに暗くなっていった。踊っていた連中が引き上げてくる。

「瀬田くん」

ささやき声。野崎だ。踊りの組に入っていたらしい。気がつかなかった。野崎は、指二本を立てて、Vサインを送ってくれた。

ふたりの最後とともに
親たちの争いを葬った。

ナレーションがおわる。拍手がおこる。ピアノがゆっくりと曲をかなで、しみこむように消えていく。

ぼくは、目を閉じ、大きく息をすってから、前に出た。反対側から、秋本が走り出るのが見える。

舞台真ん中のマイクのところまで走る。突然、照明が明るくなる。ライトの光をうけて、一瞬、目がくらんでしまった。

「はいはい、ロミオでーす」

秋本の声が聞こえる。拍手がいちだんと大きくなる。客席の真ん中あたりに、母さんがいた。秋本のおばさんといっしょだ。おばさんは、拍手しながら大きな口を開けて笑っていた。母さんと目があったような気がした。この時になって初めて気がついた。ぼくは、こんなふうに舞台に立った経験など、一度もないのだ。何百という顔がこちらを見ている。

頭から足の指先までを冷たい血が、またたき一つの間にめぐる。

「ジュリエットでーす」と言わなければいけない。わかっているのに、舌が動かない。かわりのように、汗がながれた。客席がざわつく。

「ジュリエット、もう、ジュリエット、こらっ」

ふいに、秋本の手がのびて、ぼくのほおをはさんだ。唇が、鼻の横におしあてられる。

ぼくは、ぎゃあとさけんでいた。

「ばかばか、なんてことすんだ」

「なんてことって、ジュリちゃん、ぼーっとしてるんだもの。あっ、髪の毛ゆがんでる」

「ほっとけよ。なんで、こんなとこでキスするわけ。お嫁にいけなくなるだろうが」

「ロミオ、わたしロミオ。あなたジュリエット」

「だから、なんだよ」

「だから、恋人どうしだから。いずれは、うふっ、これよ」

　ウエディングマーチ。

「やだよ」

「あらっ、ジュリちゃん、なんてこと。わたしのどこが気に入らないの」

「おまえ、バカだもん」

　ぼくは、ドレスをつまんでターンをした。照明の中、ガラス玉が光る。

「ジュリエット、きれい」

　客席から声がとぶ。ドレスを広げおじぎをした。口笛がなる。

「きれいでしょ。ママが言ったもん、おまえは美人だし家柄もいいし、性格もいいし、貯金もあるし、株ももってるし」

「ジュリちゃん、貯金、あんの」

「ありまっせ。郵便局三年定期。株は外国株ファンド」

「すっごい」

「だろ？　だから、わたしみたいな百点満点な子が、まちがってもロミオみたいなアホとつきあっては、いけませんて、い・わ・れ・て・ん・の」

「そんな、アホちゃうで。ぼく、りこうやで」

「じゃ聞くけど、おまえ、なに家」

「け？　ちょっと、天然パーマ入ってるわ」

「毛の話とちがうって、おれんちキャピュレット家。おまえんちは？」

「えっ、うち？　うちは、モ、モン、モン」

「モンチッチなんて、おち、古いで」

「わかってます。そんなアホやおまへん。モン、モンタ」

「おお、いいぞ、ロミオ、あってるぞ」

「でしょ。モンタ、モンタ」

「モンタ・ヨシノリなんてのも古いからな。知らないやつ、いっぱいいるからな」

「あんた、うるさいな」

　秋本が思いのほか、強い力でぼくの胸をたたく。よろける。

　笑い声がおこった。小さな衝撃波がぼくにあたる。体の芯《しん》が熱くなる。だれかわからない。客席は名前も知らないやつがほとんどだ。なのに、ひとりひとりの笑い顔や声が、鮮烈にぼくを捉《とら》える。芯の熱を血液が体中に伝える。

　ほんまにおかしゅうてたまらんて笑い、気持ちええねんで。

　いつか、秋本が言った。その意味が、わかったような気がした。

「だから、わたし、アホやないって。しっかり勉強してんの。ほら、ほら、これ見て。今、解いてる問題集。ほんまに勉強してまっせ」

「なになに……3次関数$f(x)=x^3+ax^2+bx+c$が$x=d'\beta$で極値をもつとき、『解体新書』における『ターヘル・アナトミア』について記すとともに、溶液の浸透圧と溶質粒子のモル濃度と絶対温度の関係を簡潔に英文でのべよ。うわっ、うわっ、すごい、すっごい難しい」

「でっしょう。自慢じゃないけど、これイギリス大学日本支部の入試問題よ」

「支部って、大学に支部あるわけ」

「あるの。偏差値、98」

「すっごい。で、おまえ、これ解けるわけ?」

「もち、一時間ほどかかったけど、ばっちりよ。ほら」

「ロミオ、すごい。えーどれどれ」

「これ、30＋9＝39のサンキュー。もう難しかったわ」

「さいなら。二度と会いません」

「ちょっ、ちょっとジュリちゃん、まってよ。だいじょうぶって、わたし、いい高校いって、いい大学いって、財務省か厚生労働省で出世して、賄賂《わいろ》でもうけるから、まかせて。もう、家庭教師二百十五人もついてるんだから」

「二百……ほんとに」

「ほんと、すごいわよ。国語の先生なんか、むちゃきついの」

秋本は髪をなでつけ、胸をはった。

「ロミオくん、ここ読んで。そう、あなたたちの年代で文学作品にふれることってたいせつなのよ。そう、さすがじょうずね」

角野先生のまねだった。よく、にている。客席の左半分は生徒席になっているのだが、そこがどっとわく。拍手、口笛、かけ声、笑い声がうずまく。

「数学なんか、もっとすごくて、やたら早口なのよ」

秋本はメガネをとり出した。数学の坂井先生は、メガネをかけていて、やたらそれをおし上げながら、早口で授業をする。

「ツギノカズヲソインスウニブンカイスルシスウヲツカッテアラワシナサイ。こらこらこら、そこ聞いとるか、そこそこそこ、そこのそこだって、わかる？」

「わかんない」

「ねっ、校長センセなんて、もう傑作よ」

「えっ、家庭教師に校長センセがいるの」

「います。この人がくせ者で、あーロミオくん、がんばっとるかね。あー、いんじゃない。いいよ、きみ。中学生らしいよ、いいよ」

「え、ロミオって、中学生なわけ？」

笑いが、客席の右側をしめる保護者席まで広がった。母さんは、どうしているだろう。考えるゆとりはなかった。秋本はほとんどアドリブでやってた。それについていくだけで精一杯だった。ぼくたちの漫才が漫才と言えるほどのものでなく、稚拙なかけあいであることは、あとで、わかった。高原がビデオをとっておいてくれたのだ。それを見て、ぼくは、真っ赤になって俯《うつむ》いた。秋本は精進がたりませんなんて、ため息をついた。でも、みんなが笑ったのは事実だ。ぼくの体の熱がリズムが、それに応《こた》えて高くうねったのも、事実だ。

「ほんとに、愛想つきたわ。さいなら」

最後のセリフを言って、ぼくは舞台そでにさがる。

「あっ、ジュリちゃん。なんで、どうして。ぼく出世するから。待って」

照明が暗くなる。ナレーター。

これを最後に、ふたりは、二度とこの世で生きては会えなかった。

悲しい別れである。

幕がおりる。大きな拍手がおこった。森口がとびついてくる。

「やった、瀬田くん、大成功。よかった。あっ、カーテン・コール。あいさつ、あいさつ。ジュリエットらしく、優雅によ」

幕が開く。舞台に関係した全員が横に並び、頭をさげた。

「よかった、ほんまに、よかったよ」

舞台うらで、森口がもう一度、首にだきついてきた。高原が握手する。

「ぱっちり」

蓮田も篠原も笑っていた。秋本は息があらい。

こいつなりに、緊張してたんだ。ぼくは、やっとそのことに気がついた。森口は、ぼくから体をはなし、にっと笑う。

「ほな、瀬田くん、悪いけど、アルバイトしてもらうわ」

「アルバイト？」

「そっ、瀬田くんと写真とりたいって人、ぎょうさんいてるねん。一回、百円で引き受けてるから、かせいでな」

「えっ、そんなことしたら……」

「もち、学校にはないしょ。ええやないの、あそこまで先生たちおちょくったら、怖いもんないわ。とにかく、予算オーバーしちゃったんだから、がんばって。ほら、打ち上げみたいなことだってしたいやん。『おたやん』でするにしても、予算はいるから。かせいで、かせいで。亜美、写真の順番、整理してるわね」

「おまかせ。瀬田くん、裏口にきて」

「こっ、このかっこうで」

「あたりまえやん。ふつうの瀬田くんと写真とってどないすんの。この前の衣装あわせの時でさえ、あの盛り上がりなんやから、きょうは、ぱっちりもうかるで。さすが京美、目のつけどころがいいわ。あっ、メーク直すね。うん、きれい。一回百円は安すぎるかな」

さからう気力はなかった。裏口にむかおうとした時、メグに会った。

青いドレスを着て、うっすらと化粧をしていた。きれいだった。おとなびて美しい。

「瀬田くん」

メグが、ぼくのほうに体を寄せる。

「うち、負けへんで」

「えっ、あっ、ジュリエット……いや、きれいだから」

「こんなもん、どうでもええわ。貴ちゃんのこと、うち、絶対、わたさへんから。貴ちゃんは、ノーマルなんやから。女の子の水着の写真とか好きなんやから。健全なんやから。わかってる?」

「いや、えっ、そんなの、健全て言わないと……」

「ともかく、絶対、どうしても、うち負けないから」

ドレスを引き上げると、メグは走っていってしまった。その後ろ姿を見送る。なんとなく、悲しくておかしい。

ぼくは、きっと秋本といっしょにいるだろうなと思った。いつまでかわからない。でも、もう少し、ふたりで、あの熱を確かめてみたかった。

「歩」

秋本が、顔をふきふきちかづいてきた。後ろに、エガちゃんと森口がいる。

「写真はあとや」

「なんで？」

「呼び出し」

ぼくは、エガちゃんの顔を見た。エガちゃんは、額にかかった髪をかき上げた。

「進路指導室。校長先生がお待ちだ」

白いカーテンがうかぶ。あの部屋にしみついた、たばこの匂いを思い出す。

「先生のモノマネがあかんかったかな。やっぱ」

秋本が後ろ頭をがりがりとかいた。

「うーん、どっちかて言うと、最初のキスかな。だからね、校長が言うのに、ふつうの中学生としてやりすぎてるてことなんやな」

ふつうの中学生。フツウノチュウガクセイ。

ぼくは、笑い出してしまった。なぜか、わからないけどおかしかった。

「うちらもいきます」

森口が言い、高原がうなずく。

「えっ、いやいや、呼ばれたのは、ふたりだけなんだけど……」

エガちゃんは、ひとりひとりの顔を見まわし、笑顔を見せた。

「そうか、みんなでいくか」

秋本が、前に出る。

「まっ、さわぐことないやろ。とりあえずは、ふたりでいってくるわ」

森口が、パチッと指をならす。

「じゃあ、指導室前の階段下に待機でええ？」

「よろし、よろし。歩、笑いやんだか」

「うん、だいじょうぶ」

「それでは」

秋本は、ぼくの前に立ち、腰をかがめて手をさし出した。

「まいりましょうか。ジュリエット」

ぼくは、両手でドレスを広げる。さっき舞台でやったのと同じ動作で、秋本に頭をさげる。そして、さしだされた手の上にゆっくりと手を重ねた。

14　△関係

遠くで雷の音がした。今年初の雷鳴だ。

春雷は吉兆だと聞いたことがあるけれど、もうすぐ梅雨かなという今の季節、雷は何の兆しになるのだろう。

ごろごろと腹の底に響くような音は、どちらかというと不吉な兆しに思える。少なくとも、ぼくにとってはドクロの上にカラスが止まり、その上をコウモリが旋回している場面に出くわすぐらい、不吉な予感を与えていた。

「秋本」

唇をなめ、前に立つ秋本貴史に声をかける。

ぼくの住むマンションの前だった。ぼくらの間を、湿り気をおびた風が吹き過ぎて行く。

秋本はかなりの長身なので、その顔を見ようとしたら、ぼくはいつでも顎《あご》を上げなければならない。

「相談て……なんだ？」

「うん、実はな」

は」


「いや、いい。もう、いい」

「あのな、歩」

「べつに聞かなくていいんだ。相談とかされても困るし、ごめんな、たよりなくて、はは」

首を横に振り、ぼくは笑顔を作る。

「じゃっ秋本くん、ここで。また明日《あした》な、ばーい」

おう、またな、と秋本は手を振って背を向ける……そうあってくれと、ぼくは心ひそかに祈った。これから眠りにつくまでの数時間を快適とまではいかなくても、穏やかに平和に過ごしたい。

秋本の手が上がる。それは、またなと振られるかわりに、ぼくの肩をしっかりと抱えこんだ。

「まっともかく、中に入ろうか」

「は？　秋本、ここ、おれん家《ち》なんだけど」

「そうや。だから、おまえの部屋でゆっくり話をしよう」

「したくない」

「なんで？」

「漫才の話なんかしたくない。嫌だ」

今度は秋本がにーっという感じで笑う。

「おれ、漫才なんて一言も言うてへんで」

しまった。ぼくの頭の中で黄色いランプが点滅する。

注意信号。キケン、キケン、これ以上はキケンです。

「いやいや、歩もえらくカンが良うなったよな」

口笛を吹きながら、秋本はぼくを引きずるようにしてエレベーターに乗りこんだ。四階のボタンを押す。

ぼくは刑事に連行される犯人みたいに唇を固く結び、押し黙っていた。秋本と会話をしていると、ついのせられてとんでもない方向に流される。今までの経験でわかっていた。

『秋本との会話についのってしまうクセを徹底的に直す』

ぼく、瀬田歩の今月の個人的月間目標だ。まずは、うかつに会話をしない。口は災いのもと。いや、秋本こそが災いの元凶なのだ。

秋本貴史。十四歳。

ぼくが去年の初秋、湊市立湊第三中学校に転校してきて一ヵ月後に、ぼくに「おつきあい」を申しこんできたやつだ。それまでの人生の中で、男から「おつきあい」を申しこまれたことなど一度もなかったから、ぼくは驚き、戸惑い、怖気《おじけ》づいた。

秋本は背が高いし、筋肉質だし、運動神経は良いし、大人っぽい雰囲気かと思えば案外、人懐っこいところがあるし……つまり、わりにモテるタイプだ。女の子からすれば、男の子の魅力満載、期間限定大安売りみたいなやつだ。そういうやつから、「おれとつきあってくれ」と告白されたら、好みはあるだろうがたいていの女の子は嬉しいんじゃないかなあ。断るにしても受けるにしても、「あたし、あの秋本くんに告《こく》られちゃった」なんて自慢できると思う。

残念なのは、ぼくが女の子じゃなかったってことだ。魅力満載、期間限定大安売りの同性から告白されたって嬉しくもないし、自慢にもならない。告白された瞬間、驚いたのと情けないのと怖いのとで、吐き気とめまいがダブルで襲って来たほどだ。もっとも、この話にはちゃんとオチがある。

秋本の言う「おつきあい」は、べつに恋人になってくれとかいう色っぽいものじゃなくて、漫才の相方になって欲しいという意味だったのだ。

「なあ歩、二人でコンビ組んで、むっちゃおもろい漫才やろうぜ」

というのが、秋本の主張。去年の秋から半年以上聞かされ続けて、耳の奥はタコだらけになっている。

漫才なんてごめんだ。目立つことなんて嫌いだ。人前で話すことも歌うことも苦手だ。他人の前に立って、しゃべって、笑われるなんて考えただけで悪寒がする。

「絶対嫌だ。断固拒否する」

去年の秋から半年以上答え続けてきた。なのに、秋本は懲りない。耳にタコができない体質なのだろうか。

今日も学校からの帰途、わざわざ自分の家の前を通り過ぎ、このマンションまでやって来た。相談があると言う。こいつの相談がまともだったことなど一度もない。何かある。ないわけがない。つまりあるのだ。くそっ、負けないぞ。断固、断固、拒否するぞ。

四一〇号室のドアを開ける。

「あら、おかえりなさい」

今日は仕事が休みだった母さんが、キッチンから顔をのぞかせる。化粧をしていない母さんは、いつもより若やいで見える。

「まあ、秋山くん、いらっしゃい」

「秋本です」

「あっ、また間違えちゃった。ちょうどよかった、今からチーズケーキ作るから、食べてね」

「母さん！」

秋本が何か言う前に、ぼくは怒鳴った。ほとんど悲鳴のようだ。

「いらないから。秋本はチーズケーキに異常反応して身体中に水虫ができる体質なんだ。あちこちに卵を産みつけられて大変なことになるから」

「うわっ、痒《かゆ》ぅ……て、歩、水虫って卵を産むんかい？」

身体のあちこちをぼりぼりとかく秋本を部屋に押しこんでから、ぼくは、ふっと気がついた。

母さん、ケーキを作るって言った。

「もうすぐ夏だよなあ」

秋本は、壁にかかったカレンダーを指ではじく。

「春がおわったからな、当然、次は夏だろう」

なるべく冷たくそっけなく興味なさそうに答える。答えてから答えなきゃよかったと後悔したけれど、遅かった。

「夏休みとか、忙しいだろうな、おれたち」

「そりゃあ中三だから。受験勉強とかあるし……」

「けど、息抜きとか必要だよな」

「息抜きって……」

秋本が、すごく優しげな笑みを浮かべる。

注意信号が警戒警報に変わる。真っ赤なランプが激しく点滅を繰り返す。この笑顔はやばい。このままだと、絶対、やばい状況に追いこまれる。

「あっ、なんか冷たい飲み物でも持ってこようっと」

何気なく立ち去ろうとしたぼくの手首を秋本が、何気なくつかむ。

「八月に地区の夏祭りがあるねん」

「ああ、そりゃあよかったなあ。夏だもんな、夏祭りもあるよな。同じ祭りでも秋にやると秋祭りになるよなあ、ははっ」

「夏祭りって言うたら、何を連想する？」

「そりゃあ……盆踊りとか、屋台とか、花火とか……」

「そう、それに中央公園に特設ステージを作って、カラオケ大会とかクイズ『どっちが正しいでしょう』とかやるんや」

　秋本の指に力が入る。

「それで、ここからが相談やねんけど、昨夜、店に三瀬《みせ》さんが来てな、頼まれたんや」

「ミセにミセさん？」

「『おたやん』に町内会長の三瀬さんが来たんや。今年六十五歳、和菓子屋『ことぶき餡《あん》』の主人」

『おたやん』というのは、秋本の母親がやっているお好み焼き屋のことだ。

「三瀬さん、むっちゃええ人なんやけど、致命的な欠陥があってな、餡子より生クリームの方が好きなんや。和菓子屋なのになあ。なんや聞いた話では、子どものとき餡子の中に落ちて死にかけた経験があるらしいわ」

　餡子の中で死にかけるというのは、壮絶な経験だと思うけれど、詳しく聞きたい話ではない。

「三瀬さんのことは、いいから、何を頼まれたって？」

　うわっしまった。なんてバカなんだ。自ら墓穴を掘っているじゃないか。口を塞《ふさ》いだけれどむろん、遅すぎる。

　秋本がまた、にっと笑う。警戒警報、警戒警報。

「三瀬さんな、去年の文化祭に来てたんや」

去年の文化祭……その一言で顔から血の気が引いた。言いたくないけれど、去年の文化祭でぼくらは『漫才ロミオとジュリエット』をやったのだ。秋本がロミオをぼくがジュリエットの役をやった。

「三瀬さん、ずっと家庭科クラブに簡単な和菓子の作り方を指導しに来てたから、様子を見に来てたんやて。ついでに、ちょっと体育館をのぞいたら、ちょうどおれらが漫才やってて、けっこうおもろかったらしい」

「あー家庭科クラブな。そういえば手作り和菓子の販売とかしてたよな。大福と栗羊羹《くりようかん》だったっけ。へえあれ三瀬さんの指導なんだ」

ぼくも精一杯の笑顔を浮かべる。なんとか、三瀬さんの指導した家庭科クラブの和菓子の方に話題を向けたかった。はかない望みだとわかっているけれど、このまま家庭科クラブの活動方針とか、和菓子における日本文化の再認識とか、三瀬さんの六十五年間の人生とかに、話がうつってくれないだろうか。

「それで、三瀬さんが今度の夏祭りの特設ステージでおれらに、漫才をやってくれへんかて言うわけ」

部屋の壁がくらりとゆれた。たぶん、貧血を起こしかけたのだ。顔が引きつる。

「なっ、なんだって？」

のどの奥から、かすれた声がこぼれた。

「とっとっ、特設漫才でステージをするって？」

「特設ステージで漫才をする。落ち着け、歩」

「おっ、落ち着けるか。まっまっ、まさか、おまえ引き受けたんじゃないだろうな」

「引き受けた」

「ばっばっ、ばかじゃないの。なんで、勝手に引き受けたりするんだよ」

「だって、三瀬さんは町内会長やし、夏祭り実行委員会特別顧問やし、町内美化運動推進委員やし、ゲートボール審判一級の資格持ってるし、断りきれんかったんや。すごいやろ、餡子で死にかけたのにゲートボール審判一級やで」

「ほんとだ。さすが餡子から生還しただけのことはある……関係ねえだろう。嫌だからな、絶対、おれ嫌だからな」

「だいじょうぶやって。まだ時間はあるから。これから、餡子を練って、じゃなくてネタを練ってやれば、成功するって。なっ、やろうぜ」

「やだやだ」

「じゃっ、漫才せずに何をやるんや。ずっと受験勉強か？」

「いや、そうじゃないけど……いろいろやることは……」

ぼくは、よく言えば正直者、悪く言えば融通がきかない。ここで、いや実は、これからオリンピックの代表選考会に向けてカルタ取りの猛特訓があるんだとか、江戸時代の腰元の帯の結び方についての論文を夏までに仕上げたいんだとか、べらべらしゃべれたらどんなに楽だろう。なのに、ぼくは黙って俯《うつむ》いてしまった。

冷静に考えれば、漫才をしないからといって他のことを何かしなければいけないなんてこと、ないのだ。全然ないのだ。しかし、ぼくがそんな当たり前のことに気がついたのはかなり後になってからだった。秋本といるとぼくの脳みそは、空回りばかりしてしまう。

なあと秋本が顎《あご》を突き出した。

「歩、おまえには天性の資質がある。おれには、わかる。保証するから、なっ、いっしょにやろう」

「おまえの保証なんかいらない」

「歩、自分の才能を無駄にするな。ともかく、特設漫才でステージをしてみようぜ」

「特設ステージで漫才だろ。落ち着け、秋山」

「秋本です」

いけない、いけない。これ以上、こいつと話をしていてはいけない。ぼくは、秋本を無視することにした。読みかけの雑誌を広げ、そこに集中する。雑誌でなくても聖書でもアラビア語の辞典でもよかった。ともかく、秋本の存在を無視する。無視するのだ。超能力を持つ主人公が傷だらけになりながら、三つ目の怪人と戦っているページに目をおとし、ぼくは絶対一時間は顔を上げげないぞと心の中でつぶやいた。

どのくらいたったのだろう。雷鳴が案外、近くで響いた。窓の外が暗くなっている。

「秋本」

雑誌を閉じる。

「雨、降るぞ。帰んなくていいのかよ」

返事はなかった。寝息が聞こえる。秋本は、ぼくのベッドに横になり、眠りこんでいた。洗濯したてのシーツが身体の下で、シワになっている。

「こらっ、ばか。起きろ」

ぼくは、学生服の肩を乱暴に揺すった。ぼくなりに荒っぽく揺すったつもりだったけれど、秋本のがっちりした身体はわずかに、揺れただけだった。本人は薄目も開けない。こういう時、無性に腹立たしくなる。同じ十四歳なのに、なんでこうも違うのだ。

肩幅、身長、靴のサイズ、さっきまでうるさいほどしゃべっていたくせに、他人のベッドでこてっと熟睡できること……違いすぎるのだ。体格も性格も、ぼくとは、あまりに違いすぎる。もっと言うなら、ぼくが欲しくて、手に入れたいと心の奥底で密《ひそ》かに望んでいるものを秋本は、全部、持っている。

何が漫才だ、ばかやろう。

むかつく。笑っているみたいな寝顔にも、投げ出された長い手足にも、一定のリズムを刻む呼吸にも、腹が立つ。さっきの漫才のことも腹が立つ。

このままシーツに包《くる》んで、ガムテープでぐるぐる巻きに梱包《こんぽう》して、窓から放り出したら、かなりすっきりするだろう。秋本の身体を抱え上げるだけの力のないことが、つくづく残念だった。ぼくは、うつ伏せになっている秋本の腋《わき》の下に手を入れる。くすぐってやるつもりだった。力がなくても手段はある。

ぼくが、腋の下に手をつっこんだとたん、秋本が寝返りをうった。バランスをくずされて、ぼくはよろめき、仰向《あおむ》けになった秋本の上に倒れこんだ。曲げた肘《ひじ》の先が、もろに無防備な腹部を直撃した。

エルボードロップ。

ぐふっと、秋本が不気味な声を上げた。身体をくの字に曲げて、うめく。

「秋本……」

慌てた。肘の先に感じた身体の感触が確かすぎて、怖くなる。腹部には骨がない。あるのは、内臓だ。胃に腸にすい臓に……他に何があるんだろう。なんでもいい、ともかく大切な臓器がわんさかおさまっているはずだ。いくらぼくが小柄でも、全体重がのった肘が食いこんだんだ。とんでもないことをしてしまった。

「う……歩、おまえ……」

首を回し、ぼくに向けた秋本の顔が歪《ゆが》む。

「秋本、ごめん。違うんだ、こんなことするつもりじゃなかった……おれは、ただ」

がばっとという感じで、秋本が起き上がる。のぞきこんでいたぼくは、もう少しで後ろに転がりそうになった。長い腕が伸びて、ぼくの肩を抱きかかえる。

「歩、おまえ、なんて大胆なやつなんや」

「は？」

「寝ているところを襲うなんて、ちょっと大胆すぎるけど、おれ的には嬉《うれ》しいぞ。やっとその気になってくれたんやな」

「は？」

「なになに、おれの寝顔にくらっときたんか？　そうか、罪なことをしてしもうた。けど、気にせんかてええぞ。おれは、いつでもおまえのこと、ＯＫ、ＯＫ、オールＯＫ。いつでもいらっしゃい状態やからな」

「秋本」

「はーい。愛の告白ならゆっくり聞くで」

「それ以上しゃべったら、殺すからな」

「ほえ？」

ぼくは、身をよじって秋本の手を肩からはずした。べつに汚れているわけもないけれど、わざと顔をしかめて両肩を手ではらう。シーツをのばして、シワをとる。床の雑誌を拾い、棚に片付け、なるべく抑揚のない口調で告げる。皮肉だけはたっぷりこめたつもりだ。

「秋本くん、他人の家で他人のベッドで眠りこけるほど疲れているのなら、早く帰ったほうがいいんじゃないのかな」

そうだ、このままさっさと帰ってしまえ。特設ステージの漫才のことなんてもう一言も言うな。

「うん、ほんま、ぐっすり寝てた。ああ気分、爽快《そうかい》やな」

秋本は、座ったまま大きく伸びをする。首をぐりぐり回し、深呼吸をする。

「いやあ、ええ朝やな、おはよう、歩」

「夕方だよ」

「初夏の爽《さわ》やかな空気がうまいなあ」

「空、曇ってるし。湿気、たっぷりだし。雨、降りそうだし」

「鳥の声が聞こえて……」

「確かに聞こえる。カラスだけどな」

「歩」

「はい」

「のりが悪い」

「のりたくないんです」

「なんでぇ、やだやだ、のってのって」

秋本が、足をばたつかせる。ぼくは、腕をまっすぐに上げて、ドアを指さした。

「ゴー・ホーム」

「ほえ？」

「雨が降らないうちに、早く帰れ」

「やだ」

「秋本！　マジで怒るぞ」

「なんで、そんなに冷たいんだよう」

「おまえが、熱すぎる……じゃなくて、厚かましすぎるんだよ」

「おれ、厚かましくなんかないもん」

「厚かましい。その上、鈍感で図々《ずうずう》しくて図太くて、どこでもすぐ寝ちゃって、なんでも食う」

さすがに、言い過ぎた気がして、口を閉じた。ぼくは、他人に対して神経質だと自覚している。表面的には親切とも優しいとも見えるけれど、神経質なだけだ。臆病《おくびょう》と言いかえたほうが良いかもしれない。他人と深く交じり合いたくない。心の内にあるものを誰にも見せたくない。相手も傷つけず、自分も傷つかず、そんな当たり障りのない関係でいたい。適当に話を合わせて、適当に笑って、適当にむかついて、適当に過ごしていられるのなら、それで充分だ。人と人との間合いって、剣豪小説のように、白刃を交えて切り合うためじゃなく、普通に生きていくのにこそ必要なんだと思っている。なのに、秋本は、ぼくが自分なりに定めた間合いを全く無視して、こちらに踏みこんでくる。困る。やっかいだ。とても迷惑だ。

秋本といると、自分の間合いがわからなくなって、混乱する。さっきみたいに、腹立ちをそのまま言葉にしてぶつけたりしてしまう。

それに……

ぼくは、肘をそっと撫《な》でてみた。さっき、この肘がもろに腹に食いこんだはずなのに、秋本はまるで平気だった。ふざける余裕があった。つまり、ぼくのエルボードロップなど、なんのダメージも秋本貴史には与えないってことだ。立場が反対だったら、ぼくは、身体を二つに折って苦悶《くもん》していただろう。気絶したかもしれない。

身体の差、力の差。秋本といると、いやでもそれを実感させられる。自分にないものを当たり前に持っているやつに、傍にいて欲しくない。そういうことに耐えられるほど、ぼくは強くないのだ。

秋本は立ち上がり、帰るのかと思ったら、ベッドに腰をかけた。指を折り、ぼくの言葉を繰り返す。

「厚かましくて、図々しくて、鈍感で、よく寝て、よく食う」

「そうだよ」

「悩むなぁ」

ぽつりと言われて、少し慌てる。秋本の眉間《みけん》にシワがより、ため息がもれる。ぼくの思った以上に堪《こた》えたのかもしれない。少し言い過ぎた。確かに言い過ぎた。

「いや、あの、秋本……つまりな、そんなんじゃなくて……あのな」

「うーん、やっぱ、この場合、厚かましいと図々しいは、ほぼ同じ意味で使《つこ》うてるよな」

「え？」

「つまり、厚かましくて、鈍感で、よく寝て、よく食うだけで、ええんとちゃうか？　なっ」

「はあ」

「まぁここらへんが悩みどころなんやけど、歩の場合、ちょっと余分な言葉が多い気がすんねんな。もうちょい、短くつっこんだほうがわかりやすいというか」

「誰が、つっこんだんだよ、ボケッ」

「あっそうそう、おまえがつっこみなら、おれはボケやな」

ぼくはせっかく直したシーツが、秋本の尻《しり》の下で、またシワになるのを見ながら息を吸いこんだ。

「おれは、つっこんだりしてない。マジに言ってる。おまえは、厚かましくて図々しくて鈍感で、やたらよく食ってよく寝るしか能のないやつだ」

しかも、いつもとんでもない提案をして、ぼくを窮地に追いこむ。最低、最悪の存在じゃないか。

秋本は、ぼくに顔を向け、にやっと笑った。

「けど、嫌いやないやろ」

「はい？」

「厚かましくても、鈍感でも、よく食ってもどこで寝ても、おれのこと嫌いやないやろ、歩」

プツンと音がした。大げさでも喩《たと》えでもなく、本当に音を聞いたのだ。きれた。

ぼくは、枕をつかむとフルスイングの要領で、それを秋本のにやっと笑ったままの顔にぶつけた。そのまま、全体重をかけて秋本を押さえこむ。できるなら、窒息寸前まで押さえこんでやりたい。秋本の両手がぼくの腰をつかみ、くいっと横に引く。ほとんど抵抗もできず、ぼくはベッドの上に転がる。あっけないもんだ。

「歩、そんな怒るなって」

秋本は起き上がり、涼しい顔をしてぼくの後ろ頭を軽く撫でた。まるで、ふざけた子どもをいなす父親のようだ。大人と子ども、狼と犬、ダチョウとアヒル、パンダとアライグマ……ぼくたちの間には、そのくらいの差はありそうだ。

なんでだろう。同じ十四歳なのに。なんで、こんなに違うのだろう。ちくしょう。涙が出た。情けなくて、はがゆくて涙が出る自分が、また情けなくて、はがゆくて、泣けてしまう。

悔しい、ちくしょう、ちくしょう。

「歩……」

秋本がこくっと息を飲みこむ。

「なっ、泣いてるんか?」

「うるさい。もう……ばか」

「いや……すまん。そんな、泣かす気なんかなくて……」

息を吸いこむ。ありったけの大声で出て行けと叫ぶつもりだった。息を吸いこみ、口を開けて、「で」と発音しようとしたとたん、ノックの音がした。

「歩、お友だちよ」

　母さんの声。ドアが開く。

「おじゃまします」

「失礼します」

　二種類の声があいさつをしている。

「どうぞ、どうぞ。今、ケーキを焼いてるの。持ってくるわね」

「あっおかまいなく。でも、すごく美味《おい》しそうな匂いがしてますね」

「でしょ。もう少しまってね。秋山くんもね」

「秋本です」

「あら、また間違えちゃった。飲み物は紅茶でいいかな」

「すいません。ほんと、おかまいなく」

　甘いケーキの匂いと、甘い声音。ドアの閉まる音。

　ぼくは、うつぶせになった状態から、そろりと首を持ち上げてみた。その拍子に、ぽろりと涙がこぼれた。

　ドアを背にして、萩本恵菜が立っている。その後ろで、森口京美が手を小さく振っている。萩本が、ずいっと大またで一歩、前に出た。そして
「貴ちゃん。こんなとこで、何してんの」

と、言った。さっきの「すいません。ほんと、おかまいなく」と同じ口から出たとは思えないほど、どすのきいた低音だった。

萩本恵菜は、美少女だ。白い肌も長い髪も形の良いくちびるも、光を放ち、きらめいているようにぼくには見える。頭から足の先まで艶やかで美しい。初めて会ったとき、ぼくは、少なくとも三秒以上見とれてしまった。

「おまえこそ、なんで、ここに来たんや」

秋本が顔をしかめる。

「なんでって、もうすぐ『おたやん』の開店時間やないの。早よ、帰って手伝い。うちも、塾が終わったら手伝いに行くから、それまで、おばちゃん一人でしょ。息子が手伝いせんで、どうすんの」

『おたやん』に萩本恵菜・愛称メグは、毎日のように手伝いに行っているらしい。そう、湊第三中学校一の美少女は、秋本に恋をしているのだ。それも、熱烈に。

幼馴染だと言うから、長い付き合いなんだろう。父親も、秋本のことを気に入っていて、二人のことを黙認していると聞いた。秋本の家はぼくのところと同じで、母親しかいない。秋本の母親、『おたやん』のおばさんは、真ん丸い顔のやたら元気なおばさんだ。そのおばさんと、息のあった会話を交わしながら、てきぱき働くメグを何回か店内で見た。エプロンがよく似合っていて、働き者で、少し汗のにじんだ額がきれいで、やっぱり三秒以上見とれるほどすてきだった。

「店のことなんか、どうでもええよ。おれは、今、歩と話をしてるんや。なんで、邪魔しに来るかな」

ぼくは、ベッドの上に起き上がり、頬を手の甲で拭《ふ》いた。まさか、まさか、泣き顔を見られたりしなかったろうな。

「瀬田くん」

森口が、メグを押しのけるようにして前に出てくると、ベッドに手をついて、ぼくの顔をのぞきこんだ。

「危ないとこだったね」

「え?」

危ないって、特設ステージの話を森口は知っているのだろうか。

「もうちょっとで、秋本に襲われるとこやなかった?」

森口は、ショートカットの前髪をかき上げ、小さな顔に意味ありげな笑みを浮かべる。

「おっ、襲われる?　森口、何をばっ、ばかな」

「だって、ほら、乱れてるやん」

森口の指が、ぼくのシャツのすそを指す。半そでの夏用制服のすそがめくれて、くしゃりとシワがよっていた。慌てて、引きずり下ろす。

「危ないとこだったんやね。よかったね、無事で」

「ぶっ、無事って、だから違うって」

メグの視線を感じる。熱い。熱っぽい眼差《まなざ》しというのじゃなくて、睨《にら》みつけているのだ。顔を上げてその視線を受け止める度胸が、ぼくには、ない。

森口は、いいやつだ。べとべとしたところがなくて、朗らかで、行動的だ。ショートカットがよく似合う。学年トップの成績をほこる高原有一の想いの相手でもある。想いの前に「片」がつくのかもしれないけど。ともかく、いいやつだ。しかし、文芸部の部長だからなのかどうか、やたら自分流の即席フィクションを創り上げる困ったクセがある。妄想癖に近い。

「京美」

どすのきいた低音で、メグは森口の名を呼んだ。

「あんまりアホなこと言わんといて。貴ちゃんが、なんで瀬田くんを襲わなあかんの」

「だって、秋本は瀬田くんのこと愛してるわけやろ」

「京美!」

「森口!」

メグとぼくの声が重なる。ぼくのほうがやや上ずっていた。

「ばっ、ばかなこと言うなって。なんで、そんなとこに話を持っていくんだよ」

「そうや。すぐ、愛だの恋だのエロだのに結びつけるの、あんたの悪いクセやで」

「愛と恋とエロをとったら、何が残るのよ。秋本は、瀬田くんにぞっこんラヴラヴ状態やろ。そしたら、二人っきりで狭い部屋におるわけやし」

「狭くて悪かったな」

「狭いほうがええの。すぐそばに、愛《いと》しい瀬田くんがおるのよ、すぐそばに。秋本は、どっちかというと野性派やし自分の欲望に忠実なキャラで、瀬田くんのキャラ設定は強引に迫られるとキョヒれない弱さがあるってことで……」

「キャラ設定って、なんだよ、それ。勝手に作るなって」

　ぼくの後ろで、寝息が聞こえる。背中にとんと軽い衝撃があった。ぼくの背中にもたれて、秋本が寝息を立てているのだ。

　怒髪、天をつく。

　現国の授業で習ったばかりの一節が浮かぶ。メグの長い髪が、本当にわさわさと動いて、持ち上がったように見えた。視線の熱は、沸点にたっしそうだ。

「秋本、こらっ、おまえないいかげんに……起きろ」

　振り向き、秋本の頭をたたく。ぼくが、汗がふき出るほど慌てているのに、秋本はふわりとあくびをして、爽《さわ》やかに微笑んだ。

「あっお早《はよ》う、歩」

「夕方だよ」

「いやあ初夏の空気が気持ちええよなあ。あっ鳥の声が」

「秋本、それ、さっきやったやつだから。もういいから」

　ドアが開き、母さんがケーキと紅茶を運んで来てくれた。手作りのチーズケーキだ。

母さんは、お菓子作りが好きだった。父さんや一美姉ちゃんが交通事故で亡くなる前、一家四人である都市に暮らしていたころ、よくケーキやクッキーを作った。ぼくから見ても、プロ並みの腕だと思う。本格的に勉強してみようかと母さんが決意した矢先に、あの事故が起こった。

夏の一日だった。日本のあちこちで、数え切れないほど起こっている交通事故。新聞の片隅に小さくのって、誰の記憶にも残らず消えていく、日常茶飯の出来事。だけど、ぼくと母さんにとって、あの日、あの時刻、事故を告げる電話を受けた瞬間、それまでの全てが反転した。

二人の一周忌をすませて、ぼくらは母さんの生まれ故郷のこの街に越してきたのだ。このマンションを借り、母さんは働き始めた。

そして、ぼくは、秋本貴史に出会ったのだ。

「いやっ、めっちゃ美味しそう」

メグが、笑顔になる。作り笑顔じゃなくて、本気の笑いだ。ケーキが好きらしい。優しげで華やかな笑顔。また見とれてしまう。

厚切りのシンプルなケーキは、口の中でほろほろと甘みに変わる。美味しい。確かに、美味しい。久しぶりに母さんのケーキを食べた。

「すごい……うち、こんなん食べたの初めて」

森口の大きな黒目がくるんと動く。メグがうなずく。

「うん。これに比べたら、かえで館のケーキなんて、お風呂《ふろ》のタワシみたいやな」

「え？　萩本って、タワシで身体を洗ってるのか？」

ケーキのかけらを唇の端につけて、メグが首を横に振る。

「まさか。喩《たと》えやん。うちは、ちゃんとヘチマで洗《あろ》うてる」

「ヘチマ？」

「知らへんの。ヘチマを乾かしたやつ。よう泡が立つし」

よくわからなかった。メグが泡だらけになって、ヘチマの実を持っている姿がふっと浮かぶ。慌てて目を伏せた。顔が赤くなる。なんだか、慌ててばかりいる。

「あっ、瀬田くん、いやらしいこと考えてる」なんて、メグか森口につっこまれるかと思ったけれど、二人とも食べるのに夢中でぼくの顔なんて、見ていなかった。

「よかった。そんなに喜んでくれるなら、また作るね」

母さんが、満足そうに微笑み、立ち上がる。

「ほんとですか。おばさん、また焼いてくれるんですか」

森口が身をのり出す。

「もちろん。わたしも作りがいがあるわ。今度は、イチゴをつかってタルトでも、どうかな」

きゃあといつもより一オクターブ高い声を出して、森口とメグが手を握り合う。

「嬉《うれ》しい。マジ、嬉しい。おばさん、約束ですよ」

おべっかとか社交辞令でなく、二人ともほんとうに嬉しいみたいだった。この街は、感情表現が素直で食べることが大好きなやつが、大勢いるらしい。

「約束ね。来週にでも作りましょうか。あっそうだ、ケーキ包んでおくから、お母さんにも少し持って帰ってあげてね。秋山くん」

「秋本です」

肩をすくめて笑い、母さんが部屋から出て行く。

「イチゴタルトやて、ひひっ最高」

森口がぺろりと唇をなめる。

「ええお母さんやね。優しそうで美人で。瀬田くんて、お母さんに似てるんや」

メグが、ぼくに顔を向ける。怒っても苛立《いらだ》ってもいない、穏やかな表情だ。胸がどきどきしてくる。

「まあ、そうかな。似てるかもしれない」

「目元とか、よう似てるわ」

「うん、それはよく言われるな。なんか、あんまし嬉しくないけど」

「なんで？　きれいな目やないの。二重だし形がええし。お母さんに、感謝せなあかんよ」

「そうかなあ」

うわあ萩本恵菜と会話をしている。他愛ない普通の会話をかわしている。しかも、褒めてもらっている。天にも昇る気持ちだ。心臓が風船みたいにふくらんで、脈打つ音が耳に響く。

ドクッ、ドクッ、ドクッ。

別に心臓疾患じゃない。文字通り、胸が弾んでいるのだ。

「歩は、美人やで。おれ一目、見たときから、むっちゃかわいいって思うたもん。ビビッちゅうか、こう痺《しび》れるみたいな感じやったな」

その二言に、メグの表情がみるみる固くなる。

「やだ、秋本、それってやっぱ恋やないの。一目ぼれってやつ」

森口がさらに追い討ちをかける。秋本だけじゃなく森口もいっしょにぐるぐる巻きに梱《こん》包《ぽう》して、窓から投げ捨てたい。邪魔者をきれいさっぱり片付けて、メグと二人で、ゆっくりといろんなことを語り合いたい。

「帰る」

メグが、立ち上がる。立ち上がりながら、しっかりぼくの顔を睨んだ。

「今日は、塾休んで『おたやん』手伝うから。貴ちゃんは、かわいい瀬田くんといっしょにおったら、ええわ。どーぞ、お好きなように」

「ほんま。悪いな、メグ。そうさせてもらおうかな」

大きく息を吸いこんで、メグは唇をかみ締めた。それから、ぼくの枕をつかむと、秋本めがけてフルスイングした。さっきのぼくより、はるかに見事なフォームだ。

秋本の顔面を直撃した枕が、跳ね上がったほどだ。

「ばっかやろう」

一言、吐き捨ててぼくらに背を向ける。

「ほぉ、すばらしいバッティングフォームでしたね。腰が回って、手首がよくかえってました。さすが四番です」

森口が笑いながら解説する。

「なんの四番やねん。まったく……あの暴力女め」

秋本が、枕を抱えこんで舌打ちした。

「メグは、焦ってんのよ。ずっと秋本のことが好きでさ、いっしょにいたのに、ここに来て強力なライバルが現れてしもうて……しかも、秋本は瀬田くん家《ち》に入りびたりだし」

「メグとは、幼馴染《おさななじみ》なんや。別に、恋愛感情とかあらへん」

「それは秋本の言い分やろ。メグは、本気で好きやと思うで。秋本、あんた、湊三中のナンバー1美少女に惚《ほ》れられてるの、わかってる？　あんたの立場が羨《うらや》ましくて堪《たま》んないってやつ、はいて捨てるほどおるはずや」

ぼくも、はいて捨てるほどいるやつの中の一人だ。だけど、今はともかく、目の前の二人をはいて捨てたい。

「森口」

「なに？」

「おまえ、なんで萩本といっしょに、おれん家に来たわけ？」

「うん。なんや、おもしろそうやから。小説の題材になるかなって思うて、ついてきた。三角関係ってある意味、永遠のテーマやないの。美しくも恐ろしい魔のトライアングル。甘美な三つ巴《どもえ》の戦い。ねっ秋本」

「いやあ、三角関係なんて言われちゃうとねえ。おれは、ただ一筋、歩だけが大切やからな」

「やだもう、聞いてて恥ずかしいやん」

ぼくは、ため息をつき、ドアを開け放した。

「ゴー・ホーム」

「えっ、今夜は泊まっていけって？　ほんなら、お言葉にあまえて、そうさせてもらおうかな、おれ」

「帰れ、二人とも。そして二度と、ここに来るな」

15　雨の公園

秋本と森口を無理やり追い出し、ぼくは、ほっと息をついた。ドアを出る直前、秋本は、ぼくの頰を軽くつっついて、

「じゃっ歩。また明日《あした》な」

と笑った。森口が手を振りながら、

「うちもまた、遊びに来てあげる。あっなんなら毎週一回、瀬田くん家に集まってケーキをご馳走《ちそう》になる会なんてのどう？」

「森口、おまえは、なんて図々《ずうずう》しくて厚かましくて鈍感でよく食ってどこでも寝るやつなんや。頼むから、おれと歩の時間を邪魔せんといてくれ」

「なんで？　秋本『週一、瀬田くん家でケーキをご馳走になる会』の会長に就任すればええやん」

「えっ会長？　それはいいかも」

ありったけの力をこめて、二人を押し出しドアを閉め、ぼくは、ほとんど無意識に息をついたのだった。

母さんがキッチンから顔を出す。

「歩ったら、もう少しゆっくりしてもらえばいいのに」

「いいんだよ。あいつら、図々しいんだから」

「けど、よく食べてくれたじゃない。気持ちがいいくらいよ」

母さんが笑う。

「母さん」

「なに？」

「また、お菓子作るんだ」

しばらく沈黙があった。

「うん。来月から週に二回、本格的なお菓子作りの講座を受けようと思ってるんだけど。夜七時からだけど……」

母さんは、自分の手の先を見つめている。

「なんか、無性にお菓子を作りたくなってね……今日、みんなが美味《おい》しい、美味しいって食べてくれる顔を見てたら、なんだか、本当にやりたいって思っちゃって……プロとかは無理かもしれないけど、好きなことやれるところまで、やりたいなって、ね」

ぼくは、大きくうなずいた。すごく、嬉しかった。父さんと一美姉ちゃんを失ってから、母さんは、どこかに魂の半分をおいてきた人のように見えた。目の前の風景も人の姿もぼくのことも、ぼんやりとした幻のようにしか、映っていないみたいだった。辛《つら》かった。

母さんが、お菓子を作ることが本当に好きでよかった。そこに手をかけて、一歩ずつ前に進むことができるなら嬉しい。

家族二人を突然に、理不尽に失った痛手は、深い穴になって母さんの内にある。抉《えぐ》り取られたそこを完全に埋めることなどできない。

だけどぼくも母さんも生きている。生き残り、生き続けているのだ。

深い穴を抱えたまま、細い呼吸を繰り返し、少しずつ少しずつ、笑ったり、食事をしたり、テレビのドラマを見たり、明日のことを考えたりできるようになる。生きているということは、そういうことなのだろうか。ぼくには、よくわからない。ぼくは、ただ生きていたいと思うだけだ。もう誰も失いたくないと思うだけだ。

「秋山くんたちって、いいよね」

母さんがキッチンでタマネギを刻みながら言った。

「は？　いいって？」

「だって、すごくいい顔してケーキ、食べてくれるんだもの。見てたら、わくわくするような顔だよね、秋山くんたちって」

「秋本だけど」

一応、小声で訂正したけれど母さんには届かなかったらしい。

「あっいけない。牛乳全部、ケーキに使っちゃったんだ」

と、冷蔵庫のドアを閉める音とともに、独り言が返ってくる。

「コンビニで買ってくる」

ぼくは立ち上がり、玄関でスニーカーに足をつっこんだ。

「雨、降ってるよ」

「うん」

雷鳴はいつの間にか聞こえなくなっていたけれど、雨はかなりの雨脚で降り注いでいた。夏の近さを思わせる性急な激しい降り方だった。マンションを出てカサを広げたとき、
あいつ、カサなんか持ってたっけ
と、ふっと思った。秋本の家まで歩いて十五分、早足で十分、走れば七分ほどの距離だ。遠くはないけれど、雨に濡《ぬ》れるには充分の距離だった。

舌打ちする。なんで、秋本のことを心配しなくちゃいけないんだ。するんだったら、森口のほうだろう。秋本なんて、雨に濡れようがツララが突き刺さろうが、蜂の大群に襲われようが、堪《こた》えないやつなんだから。

気にしない、気にしない。いやでも学校で顔を合わせるのだから、一人の時ぐらい、あいつのことを忘れよう。

瀬田歩。今月の個人的月間目標『秋本との会話についのってしまう癖を徹底的に直す』。

秋本の家とは反対の方向に歩き出す。アスファルトの歩道にたたきつけられた雨粒は、とびはねて散り、ジーンズのすそを容赦なく濡らした。周りはもう暗い。雨の中に自動車のヘッドライトがにじむ。このあたりは、木々の茂った公園が点在している。そのうちの

一つを横切り、コンビニに向かう。雨の夜の公園には、人影はない。昼間はそれなりに、遊ぶ子どもたちでにぎやかなのだが、今は、降り注ぐ雨の音だけが響いていた。

「兄ちゃん」

ふいに、後ろから声をかけられた。飛び上がるほど、驚いた。

「金、貸してくれへんか」

にごった声がして、振り向いたぼくの鼻先に、真っ黒に日焼けした男の顔があった。臭う。酒と汗とよくわからない湿った体臭が鼻をつく。ぼくは、後ずさった。

「腹、へってんねん。金か食い物か持ってないか」

男は、黒っぽい野球帽をかぶり白い厚手のパーカーを着ていた。濡れているけれど汚れていない。街路灯の淡い光の中で、その白さがはっきりと目についた。男と目が合った。

「腹がへって……死にそうなんや」

頬のこけた男の顔は、着ている物とは反対に、汚れてかさかさに乾いている。どこか病んでいるような皮膚だ。そして、苦しそうな目をしていた。飢えているんだろうか。

「頼むわ……なんか、ないか」

男の声に威嚇する響きはなかった。ぼくは、ゆっくり首を横に振る。

「ごめんなさい。なんにも……持ってない」

牛乳代しか持っていない。これは母さんが働いて稼いだ物だ。ぼくの金じゃない。渡す物は、何も持っていなかった。

「ごめんなさい」

もう一度、呟《つぶや》く。男は、目を瞬《しばたた》かせ、ふいに笑った。

「そうか……すまんかったな」

それから、背を向けて、遠ざかって行った。ぼくは、公園を駆け抜ける。公園を出ると、目の前にコンビニがあった。薄闇の中に煌々《こうこう》と明るい。ほっとする。同時に何かが胸の中でずくりと疼《うず》いた。

罪悪感？

あの人の目。ぎらついても凶暴そうでもなかった。どこか寂しそうで、苦しそうだった。

本当に腹がへっていたんだろう。

ぼくは、ポケットの中の五百円玉を握り締める。これで牛乳パックを二つ買う。お釣りは、ほとんどない。だけど牛乳がなくても困らない。今夜の夕食が、クリームシチューからカレーかビーフシチューに変わるだけじゃないか。

コンビニからもれる眩《まぶ》しい光の中で、ぼくはぐずぐずと考えて立っていた。

「あれっ、瀬田」

名前を呼ばれた。振り向く。

「あ……来菅《きすげ》……」

同じクラスの来菅充《みつる》が、立っていた。重そうな黒いカバンを肩からさげている。

「塾？」

なにげなく、ぼくはたずねた。来菅とは、ほとんど言葉を交わしたことはない。すごく頭のいいやつで、高原と熾烈《しれつ》な学年トップ争いをしているらしい。高原みたいにいかにも秀才って感じではなくて、授業中にふざけて、注意されたりもする。細いけれど長身だ。

「まあね。瀬田は？」

「あっうん、買い物」

ふーんと来菅は、まるで気のない返事をした。興味はないだろう。来菅のようなやつから見たら、ぼくは単なるクラスメートの一人に過ぎない。興味も関心も持つわけがなかった。だいたい、ぼくは他人の興味関心の対象になるほど目立つ存在じゃないのだ。

おれにとっては、特別なんや。

去年、秋本がさらりと口にした言葉を思い出す。

他のやつとは違ってて……歩だけなんや。特別なんや。

秋本は図々《ずうずう》しくて厚かましくて鈍感で食って寝ることしかできないやつだから……だから、ちょっと変わっているんだ。変人なんだ。

あいつは……

ぼくは、唇をかんでみる。

なんでこんな時に、秋本のことなんて考えているんだ。

「ここ、よく来るわけ？」

来菅がぼくを見下ろして言った。

「え？　は？」

くすっ。来菅は小さく笑った。

「瀬田って、なんやいっつもぼんやりしてるよな」

「そっ、そうかな」

「それに、人と話してると、すぐ赤くなるし」

耳の付け根がかっと熱くなる。俯《うつむ》いて、スニーカーの先を見つめる。今、ぼくを見下ろしている来菅の目に嘲《あざけ》るような光が過《よ》ぎっただろう。来菅みたいなタイプは、容易に人を見下して嘲ることができるのだ。ぼくときたら、その目に対して怒りをぶつけることも、不快感を表すこともできない。なんだかすくんでしまうのだ。

「じゃっ」

それだけ言って、足を前に出すのがやっとだった。

「秋本ってどんなやつ？」

ふいに問いかけられた。足が止まる。

「二組の秋本。仲良《い》いやろ」

三年になって、秋本とは別のクラスになっていた。学校でゆっくり話ができないからという理由で、秋本は度々、ぼくの家にやってくるのだ。

「どんなって……」

図々しくて、厚かましくて、鈍感で、よく食ってどこでも寝られる。まさか、そう説明するわけにはいかない。

雨の中、ぼくは顔を上げ、来菅の目を初めて真正面から見つめた。

「なんでそんなこと聞くんだ？」

来菅が肩をすくめる。芝居じみた動作だ。

「実はさ、おれ、ふられちゃって」

「秋本に？」

来菅の口がぽかりと開いた。ぼくは、慌てて作り笑顔になる。ばかなことを言ってしまった。秋本としょっちゅういっしょにいるせいか、思考回路がおかしくなり始めている。

「冗談、冗談。はは……来菅がふられるなんて、ちょっと信じられなかったから……あの、びっくりして」

「萩本恵菜」

今度は、本当にびっくりした。まさか、ここでメグの名前が出て来るとは予想していなかった。

「おれさ、この前、萩本に告《こく》ったんや。そしたら、あっさり、ふられてしもうて。そのとき、秋本の名前が出たんや」

「ああ……わかる」

そこから先の話は聞かなくてもわかる。メグは、引き締まった表情で、一つ息をついて
「わるいけど、うち、好きな人がおるの。幼稚園の時から、ずっと好きだったの。だから、

来菅くんとおつきあい、できません」

なんて、断言したんだ。目に浮かぶ。

雨脚が少し弱まった。もうすぐ、やむだろう。さっきの男の人は、今夜、濡れずに眠ることができるのだろうか。

「萩本と秋本がつきあっているってうわさは、おれも聞いてたんや。けど、うわさやし、気にせんかてええって思うてた。そしたら、見事にふられてしもうて、驚きや」

自分がふられたことに自分で驚いたというわけか。そんなに、自信があったのだろうか。来菅は、しゃべり続ける。ぼくのことなんておかまいなしって感じだった。濡れたスニーカーの先から、じわりと寒気がはいのぼってくる。

「なんでか、理由がわからへん。秋本って、そんなに、もてるやつなんかなあ」

「さあ」

「どんなとこが、魅力なんやろな」

「さあ……おれに聞かれても……」

秋本貴史の魅力についてなんか、絶対にしゃべりたくない。ぼくにないものを、あいつは潤沢に所有している。ぼくが望むものを、あいつは幾つも持っている。そんなこと、口に出したくない。

「だって、むちゃくちゃ頭がええわけでもないし、かっこええわけでもないし……やっぱ、あれかな」

来菅の声がすっとひそまる。意味ありげなひそまり方だ。

「秋本の家って、おやじさんがいないらしいし、女ってそんなとこに同情すんのかな」

ぼくは息を吸いこんで、軽く足を開いた。

「おれのとこも、おやじ、いないけど……」

「あっ、そうなんや。けっこう多いよな、そういうやつ」

悪びれた様子もなく、来菅が答える。笑いさえ浮かべていた。

なんだか、気分が悪くなる。

「けど、秋本のおふくろは結婚せずに、秋本を産んだって話やろ。秋本は、おやじの顔とかまったく知らないってな。なんか、悲劇っぽいやないか。女の子って、カワイソーな話に弱いからな。カワイソーなんて言って、すぐ同情しちゃうんだ」

ぼくは黙っていた。冷えた足の指先をスニーカーの中でもぞもぞと動かしてみる。

「瀬田のとこは、そーいうのとは違うやろ。やっぱ、離婚とかしたわけ？」

ぷつん。

ぼくの中で音がした。足先に力を込め、顎《あご》を上げ、来菅を睨《にら》む。

「秋本は、陰口をたたいたりしない」

「え？」

「あいつは、厚かましくて図々しくて鈍感だけど、他人の悪口を絶対、言わない。まして、本当かどうかもわからない、ただのうわさ話を言いふらしたり絶対の絶対、しないから。

来菅くんみたいに、本人のいないところで、あれこれ陰口をたたくような、陰険なところなんて、全然ないんだ。萩本は、そういうとこ、ちゃんとわかってんだ。だから」

　口の中の唾液《だえき》をのみ下し、胸をはってみる。

「だから、萩本は同情なんかじゃなくて、ほんとに秋本のことが好きなんだよ。萩本は、秋本のこと、よくわかっているんだ。来菅くんじゃだめなんだ」

　言い捨てる。そのまま、コンビニに突進する。自動ドアが開く。中に入り、ぼくは、大きく息を吐き出す。感情が冷えていくと、胸の鼓動が速くなる。

　えらいこと言っちゃった……。

　面と向かって、他人に反論したのは初めてだ。来菅は、腹を立てただろう。見下していた相手から、だめ呼ばわりされたんだ。怒っても当然だ。

　明日《あした》、学校に行くのが少し重荷になる。クラスでも中心的な存在の来菅に目をつけられたりしたら、どうなるんだろう。こんなことになるのが嫌で、怖くて、ずっと波風を立てないように気をつけてきたはずなのに……ため息が出る。しかし、不思議と後悔の念はわかなかった。さっき、来菅の言葉にきれなかったら、きれて明日のことなんて考えもせず言い返していなかったら、きっと、今、すごく惨めな気持ちになっているはずだ。

　厚かましくて図々しくて鈍感だけれど、秋本は、ぼくのことを特別だと言った。おれにとって特別な存在なんだと、そう言った。その秋本の悪口を黙って聞き流したりしていたら、後悔と自己嫌悪で雨の中に、しゃがみこんでいたと思う。

今、ぼくは立っている。ぎりぎり守らなくちゃいけないものを守り通した。大げさでなくそんな気分だった。

自分で自分を恥じるようなことだけは、すまい。それが他人にどう見えようと、どう言われようと、自分の良心に背くことはしない。

ぼくのささやかな自尊心を裏切らない。裏切ってしまったら、自分を恥じてしまったら、誰に対しても特別な存在にはなれない。

おれにとって、おまえは特別なんや
秋本のあの一言に、支えられている。認めるのは悔しいけれど、それは事実だ。

秋本って、すごいんだ。

コンビニの棚の前で、改めてそう感じる。他人を支えることのできる言葉をちゃんと持っているやつなんだ。すごい。

「そんなん当たり前やん。うちは、ずっと前から、わかってた」

萩本恵菜なら、こともなげに言うだろう。メグもなかなかに、すごいやつかもしれない。

ふっと、あの華やかな笑顔が浮かぶ。

今ごろ、『おたやん』の店内で、働いているだろうか。白いエプロンをきりっと着けて、てきぱきと動き回っているのかもしれない。ぼくが秋本なら、毎日、神さまに感謝するだろうな。メグと同じ屋根の下で過ごせるなんて、時に、お好み焼きをつっつきながら他愛ない会話を交わして、笑ったり、見つめ合ったり……

「お客さま」

青いピンストライプの制服を着た店員が、愛想笑いをしながらぼくを見ていた。

「申し訳ありませんが、おカサは、カサ立てにお願いできますでしょうか」

「あっ、すいません」

とじたカサの先から水滴はしたたり、床にたまっていた。入り口近くにある黒い筒型のカサ立てに、つっこむ。

前の駐車場は、店内からの灯《あか》りに光り、道を隔てた公園の暗さが際立つ。店の前には、誰の姿もなかった。

16　ゲロゲロ事件

自尊心を裏切らない。

胸の中で、かっこよく呟《つぶや》いたけれど、翌朝、さすがに気が重かった。来菅がどんなやつなのか、よくわからない。しかし、ぼくが面と向かって陰険だの、来菅じゃだめだのと言ったのは確かだ。そんなふうに言われて、ムカつかない中学生がいたら国宝ものだ。ぼくの指摘が正しければ正しいほど、来菅はムカついただろう。立場が逆なら、ぼくだってムカつく。ぼくは、ムカついてもがまんするしかないけれど、来菅は、どうだろう。がまんしてくれるだろうか。学校というところは、ある意味、怖い場所だ。逃げ場がない。毎朝通い、昼間の大半を過ごす学校という場所をぼくは、まだ少し恐れている。外から遮断、閉塞《へいそく》された獄のように感じてしまう。

「歩」

コーヒーカップから唇を離し、母さんが首をかしげる。

「どうしたの？」

「え……いや、べつに」

「だって、ぼんやりしてるわよ。気分でも悪いの」

「いや、ちょっと身体が重いみたいな……」

身体が重い。心が重い。たぶん一歩を踏み出す足も重いだろう。

「熱、測ってみる？」

母さんが立ち上がったのと、ぼくが「いいよ」と首を振ったのと、玄関のチャイムが鳴ったのが同時だった。

母さんがドアを開ける。

「おはようございます」

「あら、秋山くん」

「秋本です」

ぼくは、残ったコーヒーを飲みほし、通学用のデイパックを抱えて玄関に飛び出した。慌てたので、イスに足をひっかけて転びそうになった。

「よっ」

秋本が満面の笑みを浮かべて、片手を上げる。

「朝っぱらから、なんの用だよ」

「これ、持って来てくれたのよ」

母さんが、茶褐色の液体のつまった三十センチほどのボトルを軽く振る。

「『おたやん』特製の焼肉のタレ。けっこううまい。昨日のケーキのお礼です。あのケーキ、むっちゃうまくて、おかん、大感激してました」
「こちらこそ、大感激。ケーキ、また食べに来て」

「毎日でも来ます。日曜、祝日、定休日でも来ます」

「来るな、絶対、来るな、ばか」

ぼくはぶつぶつ言いながら、スニーカーをはく。歯磨きをしていないけれど、もういいや。

「いってらっしゃい。じゃっまたね、秋本くん」

「秋山です」

「秋本だろ。おまえ、秋本だろ」

「あっそうか。なんや混乱してきて。世の中のしくみって複雑すぎるなあ」

「名前だから。自分の名前だからな。ちっとも複雑じゃないからな、秋山」

「秋本やけど」

母さんが、ボトルを抱えてくすくすと笑う。ぼくはドアを閉め、思わず深呼吸をしていた。雨上がりの朝の空気が、するすると肺の中まで染みてくる。青葉の香りが体内を満たす。ぼくの二、三歩前で、やはり深呼吸をした後、秋本は振り返り、にっと笑った。

「ほな行こか、歩」

秋本と並んで、マンションを出る。空は晴れ上がり、美しかった。

雨に洗われた空も木々の緑も隣の家の屋根瓦《やねがわら》まで美しい。見慣れたいつもの風景が、光を弾《はじ》いて美しい。思い悩むことなど何一つないように、美しい。

「秋本」

「うん?」

「おまえ……なんで来たんだよ」

「なんでって、特製焼肉ダレを届けに来たんやないか」

「それだけか?」

ほんとうに、それだけか。

ぼくは、確実に頭一つ分は高い位置にある秋本の顔を見上げる。

「他に何があるんや?」

丸い、見ようによっては愛嬌《あいきょう》のある目を瞬《しばた》かせて、秋本は首をかしげる。

そうだ、ケーキのお礼に、特製焼肉ダレを持ってきた。それだけのことに過ぎない。なのに、ぼくは秋本が誘いに来てくれたような気がしていたのだ。今朝、ぼくが抱えてしまった重さを察し、朝の光の中から「ほな行こか」と、声をかけてくれたような……

ふいに、秋本の腕がぼくの肩に回った。

「歩、わかった。じゃ、明日からもこの時間でええな」

「はい?」

「毎朝、迎えに行くから。いっしょに登校しようね、ねっ、ね」

「はあ?」

「いやあ、歩がそんなに、喜んでくれるなんて、おれ感激や。ええよ、毎朝、お迎えに行きます」

ぼくは、肩に回った長い腕を無言のまま、はずした。まったく、ほんの一瞬でも、感謝の気持ちをこいつに抱くなんてばかだった。ぼくは、まだまだ甘い。甘過ぎる。

歩、忘れるな。秋本貴史は、図々《ずうずう》しくて厚かましくて鈍感なんだ。ペースに巻きこまれるな。今月の個人的月間目標『秋本との会話についのってしまうクセを徹底的に直す』。しかも、夏祭りの特設ステージでの漫才の件がある。今、秋本は何も言わないけれど、いつ攻撃が始まるかわからない。油断などしてはいけない。決して、してはならない。

「何か、あったんか？」

はずされた腕をぶらりと揺らして、秋本が真顔になる。声からもさっきの軽い調子は消えていた。

「何かって……」

「おまえ、おれの顔見たとたん、ほっとしたみたいやったぞ。なんぞ、困ったことでもあったんか？」

力いっぱいかぶりを振る。振り過ぎて、くらっとしたぐらいだ。ここで、昨夜のことをしゃべってしまうほど、ぼくは弱くない。幼くもない。そう思いたい。秋本とは同い年だ。対等だ。一方的に、頼りにして寄りかかって甘えるなんて関係じゃない。

「考え過ぎ。何にもない。それに、迎えになんて来るな。絶対、来るなよ。来ても中に入れないからな。神社でもらった魔よけの札があるんだから。三枚もあるからな、全部、貼っとくぞ」

「おれは、天使かよ」

「天使にお札は効きません。悪霊退散」

ぼくは、笑って指二本を突き出した。いつもの秋本なら、ここでひえぇぇとかぐわぁぁとか、のってくるのだけれど、今朝は、ちょっと顎《あご》をひいて微笑んだだけだった。腕が再び、肩にのってくる。

「歩、あのな」

「うん?」

「忘れんといてくれな」

「え?」

「おれ、いつでも傍におるからな。おまえのことだけは、絶対、裏切らへんからな。そこんとこ、忘れんといてくれな」

こいつは、どうしようもないばかだ。つくづくそう思う。初夏の、朝の、学校へと向かう途中の、まぶしい光の中で、同性に「いつでも傍にいるから」と真面目に語る中学生が、ばかでなくてなんだろう。ばかだ。どうしようもない、ばかだ。保証期間が五年以上はある程のばかだ。

そう思うのに、ぼくは肩に置かれた手を振りほどけなかった。心の一部が緩んで、泣きたくなっている。厳寒の外から家に帰ったら、そこは心地よく暖かくて、ちゃんと自分の居場所があったみたいな、やれやれと言いながら重い防寒コートを脱いだ時みたいな、そんな気分だ。

　肩の上の手の重さや暖かさが気持ちよく染みてくる。

「秋本……」

　ありがとうと言いそうになった。傍にいてくれて、ありがとう。

「こらこら、朝っぱらから何してんの」

　背中をドンとつかれた。

　森口が立っている。後ろにメグと高原がいる。高原はメガネを押し上げ小さく笑ったけれど、メグは能面のように無表情のまま、ぼくを見つめている。

「あっ……おはよう」

「おはようやないわ、瀬田くん。朝から、お熱いやないの。へっ、なんやて？

『おれはいつでも傍におる』？　ほほほほ。ものすげえセリフを使うやないの、秋本」

「いや、どうもどうも」

　秋本が三人に手を振る。ぼくは、真っ赤になった顔を下に向けてその腕から、逃れた。

「まったく、すごい殺し文句やな。さすがの瀬田くんもくらっときたんとちがう？」

　高原までそんなことを言う。ぼくは俯《うつむ》いたまま、顔が上げられない。

「遅刻するわよ」

冷え冷えとした声がして、メグがぼくの横を通り過ぎる。淡くて甘い香りがした。

ぼくらは、ぞろぞろと塊になって歩き出す。とちゅうで、同じクラスの蓮田伸彦が加わった。

「なあ、なんや雰囲気、いつもと違わへん？」

蓮田がぼくたち一人一人の顔を見回す。

「おまえら、何かあったんか？」

森口がくすっと笑う。高原は静かに微笑んでいた。高原の微笑みは、別にこの場の雰囲気には関係ない。森口の横に並んで、森口と歩けて、森口の笑顔を見られたのが嬉《うれ》しいのだ。学年トップの秀才も恋の前には、単純になる。

「瀬田くん」

三年生の靴箱の前で、メグがぼくの耳元でぼくの名前を呼んだ。どきっとする。甘い香りがふっと揺れて、今度はどきどきする。

「はい」

ぼくは、短いけれど丁寧な返事をした。

「きみは、本気でうちと闘うつもりなんやね」

「はあ？」

「受けて立つわ。貴ちゃん、絶対渡せへんから。これからは、ほんとのライバルやで」

「はあ……」

「正々堂々と闘おうな」

メグが手を差し出す。

ライバル？　ぼくは、メグのことが好きだ。とても好きだ。その好きという感情を恋と言うのか憧《あこが》れと呼ぶのか、わからない。わからないけれど、ライバルになんかなりたくない。まだ、

「いい友だちでいましょうね」と言われたほうがましだ。

「ライバルって……そんなの……」

嫌です。ぼくは、ずっとあなたが好きでした。

と、続けられる度胸があったらどれほど良かっただろう。しかし、ぼくは告白するかわりに、メグの手を握るほうを選んでしまった。

指の長い白い手はとても愛らしくて、触らないではいられなかったのだ。それは、想像していた以上に冷たく、でも、すごく柔らかかった。

「よろしく」

メグの指に力がこもる。けっこうな力だった。ぼくの手を握り締め、じろりと睨《にら》み、メグはふっと笑って手を離した。

なんか変だ。まるでスポ根漫画の対決前のシーンみたいだ。

「そうか、ついに宿命のライバルは、死闘を開始することになったんやね」

森口がそう言った後、深くうなずく。

「いや、森口、まて。おかしいだろう、そんなの。どうして萩本とライバルになるんだよ。おれ、嫌だよ、そんなの」

「成りゆきだから、仕方ないのよ。瀬田くん、これがあなたの運命なの。生きるのよ、せいいっぱい自分らしく生きるの」

「おれの運命って、成りゆきかよ」

ため息をついて、スニーカーを脱ぐ。ふと視線を感じた。二階へ続く階段に来菅が立っていた。すっと視線をそらし上がっていく。教室へと向かう大勢の制服にまぎれ、すぐに見えなくなった。

嫌な予感。忘れていたものを思い出した。

靴箱には、前に開く戸がついている。その戸を開けることが、少し躊躇《ためら》われた。靴箱やロッカーや机の中に、何か不快な物を入れておくのは、イジメの古典的方法だ。例えば「死ね」と太いマジックで書き散らした一枚の紙、例えばカミソリの刃、例えば汚物……

ぼくは、息を吸いこみ、戸を引いた。何もなかった。息を吐き出す。ほっとすると同時に少し物悲しくなる。

なんで、こんなに臆病《おくびょう》なんだろう。

いつもびくびくしている自分が情けない。牙《きば》や爪を持たない小さな草食動物が、少しの物音にもおびえるように、ぼくは、いつもあたりを警戒して、びくびくぴりぴりしている。

来菅は、ぼくが案じているほど昨日のことを気にしていないのかもしれない。その時は、少しムカついても一晩寝たら忘れている、そんなあっさりした性格なのかもしれない。

「メグ？」

　森口のけげんそうな声が聞こえた。

「どないしたん？」

　ぼくから数メートル離れた場所で、メグは靴箱を開けたまま、じっとその中を見つめていた。肩甲骨のあたりまで伸びた艶《つや》やかな髪が、白い横顔を縁取っている。まつげがとても長い。薄暗いこの場所でさえ、萩本恵菜は発光している。

　メグは顎を上げ、ふいに、

「ゲロゲロ」

　と意味不明な言葉を発した。

　身長に合わせ、ぼくと森口、秋本と蓮田が顔を見合わせる。高原は一人、メガネを押し上げて沈黙していた。

「ゲロゲロって？」

　ぼくが問う。

「メグ、気分が悪いんか？　吐きそうなんか？」

　と、秋本。

「吐き気やなくて下痢なんとちがう。メグ、昨日『おたやん』でお好み焼き三枚半、たいらげたんでしょ」

森口が続く。

「下呂《げろ》温泉のことやないか。秋本を誘ってるんや。二人で温泉にいきましょうって」

これは、蓮田。さすがに、高原は沈黙を守っている。

メグは、ふんと鼻の先で笑うと、靴箱の中に手をつっこんだ。

「ゲロゲロ、じゃまや。シューズの上に座らんといて」

メグの手に、ウシガエルが握られている。ウシガエルだ。アマガエルじゃない。トノサマガエルでもない。ウシガエル。でっかくてぬるぬるしていて……

自ら光を放つような美少女は、ウシガエルの後ろ足をつかんで、もう一度、ふんと鼻を鳴らした。

「まったく、うちの靴箱は理科室の標本箱やないで。ほら、ゲロゲロ、さっさと家に帰りぃ」

メグは大またで外に出て行くと、ウシガエルを植え込みのかげにぽんと放った。すれちがった女子の何人かが悲鳴をあげる。

ティッシュで手を拭《ふ》きながら帰ってきたメグに、声をかけてみる。

「あの、萩本」

「なに？」

「あれ、萩本のペットなのか？」

「あれって？」

「ゲロゲロ」

「ううん。今、会ったばっかり」

「けど、ゲロゲロって名前なんだろ？」

「だから、今、つけてやったの。助衛門《すけえもん》とかハニー・ジョーンズとか言うよりカエルらしいやろ。あっそうだ、アユムって名前にすればよかった、くそっ。そしたら思いっきり放り投げてやったのに」

なんてことを言うんだ。一瞬、カエルになった気分になる。秋本が一歩、前に出る。生真面目な顔をしていた。

「メグ、これは問題やぞ」

そうだ問題だ。名前どころじゃない。いったいなぜ……

「カエルと言うても、やはりオスかメスかっていうこと考えたらなあかん。大きな問題や」

「そうよ、メグ。カエルやからゲロゲロなんて、安易すぎる。だいたい、あんたは、発想がちょっとパターン化してる」

「いや、森口、名は体を表す。この場合、とっさにカエルにカエルらしい名前をつけた萩本は、りっぱやと思うで、おれは」

「蓮田くん、ありがとう」

ぼくは、ぱたぱたと手を振った。

「あの、違うって。みんなして、カエルの名前にこだわってる時じゃないって。そんなものどうでもいいから……問題は、なぜゲロゲロが萩本の靴箱に入っていたかだろう」

ぼくは、すがるように高原を見た。高原は、小さく息をついて、メガネを軽く押さえる。

「ウシガエルの生息地って、わりに限定されるんや。少なくとも学校の周りにはいない。ゲロゲロが自分でここまで来て、萩本の靴箱にもぐりこんだなんて、考えられない。てことは、誰かが入れた……ゲロゲロは、そんなに弱っていなかったから、たぶん朝早く、萩本が靴箱を開ける前一時間以内に入れられたと思う」

高原の静かな口調で言われると、単純な推理が難解な謎解きのように聞こえる。ぼくらは、高原に向かって、いっせいにうなずいた。

「つまり、ぼくが考えるに、これは一種の嫌がらせやと思う」

考えなくても、嫌がらせだろう。女の子の靴箱に、グロテスクなカエルを入れておく。典型的な嫌がらせだ。

「メグ、誰かに嫌がらせをされるような心当たりが……多過ぎてわからへんか」

「貴ちゃん。あほなこと言わんといて」

メグがむくれる。チャイムが鳴った。授業五分前の予鈴だ。ぼくらは、ひとまず、それぞれの教室に向かった。

来菅は、ぼくを無視していた。見向きもしない。それは、つまりいつもと変わらないってことだ。やはり、ぼくがよけいな心配をし過ぎていたのだ。自分で自分を追いこむ愚かさを反省する。

「萩本、だいじょうぶかなあ」

隣の席で、高原が呟《つぶや》く。

ぼくと高原と蓮田は一組。秋本は二組。森口とメグは三組。去年、メグを除いて、クラスメイトだったぼくらは、きれいに分けられていた。

去年の文化祭で、ぼくたちがやった『漫才ロミオとジュリエット』は、キスシーンがあったり、数人の先生をおちょくったりしたので、文化祭の後、学校側から厳重注意を受けることになった。ロミオとジュリエットの衣装のまま、校長室できっかり三十二分間説教されたのだ。「中学生らしく」が七回、「節度を守って」が三回、「調子に乗り過ぎ」が二回半(半というのは、校長が「調子にの」と言ったところで、クシャミをしたからだ)三十二分の説教の中に出てきた。次の日、その話をすると秋本は「節度を守って」は五回あったと強く主張した。

ともかく、『漫才ロミオとジュリエット』実行の中心メンバーであるぼくらは、三年次のクラス分けで、みんな離れることになった。

「歩、遠く引き裂かれてしもうたな。運命って残酷や」

「隣の教室なんだけど」

「寂しくなったら、いつでも呼んでくれ。駆けつけるから」

「一生、呼ばないと思う」

「たとえ会えなくても、おれ絶対、忘れへんからな」

「忘れてくれ。二度と思い出さなくてていいから」

四月。新学期の始業の日、散り急ぐ桜の花が、盛んに花びらを落とす樹の下で、そんな会話を交わした。黒い学生服のあちこちに、桜の小さな花びらが模様のようにくっついていた。

　くそっ、ぼくは、なんであんな取り留めのない会話をちゃんと覚えているんだ。

　秋本のいない一組の教室の中で、高原が頰杖《ほおづえ》をつく。

「嫌がらせって一度きりってことないやろ。陰湿なほうにいかなきゃええけどな」

「うん……けど、だいじょうぶだと思う。森口が同じクラスなんだし」

　ふざけていたけれど、森口の目は笑っていなかった。陰口とか嫌がらせとか、自分は無傷のまま相手だけをいたぶる卑小さを森口は嫌悪している。メグが強くて、ゲロゲロ攻撃は失敗したけれど、同じようなことが続くようなら、何か行動を起こすだろう。そういうやつだ。頼りになる。なんだかこの街の少女は、みんなきりっとして強くて美しい。

「そうやな。森口がついてるな」

　高原はにっと笑う。メガネと高い鼻と秀才のイメージのせいで、どうしても冷たく見えてしまう顔つきが、ふるっと緩む。いい笑顔だ。ぼくも笑ってみた。

「高原って……」

「うん？」

「マジで、森口のこと好きなんだな」

メガネの奥で、高原の目が瞬く。

「そうだな。たぶん……いや、ほんまに好きなんやと思う」

「よかったな」

「え？」

「中学校で、ほんとに好きな相手に会えて、よかったよな」

誰と出会うか。何に出会うか。それは、運だと思う。全部じゃないけど、運の部分ってかなりあるはずだ。ぼくが息苦しい閉塞《へいそく》と遮断を感じる中学校という場所で、高原は森口に出会った。「ほんまに好きなんや」と口にできる相手に巡り会えた。十四歳で巡り会ったのだ。幸運だと思う。高原は運が良い。

いつものクセで、指先でメガネを押し上げながら、高原はまた、僅《わず》かに微笑んだ。

「この前、森口と話をしてて、なんや瀬田のことになったんや」

「おれの？」

「うん。そのときな、森口が、瀬田くんてなんかあるよねって言うたんや。おれもそうやなって思うた」

「なんかって？」

「うーん、そこんとこ難しくて、おれにはうまく言い表せないけど……うん、難し過ぎる」

高原ほどの頭の良いやつが、難し過ぎるなんて、それほど難解なものがぼくの中にあるとは、思えない。

「考え過ぎ。おれはべつに」

なんにもできないしと続けようとするぼくの言葉を、高原がさえぎる。ぽつり独り言のようにさえぎる。

「瀬田って、たぶん、ようわかってるんやと思う」

「わかってる？」

「うん……たぶん、たぶんやけど、その人間のこととか、心のこととか……そういうのわかってるんやと思う。森口もそんなこと言うてた。今、よかったなって言われて、瀬田って、ほんまにようわかってるんやと思うた。感心した」

「だから、考え過ぎだって。そんなことないって」

ぼくは、席について前を向く。過大評価は重荷だ。ぼくに、高原を感心させるような力はない。重荷だ……でも、少し嬉《うれ》しかった。

「秋本が夢中になるのわかるよな」

高原がまた、独り言の口調で呟く。

「は？」

「いや、だから、秋本が瀬田に一生懸命になるのわかる気がするなって、森口もそう言うてたけど」

「高原、それ以上言うと、殺す」

高原が首をすくめたとき、ぼくの机がガタンと揺れた。

「あっ悪《わり》ぃ」

来萱がぼくの前を通り、高原との間に立った。

「高原、ちょっと数学プリントについて聞きたいけど、ええかな？」

「数学プリント？」

「塾のやつ。ハイレベルプリントの三角比のとこの解説なんやけど」

来萱の差し出したプリントを高原がのぞきこむ。ぎっしり数字や記号の書いてある白い紙の内容は、ぼくにはお経の文句ほども理解できないものだった。

「あっそうか。わかった。さすがやな、高原」
二、三分の後、来萱が屈《かが》みこんでいた背中を伸ばす。その拍子に腰のあたりが、またぼくの机に当たった。今度は、かなりの強さだ。机上に出しておいたペンケースが落ちる。数本のシャープペンとボールペンが床に転がった。
「あっ、悪い。瀬田」

「いいよ」

ぼくは、身を屈め一本のシャープペンに手を伸ばした。その瞬間、来萱のシューズがぼくの手の甲を踏みつけていた。床と手のひらに銀色のシャープペンを挟む形になる。

「うっ」

ぼくは声をもらした。手のひらにシャープペンがくいこむ。そして、来菅のシューズが手の上でぐいと踏みこまれる。

「あっあっ悪い。ほんま、ごめん瀬田。踏んでしもうた」

来菅は、転がったシャープペンやボールペンを手早く拾い集め、ケースの中に収めた。

「ごめんな。おれ、慌ててしもうて」

「いや……いいよ」

チャイムが鳴る。来菅は、さっさと自分の席に帰っていった。

机の上に手を広げてみる。甲に、うっすらとシューズの底の模様がついていた。赤くなって、甲も手のひらもずくずくと痛い。

わざと？　まさか……

ぼくは、強くかぶりを振る。

悪いほうに、悪いほうに考えてしまうことを止めなくてはいけない。自分で自分を追いこんじゃいけないんだ。

気にしない、気にしない。

「だいじょうぶか？」

声をかけてきた高原に向かって、ぼくは、ひらっと手を振った。

17　対策本部

『ゲロゲロ事件対策本部』が設置されたのは、その日の放課後だった。七時から、会議をするから対策本部に集まるよう森口から連絡を受ける。

「対策本部って、どこだよ？」

「『おたやん』」

「『おたやん』に集まって何をするんだ？」

「お好み焼きを食べるに決まってるやないの。だから、晩御飯いらないわよ」

「けど、それおかしくないか」

「なんで？　『おたやん』でお好み焼き食べるのあたりまえやん。あっ瀬田くん、焼きそばのほうがよかったら、そうしぃ」

「いや、そうじゃなくて、お好み焼きを食べるのが、なんで『ゲロゲロ事件対策会議』になるのかなって……」

「細かいことはええから」

森口の表情が引き締まる。

「実は、同じような事件が前にもあったみたいなんや」

「えっ、萩本、前にもやられたのか？」

「メグやない。一こ上の女の子。瀬田くんが転校してくる前のことやな……まっ詳しい話は、また後でするとして、ともかく、七時、わかった？　捜査員には全員連絡してるから」

「捜査員て？」

「森口班の特別捜査員。うち、恋愛小説はやめて、今度、犯罪小説に挑戦してみようて思うてるの。連続殺人鬼とそれを追う若く美しい女刑事」

「ありがちだけど……」

「設定は反対でもええの。ともかく、二人の追いつ追われつの死闘が続くわけよ」

「おまえ、死闘が好きだな」

「でもいつしか二人は惹《ひ》かれ合うようになってしまう。愛しながら相手を追い詰め、やがて二人は悲しい最期を迎えてしまうのよ。泣けるやろ。犯罪の中に、ピュアな恋が描かれていくわけよ」

「結局、それって恋愛小説なんじゃないか」

「瀬田くん、全ての基本は、愛と恋とエロよ。わかった？」

「うん……わかった……」

　理解できなかったけれど、ぼくはうなずき、その夜七時きっかりに、『おたやん』のドアを開けた。

「いやぁ、歩くん」

ドアを開けたとたん、背中がくすぐったくなるような声が迎えてくれた。

「久しぶりやなあ。よう来た、よう来た。早《は》よ、お座り」

秋本の母親、『おたやん』のおばさんが熱烈歓迎してくれる。ぼくの頰や髪を触って、きゃあきゃあ声を上げる。

「もう、ほんと、可愛いねえ。なんで、こんなすべすべお肌なんやろ。髪もさらさらやし。あぁ可愛い。ガラスのケースに入れて飾っときたいぐらいやわ」

魔女に捕まったチルチルミチルの心境だ。ぼくは、半分、直立不動のままおばさんの指が、頰を撫《な》で回したり髪の毛をつかむのに耐えていた。

「おかん。ええかげんにせい。歩が困っとるやないか」

秋本が、助け船を出してくれる。

「はいはい。まったく、こうるさい息子やわ。歩くん、おばちゃんが特製のお好み焼き、焼いてあげるからな」

「どっどっ、どうも」

おばさんは、ぼくに向かって思いっきり顔をしかめ……いや、どうやらウインクをしたらしい。ウインクをした後、カウンターの中でキャベツを切り始めた。

ぼくは、ぎくしゃくした足取りで、みんなのいる鉄板テーブルに向かう。今朝のメンバーに加え、篠原友美が来ている。森口の幼馴染で秋本と同じ二組だった。ころっと太っていて、目尻《めじり》が下っている。ふわふわした子犬を連想させる雰囲気があった。ピアノが上手《うま》くて、ロミオとジュリエットの舞台では、蓮田のベースとともに音楽担当だった。

なるほど、去年の『漫才ロミオとジュリエット』の主要メンバーが全員、そろっている。

なんだか、胸の奥がわくっと動いた。

今日は、『おたやん』の定休日で、おばさんがぼくらのためにわざわざ、ごちそうしてくれるそうだ。

「それでは、全員そろったところで、不肖、わたくし森口京美が乾杯の音頭を取らせていただきます」

ウーロン茶のコップを持ち上げ、森口が空せきを一つする。拍手が起こった。

「乾杯って……なんで、乾杯なんかするんだ？」

右隣の秋本にたずねる。

「さあ」

秋本が首をかしげた。

「『ゲロゲロ事件対策本部』が、今日、ここに設置されました。事件の解決に向けて、捜査員全員の奮闘を期待いたします。それでは、期待をこめて乾杯！」

「乾杯！」

「かんぱーい」

再び、拍手。完璧《かんぺき》、宴会モードだ。何かおかしい。おかしいと思うけれど、やっぱり心が弾んでいる。

楽しいんだ。

一人、胸の内にうなずく。楽しいんだ。ぼくは、この時間を楽しんでいる。

秋本、森口、高原、蓮田、篠原、それにメグ。みんなといることが楽しい。もしかしたら、ぼくも幸運なのかもしれない。メグへの想いが叶《かな》う可能性は、限りなく0に近いけれど、高原のように、本当に好きだと言える相手に巡り会ったわけじゃないけれど、でも運が良い。

ぼくは、楽しいと思える時間を手にしているのだ。

コツン。飲みほしたコップを置いて、森口がゆっくりと全員を見回す。

「それでは、お好み焼きパーティの前に、調査したことを発表いたします。各自、メモの用意を」

「パーティって……対策会議じゃなかったのか？」

左に座っている高原にたずねる。

「さあ……どうなんやろ」

高原はウーロン茶を飲みながら、森口の顔を見ていた。恋する男にとって、宴会だろうがパーティだろうが対策会議だろうが関係ないらしい。好きな人が、目の前にいる。それだけが大切なのだ。

「その前に、簡単に今朝の事件について説明します。友ちゃんは、その場にいなかったから、特によう聞いててな」

「はい」

篠原がほわんと笑う。蓮田がそのコップに、ウーロン茶をついでやった。蓮田は、普段、あまりしゃべらない。不機嫌な表情をしていることが多いし、上背もあるし、ピアスなんかキラキラさせているので、何となく近寄りがたい。少なくとも、以前のぼくなら、よほどの必要がない限り、近寄ろうとはしなかったろう。でも、秋本とのつながりで、ごちゃごちゃした時間を過ごしてみて、すごく気持ちの良いやつだと今は感じている。秋本みたいにうっとうしくないし、無口な分、こっちの話をじっくり聞いてくれたりする。話して、聞いて、顔を見合わせて、言葉を交わして……生で付き合わないとわからないことが、たくさんあるんだ。このごろ、そんなことを考えたりする。

「今朝、萩本恵菜さんカッコ十四歳カッコとじの靴箱の中に、ウシガエルが一匹、入れられていました。高原有一くんカッコ十四歳カッコとじの推理によれば、嫌がらせ目的の犯行である可能性が強いとのことです」

「ウシガエルが靴箱に……」

篠原がぶるっと震える。

「メグちゃん、たいへんやったね」

「まあね」

メグは、にっと笑うとコップのお茶を飲みほした。さっき蓮田がしたみたいに、ぼくはペットボトルのお茶をメグのコップについでやった。さっき蓮田がしたみたいに、何気ない動きをしたかった。なのに、胸がどきどきして、ボトルの先が少し揺れる。

「ありがとう」

メグにさらりとお礼を言われ、動悸《どうき》はさらに高まる。

「萩本さんは、とっさにそのウシガエルにゲロゲロと命名し、つかみ出すと『さっさと家に帰りぃ』と叫びながら、ゲロゲロカッコ年齢不明カッコとじを放り投げました。以上です。質問、ありますか?」

秋本が挙手をする。

「よーするに、誰かがメグに嫌がらせをしようとしたけど、メグは全然、堪《こた》えなかったってことやな」

「まあ、そうやね」

森口がうなずき、メグが不敵な笑みを浮かべる。

「たかがウシガエル一匹で、うちがびっくりするとでも思うたのかしら。ふふん」

「メグちゃんや京美なら、ふふんですむけど……女の子の靴箱にウシガエルを入れとくなんて、かなりエグイやり方やと思う……うち、カエルとかヘビはすごく苦手やから、うちなら泣いてたかもしれへん……エグイわ、すごく陰険と思う」

篠原がまた身体を震わせた。

「篠原でなくても、たいていのやつはショックを受けると思うで」

蓮田が、ぼそりと言う。ぼくは、正面のメグに問うてみた。

「萩本、ほんとになんでもなかったのか？　ショックとかなかったか？」

「あーご心配なく。うち、小さいころからカエルとかトカゲとかの爬虫類《はちゆうるい》、好きなんや。幼稚園の時、コモドオオトカゲを誕生日のプレゼントにしてくれってねだったぐらいなんやから」

「カエルは両生類だけど」

高原が呟《つぶや》く。メグは再び、鼻を鳴らした。ぼくは、首を横に振る。

「カエルが好きとか嫌いとかじゃなくて……やったやつの気持ちとかに……つまり悪意だろう、そういうの……ショックじゃなかったかなって……」

悪意だ。自分の近くに悪意を持って窺《うかが》っている者がいる。カエルだろうと紙切れ一枚だろうと汚物の入った袋だろうと、それは、むき出しの悪意を象徴している。陰に隠れ、他人を傷つけようとする悪意。自分にそんな陰湿な悪意が向けられていると思うと、ぞっとする。

「はい、お待ち」

おばさんが、お好み焼きを運んでくる。香ばしい匂いに全員がつばを飲みこんだ。しばらく、口はしゃべることより、食べ物を咀嚼《そしやく》し飲みこむほうに、使用される。

「なんか、楽しいね」

篠原がふっと笑い、慌てて表情を引き締めた。

「あっごめん。メグちゃんがたいへんやったのに、楽しいなんて言うてしもうて」

メグが、唇についた青海苔《あおのり》を拭《ふ》いて、笑った。それから、顔をまっすぐにぼくに向ける。形の良い目、形の良い鼻、形の良い口。ぼくは、瞬《まばた》きもせずその顔を見つめた。

「うちの周りって、厚かましかったり、大食いだったり、変なやつが多いと思うけどな」

「いや、それは貴史だけやろ。おれら、違うで」

蓮田が、実に上手いっっこみを入れる。秋本は黙っていた。

「いや、変なやつは多い。けどな、今朝みたいな陰険なことするやつは、一人もいないって、それは確かや。そうやろ？」

「まあね。メグに嫌がらせするのに、ウシガエルを使うやつはいてへんと思う。効き目がないこと、みんな知ってるもん」

森口が、ヘラで鉄板のすみを軽くたたいた。

「え？　そうなんだ……おれ、知らなかった」

「へえ、瀬田くん、ウシガエルでメグが泣くとでも思うたの？」

「だって、さっき篠原が言ったみたいに、あんなのが靴箱に入ってたら、たいていの女の子はショックで泣き出すと……」

そこまで言って、ぼくは口を閉じた。すっと血の気が引く感じがした。こんな言い方をすると、ぼくが犯人のようじゃないか。メグが泣くのを期待して、にやついていただろう卑怯《ひきょう》なやつ。ぼくは、強く割り箸《ばし》を握りしめた。

あれっ？　まさか、おれのこと疑ってる？　まさかね。おれ、そんなことしないよ。絶対、してないぞ。

笑いながらそう言えばいいのだ。そうしたら、みんなも笑ってくれるだろう。よく、わかっているのに、ぼくは自分の失言に緊張し、笑うこともできず無言のまま、割り箸を握り締めている。しかも、俯《うつむ》いてしまった。

「メグ、ゲロゲロの事件の後は、なんも起こらんかったか？」

右横で、秋本ののんびりした声がする。

「うん、特別には何もなかったなあ」

「シューズに画鋲《がびょう》が入ってたとか、教科書に落書きされたとか、パンダの着ぐるみを無理やり着せられたとか、ないか？」

「貴ちゃん、だれがパンダの着ぐるみなんて、学校に持ってくるわけ。あほなこと言わんといて」

「けど、うちのガッコの体育館倉庫には、パンダやないけど白熊の着ぐるみがあるって、うわさやぞ」

蓮田が、ヘラを前後に振る。秋本が、身をのり出した。

「マジか？　そりゃア、一度、調べてみなあかんな」

身をのり出しながら、秋本の手がぼくの背中を軽くたたいた。

気にするな。

そんなサインみたいだった。

みんな、気にしていない。誰も、ぼくのことを疑っていない。端《はな》から、疑ったりしていないのだ。ぼくが一人、疑われたんじゃないかと緊張していただけだ。

歩。もうちょい、おれたちのこと信用しろ。力ぬいて楽になれや。

秋本が伝えてくる。言葉ではなく、背中に置いた手から伝えてくる。ぼくは、ゆっくりと大きく、息を吐いてみた。

「森口、だけど、今朝の事実確認だけに、わざわざぼくらを集めたわけやないやろ？」

高原が、たずねる。森口は、ぱちりと指を鳴らした。

「そう。さすがに高原、いい指摘やわ」

「ありがとう」

「つまり、みんなに集まってもらったのは、今朝と同じような事件が、以前もあったって情報を入手したからなんや」

高原の眉《まゆ》が八の字にひそめられた。

「以前て、いつごろ？」

「一年ぐらい前。当時三年生だった、鈴木里美《すずきさとみ》って女の子の靴箱に、カエルが入れられてたって。しかも、連日。鈴木さん、ショックで当分、学校に来られんかったって……と言うか、来られんまま卒業したらしいんや」

どきりとした。なんだか、ぼくに似ている。ぼくも去年の春から夏にかけて、ずっと学校を休んでいた。この湊市に来る前のことだ。あまり思い出したくなかった。とても重い。時おり、その重さに潰《つぶ》されそうになる。

「けど、一年前の事件と今日のことは、無関係やろ。まさか、同じ人間のしわざとは考えられないし」

高原が、なっとぼくに同意を求めてきた。そうだなと小さく答える。森口の顔が、厳しくなった。何かがそこにいるように、鉄板の上を睨《にら》んでいる。

「関係ないと思う。けど、うちの言いたいのは、嫌がらせ……イジメなんて、みんな同じようなやり方をするってこと……靴箱に何かを入れておくとか、無視するとか、相手の心をずたずたにするために、みんな似たような方法を使うんや……毎年、毎年、誰かが誰かを似たような方法でイジメてる。うちの学校って、表面上はすごく落ち着いた雰囲気、あるやろ。みんなおとなしくて、校内だって整ってて、けど……」

めずらしく、森口の言葉がつっかえた。

「一皮むけば、嫌がらせ、イジメがごろごろしてるってか」

蓮田が、妙に平べったい声を出す。

「そう。うちらの学年だけでも、長期欠席者、十人以上、いると思う。全部がイジメが原因とは言わんけど、イジメが原因になってる人だってかなりおるはずや。けど、べつにすごい問題になってるわけやない」

「問題にせんだけやろ。したら学校の責任問題やもん」

メグが、コップのウーロン茶をぐっとあおる。やけ酒みたいな飲み方だ。森口の唇が前につき出る。

「けど、生徒が学校に行けんで苦しんでるのに、なんもせんでええわけないやろ」

「しなくていい」

ぼくは、呟いていた。呟いたつもりだったけれど、かなりの声の大きさだったらしい。

みんなの視線が、すっとぼくに集まったのがわかる。

「瀬田くん、なんて？」

森口に問われ、ぼくは膝《ひざ》の上でこぶしを握る。秋本の手はまだ、ぼくの背中にあった。

「学校なんて、そんなに必死になってまで通うとこじゃない……無理して無理して、ぎりぎりがんばって、自分が壊れちゃいそうになるのにがんばって行くところじゃない……そう思う。おれは……おれは、そう言って欲しかった」

そんなに無理してまで、行かなくてもいいぞ。

そう言って欲しかった。その一言が欲しかった。

父さん、ぼくはあなたにそう言って欲しかったんです。

「学校より他の場所で、ほっとできるんだったら……それが、自分の部屋でもベッドの中でもおばあちゃんの家でもいいけど……どこでもいいけど、そんな場所があるなら、そこにいればいい……学校なんて、学校なんて、苦しんでまで行くとこじゃないし……」

膝の上のこぶしが震える。ふいに、その上に手がかぶさってきた。

ぼくのこぶしを包みこむ。秋本かと思ったけれど、高原の手だった。秋本はぼくの肩を抱えていた。

「歩」

秋本がぐっとぼくを抱きよせる。

「よう、わかった。わかってる。もうええから」

「あっ、秋本、はっ、離せ。なんで、おまえはそうやたら、くっつくんだよ」

「そやかて、歩、辛《つら》そうなんやもん。なんや守ってやらなくちゃって気になってしもうて……」

「ほんま、そうやな」

高原が手を離し、それを不思議そうに見つめる。

「瀬田って、なんかこっちの庇護《ひご》欲、やけに刺激するよな。おれも、つい守ってやらなきゃって気になってた」

「そういや、おれも、くらっときたな」

蓮田までが同調して笑う。

「ばっぱっ、ばかか。ばかか、おまえら。おれは男だぞ。おっ、おまえらに守ってもらいたくなんか、なっ、ないからな。だっ、誰にも守ってなんかもらいたくないからな」

「メグ、これや。あんたには、この守ってやらなきゃって気分にさせるものがないのよ」

森口の言葉に、メグがちっと舌を鳴らす。

「京美に言われたくないけどね。それにしても……くそっ。守ってやらなきゃ作戦で来るとはね。瀬田歩、なかなかやるやん。相手にとって不足なしよ」

「だから、ライバルじゃないって」

篠原が下を向いて、くすくすと笑った。

「ほんま瀬田くんておもろいね。秋本くんとなら、ええ漫才コンビになると思うで」

「いや、だから漫才コンビなんて組まないから」

ぼくが忙しく手を振るたびに、篠原は身体を揺すって笑う。森口もメグもつられて、笑う。秋本の手が、ぼくの肩をぽんとたたいて、離れた。

学校なんて無理してまで行くところじゃない。でも、学校という場所で、秋本に出会ったのも事実だ。目の前で笑っている篠原や森口やメグ、そっとこぶしを包んでくれた高原、何気なくウーロン茶をついでくれる蓮田。学校がなかったら、この連中に出会えなかったのも事実だ。確かに事実だ。

登校しないまま卒業式を迎えた、鈴木さんて人は、どうだったんだろう。学校に来られなくて辛かったんだろうか、行かなくてもよくて、ほっとしていたんだろうか。ちゃんと、居場所があっただろうか。今、どうしているのだろうか。さっき名前を知ったばかりの、一度も会ったことのない鈴木さんに、ぼくは心を馳《は》せてみる。

ぼくたちは、まだ十四歳で、それはこの国では、誰もが学校という場所に囲われていることを意味する。自分のいるべき場所を自分で選択し決定することは許されない。その不自由の中で、追いこまれ、追いこみ、傷つけられ、傷つけ、息苦しくなり、他人を窒息させる。だけど、出会えることもある。酸素の不足した水槽みたいな場所で、思いもかけないやつや言葉に出会えることもある。

おれにとって、おまえは特別なんや

「歩くーん、特別よ」

ぼくの前に、肉と野菜の盛られた皿がどんと置かれた。

「おばちゃんから、特別プレゼント。鉄板で焼いたらお肉、美味《おい》しいからねえ。特製タレもあるし」

「あっすっ、すいません」

頭を下げようとしたぼくの頬をおばさんの両手がきゅっとはさむ。

「もう、ほんと可愛い」

「おかん、もうええから。それ以上やると、歩が失神するから」

秋本がしっしっと手を振る。メグは鉄板に油を引きなおして、さっさと肉や野菜を並べ始めた。いい手際だ。

「問題は、これからも萩本に対する嫌がらせが続くかどうかってことやな」

肉を裏返しながら、高原がちらりとメグを見る。

「続くようなら、本格的に犯人を捜さなあかんやろ」

「少なくても、ゲロゲロはもう使わへんと思う。効果のないこと、わかったはずやし」

森口が答える。

「うん、かもな……このままおさまればええけど。変にエスカレートすることあるから」

「エスカレートって？」

メグの手がとまった。高原が続ける。

「だんだん、陰湿になっていくってこと。ゲロゲロぐらいなら、まだ、ぎりぎりいたずらの範囲ですむけど……けど、なんて言うのかな、こんなことやるやつって、つまり、自分は姿を見せなくて、他人を傷つけて喜んでいるようなやつって、調子にのりやすいと思うんや。『うまくいったぞ、よし次はもっと』なんてな。しかも、陰湿でアホなやつほど、自分のこと知能犯だって思いこみやすい」

「『おれは、なんだってできる。ばれるようなこと、絶対にしない』……みたいに思いこむわけか」

蓮田がさも嫌そうに、顔をしかめた。ぼくは、背中がひやりと冷たくなる。高原は、怒りも嫌悪もこめない淡々とした声で、話を続ける。

「ふざけて、軽く調子にのって、いたずらをしかけるやつも困るけど、ある意味、あつかいやすいとも言える。すぐ他人のこと見下してしまう思いあがったやつの方が、何倍もやっかいや。そういうやつって、陰に回って、姿を見せんと、やり方だけエスカレートさせたりする」

「高原くん、心理捜査官みたいやね」

森口がにっと笑った。笑いかけられて、高原の心臓はいつもの二倍以上の速度で鼓動したはずだ。しかしさすがに高原、小さく息をついただけで、動揺も興奮もほとんど外に出さなかった。

「嫌だな」

篠原が、呟《つぶや》く。

「そんなの嫌だな。そんな人がいるなんて、嫌だな」

さっきの蓮田と同じように、篠原の眉間《みけん》に深いシワができた。

「メグ、あんた、誰かに恨まれるようなこと、ほんまに心当たりあらへんの？」

森口の問いに、メグは即答する。

「ない」

「ないって、ちょっとは考えてみて」

「だって、ほんまにないもん。うち、他人《ひと》さまから恨まれるようなことせえへん」

メグがくっと胸をはる。薄黄色のサマーニットのシャツを着ていた。伸縮性のある生地は、胸の盛り上がりをそのままに丸く浮きたたせて、ぼくはどこに視線を向けていいか、混乱する。

「いや、萩本がした、しないじゃなくて、こういうやつ……仮に犯人Aとするけど、犯人Aが、一方的に恨むってこともある。萩本にとってなんでもないことでも、Aにとってはすごく恨むようなことってあるんやないか」

高原は、メグの胸じゃなく目をちゃんと見ている。ほんとうに冷静なやつだ。もっとも、森口は、だぼっとしたトレーナー姿なので、もし着ているものが反対なら、高原の沈着冷静さも危うかったかもしれない。その森口がうーんと唸《うな》った。

「たとえば、どういうこと？」

「そう、たとえば、萩本がふった相手とか、萩本を好きな男を好きな女の子とか……さらに言えば、ほら、『可愛さあまって、憎さ百倍』なんてこともあるやろ。萩本への想いが変に歪《ゆが》んだやつとかもいるかもしれないし」

「だって、どうよ、メグ。あんた、今年に入ってから何人ぐらいから、告《こく》られたのよ？」

「十一人……かな」

「十一人！」

「男がね」

「女もいるの？」

「二人。後輩の子。『ずっと萩本さんに憧《あこが》れていました。お姉さまになってください』って言われた」

「何それ？　変な小説の読み過ぎとちゃう」

「京美の書くものより、ましかもね」

「うちのは、本格的愛と恋とエロの世界やで。ともかく、それを全部、きれいにふったんやね」

「あたりまえ。うちには、貴ちゃんがおるのに」

さらりとメグが言う。簡単明瞭《めいりょう》な愛の告白。貴ちゃんの部分が、瀬田くんだったら、ぼくは、喜びのあまり意味不明の絶叫をしていたかもしれない。秋本は、なんの反応も示さず、肉をぱくついている。恨むのだったら、こいつにすればよかったんだ。ゲロゲロでもベトベトでもジュルジュルでも、靴箱と言わず口の中につっこんでやればよかったんだ。

「秋本」

ぼくは、静かにその横顔に声をかけた。

「うん？」

「おまえ、今の高原の話、どう思う？」

「うん、ムズイよな。人間の心理って、マジ、ムズイ。まあ、おれに言わせれば『可愛さあまって、憎さ百倍』と言うより」

秋本がぼくに向かってにやっと笑う。ぼくは、ため息をつき、さっきよりもっと静かな口調で、

「秋本」

と、呼んだ。

「うん？」

「『野菜あまって、肉さ足らない』なんて、恥ずかしいオチをつけんなよ。しらけるから

な」

秋本の口から、食べかけのロース肉が落ちる。

「やっぱ、だめか？」

「ものすごくだめ」

がくりと肩を落とす秋本に、篠原がまた笑う。

「ともかく、明日《あした》から注意して、様子を見ていよう」

高原が真面目な顔でみんなを見回した。

「ありがと。けど、うち、平気やで。誰かわからへんけど、陰険なアホに何されたかて、ぜんぜん堪《こた》えんと思う」

メグがコップを持ち上げ、やはり、一人一人の顔を見回した。

「うちには……」

貴ちゃんがいるし。

いつものパターンなら、そう続くはずだったけれど、今夜はちがっていた。メグはちょっと頬を赤らめ、躊躇《ためら》い、小さく言った。

「うちには、みんながいるし……」

言葉だけなら、安っぽいありふれたものだ。道徳用の読本なら、みんなで支え合う友情とか他者への感謝の心とか、そんなウソっぽいものに還元されそうな言葉だ。でも、違う。メグの口から出たものは、もっと実感的なものだった。メグが五感で感じて、本気で口にしたものだ。ぼくは、五感でそのことを感じ取る。

そのみんなの中に、ぼくも入っていることが、率直に嬉《うれ》しかった。

『ゲロゲロ事件対策本部』の会議は、いつのまにか飲み会（ウーロン茶と水とジュースだったけれど）にかわり、二時間ほど続いた。

門限が九時だという森口と篠原が、未練っぽく立ち上がる。

「送って行く」

高原がすかさず、腰を上げた。篠原が、ちょっと肩をすぼめる。

「じゃあ、うちは、もう少しいようかな。京美、送ってもらい」

篠原がそう言い終わらないうちに、蓮田がクラッシュデニムの腰にまいたチェーンをガチャガチャと鳴らして立った。

「篠原は、おれが送ってく」

とても自然な動作だった。篠原がうなずく。頬が少し赤くなっている。森口は赤いミュールに足を入れた。

森口を高原が、篠原を蓮田が送って行くとなると、残ったのは……ぼくは横目で萩本恵菜を窺《うかが》う。そう、ここで何気なく「じゃっ、萩本、家まで送るよ」なんて切り出せばいいんだ。そうしたら……

「じゃっ、歩は、おれが送ろう」

秋本がにこっという感じで笑う。

「ばか、ばーか」

「だから、マンションまで送って行ったる」

「はい？　なんて？」

「だから、おまえは。なんで、おれがおまえに送ってもらわなきゃいけないんだよ、ばかばか、ばーか」

「そんな遠慮せんかて送って行ったるって」

「遠慮なんかしてない。おれより、萩本を送って行ってやれよ」

メグがあらっと嬉しげな声を出す。

「瀬田くん、よう気がつくやん。ありがとう」

気がついたのではない、口がすべったのだ。ああ、せっかくメグと二人きりで歩けるチャンスだったのに、逃してしまった。

高原と目が合った。

「瀬田もいろいろたいへんやけど、まっがんばれ。じゃあな」

勝者の笑みを浮かべて、森口と並んで『おたやん』を出て行く。蓮田も笑いながら、篠原とともにその後に続いた。なんなんだよ、みんな、なんでそんなに上手《うま》くいくんだよ。

ぼくは、半分、自棄《やけ》になってカウンターの中をのぞいた。

「後片付け、手伝います」

おばさんが、極上の笑顔を浮かべてくれる。

「まあまあ、歩くん、そんなに気ぃ遣わんかてええよ」

「いや、いっぱいごちそうになったから手伝いぐらいします。秋本、おれ手伝うから、萩本をちゃんと送って行けよ」

　メグがあらあらと、さっきより一・六倍は嬉しそうな声で笑った。

「瀬田くん、気ぃ遣《つこ》うてくれて感謝、感謝。ほほほ」

　気を遣っているわけじゃない。自棄になっているのだ。

　ぼくは、カウンターの中に入り、汚れた皿や小鉢を力いっぱい洗い始めた。

「けど歩、おれは」

「うるさい、早く行けよ。行ってくれ」

「おまえ一人を置いて、行けるものか」

「行くんだ。おれにかまうな。行け」

「歩」

　メグはため息をつき、ぼくに手を伸ばしかけた秋本の襟首を後ろからつかんだ。

「ほんまに、何バージョンのコントやってんねん。さっ行くで貴ちゃん。ちゃんと送っていってや。おばちゃん、ごちそうさま。瀬田くん、おやすみ」

　二人が出て行くと、店の中は急に静かになる。ぼくは、皿洗いに集中した。ついでにシンクの周りも磨いた。こういう作業は、けっこう好きなのだ。

「歩くん」

　イスに座り、黙ってビールを飲んでいたおばさんが、ぽつりと声をかけてくる。

「ありがとう」

いつもの陽気な大声ではなく妙に重い声音だった。

「いえ……ごちそうになったし、これくらいのことはします」

「そうやのうて、貴史のこと」

「秋本の？」

「うん。あの子の傍におってくれて、ありがとね」

ぼくは戸惑い、返事ができず、おばさんの丸い顔を見つめた。

「歩くんが転校してきてから、貴史、なんや楽しそうでね……うん、すごく楽しそうで、なんや、うちまで楽しくて」

「いや、そんな……おれ、関係ないと思うし……」

秋本の周りには、メグとか蓮田とか森口とか、仲間も友だちも恋人も（ちがうかもしれないけど）いる。ぼくがいなくても、十分に楽しいと思う。

「関係あるよ。なんや、歩くんは特別みたいやから。特別に楽しいみたいやね。あの子が楽しんでるの見ると、うち、ほっとしてね……あの子に、いろいろ苦労かけてるのわかってるから、かわいそうで」

「かわいそうって、秋本がですか？」

「そう。父親いてへんし、いろいろ肩身の狭い思いをしてるはずやけど、あの子、何も言わんと……健気《けなげ》で、かわいそうで……」

おばさんは鼻水をすすり上げた。酔うと涙もろくなるタイプらしい。

「あの、おばさん、健気とかかわいそうとか、秋本には似合わないというか、そういうとこ全然ないと思いますけど」

ぼくは、小声でそう主張してみた。

「うちに心配かけまいと、あの子は耐えてるんや。不憫《ふびん》で……貴史を生んだこと、うちは後悔したことなんて一度もない。あの子がいてくれてよかったと思うことばっかりや。けど、あの子には、ほんま苦労ばかりかけて……」

おばさんは、ふいに立ち上がり、ぼくの手を握った。

「歩くん、いつまでも、貴史の支えになってやってちょうだいね」

「おっ、おばさん、おばさん、こっ、言葉遣いがおかしくなってます……いや、おかしくないけど、標準語ですよ、標準語」

「だってこれ、全国ネットでしょ」

「おばさん、ドラマじゃないから。放映とかしてないから。しっかりしてください」

「あっそうか。つい、のってしもうた。けど、まっ歩くんのおかげで、貴史が楽しんでるのはホンマやからね。頼むわな」

本音を言おう。ぼくは、ちょっぴりだけれど嬉しかった。誇らしかった。ぼくの存在が秋本を支えているのなら、本当にそうであるのなら、ぼくは、嬉しい。

そのとき、がらりと店の戸が開いた。秋本が帰ってきたのかと思ったけれど、そこにはワイシャツ姿の男が二人立っていた。二人とも中年でメガネをかけている。そして、かなり酔っていた。

「おーい、ブタタマ二つとビール」

ふちなしメガネをかけた男が、よろよろと店に入ってくる。

「あっ、すいませんけど、今日はお休みなんです」

おばさんが営業用の声を出す。

「休み？　戸は開いてたやないか」

男の目がすわっている。ほぼ泥酔状態のようだ。おばさんは、イスに座りこもうとした男に何かささやいた。知り合いらしい。

「生意気やぞ、おまえ」

濁った大声が響いた。男の腕がおばさんの身体を押す。おばさんはよろめき、カウンターで腰をうった。

「なんや、休みやと、生意気言うなや。亭主もおらんくせに、えっ、かわいそうやと思て来てやったんやないか、それを休みやと」

男は、信じられないような悪口をわめき始めた。男に逃げられたとか、この街から出て行けとか、ろれつの回らない舌で罵詈《ばり》し続ける。おばさんの顔が険しくなる。それでも口調は、まだ穏やかだった。

「ちょっと、いいかげんにしてんか。酔っ払ってみっともないまねはせんとき」

「みっともない？　うるせえ。この、生意気ばばあが」

男が、こぶしを振り上げる。ぼくは、カウンターから飛び出し、そいつの前に立つ。

「いいかげんにしてください」

「なんや、おまえ」

男の目は真っ赤で顔も赤かった。あの公園の男より怖い。凶暴に見えた。ネクタイをしてワイシャツを着て、公園の男よりずっとマシなかっこうをしているのに、怖い。でも、逃げるわけにはいかなかった。逃げようとも思わなかった。怖さより、怒りのほうが勝っていた。目の前の男は、おばさんのことも秋本のことも侮辱した。怒りがぼくの指を震わす。

「出て行け。こんなことして、恥ずかしくないのかよ」

「なんやて？」

「おれがあんたの息子だったら、こんな父親だったら、すげえ恥ずかしい」

男の顔から見る見る血の気が引いていった。そして、歪《ゆが》む。なんだか、すごく痛い場所の真ん中をついたらしい。

「ばかやろうが、みんなでばかにしやがって」

男の腕が上がる。

殴られる。

ぼくは目を閉じた。こういうとき、目を閉じるなんてばかだと思う。思うけど、ここまでが、ぼくの限界だったのだ。怒りに押されて、酔っ払いの男の前にかっこよく立ったけれど、かっこいいことを言ったけれど、ここまでだ。ぼくには、この男をどうこうできる力はない。

「ええかげんにしろよ」

秋本の声。目を開けると、秋本が男の腕を押さえていた。

「ええかげんにしとけよ、おっさん。これ以上やると、表にたたき出すぞ」

それは、ぼくの知っている秋本よりずっと大人びていて、迫力があった。眼が鋭くて、強い。いつもの、のほほんとした雰囲気はかけらもない。酔った中年の男は、血の気の引いた顔のまま手足をばたつかせたけれどなんの抵抗にもならなかった。

「出て行け、二度と来るな」

男を外に押し出す。戸口でずっと様子を見ていたぎんぶちメガネの男が急いで、酔った男の腕を引っぱる。

「社長、ほんま、ええかげんにしときましょうよ」

秋本が戸を閉める直前、そんな言葉が聞こえた。ぼくは、大きく息をついて、イスにへたりこむ。

「びっくりしたか?」

「えっいや……うん、ちょっとな」

「ときどき、いるんや。ああいうやつ。わめき散らすことでストレス解消するみたいなやつ、な」

「うん……けど」

悪口を向けられたのはぼくじゃない。秋本とおばさんだ。

「あの人、この先の運送会社の社長さんなんやけど、仕事も家の中もうまくいってないみたいやね。そういう時って、他人にやつあたりしたくなるもんや」

おばさんが笑う。ぼくは笑えない。秋本やおばさんが、ここで生きることの重さを垣間《かいま》見た気がした。

公園の男も、酔ってわめき散らした男も、わめき散らされたおばさんや秋本も、みんな、ぼくの周りの現実だ。だとしたら、なんて、重くて寂しくて……息が詰まるような現実なんだろう。

ぼくは笑えない。

「笑わせようぜ」

秋本の手がぼくの肩を軽くたたいた。

「へ？」

「だからな、ああいうおっさんでも、げらげら笑わせてやろうやないか。おもろくて、たまらんて漫才しような、なっ歩」

あっそうかとぼくは、息を飲みこんだ。秋本が笑いにこだわり続ける意味が、ほんの少しだけれど理解できた気がしたのだ。

「あの夏祭りのことやけどな、歩……」

あやういところで、ぼくは正気にもどった。特設ステージという単語が出て来ないうちに、秋本の口を両手で塞《ふさ》ぐ。

「じゃっ、おれはここで。さようなら、さようなら」

『おたやん』を飛び出す。店先には、さっきの男たちのものだろう、タバコと整髪料と酒の臭いがかすかに漂っていた。

18　情けなさとかっこよさ

日々は平穏に過ぎた。

こういう言い方って、なんか年寄りの日記みたいだけれど、ともかくメグの身辺には、特別なことは何も起こらず一日、一日が過ぎていったんだ。そして、ぼくの周りもまあ平穏と言える状態が続いていた。あれから、秋本は特設ステージでの漫才について、特設の〝と〟の字も漫才の〝ま〟の字も口にせず、だから、ぼくは慌てふためくことも、冷や汗を流すこともなく生きている。

そうは言っても、ぼくらは三年生で、受験を控え、それなりにみんな忙しい。身体より精神のほうが落ち着かないようだ。

ぼくは、地区内の公立高校を受けるつもりだった。工業高校に行ってサッカーを続けたい希望を持つ蓮田（隣の市にある工業高校はすごい強豪とまでは言えないけれど、全国レベルのサッカー部があるんだ）と、たぶん難関の有名進学校志望なのだろう高原をのぞいて、みんなも地区内にある高校を目指していると思う。

志望校はそれぞれに違っていても、受験生であることに変わりはない。どこか心が急《せ》いて、波立ち、ふいに焦燥感に襲われたりする。時間が、一日が、季節が猛スピードで走り過ぎていくようで、それはまた、みんなと別れるときが、駆け足でやってくることで、そう思うとぼくの心は落ち着かず、焦《じ》れて苦しくなる。そのことをうまく言葉で表現できなくて、また焦れたりする。

そんなのは、ぼくだけなんだろうか。よく、わからない。ともかく、表面上は穏やかに、誰もいつもと変わらず、ぼくらの日々は過ぎていった。

「萩本、今のところ無事みたいだな」

秋本と並んで帰りながら、ぼくがそう呟《つぶや》いたのは六月の半ば、「ゲロゲロ事件」から二週間がたっていた。

梅雨入り間近を知らせる雨が続き、厚い雲がわれて、たまに青空がのぞいたりすると、その青さの眩《まぶ》しさと鮮やかさに、思わず立ち止まってしまう。そんな季節になろうとしていた。

「うん」

秋本が短く答え、指を三本立てた。

「あいつ、あれからも三人に告《こく》られたらしい。男二人と女一人」

「はあ……けど、萩本ならもてても不思議じゃないよな」

「そうかあ?」

秋本は首をひねり、ふわっとあくびを一つする。

「そうだよ。もてるに決まってる」

「なんで?」

「なんでって……美人だし、スタイルだっていいし……」

ふっと黄色いニットの胸が思い出されて、ぼくは強く首を横に振った。

違うと思う。萩本恵菜のステキさというのは、そんな外側だけのことじゃないと思う。このごろ、やっと、そのことに気がつき始めた。

萩本恵菜は、気が強くて短くて、口が悪くて、やや手が早い。すぐ、睨《にら》むし、つっかかるし、人の話をじっくり聞いたりしない。この顔でこんなこと言うかとこっちが引くぐらい下品で騒々しいときもある。つまり、欠点はかなりの数あるってことだ。それは、メグに会うたびに胸が高鳴るぼくでさえ、わかる。見事なのは、それを隠そうとしないことだ。メグは、決して自分を良く見せようとしない。かっこうをつけない。だれもが期待する美少女像に、無理やり自分を押しこめない。自然体なのだ。そして何より一途《いちず》だった。一途に「貴ちゃん」だけだ。自分のプライドとか周りにどう見られているかとか、そんなものより上に、一途《いちず》に「貴ちゃん」を好きなことを置いている。すごいと思う。思えば思うほど、秋本貴史が羨《うらや》ましい。

「メグは、ええ子やで」

と、秋本があくびのついでみたいに言う。

「なんだよ、その言い方。おまえ、おっさん化してるぞ」

「げっ。なっ、なんてことを言うんや」

「給食の後とか、爪楊枝《つまようじ》で歯のかすをとったりしてないか?」

「なっ、ない。そんなこと絶対、せえへん」

「くしゃみするとき、やたら大きな声、出したりしてない?」

「しっ、してない。ほんま、してないで」

「風呂《ふろ》上りにパンツ一枚であぐらかいて、ヘソの掃除をしたりするだろう?」

「あっそれはたまに……いや、してない。ヘソの掃除するくらいなら部屋の掃除をする」

「スーパーの安売りチラシに、異常に反応とかしないか?」

「するする。やだ、卵ワンパック百円やわ。お隣の奥さん誘っていかなきゃ……て、これはどっちかって言うとおばはん化やないのでしょうか」

「おまえな、おっさん化とおばはん化が同時進行してるぞ。それ、危ないよ」

「やっぱ、そう見えるか。自分でも怖《こえ》えよ」

ぼくらは、児童公園の中を歩いていた。別に通る必要もなかったのだけれど、なんとなくぶらぶらと遠回りをしていたのだ。六月の木々の緑は、曇天の下でも充分にみずみずしくきれいだった。

もうすぐ夏が来る。父さんと一美ねえちゃんが逝った季節が、また巡って来る。

「歩」

秋本が、ぼくの肩をちょこっと押した。

「座ろう」

目の前にベンチがあった。元は、白いペンキがぬってあったのだろう。すっかり色褪《いろあ》せて、古くなったベンチだった。

「なんで、座るんだ？」

「一休み、一休み」

「一休みって、おまえん家《ち》、すぐそこじゃないかよ」

「だからな、帰ったら、ビールケースを運べだの、皿を洗えだの、過酷な労働が待ってるわけや。その前に、一休み。ええやないか、ちょっとつきあえよ、うへへ」

「おまえ、それ、ラブホに女の子を連れこむおっさんバージョンじゃねえかよ」

ぶつぶつ言いながら、ぼくはベンチに腰を下した。古ぼけたベンチは、意外にしっかりしていて、ぎしりとも音を立てなかった。

手を上に伸ばして、秋本が目を細める。

「ええ天気やな」

「くもりだよ」

「あっ小鳥が、えさをついばんでる。かわいいなあ」

「どう見ても、ハトだな。しかも、肥満傾向だ」

「ちょうちょが、ひらひらと……」

ちょうちょなんていないだろうと、つっこむつもりだったけれど、ぼくは口をつぐんだ。

漆黒の翅《はね》をひらめかせて、黒アゲハが一匹、ふわりと目の前に現れたのだ。貧弱な茂みなりに、小さな花を幾つも咲かせているサツキの植えこみの上を、優雅に飛び回っている。

「秋本」

「うん?」

「おまえ、萩本のことどう思ってんだ?」

「どうって?」

「前に言ったよな、恋愛感情ないって……あれ、本音か?」

「うん」

黒アゲハに視線を向けたまま、秋本がうなずく。その事もなげな態度になぜか苛立《いらだ》つ。

「なんでだよ。さっき、いい子だって言ったじゃないか」

「ええ子やで。働き者で、しっかりしてて、周りの目とか気にして変にぶりっこになったりせえへんし……まあ、おれ的には、もう少しぶりっこでもええかなとは思うけど」

ぼくは、スニーカーの先を見つめて、唇を軽くかんだ。こいつは、メグのことをちゃんと知っているんだ、と思った。欠点も美点もちゃんと知っている。

「妹とかだったら、めちゃかわいがったと思うな。そういう意味では、好きやな、メグのこと」

ため息が出る。メグを妹みたいにしか好きになれないなんて、もったいなさすぎる。秋本が、わずかに顔をしかめた。

「歩の言う、恋愛感情ってどんなのや？」

「どっ、どんなのって……それは……」

「妹みたいに好きってのと、どう違う？」

「そっ、それは……まるで、違うだろ。妹は家族だし、恋愛ってのは、もっと……」

「例えば、エッチがしたいとか思うことか？」

秋本の言葉が、あんまり露骨だから、ぼくは目を伏せた。こういう、直接的でむき出しの会話は苦手だった。

「そういうことやろ？　好きやな、大切にしたいなだけやなくて」

「もういいよ」

ぼくは、秋本の言葉をさえぎる。今度は、秋本が軽くため息をついた。

「おれ、そう思うねん。相手のこと全部、欲しいって思うのが恋愛ってもんやろ」

そうだろうか。肉体と精神と、そのどちらも欲しいと望む貪欲《どんよく》さが、恋愛というものなのだろうか。そうだろうか。そうかもしれない。触れたい、知りたい、離れたくない。欲望を満たしたい。相手に対して、そんな想いをぶつけることが、できるなら……

「おれ、別にメグとエッチしたいとか思わへんし」

「そりゃまあ、妹みたいな相手とは、できないよな」

「だろ」

秋本の手がぼくの肩に回る。長い脚がもぞりと動く。

「歩とは、ビミョーなんやな、これが」

「はあ?」

「正直、ようわからへんねん」

「何が、わかんないって?」

「つまり、おれは、歩のこと好きなんや。マジで好きやで」

「そりゃどうも……あまり、ありがたくないけど」

「はたして、これは友情なのか恋愛なのか……ビミョーなとこで悩んでるんや」

「悩むな。頼むから、悩むな」

ぼくは、肩から秋本の手をはずして、それをしっかりと両手で握った。

「なっ、秋本、いつまでも良い友だちでいような」

「うわっ、なんやそれ。友だち以上にはなれないってパターンやないか」

「あたりまえだろ。おまえは、時々、忘れてるみたいだけど、おれは男なんだからな。おまえだって一応、男だし。恋愛なんて、なり立たないからな。友情です。清く正しい友情です。いつまでも、お友だちです」

「なんでて、なり立たへんねん?」

「なんでて、そんなの当たり前だろうが。常識じゃないか。フツーに考えれば」

ぼくは、こくりと息をのむ。

当たり前、常識、フツー……普通。

ぼくは、まだ囚《とら》われている。

自分の感情とか想いではなく、他人の視線や思惑に囚われて、気にして、それを行動の規範にしている。

秋本は、ぼくの目の前で軽く指を握り締めた。

「おれは、歩のことが好きで、いっしょにいると楽しいし、できればずっといっしょにいたいし、まあ、その……触りたいとか思ったりするわけ。そこをぐっとがまんするのは、正直かなり辛《つら》いときもある」

「いや、ほとんどがまんしてないと思うけど」

「だからな、男とか女とか関係ないんや。おれは、おれが歩のこと、どういうふうに好きなのか、それが大事なわけや」

「うん」

ひどく素直にうなずいた自分に戸惑い、ぼくは再び、目を伏せる。

秋本のようには、なれない。秋本のように、自由にはなれない。常識とか、普通とか、世間とか、らしさとか、ぼくらを取り巻き、縛りつけるものから逃れられない。過去の記憶からも未来への不安からも、逃げられない。そんな力を持っていない。自分の想いだけをテコにして、好きなものを好きだと言い切ることはできない。「あんなおっさんでも、げらげら笑わせたろうやないか」なんてセリフを口にできない。秋本もそしてメグも、あまりに遠くて強い存在だった。

ぼくは、まだ囚われている。

「歩」

うつむいたぼくの頭に秋本は手をのせ、髪の毛をくしゃりとつかんだ。

「秋本……さわるな」

「いや、なんか手が出てしまうんや。がまんするのって、健康に悪いらしいし」

「おれは、健康器具じゃないんだから。触っても効果はないから」

「いや、心が安らぐんや。ほっぺたとか触ってもええ？」

「絶対、だめ」

「じゃ、耳たぶ」

「秋本、マジ殺すぞ」

「きみに殺されるなら、ぼくは本望です」

「三日間、日干しにした後塩水につけて、木の枝から逆さまに吊《つ》り下げとくからな」

「うわっ、えぐすぎ」

秋本が何を想像したのか、本気で顔を歪《ゆが》めるものだから、おかしくて、少し笑ってしまった。

自転車のブレーキの音がした。

振り向くと、マウンテンバイクにまたがった来菅がいた。銀色のフリーライドだ。

「よう」

と、秋本が手を上げた。

「よう」

と、来菅も片手を上げる。

ぼくは、黙っていた。フリーライドは、オフロード系のマウンテンバイクの中でも、一番、一般的なやつだ。それでも、たぶん十万円前後はするんじゃないだろうか。ホームセンターで売っている安物とは違う安定感が来菅の自転車にはあった。こんなので、初夏の青空の下を走ったら、たまらなく気持ちが良いだろう。

長身の来菅に、銀色のフリーライドは良く似合っていた。

「何してんの？　おまえたち」

来菅が首をかしげて、ぼくと秋本を交互に見る。

「デート」

秋本が答える。来菅の黒目がくるんと動いた。一瞬、ひどく子どもっぽい表情が表れる。

「デート？」

ぼくは立ち上がり、右手を何度も左右に振った。

「あ、秋本が、きっ、気分が悪くなったんでちょっと、ひ、一休みしてただけで……」

来菅が肩をすくめる。

「おまえらいっつも、つるんでるんやな」

「まあな」

秋本も肩をすくめる。二人とも、そのしぐさがさまになっていた。

「ええな、秋本。女にも男にもモテて」

「まあな」

来菅はふふっと鼻の先で笑い、ペダルに足をかけた。

ジャッとタイヤが土をはみ、フリーライドが前に出る。

「じゃあな」

「またな」

秋本との間で言葉を交わし、来菅はぼくをちらりと横目で見ながら、通り過ぎていった。

肥満傾向のハトが三羽、どたどたと重そうに飛び立つ。

ぼくは軽い疲労感を覚え、秋本に帰ろうと声をかけた。しかし、その返事を聞かないうちに、小さく叫んでいた。

「あぶない！」

公園の出入り口付近にある茂みのかげから、ぶらりと人が現れたのだ。来菅ともろにぶつかるかっこうになった。

ブレーキの音。来菅がバランスをくずして、横倒しになる。同時に、ぐおっと獣の吼《ほ》えるような声がする。獣の吼え声って聞いたことはないけれど、腹の底にどすんと伝わるような威嚇の響きがあった。一瞬、ぼくの身体は硬直する。

するりと秋本が動く。立ちすくんだぼくの横をすりぬけて行く。一呼吸おいて、ぼくもその背中を追った。

地面に倒れこんだ来菅の前に、男が立っている。黒っぽい野球帽に、白い厚手のパーカー。この前の雨の日、コンビニ近くの公園で会った男だろうか。

男は意味不明の言葉で怒鳴り、右手にさげていたビンを振り回した。それが、フリーライドの短いハンドルを直撃する。

ガラスの砕け散る音。強い酒の臭い。来菅が短く悲鳴を上げた。同時に、秋本がその男の腕にとびつく。ガラスビンを取り上げ、茂みの中に放り投げる。秋本のがっしりした身体にぶつかられて、男はよろめき、しりもちをついた。

「だいじょうぶか？」

ぼくは、しゃがみこんでいる来菅の後ろにまわり、背中を支えた。よほど驚いたのだろう、来菅の呼吸は浅く速かった。

「ケガ、してないか？」

ぼくを見上げた黒目がうろうろと動き、口が半開きになる。しかし、それは、すぐに固く結ばれ、険しい目つきに変った。ぼくの手をはらいのけ、来菅は立ち上がった。

「あ……わりぃかったな」

男がしりもちをついたまま、呟《つぶや》く。

「わりぃかったなあ。酔ってて……わるかったな」

ぼくの横で、来菅が息をはく。ジーンズの足がぴくりと動いた。

い音がした。

「ふざけんなよ」

止める間がなかった。来菅が男の太もものあたりを蹴《け》り上げる。どすっと肉をうつ、鈍い音がした。

「おどかしやがって、ふざけんな」

男は頭を抱えてうずくまり、無抵抗のままだった。そこに、もう一発、蹴りが入る。ぼくは、また立ちすくんでしまう。まただ。また人が人に、露骨に暴力をふるう場面に行き合わせてしまった。この前は、言葉の暴力だった。今、来菅はほとんど無言で他人の肉体に暴力をふるっている。あの時も今も、強い酒の臭いが漂う。気分が悪くなる。正視に堪えなかった。ぼくの内で嫌悪の情がうずまく。来菅というより、来菅の動きに対して、嘔《おう》吐《と》するような嫌悪感がうずまく。見ていられない。

「やめろよ」

「やめとけ」

ぼくと秋本の声が重なった。

秋本の両手が後ろから来菅を抱きとめる。ぼくは、ふらっと一歩、その前に足を出した。腰のあたりに衝撃がきた。来菅のキックをもろに受けたらしい。息が止まる。ぼくは、男の身体の上にくずれおちる。やはり汗と酒のまざり合った臭いが鼻をついた。

「歩！」

秋本が身体を抱き起こしてくれる。

「だいじょうぶか？」

「うん……全然、平気」

そう答えたけれど、吐き気がおさまらない。

「ふざけんな……」

来菅は、呟くとフリーライドに飛び乗って、公園を出て行った。

「来菅、まてや！」

秋本が大声で止めたけれど、振り向きもしなかった。

「なんや、あいつ。明日《あした》、会ったら」

「もういいよ」

口の中にわいてくる生唾《なまつば》を飲みこみ、歩き出す。来菅の気持ちが、わかるような気がした。

一瞬でも、あんな怯《おび》えた顔を見られたんだ、プライドがかなり傷ついたはずだ。来菅は、きっと、いつでも自分をかっこよく見せようとがんばるタイプなのだと思う。なんでもそこそこにできる人間って、期待もされちゃうから、そこに合わせて、ついがんばってしまうんだ。

悪いことじゃない。しんどいだけだ。他人の物差しに合わせてがんばることは、とてもしんどい。そのしんどいことを来菅ががんばってやっているのなら、たいしたもんじゃないか。だとしたら、素《す》の怯えや弱さを見られたことに戸惑って、逃げてしまうことぐらい、許してやればいい。そんなことは、どうでもいい……

吐き気がこみ上げてくる。口をおさえて振り返ると、男の姿はどこにもなかった。公園は、何事もなかったように静かだ。

「歩けるか？」

秋本が、腋《わき》に手を入れて支えてくれた。

「うん……平気」

「家まで送って行くから」

「いいよ」

「責任あるからな。おれが、あんなとこで休もうなんて言うたから」

「そうだよ、いつでも、おまえが悪い」

むろん、そんなことをちらっとも思ったことはなかった。ただ、しゃべっていると、吐き気が少しおさまるような気がするのだ。

「おまえといると、何かいつも、いろんなことに巻きこまれるような気がする」

「おれって渦潮みたいやなあ。ぐるぐるぐるぐる、なんでも巻きこんで、ぐるぐるぐるぐる」

「おえっ、やめろ。目まで回る」

ははと秋本が笑った。ぼくは、たずねる。

「おまえさ、気分、悪くならない？　ああいうの見ても平気？」

「平気やない……だから止めたんや。けど、まっ、歩よりは慣れてるかもな。店のお客同士でけんかすることも、あるしな」

　秋本の知っていること、見たこと、経験していること。きっとぼくの何倍もの量なのだろう。

　マンションの部屋の前についた。母さんは、まだ帰っていない。

　ドアを開けて「じゃっ、またな」と手を振り、ドアを閉める。そのつもりだった。ドアを開ける。玄関に百合《ゆり》がいけてあった。カサブランカだ。その強烈な芳香をかいだとたん、かなりおさまっていた吐き気がもどってきた。腋の下に汗がにじむ。

　デイパックを放り出し、ぼくはトイレに駆けこんだ。便器のふたをとり、しゃがみこみ、嘔吐する。胃がきりきりと痛んで、涙が出た。目を閉じると、来菅の足が浮かぶ。無抵抗で蹴られていた白いパーカーの背中が浮かぶ。人が人を痛めつける。とても嫌だった。嫌だけど、ぼくは一人では止められなかった。秋本がいなかったら、たぶん、ベンチの前に立ちすくんだまま、嫌でたまらないシーンをじっと見ていたはずだ。この前だってそうだ。中年男の暴力の前で、ぼくは結局、目を閉じてしまったじゃないか。

　暴力は嫌だ。嫌なことに対して、なす術《すべ》のない自分の弱さも嫌だ。

　涙と汗がいっしょになって、頬をつたって行く。どちらも、しょっぱくて少し温かだった。

　トイレから出て来ると、秋本が黙って水の入ったコップをわたしてくれた。氷が浮いている。一気飲みすると、その冷たさがしみて心地よかった。

「秋本……」

「いや、礼はええから。その前に、少し横になれ」

「おまえな……」

「うんうん、感謝なんてええって。こんなの当たり前や。なんなら、冷たいレモン水、作ったろか？　国産レモンがあるから、ちょっと蜂蜜《はちみつ》入れてやる。あっそれとも、炭酸飲料にするか。用意してやるから、歩は、部屋で寝とけ」

「ここ、おれん家《ち》なんだけど」

「はい？」

「おれん家。あそこにあるのはおれん家の冷蔵庫。なんで、おまえ、冷蔵庫の中身まで知ってんだよ」

「いやいや、使い勝手のええキッチンやな」

「ばか」

しかし、レモン水は飲みたかった。

「たっぷりレモンしぼってくれ。蜂蜜はいらないから」

「むっちゃ、すっぱいぞ」

「すっぱいのが飲みたい」

「えっまさか、つわりとか」

「ありえない」

　ぼくは、部屋に入りベッドに横になる。吐き気はおさまったけれど、のどの奥がひりひりして、口の中が乾いていた。

　天井を見上げ、情けないなあと呟《つぶや》いてみる。臆病《おくびょう》でひ弱な、自分の情けなさを情けないなあと呟いてみる。

「なにが情けないって？」

　秋本が両手にコップを持って、ぼくを見下ろしていた。でかい図体のくせに、秋本の動きはしなやかで静かで、ぼんやりしているとつい、その気配に気づかないことが度々ある。忍者みたいなやつだ。

　ぼくは、答えなかった。黙って、レモン水を飲みほす。すごくすっぱかった。また、ごろりと横になる。

「みんなが情けなかったら、戦争とかもないかもしれへんな」

　秋本が、コップを振りながら呟いた。

「なんだよ、それ。慰めてるつもりかよ」

「いや、本音。おれ、おまえには本当のことしか言わへんから」

「そういう、キザったらしいことをさらっと言うな」

「さらっと言わな、キザったらしいやないか」

「あ、まあ、そうだな」

「だろ、なっ、歩」

「なんだよ」

「おれな、おまえの情けないとこって好きやで。情けないって言いながら、来菅の蹴《け》りから、あのおっさん守ったやろ。この前だって、おふくろをちゃんとかばってくれたやないか。やらなあかんことだけは、ちゃんとやるおまえの情けなさって、好きやな。マジでかっこええと思うけどな」

「ありがとう。秋山くん」

「秋本です」

まったく、他人を肯定する言葉をこうもあっさり恥ずかしげもなく、しかも本気で口にできるやつも、珍しいと思う。

肯定の言葉をあっさりと恥ずかしげもなく本気で……鼻の先で笑ってやりたいけれど、秋本の言葉にぼくは、やはり励まされてしまう。

秋本、おれは本当におまえを支えているか。一方的に励まされたり、慰められたりするだけではなく、対等に向かい合っているか。

「歩」

秋本の手が額にのってくる。

「秋本、べつに熱はないから」

「いや、ちょっと触りたいだけで」

「触んなって」

「じゃ、ほっぺたをちょこっと」

「ほっぺたも耳たぶもだめ。禁止。絶対触んなよ」

ぼくは起き上がり、前髪をかき上げる。秋本が、横にすわった。

「じゃっ、触らずにしゃべるから聞いてくれな」

止めるひまがなかった。ぼくが口をあける前に、話は始まってしまったのだ。

「夏休みの特設ステージの漫才の件な。進めてもええやろ。三瀬さんがえらく、本気なんや」

「ばっ、ばかか。嫌だ、絶対だめだからな」

「けどな、歩、三瀬さんてほんまええ人なんや。漫才もけっこう好きで、生の舞台を観に行ったりもしてる。その人が、おれらのこと、おもろかった、ちゃんと練習したらええ漫才できるんと違うかって言うてくれたんや。本格的にデビューしたら、後援会会長になったるって」

後援会会長。そんなところまで話が飛んでいるのか。本当に熱が出てきそうだ。

「なんだよ、おまえ、結局その三瀬さんにいい顔したいだけじゃないのか。町内会長だから、睨《にら》まれると怖いとか思ってさ」

ぼくは、口を閉じた。秋本の表情が固く引き締まったからだ。

「歩、あんまし、おれのことみくびるなや」

低い声だった。

「確かに三瀬さんは、マジでええ人やし、いろんな世話役してるから、いろいろ世話になることもぎょうさんある。けどな、おれ、義理とか、誰かにいい顔するために、漫才やろうなんて思うたこと、一度もない」

そうだろう。秋本の気持ちは本物だ。ずっと拒否はしているけれど、本気を疑ったことはない。

「ごめん」

ぼくは謝った。秋本の本気を軽口で傷つけてしまった。謝るしかない。

「ええけどな」

「反省してる。ごめん」

「ええって。じゃっ、そういうことで進めるから。あんまり気にすんなや」

「うん……まて、何を進めるって」

「だから、特設ステージの漫才、やろうな」

「あほか、嫌だって」

「歩、さっき、うんて言うたやないか」

「そっ、それは、ちっ、違うだろうが。おれは」

「だいじょうぶ、だいじょうぶ。まずはコンビ名から、決めなあかんなあ」

「コッ、コンブ名」

「コンビ名。えっ、歩、コンブとワカメってのがえぇのんか？」

「いっ、嫌だ、そんな、味噌汁《みそしる》みたいな名前……いや、どんな名前も嫌だ」

「じゃっ、豆腐と油揚げとかアサリと刻みねぎとかにするか？」

「味噌汁から離れろって」

ぼくは、唇を強く結んだ。危ない。また、秋本としょうもない会話を交わしている。危ない、危ない。冗談抜きで危ない。このままでは、秋本のペースに巻きこまれて、味噌汁みたいなコンビ名をつけられて、夏祭りの特設ステージに立つことになる。とんでもないことになるんだ。

断固阻止行動あるのみ。しかし、どうやって、この図々《ずうずう》しい押しの強い相手を阻止するか。秋本の気持ちが本気であるだけに、やっかいだ。

ともかく間を取ろうと、ぼくは窓を大きく開け放した。風が吹きこんでくる。大きく深呼吸してみる。ふと、窓から下をのぞいたぼくの目に白い夏服がうつった。マンションの前の植え込みから此方《こちら》を窺《うかが》っている。泥棒が下見をしているみたいに見えないこともない。つまり、怪しげなのだ。しかし、今のぼくには神のごとく思える。まさに、救いの女神。

「森口」

ぼくは、大声で呼んだ。それから、上がってこいと手招きする。森口は一瞬、決まり悪そうに肩をすぼめたけれど、すぐにマンションの中に姿を消した。

「森口？　森口がいるのか？」

秋本が眉《まゆ》をひそめる。ぼくは、うっひっひと笑いそうになった。

「なんで、わざわざ呼んだりするんや」

「ここは、おれん家《ち》。森口を呼ぼうが、アントニオ猪木《いのき》を招待しようが勝手でーしょう。ふんふん」

チャイムが鳴った。

「こんにちは。失礼します」

森口の声だ。いつもより幾分、トーンが低い。ぼくは、スキップしながらドアまで行き、開け放し、入ってくるように促した。制服姿の森口が入ってくる。白い半そでのセーラー服が眩《まぶ》しい。

「お邪魔します」

「ジャマない。ジャマないよ。よく来たね。あなた、よく来たよ」

「瀬田くん……言葉遣い、変になってる。どないしたん？」

「あっそうか……なんか、ほっとしたもんで。まっ入れよ。どうぞ、どうぞ。ほんとよく来てくれたよな」

「そんな……そんなに歓迎してもらうと、かえって居心地悪いんやけど。あの……ごめんね、下から窺ってたりして」

「そうや、森口。なんで、これからってとこに、おまえはいつも出てくるんや」

ぼくは、秋本を押しのけクッションを森口に差し出した。

「気にするなって。なんか、用事でもあった？」

「いやあのね、うち、おたくら二人を徹底マークしてるわけ。ほんま、二人をモデルにしたらええ小説が書けそうな気がして、しばらく取材させてもらおうって思って。で、後輩の子にも協力頼んでいるわけ。そしたら、さっき、秋本が瀬田くんを抱えて、怪しげなマンションの一室に連れこんだって情報があったから、これは、確認せなって飛んできたんやけど、その後、どうしようかなって考えてたら瀬田くんに呼ばれて……ちょっと恥ずかしかった。ごめんね」

「謝ることないよ。あなた、よく来てくれたね。感謝よ感謝」

怪しげなマンションてのが引っかかるけど、まあ細かいところはいい。森口に情報を流してくれた後輩にも感謝だ。

「瀬田くん、また言葉がおかしいよ。何？　もしかして、また危ないとこやったの？」

「いや……うん、確かに危ないとこだった。危機一髪。森口が来てくれなかったら、どうなっていたか……ありがとう」

「どういたしまして」

森口が微笑む。天使の微笑だ。ともかく、今日はこれで特設ステージの漫才の話題は消えた。明日《あした》からは、用心しよう。秋本につけこまれて、夏祭りに引っ張り出されないように、細心の注意をしよう。よかった、よかった。まさに、危機一髪だった。

「あっ、そうだ。母さんのプリンがあるけど、森口、食うか？」

「うわっ、嬉《うれ》しい。瀬田くん、今日はサービスええね」

「もちろん。命の恩人だもんな」

ぼくは、冷蔵庫からプリンを取り出し、紅茶までいれた。なぜか、秋本の分まで用意してしまった。こういうところが、ぼくの甘いところなんだ。

「なあ、森口」

「うん?」

「来菅ってどんなやつ?」

プリンを口に運びながら、森口に質問する。なるべく秋本のほうを見たくなかったのだ。

「来菅くん? 一組の?」

「うん、頭良いやつだよな。家、金持ちなのか? かっこいいマウンテンバイクに乗ってたけど」

森口が、目を細めてこめかみのあたりを指で押さえる。来菅に関する情報を引っ張り出しているらしい。

「来菅充ね。うーん、家は確か建設関係の会社を経営してる。四丁目のはずれに、大きな家建てて住んでるわ。確かに、成績は良いみたいやね。高原くんがおらんかったら、学年トップやろ。けど、うちの見るところ、高原くんほどいろんなことを知ってるってわけでもないらしい。勉強はできるけど、そう知識はないって感じ。スポーツもできるし、背ぇ高いし、騒いでる女の子、たくさんいるみたいやけど。家族構成は両親とお姉さんとの四人家族やと思う。確か、先月、メグに告《コク》ってふられた中の一人やろ」

「さすが、そこまで知ってるんだ」

「ふふん、うちの情報網から逃れられる者は、誰もいないのさ」

からからと森口が高笑いをする。悪の組織のボスみたいな笑い方だ。その笑いを急に止めて真顔になり、森口はプリンを一さじすくった。

「あのな、ちょっと気になるのは、来菅くんの家の裏っかわって、ため池になってんねん」

思わず秋本と視線を合わせてしまった。

「そこな、ウシガエルがたくさん、いてる」

「森口、それって、この前のカエル事件の犯人は……」

「ゲロゲロ事件や。いや、それだけで来菅くんを疑《うたご》うてはあかんと思う。ただな、メグに告ったとき、来菅くんの態度がやけに生意気やったんやて。『おれに告られて、嬉しいだろう』みたいな。なんての自意識過剰……そういうの、メグ、めっちゃ腹が立つらしくてな、かなり露骨にふったらしいわ。『あんたみたいなの一番、嫌いなタイプやわ』ぐらい言うたんと違う。自分はかっこいいと信じてるやつほど、そういうの応《こた》えるやろ。ほんま、あいたたた状態」

「それで、来菅がメグに仕返ししたってわけか？」

秋本が口をはさむ。

「まだ、断定はでけへんけど……その可能性もありやね。メグのやつ、情け容赦ないから言いたい放題、言うたんと違うかしら。あの子も、モテるわりには男心がわかってない。好意を持ってくれた相手に対しては、やっぱ、もうちょっと優しゅうせんとね。そういうとこ鈍いんよね」

おまえも、充分鈍いよ、森口。おまえのこと好きで堪《たま》んないってやつが、身近にいること、気がついてるのか。

そう言いたいのを堪《こら》える。ぼくが、そんなことを森口に告げても、高原は喜ばないだろう。いつか、高原は自分自身の言葉で自分自身の想いを森口に伝えるはずだ。いつか、遅くても卒業式までには……ぼくらに残された時間は、そう長くはない。

「来菅って、そんなに悪いやつやないけどな」

紅茶をすすって、秋本が呟《つぶや》く。考えるように首をかたむける。

「一年のとき、同じクラスやった。まあ、確かにちょっと鼻につくとこもあるけど、根っこのとこは悪うないと思うな。動物が好きで、獣医師になりたいとか言うてたし、一年棟の端にツバメが毎年、巣を作るやろ。時々、ヒナを狙《ねろ》うて蛇が来るねん。あいつ、それを必死に追い払ってたの見たことあるし……」

「蛇か。なるほどね、蛇とかカエルとか爬虫類《はちゅうるい》にはくわしいのかもしれへんな」

「森口、カエルは両生類。それに、無理やり来菅犯人説をしたてるなよ」

「死ぬほど惚《ほ》れた相手にふられ、いつしか愛は憎しみに変わるわけよ。『おれのものにならないのなら、いっそ殺してやる』恋に我を失った男は、やがて殺人鬼へと変貌《へんぼう》していく。うーん、いいかも」

「ふーん、愛と恋とエロの世界が展開していくんだ」

「それよ瀬田くん、わかってるよね」

「いや、わかんない」

ぼくは、首を振りついでに手首も軽く振ってみた。この手を踏みつけた来菅のことを思う。無抵抗の人を蹴《け》り上げた来菅のことを考える。

いいやつ、悪いやつ。簡単に人を二分することはできない。人の正体なんて、色分けできないんだ。ツバメのヒナを守ろうとする優しさと、他人を平気で傷つける残虐さが一人の人間の中にどかりと座っている。そういうことも、あるだろう。

「歩」

秋本が呼んだ。

「笑おうぜ」

「は？」

「いや、まちがい。笑わせようぜ。どんなやつでも、本気でおもろいって笑ってしまうような漫才やろうや」

「おまえ、この前もそんなこと言ったよな。酔っ払ってわめき散らすようなおっさんでも、笑わせてやろうぜって」

「歩かて、そう思うやろ。おもろいやつが一番やて」

思わずうなずきそうになる。ぼくは、かろうじて自分を押し留《とど》めた。森口に顔を向け、秋本を指さす。

「森口、悪いけど、こいつ、持って帰ってくれ。マンションの裏にごみ置き場があるから。そこにポイ捨てしてもいいから」

「あいよ。まかしとき」

「なんでや。コンビ名はどうするんや」

「はい、さようなら。森口、また午後のケーキに招待するから頼む」

「はいはい。まかせて、まかせて。ほら秋本、帰るよ」

抵抗する秋本を森口の助けを借りて、外に押し出す。森口に、また借りができてしまった。

ドアにもたれて、やれやれと息をつく。

夏祭りの特設ステージ。

紅白の幕の前で、ライトをあびながら秋本と並ぶ自分の姿がふわっと浮かんだ。固く目を閉じ、ぼくは、その幻影を追いはらった。

19　再び雨の公園

夕食をすませたころ、雨が本格的に降り始めた。母さんは、料理教室の参加申込み書に目を通している。ぼくは、提出用の数学プリントを片付けた後、コンビニで雑誌を買うために、マンションを出た。明日でもよかったのだけれど、ずっと机の前に座っていたので、少し歩きたかったのだ。もう十時近くになっていた。マンションの玄関で管理人の大野《おおの》のおばさんに出会った。

「あら、歩くん、お出かけ？」

「はい、ちょっと」

「気ぃつけてな。いってらっしゃい」

おばさんは、無愛想で無口な人だけれど、なぜだかぼくには、よく声をかけてくれる。このことは、秋本には秘密にしてある。ばれたら「歩は、おばはんにモテるんやから、漫才向きやで」なんて、喜ぶに決まっているからだ。

夜の雨は、車のヘッドライトも街路灯の灯《あか》りもにじませてしまう。昼間とは違う小さな幻想の世界が、あらわれる。いつもより、ゆっくりと、ぼくは歩く。

もし、秋本といっしょに漫才なんてすることになったら……

歩きながら、考えていた。

そんなことになったら、すごく忙しいだろうな。三年生のための補習もあるし、宿題だってどっさり出る。入道雲に誘われて、一度ぐらいは海にも行きたい。もちろん受験勉強を必死でしなくちゃいけない時期だ。そこに特設ステージの漫才なんか加わったら……とてつもなく忙しいだろう。売れっ子のタレント並みかもしれない。

忙しくて、慌ただしくて、ぼくの夏はあっという間に過ぎていくだろうか。父さんと一美ねえちゃんを失った暑く長い季節を、ぼくは、いろんなことにどたばたしながら、秋本とともに過ごし、乗り切ることができるだろうか。思い出さなくていいだろうか。もう、悔やまなくていいだろうか。一生、忘れることはできないけれど、二人のことを心に抱いたまま、笑ったり、楽しんだり、笑わせたりしていいだろうか。

笑わせたり……ぼくは、自分の頰をぱちりとたたく。

歩、しっかりしろ。おまえ、どんどん、秋本に引きずられているぞ。笑わせなくていいんだ。おまえは、どっちかっていうと笑わせられるほうが似合っているんだから。忘れろ。漫才のことなんて忘れろ。絶対、考えるな。

悪霊退散、悪霊退散。口の中で呟く。雨が激しくなり、足元で水滴がはねる。

公園が見えてきた。ここは、あの児童公園よりかなり広い。木々も大きくて、若葉をびっしりとつけた枝が雨に濡《ぬ》れている。この前と同じだ。幾度通っても、雨夜の公園は暗く、音も光も吸いこむようで、いつもの生活空間とは異質なものに思える。

足が止まる。

何かが聞こえた。雨音をかいくぐり、ぼくの耳に届いてくる。

悲鳴？

立ち止まったまま耳をすます。何も聞こえない。気のせいだったのだろうか。

ぼくの横を一台の車がスピードを出して走り過ぎた。タイヤが、いきおいよく水をはね、ジーンズにもろにかかる。びしょ濡れだ。こんなところに立ち止まっているとろくなことがない。

ぼくは舌打ちし、また歩き出す。濡れたジーンズが重かった。

その時だった。公園の出入り口から、人影が飛び出してきた。出入り口には、車が乗り入れできないように一メートルほどの高さの円柱が数本並んでいる。そいつは、その一本にぶつかり、もんどりうって歩道に転がった。

来菅？

出入り口前の街路灯は、電球がきれているらしく、灯りはついていない。暗くて、はっきりとはわからないけれど、来菅のように見えた。そいつは、かなり強く転がったはずなのに、すぐに飛び起き、ぼくと反対方向に駆け出していった。肩から、ショルダーバッグをさげている。本がぎっしり入っているような、いかにも重そうなバッグだった。

公園の角を曲がり、人影は瞬く間にぼくの視野から消えていった。ぼくは、公園の前、人影が転んだあたりまで駆けよった。

「あ……」

赤い表紙の小さな単語帳が落ちていた。拾い上げる。まだ乾いている。さっき転んだ時、あの重そうなバッグからこぼれ落ちたのだろう。左手にカサ、右手に単語帳を持って、ぼくは、公園の中に視線を移した。むろん、暗くて何も見えない。木々の陰から、向かいの通りにあるコンビニの灯りが窺《うかが》えるぐらいだ。

単語帳を後ろポケットにつっこみ、公園の中に足を踏み入れる。いつもより、ずっと緊張していた。

あの人影は、なんであんなに慌てていたのだろう。この公園の闇に、驚くようなものが、怯《おび》えるようなものが、逃げ出さなくてはいけないようなものが、潜んでいるのだろうか。

なぜ自分が公園の中にわざわざ踏み込んで行くのか自分でも不思議で、うまく説明できない。人一倍、臆病《おくびょう》で好奇心よりも警戒心のほうがずっと強いはずのぼくが、用心しながらも公園の中を進んでいるのだ。わからない。ただ、このままでは、いけない。黙って、何も見なかったことにして、立ち去ってはいけない。ぼくの中のぼくが必死に、ぼくに語りかけている気がした。そろり、そろりと前に進む。ここにもベンチがあった。こちらはコンクリート製だ。近くに球のきれかかった街灯があって、ちかちかと瞬いている。ベンチの足元にカサが転がっていた。逆さまになって空へと柄を向けている透明のビニールカサは、雨を受け入れるように開いたままになっている。そして、そのカサとベンチの間に人の身体があった。

人が倒れている。

ぼくの手からもカサが落ちた。自由になった手を強く握り締める。心臓がぐるりと一回転した気分だった。

白いパーカーが赤く染まっている。瞬く灯りの中でさえ、はっきりとわかった。

人が血だらけで倒れている。

あの男の人のようだった。顔はよくわからなかったけれど、パーカーには見覚えがある。

近づいてみる。足の下で、地面がふわふわ揺れているような感覚がした。血の臭いがする。

「うぅ……」

うめき声。何かをつかむように前に投げ出された手がぴくりと動く。わずかに持ち上がる。

「助けて……」

頭にケガをしているのだろう。大量の血が、顔の半分をべとりと赤く染めている。

悲鳴を上げそうになった。

「助けて……救急車……」

男の手がぼくの足首をつかむ。信じられないぐらい、強い力だった。ほとんど反射的に足を振って、その手をはらう。

「頼む……助けて」

目が合った。左目は流れる血でふさがっているけれど、右目はしっかりと見開かれていた。その目が、とぎれとぎれの言葉より雄弁に、助けを求めていた。

息を吸いこむ。こぶしで一回、自分の胸の上をたたいてみる。振りかかる雨の冷たさを味わう。

落ち着け。今、何をしなきゃいけないんだ。何ができるんだ。

ぼくは、自分のカサを男の人の顔にさしかけた。血と泥に汚れた手を握る。

「今、すぐ救急車を呼ぶから。待ってて」

男がゆっくり瞬《まばた》きした。うなずく。ほんの一瞬だけど、微笑んだように見えた。

ぼくは走り、コンビニにとびこんだ。事情を説明する。事情といっても、血だらけの男の人が倒れているの一言だけだったけれど、レジにいた学生風の店員さんが、すぐに救急車を呼んでくれた。

「すぐに救急車が来る。動かさないほうがええかもしれへんな。タオルか何かで、傷口を押さえとこか」

「あっ、はい」

ありったけのタオルを抱えて、また公園に走る。雨に濡れ、血を出して、男の人は横たわっていた。もう、うめいてさえいない。

「こりゃあ、狩られたな」

「え？」

「この人、このあたりをねぐらにしてるホームレスや。うちにも時々、残り物さがしに来てたんや。むちゃくちゃぼこられとるやないか。誰かに、やられた」

店員さんは、ふいに口を閉じ、ぼくを見て、植え込みのほうを顎《あご》でしゃくった。首を回し、そこを見る。金属バットが転がっていた。

「これで……」

「たぶんな」

ゲロゲロの比ではなかった。ゲロゲロはまだ悪意だけだった。これは、悪意と暴力だ。今、植え込みのかげに転がっている金属バットは、野球の用具ではない。そんなものじゃない。悪意と暴力の染みこんだ凶器だった。

なぜか、カサブランカの香りを思い出し、ぼくはまた吐き気に襲われる。

「おっさん、しっかりしいや。だいじょうぶか」

店員さんが、叫ぶ。ぼくは膝《ひざ》をついて、血だらけの顔をのぞきこんだ。

「おじさん、もうすぐ救急車が来るから。助かるから」

死んじゃだめだ。負けちゃだめだ。こんな悪意に暴力に、むざむざ殺されたりしては、だめだ。

男の人の口がぱくりと動く。そこから、血と唾液《だえき》とうめきが流れ出る。救急車のサイレンが聞こえてきた。

次の朝、登校すると同時に、校長室に連れて行かれた。

靴箱のところで蓮田に出会い、野球とサッカーとラグビーの得点方法についてしゃべりながら教室に入って、机で本を読んでいた高原にようと手を上げた瞬間、後ろから教頭先生に呼ばれ、連行されたのだ。予想はついていたし、覚悟もしていたから、別に動揺はしなかった。

昨日の雨がウソのように晴れ上がった朝で、校長室の窓からは、初夏の光が、贅沢《ぜいたく》なほどたっぷりと射しこんでいた。その窓を背にして座っている校長先生は、人型をした黒い置物のようだった。

「瀬田歩を連れてきました」

教頭先生が空せきをするのとほとんど同時に、革張りの（たぶんニセモノだろうけど）ソファから、二人の男が立ち上がった。二人とも、紺色の背広を着ている。一人は若くて、見事なほど日に焼けていた。もう一人は、中年の丸顔のおじさんで、毛髪がかなり寂しくなっている。この人には、見覚えがあった。昨日、病院で出会ったのだ。湊西署の刑事さんだ。病院側の通報で駆けつけて来た時は、雨に濡れたせいで、髪が頭皮にべたりとはりつき、今よりかなり寂しい状態だった。

病院の廊下で、簡単な質問をされた。ぼくがアルバイトの従業員だとばかり思っていた店員さんは、あのコンビニの店長で、もう三十一歳で、妻子がいるとその時知った。人間は見かけだけでは、ほんとうにわからないものだ。刑事さんに受け答えをしている店長さんの横顔を見ながら、ぼくは、そんなことを思ったりしていた。

頭の寂しい刑事さんは、やはり寂しげな微笑を浮かべながら、ぼくに向かって軽く会釈した。

「瀬田くん、昨日はご苦労さま。たいへんだったね」

「あっいえ……そんなことは……」

たいへんなことはなかった。病院への説明も警察への説明も、店長さんがほとんど一人で引き受けてくれたのだ。家に連絡するように携帯電話を貸してもくれた。

「まだ子どもですから、早《はよ》う帰してやってください」

刑事さんにそんな申し出までしてくれた。まだ、子どもですからの部分には正直引っかかったけれど、三十一歳の店長さんの言葉には、子どもをちゃんとかばおうとする大人の意志みたいなものが詰まっていて、ちょっと感動してしまった。

ぼくは、迎えに来た母さんの車で、十一時すぎには帰宅していた。疲れてすぐに眠り、夢も見なかった。男の人のことが心に引っかかり重くはあったけれど、たいへんだったとは思っていない。たいへんなのは、むしろこれからだろう。

「わざわざ、来てもらってすまなかったね。もう少し、きみに聞きたいことがあってね。警察に出向くのは嫌だろうと思って、われわれがお邪魔したんだけど」

「いえ……」

校長室と取調室と、どちらが快適だろう。取調室って、ほんとうにマジックミラーとかあるんだろうか。白いブラインドとか丸いランプのスタンドとかパイプイスとか設置してあるんだろうか。ちょっとのぞいてみたい気もする。歴代校長の顔写真がずらりと並び、真っ赤なビジョザクラの鉢植えがやけに目立つ校長室より、好奇心をそそられる。

「瀬田くん、刑事さんは、きみのことをほめてくれてたんだよ。けが人を助けたんだからね。いや、よくがんばった」

校長先生が、座りなさいとソファを指さす。

ぼくは、鉢植えの花から視線をそらし、前に立った校長先生の目を見る。

「あの人、助かったんですね」

「え？　誰が？」

ぼくは、中年の刑事さんに顔を向ける。刑事さんは、難しい表情のまま首をかしげた。

「命は取りとめた。けど、まだ意識がもどらない」

「あの人……なんていう名前なんですか」

それは昨日からずっと考えていたことだった。名前。あの人の名前。あの人だって名前がある。自分だけの名前がある。それを知ったからといって、どうなるものでもないけれど、もし今度会った時名前で呼びかけることができたとしたら、……そんなことを考えていた。そして、今、考える。あの人が意識不明のまま眠っているのなら、名前を呼んだら、『おじさん』とか『おい』じゃなく、名前を呼んだら目を開けるんじゃないか。

「まだ調査中なんだ。何しろ、意識が回復しないことにはね……それに、守秘義務ってのがあってね、加害者に関しても被害者に関しても、知っていることをしゃべるわけにはいかなくて。悪いな」

「いえ……」

予鈴が鳴る。教室に入り、学習準備をするように促す校内放送が流れた。

「あっ、あんまり時間がないから。二、三、簡単な質問させてもらいたいんだけど」

「はい」

「ケガの様子から見て、あの男が襲われたのが、昨夜の午後十時ちかくらしい。きみが、公園で被害者を発見したのは、十時過ぎ、救急車を呼んだのが十時二十分ちょうど。間違いないね」

「だと思います……家を出たときは、まだ十時になっていなくて……帰ったら、十時半からドラマを見ようって思ってたから……」

「きみの家から、公園までどのくらい？」

「歩いて十五分ぐらいです」

「被害者を発見した時、もうほとんど意識はなかったんだよね。その時の様子をもう一度、教えてくれるかな」

「あの、暗くてよくわからなかったけれど、すごい血が出ていて……あの人が、ぼくに助けてって、手を伸ばしてきました。それで、ともかく、コンビニまで走って救急車を呼んでもらって……店長さんといっしょにあの人のところに戻った時は、もうほとんど何もしゃべらなくて……血が……血がたくさん出ていたから……」

ぼくは、なるべく丁寧にゆっくりと昨夜のことを話した。刑事さんが、ふっと息をつく。

「そうか、血がね……どうも、使われた凶器がねえ」

刑事さんがうなずくと、無言で座っていた若い刑事さんがやはり無言のまま足元の黒いバッグから、ビニール袋をとり出した。中に金属バットが入っている。

教頭先生がぐえっと声を出した。校長先生が、息を吸いこんだ。

バットのところどころが茶褐色に汚れている。たぶん血痕《けっこん》なのだろう。けれど、二人の先生が驚いたのは、その生々しさではなくグリップに描かれた湊三中の三文字のせいだ。

「こっ、これは、うっ、うちの」

教頭先生が自分の口を自分の手で塞《ふさ》ぐ。

「そうです。おたくの備品でしょうな。それが、凶器として用いられた」

「しっ、しかし、だっ、だからといって、犯人がうちの生徒なんてことは、それは、まさかありえません」

校長先生は、胸をはり、大きく息をついた。血の気が引いているのが、はっきりと見てとれた。

「もちろんです。まあ、どういう管理の仕方をされていたのか分かりませんが、外部の者が持ち出そうと思えば、つまり盗もうと思えば、簡単に盗めるような状態だったんでしょうかね」

「いや、そんなことは……いや、そうかもしれないが……教頭、こういうものの管理はどうなっていたのかね」

「それは、ちゃんと管理をして……いや、してなくて外部に持ち出された可能性はあります。大いにあります。もう一度、ちゃんと調べて、今度からは管理を徹底します」

管理が不行き届きだったと言えば責任問題になり、ちゃんと管理していたと答えれば、学校内部の者が犯人として疑われる。こういうのを板ばさみと言うのだろう。教頭先生の額ににじみ出た汗をぼくは気の毒な思いでながめていた。

「わたしらは何も湊三中の生徒さんを疑っているわけじゃないです。ただ、状況から見て、物取りとか怨恨《えんこん》の線は薄い。加害者は被害者を、殴りたいから殴った。かっとなってじゃなく、たぶん、ちゃんと凶器を準備してあの公園に来た……こういう、具体的な動機が薄いわりに、計画的な面のある犯行って、わりに若い年代に多いもので……校長先生」

「はいっ」

「どうですかね。このところ、校内が落ち着かないとか、小さな事件が相次ぐとか、そんなことないですか。例えば、備品が壊されるとか、イジメが横行しているとか、けんかが多発するとか」

「ありません」

教頭先生が答えた。かすれているけれど、はっきりとした大きな声だった。

「校内は落ち着いています。中学生ですから多少のけんかやもめごとは、ありますが、どれも微々たるものです。全体的に落ち着いて穏やかなものです。あの……このバットのことは、またよく調べますが、おおむね、ちゃんと管理が行き届いているはずなので」

刑事さんの視線がすっと動く。ぼくと目が合った。

「きみは、どう思う？」

「ぼくですか？」

「そう、生徒として、学校の雰囲気は落ち着いていると思う？」

「わかりません」

ぼくは答えた。ごまかしたのではなく、本当にわからなかったのだ。ちゃんと管理が行き届いていることが良いことなのか悪いことなのか、わからない。校内が落ち着いているのかどうかもわからない。ただ、この学校の中で、ぼくらは傷つけ合う。他者をいじめ、阻害し、苦しめる。そして、この学校の中で、大切な人に出会い、励まされ、支え合う。

ぼくがわかっているのは、それだけだった。

「そうか、いや長い時間、すまなかったね」

終わりらしい。ぼくは、ほっと息を吐いた。隣で教頭先生も息を吐き出した。

「失礼します」

頭を下げて、光に満ちた校長室から出て行こうとする。ノブに手をかけたとき、声をかけられた。

「瀬田くん」

「はい」

「きみは、誰かを見なかったか？」

「え？」

「いや、時間的に見て、きみが犯人を目撃した可能性もあるんでね。だれか、不審な者を目撃していないかな」

ぼくは、黙っていた。肯定も否定もできない。

「あれ？　と思う程度でもいいんだ。公園から走り去った人影とか、きみを見てとっさに隠れた人とか……どうだろう？」

「わかりません」

けっきょく、あいまいな答えをしてしまった。それから、ふっと浮かんだことを口にした。

「あの、おれのこと疑っているんですか？」

「なんだって？」

「おれのこと、犯人だって疑ってますか？」

「せっ、瀬田くん、なんてこっ、ことを、こらっ」

教頭先生が両手を左右に忙しく動かす。別れの挨拶《あいさつ》みたいだ。刑事さんが、笑った。職業的なものなのか、口元が横に広がっただけで目は笑っていない。気持ちの悪い笑顔だ。

「いや、疑っていないよ。コンビニに飛びこんで来たとき、きみの服は血で汚れていなかった。被害者は額を割られていたからね、犯人はかなり血をあびていたはずだ。きみがマンションを出る時管理人さんに会ったろ。その人が、きみの服装を証言してくれてる。コンビニのときと同じ服装のようだった。手に何も持っていなかった……まっ、そんなことをしなくても、きみが他人に殴りかかるような少年じゃないって見ればわかる」

ぞっとした。見ればわかると言いながら、ちゃんとぼくの周辺を調べている。これが、大人の仕事ってものなのだろうか。ぞっとする。大野さんに会っていなかったら、どうなっていたんだろう。

「きみは、やっていない。きみには、あんなこと、できないだろう」

「そんなこと……わからないです」

ぼくはノブを強く握った。

「おれだって、人を殴りたいって思うこと、いっぱいあるし」

「思うことと、実際にやることとは、まるで別なんだよ、瀬田くん」

笑わない目が、ぼくを見つめる。

悪意はある。ぼくの中に確かにある。誰かを傷つけたいという衝動、自分を傷つけたいという欲望は、いつもこの胸の中にある。

靴箱にカエルを入れる悪意、バットで殴りつける殺意、他人に血を流させる狂気、みんな、ある。

ドアを開ける。ひやりと涼しい風が吹いてきた。

「歩」

秋本が立っていた。蓮田も高原もいた。なぜか、蓮田は後ろから秋本を抱きかかえ、高原は前から抱きついていた。

「瀬田くん、無事やった」

森口が手を振る。篠原がふいっと笑ってくれた。そして、信じられないことに萩本恵菜が、森口の後ろでVサインを出している。

「みんな……なんで」

「なんでって、おまえが教頭に連行されたって蓮田と高原が知らせてくれたもんで、急いで駆けつけたんやないか。校長室なんかに連れこまれて、だいじょうぶだったか？　なんぞ、危ない目にあわんかったか？」

「危ない目って、どんなことだよ」

「そりゃまあ、いろいろと。校長室って危険がいっぱいの場所やからな」

篠原がくすくすと笑う。

「秋本くんたら、ドアを蹴破《けやぶ》って中に入るなんて言い出して、みんなで止めてたとこやったの」

秋本を押しのけて、森口が前に出る。

「瀬田くん、中に刑事が来てるって、ほんま？」

「うん。えっ、森口、なんでそんなこと知ってんだよ」

「うちの情報網をなめんといて。ついでに聞くけど、瀬田くんが呼ばれたの、昨夜のホームレス殺人事件についてなの？」

「さっ、殺人事件？　なんで、そんなことになってるんだよ」

「違うの？　未確認情報だけど、瀬田くんがコンビニ強盗を目撃して、もう少しで拳銃《けんじゅう》で撃たれそうになったってのもあるけど。店長は右足を撃たれて大けがをしたとか」

「それ、昨日の刑事ドラマのストーリーじゃないかよ」

「あっそうか。どうも、情報が錯綜《さくそう》している。いかんなあ」

森口が眉間《みけん》にシワをよせる。秋本が、ぼくの肩をぽんとたたいた。

「歩、話せや」

「うん」

もちろん話をするつもりだった。刑事の尋問に答えるためじゃなく、みんなに聞いてもらうために、昨夜のことをぼくは、ぼくの言葉でなるべく正確にしゃべりたいと思った。

「こらっ、何をしている。早く、教室に戻りなさい」

ドアが開き、教頭先生の顔がのぞく。額にまだ汗がにじんでいた。

「瀬田くんが、気分が悪いそうなので休ませます」

森口の語調が変わった。しっかりした強い調子で言い切る。

「気分が悪い？」

「朝っぱらから、校長室に呼ばれて先生や刑事さんに取り囲まれたんです、気分が悪くなるの当たり前じゃないですか」

「そっ、そうなのか、瀬田くん、だいじょうぶか？」

「は？　はあ、いえ……少し、ちょっと悪いかも……」

「瀬田は繊細なんです。昨日のショックが残っているところに、呼び出していろいろ聞くなんて、教頭先生、少し生徒に対する配慮が足らないと思いますけど」

高原がメガネを押し上げる。敏腕の弁護士みたいだ。秋本がぼくの背中をさする。

「歩、だいじょうぶか？　吐くか？　そのほうが楽になるぞ」

「顔色が真っ青や。担架とかいるんやないか」

蓮田まで参加してくる。

ばかか、おまえら、調子にのりすぎ。

ぼくが内心で舌打ちしたとき、森口が軽く頭を下げた。さすが、森口京美、引き際をちゃんと計算している。

「ともかく、瀬田くんを休ませます。失礼します」

「いや、しかし、みんなで瀬田くん一人に……」

「わたしたちは、みんな瀬田くんのことが心配なんです。仲間なんですから、当たり前でしょ。ねっ高原くん」

「そうです。教頭先生、ご心配なく。先生方の配慮が少し足らなくて瀬田を傷つけた分、ぼくらがちゃんとケアしますから」

この二人、すごい息が合っている。ぼくと秋本より、森口、高原コンビで漫才やれば、かなりいけるんじゃないだろうか。

「ほんま、先生なんやから、生徒のこと、もうちょっと大切にしてほしいわ。ったく、生徒を必死で守るんやってとこ、見せてください、センセイ」

これは、森口じゃない。篠原でもない。メグだった。ぼくは、ほんとうにめまいを感じた。メグがぼくのために、発言してくれた。

大切にしてほしいとか必死で守れとか言ってくれた。先生に大切にしてほしいとか必死で守ってほしいとか露ほども望まないけれど、メグの言葉は嬉《うれ》しい。我ながら、あきれるほど単純だ。でも、嬉しい。むちゃくちゃ嬉しい。嬉しすぎて、動悸《どうき》がする。

「瀬田くん、マジで顔が赤くなってる。熱が出てきたんとちがう？」

いや、これは熱じゃなくて動悸のせいでと答える前に、森口が、ぼくの腕をとって引きずっていく。相変わらず、すごい力だ。

ぼくらは、階段をのぼり屋上に出た。保健室に行くものだとばかり思っていたので、少し戸惑う。見透かしたように、森口は、にやりと不敵な笑みを浮かべた。

「うちは保健室に行くなんて一言も言うてないで。ここは、学校中で一番静かで、人の来ない場所なんや」

「森口、おまえ……そのごまかし方の上手《うま》さはプロだ。小説家より政治家になれよ」

「いえいえ、あくまで愛と恋とエロやで。さっ、ここに座ってしっかり聞かせてもらいましょうかね」

熱く眩《まぶ》しい日射しをさけて、ぼくらは給水塔の陰で車座になった。

そして、ぼくは、しゃべり始める。

昨夜、マンションを出てからのことを、できるだけ詳しく丁寧に話していく。ぼくの見たもの、聞いた音、感じたこと……

誰も、何も言わなかった。ほとんど身動きさえしなかった。じっと耳をそばだて、聞いていた。

羽虫が、小さな羽音を立てて飛び回る。いつもは、神経にさわるその音が、今は軽快な音楽のように耳に響いた。

話し終えて、一息つく。口の中ものどの奥も、乾いてぱさぱさした感じがする。

「来菅、今日、休んでるんや」

高原が、あたりを見回すように視線を巡らせた。

「休んでるのか？」

「うん、みたいやで」

ぼくと高原の間を羽虫がよこぎる。休んでいるのかと、ぼくは呟《つぶや》いてみた。

「来菅やないと思うで」

秋本が、ぽんと投げ出すみたいな言い方をした。

「なんで、そんなこと秋本にわかるの？」

森口の瞳《ひとみ》が、ちらりと横に動く。

「なんでて、そんなやつやないと思う。つまり、何があったかて、バットで他人を殴り倒すみたいな、えげつないことするようなやつやない」

「秋本、来菅くんのことよう知ってんの？」

「いやあ、ほとんど知らん。けど、一年のとき、ツバメのヒナをアナコンダから守ろうとしてたのは、知ってる」

「秋本、アナコンダって、それ大蛇だろうが」

「えっ、そうなんか？　夏になったら時々、出てくるやつやないか？」

肩をすくめ高原に目配《めくば》せする。

「アナコンダは、ニシキヘビ科ボア亜科のヘビで、体長約九メートルに達する。南アメリカの熱帯に生息してるはずだ。湊市は、どう考えても熱帯やないから、野生のアナコンダはいないやろうな」

「なるほど、さすが歩。くわしいな」

「今のは高原だから。おれ、アナコンダの体長とか生息地域とか、知らないし」

篠原が、ぶるっと震えた。

「アナコンダって、人間を丸呑《まるの》みするのかな。そうだったら、来菅くん危なかったんとちがう？」

「篠原、違うって。アナコンダは関係ないから」

「瀬田くん」

森口がぼくをまっすぐ見つめて、ぼくの名前を呼んだ。

「はい」

こんなふうに、まっすぐに見つめられると、つい改まった返事をしてしまう。ついでに、背筋もまっすぐにする。

「瀬田くんは、どう思うてるの？　来菅くんが犯人やと疑《うたご》うてるの？」

真正面から問われ、ぼくはしばらく沈黙する。

雨の夜、小さな悲鳴、飛び出した人影、拾い上げた単語帳、血だらけの男の人、助けて、金属バット、救急車の赤いランプ……。

黙ったまま首を横に振ってみた。

「違うと思うの？」

「わからない。だから……」

「だから？」

「今日、来菅のとこに行ってみる」

みんなが、すっと息を吸いこんだのがわかる。ぼくが、一番びっくりしていた。

来菅の家に行ってみる。

さっきまで、ちらっとも思っていなかった。なんで、そんなことを口にしたのだろう。

でも、口にしたとたん、ぼくは、放課後、来菅の家に行ってみようと決心していた。

「おれらも行こうか？」

蓮田が身を乗り出す。ぼくは、もう一度ゆっくりと首を横に振った。秋本がうなずく。

「そっか、じゃあまあこの件は、歩にまかせようや」

森口はちょっと不満そうに口をとがらせたけれど、何も言わなかった。

「あの……気になるんだ」

「気になるって？　来菅くんのことが？」

メグがぼくに向かって首をかしげる。花が揺れたみたいだ。また、動悸がする。

「うっ、うん……犯人とかそんなんじゃなくて、今日、休んでいるってことが、何か気になって……別に気にしなくていいんだけど、でも、やっぱ気になるから……」

気になる。おせっかいかもしれない。余計なお世話かもしれない。だけど、気になるから来菅に会いに行ってみよう。ぼくは、自分の中に、おせっかいな自分を見つけ、少し戸惑ってしまう。やっぱり、目の前にいるこいつたちに、感化されているのかもしれない。

チャイムが鳴る。一時間目が終了したのだ。

「あーあ。むっちゃええ天気やなあ」

秋本が空を見上げ、目を細めた。

晴れ上がった空が、青く輝いて眩しい。一羽のトビが、羽を広げゆうゆうと舞っている。風が吹く。ぼくらは誰も立ち上がらず、顔を天へと向けて、一羽の鳥が描く飛翔《ひしよう》の軌跡を眺め続けていた。

20　ぼくたちの夏へ

四丁目のはずれにある来菅の家の前に立ちながら、ぼくは呼び出し用のボタンを押すのを躊躇《ちゅうちょ》していた。

白い壁とバラの咲き誇る庭のある家は、想像していた以上にりっぱで家というより屋敷というほうがふさわしく思える。玄関のドアが開いたとたん、執事とまではいかないけれど、お手伝いさんが出て来て「何か御用でございましょうか。おぼっちゃまですか？　申し訳ございませんが、おぼっちゃまは今、どなたともお会いしたくないとのことですので、どうか、お引取りくださいませ」と冷たくあしらわれそうな雰囲気だ。

ミニャア。足元で鳴き声がした。薄茶色のシマ猫がぼくの足に体をすりよせている。赤いリボン形の首輪をしていた。雑種みたいだけれど、毛のつやつやしたきれいな猫だった。目もぱっちりして、鼻が薄いピンク色をしている。

「おまえ、ここの飼い猫なのか？」

猫は答えるかわりに、前足で玄関のドアをひっかいた。ぼくは笑い、ボタンを押した。

「はい、どなたでしょうか」

インターフォンから女の人の声が聞こえる。名前と用件を告げる。担任の先生に頼んで、今日の配布物と宿題の英語プリントを二枚、届ける役目をもらっていた。

「瀬田くん？　まあ、あの瀬田くんなん？」

「は？　あのって……」

「ちょっと待ってな。すぐ開けます」

あの瀬田くんて、どういう意味だろう。来菅は、家でぼくの話をしているのだろうか、まさか、そんなことがあるわけがない。来菅がぼくに関心を持ったことなんて一度もないはずだ。

けど、あの瀬田くんて……。

ドアがいきおいよく開く。ぼうっとしていたぼくは、危うく顔面を打ちつけるところだった。

ふっくらした顔と体型、白いエプロン、ひっつめた髪、黒ぶちのメガネ。化粧気のない地味な雰囲気の女の人が満面の笑みで立っていた。見覚えがある。一学期最初の授業参観日に教室の後ろで見た記憶があった。黒ぶちの丸いメガネと来菅にまるで似ていないことが印象的で、覚えていた。

「よう来てくれたんね、瀬田くん」

来菅のお母さんが、手をさし出してくる。何かを要求しているのかと思ったけれど、握手らしい。おそるおそる伸ばした手を力いっぱい握り締められた。

「いやっ、瀬田くん、会えて嬉《うれ》しいわ」

「あっ、どっどっ、どうも」

「漫才、もう、せえへんの？」

「はっ？」

「漫才。文化祭のロミオとジュリエットのやつ、おもろかったわ。充とも、時々、話してるんよ。もう一度見たいなあって」

　意外だった。来菅が家でぼくのことを話題にしていたなんて思いもしなかった。

「可愛いね」

「はい？」

「瀬田くんて、間近で見ると、ほんまかわいいね。ジュリエットのときは、もうめっちゃきれいだったしね。将来は、宝塚《たからづか》を目指したらええと思うで」

「いや宝塚は無理だと」

「そんなことないって。瀬田くん踊りとかもできそうやないの」

「いや、あのそういう意味じゃなくて、宝塚はおっ、女の人でないと……」

「あっ、そうか。残念やねえ。けど、がんばってね。おばさん応援してるから」

　何が残念なのか、何をがんばるのか見当がつかない。ただ、ぼくは自分が案外モテるのだということを認識した。『おたやん』のおばさん、大野のおばさん、来菅のおばさん……おばさんに、やたらモテるのだ。嬉しいと言えばウソになる。

ニャア
先に玄関に入っていた猫が甘えた声を出す。

「あらっメグ、お腹がすいてるの？」

「えっ、この猫、メグって名前なんですか？」

「そう。充がこの先の公園で拾うてきたの。名前もあの子がつけて可愛がってる猫なんよ。ええ顔してるでしょ」

この先の公園というのは、事件のあったコンビニ前の公園のことだ。それより、来菅が猫にメグと名前をつけたこと、その猫を可愛がっていることのほうが、驚きだった。メグは萩本恵菜からとったのだろうか。来菅は、本気でメグのことが好きだったのだろうか。

「うるさい」

ふいに大きな声がした。階段をおりる足音がして、廊下の端に来菅が現れた。

「うるさいやないか。べらべらしゃべんなよ」

来菅が母親を睨《にら》む。睨まれたほうは、肩をすくめぺろりと舌をのぞかせた。

「なんの用や」

ぼくは黙って、配布物とプリントの入った封筒を差し出した。来菅も黙って受け取る。

「それと、これも……」

単語帳をポケットから取り出す。来菅の顔色が変わった。

「ありがとうね。今朝、ちょっと気分が悪かっただけだから」

「うるさいって！」

来菅がどなる。今度は、さすがのおばさんも真顔になって息を飲みこんだ。

「来いよ」

来菅は、そう言うと背を向け、階段を上がって行った。

「失礼します」

ぼくも、後に続く。背後で、おばさんがため息をついた。

来菅の部屋は、ぼくの部屋の一・五倍はゆうにありそうな広さだった。フローリングの床で、パイプベッドがでんと置いてある。パソコンまであった。

「すげえな。すげえ豪華」

「おやじ、成り上がりだからな」

「成り上がりって？」

「まんまや。一代で財産を築きましたってやつ。若いころの苦労話、毎日、聞かされてる」

「そうなんだ」

「おまえんとこ、おやじがいないって？」

「うん……事故で一年前に亡くなった」

「ふーん」

ふーんと言ったきり、来菅はそれ以上のことを聞いてこなかった。

部屋の中が静かになる。パソコンの傍にある丸い置時計の時を刻む音が、はっきりと聞き取れるぐらい静かだ。

「おれ、やってへんで」

ベッドに腰掛けて、来菅はふいに、口の中の異物を吐き出すようにそう言った。

「おれ、あのおっさんのこと……やってない」

「うん」

ぼくは、来菅の横に立ち、横顔を見下ろしていた。

「秋本もそう言ってた」

「秋本が？」

「うん。一年のとき、ツバメのヒナ、助けたことあるだろ」

「え……ツバメ？」

「アナコンダから……じゃない、フツーのヘビから助けたことあるだろ」

「そういえば……あんまし、よう覚えてないけど」

「秋本は覚えてた。よく覚えてて、だから、来菅はやってないって言ってた」

来菅がぷいっと横を向く。

「変なやつ」

「うん、秋本って変なやつなんだ」

来菅はゆっくりと顔をもどし、ぼくを下から睨みつけてきた。

「瀬田は、おれのこと疑《うたご》うてるんか？　だから、ここに来たわけか？」

「逃げ出したのは確かだよな」

来菅の肩がぴくりと震えた。

「単語帳に名前が書いてあったから……昨夜、来菅が公園にいたことだけは確かだなって思った……公園の出入り口のとこで転んだろう、おれ、見てたから……」

「そのこと、警察に言うたんか？」

「言ってない。学校にも言ってない」

「なんで？」

「なんでか、よくわからないけど、言わなくていいかなって思ったから……来菅は見たのか？　あの人が、殴られるとこ見たのか？」

来菅は俯《うつむ》いて、深く息を吐いた。

「おれ……塾の帰りで……公園横切ろうとしたら、自転車に乗った男がすごい勢いで通り過ぎていって……男だと思うけど、雨合羽《あまガッパ》を着ていたから顔とか全然、見えなくて……それで、公園の中に入っていったら、あいつが倒れてて、すごい血が出てて、おれのほうにずずっとはってきて……助けてって……助けてって手を出して来て……」

ああ同じだ。ぼくにしたのと同じように、来菅にも助けを求めたのだ。助けて、助けて……

「おれ、蹴《け》ってしもうた」

来菅の手が震えていた。足も震えている。

「おれ、怖くて、どうしようもなくて……だって、あいつ血だらけやったやないか。ほんまに怖くて、近寄ってきたあいつを蹴ってしもうた……そして……逃げたんや」

両手で顔をおおって、来菅はうなだれた。ぼくは、黙って立ったままだ。慰めの言葉も励ましの言葉も出て来ない。こんなとき、秋本ならどうするだろう。どんなふうに言葉を使うのだろう。言葉は、いつも両刃《もろは》の剣だ。慰めたつもりが傷つけ、励ましたつもりが追い詰める。だから怖いのだ。ぼくは、臆病《おくびょう》になり慎重になり、いつも最後には押し黙ってしまう。

「逃げて、でも気になって……あいつのケガがどうかってことより、カサのことが気になって……逃げ出したときに、放り投げてきたから、ただのビニールガサだし、名前なんて書いてないし、どうってことないって思っても……やっぱり気になって、引返してみたら……救急車が来ていて、ちょうど瀬田が乗りこむところで……それで、コンビニの店員の話から、おまえが救急車を呼んだってわかって……」

「おれじゃないよ。おれ、コンビニに飛びこんだだけで、呼んだの店長さんだから」

そう言えば、あの店長さんにお礼に行かなくちゃ。さりげなく、でもはっきりとかばってくれたことに、お礼を言わなきゃ。そんなことをちらっと考えた。

「けど、おまえは逃げへんかった。あいつのこと、ちゃんと助けようとした……そう思ったら、カサのことなんか気にしてる自分が、なんやすごくみっともなくて……おれ、みっともないなって、自分のこと思って……そしたら、おまえと顔を合わせるの、すごく嫌で辛《つら》くて……おれ、蹴ったから。血だらけのけが人を蹴ってしもうたから」

「うん……」

六時を回って、空はやっと夕暮れの柔らかさに染まり始めた。日が長い。とっぷりと暮れてしまうまでには、まだ何時間もかかる。

学校に行かないときって、昼が辛い。少なくともぼくは、そうだった。おおげさでなく、世界から取り残された気分になる。島影一つ見えない海原に、一人ぼっちで浮いているような心細さに苦しんだ。学校に行かない。たったそれだけのことで、なぜ、行き場がなくなってしまったのだろう。なぜ、あんなに苦しかったのだろう。

ぼくは、カーテンを開ける。やや赤みをおびた光が部屋を満たす。ウシガエルの腹に響くような声が聞こえてきた。

「来菅、おれがいるかぎり、学校に出て来ないのか？」

たずねてみる。とても怖い質問だった。ぼくは、来菅を苦しめたくない。来菅だけじゃなく他の誰も苦しめたくない。他人の苦しみの原因にはなりたくない。

「おれな、今、けっこう楽しいから……だから、学校には行くつもりだから、もし、来菅がおれのせいで休むなら、どうしていいかわからなくて……」

こくりと、まるで幼児のようなしぐさで、来菅はうなずいた。それっきり、二人とも黙りこむ。

ぼくは、カーテンを閉めなおし、じゃあなと言った。


次の朝、秋本が迎えに来た。

「なんで、わざわざ迎えになんか来るんだよ」

「いや、別にぃ。気分の問題やなあ。あまりに天気がいいから、つい陽気にさそわれて」

「くもりだよ。午後からの降水確率八十パーセント」

「小鳥の声が爽《さわ》やかで」

「母さんが歌ってるんだ。音程がかなりずれてるけど」

「歩」

「なんだよ」

「行こう」

「だな」

秋本と並び、学校までの道のりをぶらぶらと歩く。昨日のことを何か聞かれるかと思ったけれど、秋本は何も言わなかった。いつもは、うるさいぐらい饒舌《じょうぜつ》なくせに、秋本は時折とても寡黙になる。

そして、言葉の行き交わない秋本との時間が、ぼくは嫌いではなかった。何も言わなくても気にならない、沈黙が重荷にならない。確かに貴重な相手なのかもしれない。認めるのは悔しいけれど、認めてしまう。

「秋本」

「うん？」

「来菅、今日は来るかな」

「来るやろ」

「ほんとに、そう思うか？」

「歩が、わざわざ訪ねてくれたんや。おれなら、朝日とともに学校にのりこんで、教室の掃除とかしちゃうけどな」

「誰が、おまえの話をしてんだよ」

秋本の手が伸びて、ぼくの髪を軽くつかむ。

「秋本、触るな」

「あっ悪《わり》ぃ。つい習慣で」

「そんな習慣、即直せ。今すぐ直せ」

秋本といたら、学校までの距離が短くなるみたいだ。校門の前に着いた。校門の横に、メグと森口が立っていた。おはようと言ったのに、メグはじろりとぼくを睨《にら》んだだけだった。

「きみたち二人、ほんま仲がええね」

森口が、メグの怒りに油を注ぐ。ぼくは、慌てて秋本から離れた。触られるなら、メグの手のほうが百倍も嬉《うれ》しいけれど、口にできない。

森口もメグも、昨日のことは何も聞かなかった。ぼくが、話そうとするまで、きっと誰も聞こうとはしないだろう。

「あっ……」

足が止まる。昇降口のところ、靴箱の前に来菅がしゃがんでいた。ぼくらを見つけると、ひどく緩慢な動作で立ち上がる。ゆっくりと、歩いてきた。来菅の視線は、ぼくに向いていなかった。ぼくを通り過ぎて、後ろにいる萩本恵菜に注がれていた。

「すいませんでした」

そう言うと深々と頭を下げる。メグは腕組みしたまま、下げられた頭を見ていた。

「萩本の靴箱に、カエルを入れました。その、告《こく》ったとき、ビシバシ言われたのに腹が立って、それで」

「来菅くん」

メグが、静かに来菅の言葉をさえぎった。

「もういいから、顔を上げなさい」

厳かな声だ。来菅が顔を上げる。メグの手がすっと上がった。

「来菅！」

秋本が叫ぶ。

「やばっ、奥歯をかみ締めろ」

「へ？」

バシッ。すごい音がした。ぼくは、思わず自分の頬を押さえていた。秋本は、ウメボシとワサビを同時に食べたみたいに、顔を歪《ゆが》めている。

「うわぁ、いったあ～」

森口が、本当に痛そうな悲鳴をあげる。平手打ちをくらった本人はよろめき、秋本の差し出した腕によりかかって、かろうじて立っている。何が起こったのか、まだ完全に理解できていないようだ。

「ほんまに、たかだかフラレたぐらいで、こそこそこそこそ、みっともないマネするんやないで」

「あ……はい」

「これから先、フラレる度に、ゲロゲロを探して靴箱に入れるつもり？」

「いや、そんなことは……えっ？　ゲロゲロって？」

「正直に白状したことで、今回のことは許したる。今度、こんな、卑怯《ひきょう》なことしたら、マジで殴るで」

今のがマジでないのなら、本気の一発ってどんなのだろう。ぼくは、秋本に目でたずねてみた。秋本は、拝むように両手を合わせている。湊三中一の美少女の一撃は、よほどの威力らしい。

メグは、フンと鼻から息を吐き出すと、校内に入って行った。森口が、ふふっと笑う。

「お見事。さすがメグやわ。腰の入ったいいパンチだった。来菅くん、奥歯、だいじょうぶ?」

「なんとか」

「目が覚めたやろ」

「かなり」

「よろしい。では、教室に行きましょう」

「いや……今日はまだ……」

来菅はぼくをちらっと見て、頬から手を離した。赤くなっている。

「萩本にあやまったら、ケーサツ行こうと思うて。やっぱ、おれの見たこと話したほうがええやろ」

少し笑い、来菅は校門に向かって歩き出した。ぼくは、その背中を目で追う。白い夏服の背中は、雲の切れ間からほんの束の間、地上に降り注いだ光を受け、きらりと輝いた。

週明けの午後、ぼくらは、また屋上に上がった。やはり、曇り空で今にも雨が落ちてきそうだ。むしむしと暑く、爽やかな季節が過ぎたことを思い知らされる。

「犯人、捕まったんやてな」

フェンスにもたれ、秋本が呟《つぶや》いた。

「うん、みたいだな」

暴行犯は捕まった。あの公園の近所に住む四十代の銀行員だった。いつも男が公園をうろついて目障りだったので駆除した。警察で動機をそう説明したらしい。

駆除。害虫みたいに、雑草みたいに、人間を駆除する。たまたま中学校の近くで拾ったバットを使って、駆除する。その後も、普通に職場で働いていたという犯人の顔は、あまりに平凡で、すぐに記憶から消えてしまいそうなほど平凡で、ぼくは、なんだか、いたたまれないような気になっている。

被害者の男の人は、まだ意識がもどらない。眠ったまま生きている。あの人は、なぜ駆除されなければならなかったのだろう。

汚いもの、異なったもの、理解できないもの、みんな駆除してしまうのだろうか。

「誰だって、みんな血が出るのにな」

ぼくは、力なく呟く。

「傷つけられたら、誰だって、血が出るのに……」

「忘れるんや」

秋本も呟く。

「そういうこと、忘れてしまうんやないのか」

「そんな……」

「歩なら、ちゃんと覚えたまま大人になるんやろな」

「おれ、嫌だもの。血とか見たくないし……」

「うん。だからな、漫才やろうぜ」

「はい?」

「ま・ん・ざ・い。なっ、漫才やろう。犯罪やなくて漫才。ええやろ、なっなっ」

「まて、ばか。なんでここに、漫才が出てくるんだよ」

「だって、おかしくて笑ってる時に、人を傷つけたりはせんやろ。なっ、歩、おもろいやつが一番やで。他人を愉快に笑わせるなんて最高やないか」

ぼくの横にいた高原が、メガネを押し上げる。

「なるほど、確かにそうやな。おもしろくてげらげら笑っているところでは、暴力とか生まれてこないかもな」

「たっ、高原まで、何を言う。ばっ、ばかな」

秋本が、高原の手を取ってありがとうのポーズをする。

「そうやろ。みんな、いっしょくたになって笑《わろ》うたらええねん。そういうふうな、エネルギーのある笑いをやろうな、歩」

「嫌だ!」

「したらええやん、瀬田くん」

メグが言った。あまりに意外な発言だ。ぼくの口は開いたままふさがらなかった。

「うち、このごろやっとわかったの」

「なっ、何が、わっ、わかったって」

「瀬田くんのポジション」

「ポジション？」

「そう。貴ちゃんにとって、瀬田くんは相方。うちは、未来の妻。そういうポジションなわけよ。ライバルやなかったわけ」

「さあ、それはどうかな」

森口が、不気味な笑い方をする。

「秋本、どうなん？　瀬田くんに対して恋愛感情、あるやろ」

「うーん、そこが難しいとこ。歩となら、むっちゃええコンビになれると思うんや。けど、それだけじゃなくて」

「そこだけでいいって、頼むから、そこで止めといてくれ」

「じゃっ、やるんやな。漫才」

ぼくは、口をつぐむ。もしかして、ワナにはまった？

「手始めは、夏祭りの特設ステージ。そこでデビューや」

「うわっ、楽しみ」

篠原が手をたたく。

「コンビ名は、みんなから応募するから、よろしく」

ぼくは、正真正銘の脱力感を味わう。ずるずると座りこむ。

漫才なんてやりたくない。それでも、心の一部が、とんとんと弾んでいる。言葉を使って人を傷つけるより、言葉を使って人を笑わせるほうが何倍も、何十倍も尊いことだ。それは、わかる。とてもよくわかる。暴力と漫才のどちらかを選択しなければならないのなら、ぼくは迷わず漫才を選ぶ。他人の肉体や精神を痛めることより、笑わせるほうを選ぶ。

いや、待て、歩、落ち着け。こんなことを考えていること自体、おかしい。

「なっ、歩。思いっきり笑わせてみようぜ」

声の軽やかさにつられて、ふと顔を上げる。秋本の笑顔が、目の前にあった。

「ばかやろう」

ぼくは、脱力したまま呟く。でも、少し惹《ひ》かれていた。

思いっきり笑わせる。

ほんとうに、そんなことができるのなら、すごい……すごいかもしれない。

秋本が空に向け、大きく伸びをする。

「いい天気や。夏が来るぞ」

「曇りだよ」

ぼくは立ち上がり、空を見る。雨雲におおわれた空は、それでもどこか夏の気配を含んで鈍く光る。

やってみようか。

十四歳の夏の一日、秋本とともに、他人を思いっきり笑わせることに挑戦してみようか。

ぼくらの間を、湿り気をおびた風が通り過ぎ、遠く雷鳴が聞こえた。

21　悪夢なのか？

八月に入って、猛烈な暑さが続いていた。夏が『おれは、すげえんだぞ。どうだ、すげえだろう。かっけーだろうが』なんて、がなりたてている感じの日々だ。焦熱《しょうねつ》という、普段あまり使わない単語が、頭の中で瞬いている。

ぼくの住むマンション周辺の並木では、蟬がすさまじい勢いで鳴いていた。時雨《しぐれ》なんて生易しいものじゃない、豪雨だ。ぼくは、昔から冷房が嫌いで、少々暑くても、窓を開け放してすごすタイプだった。だったと、過去形なのは、今年はどうにも我慢できなくて、窓を締め切り、冷房をつけてしまったからだ。肌をちりちりと焼き、骨まで達するような暑気はもちろんだけれど、早朝から深夜まで鳴き続ける蟬の声（蟬って夜でも鳴く虫なのだと、初めて知った）に、耐えられなかった。ミーン、ミーンぐらいなら可愛いけれど、ジージージャカジャカヴヴヴヴ……といった濁音の多重奏を毎日、聞かされるのはかなわない。サッシの窓はぴたりと閉めると、かなりの音を遮断する。それで、ぼくは、やっと息がつけた。神経が少し細すぎるのだ。自覚している。それは、気弱さとか人見知りとか消極的とか、ぼく自身の欠点の根本にあって、いつもぼくをいらつかせる。もう少し大胆に、もう少し開けっぴろげに、もう少し積極的に、生きてもいいんじゃないか。そう思う。決意もする。

瀬田歩。おまえは、これから、大胆に、開けっぴろげに、積極的に生きていくんだ！！！！！！！！！！

生きていくんだ、の後に、感嘆符を十個ぐらい、ずらりと並べるほどの決意をしたこともある。だけど、ぼくは、今でも神経質で気弱で消極的で人見知り傾向のある十四歳のままだ。

自分で自分のことを好きになれないのって、情けない。辛《つら》いというより情けないのだ。ぼくは夏が嫌いだった。夏は他のどの季節より、ぼくにぼくの弱さや脆《もろ》さや醜さを突きつける。太陽の熱や蟬の声からは逃れられても、自分自身をくらますことはできない。

「あゆむ～」

背後で背筋の寒くなるような声がした。

「なぁ、あゆむ～」

返事はしない。代わりに、おおきなため息をつく。

今年の夏は灼熱《しゃくねつ》の太陽より、降り注ぐ蟬の声より、何倍も、いや、何十倍も鬱陶《うっとう》しいやつがいた。

秋本貴史。このところぼくの部屋に日参しては、「マンザイ、マンザイ」と鳴くやつだ。こいつの鬱陶しさに比べれば、真夏の蟬の合唱なんて、爽《さわ》やかな音楽だ。快い調べだ。秋本なんかと比較したりしたら、短い一生を一途《いちず》に鳴いて生きる蟬に申し訳ないかもしれない。ごめんな、蟬。

八月の終わりに催される夏祭り、その催し物の一つとして、二人で漫才をやろうと、秋本はぼくをしつこく誘っている。誰がそんな誘いにのるか。そんなものと、ぼくは断固はねつけている。いや、正直こうなったらとことんやってもいい、他人を笑わせるのは少なくとも泣かせるよりはずっといいと、思いはするのだ。でもみすみす秋本のペースにはまるのもしゃくで、ぼくは「嫌だ」を繰り返している。他人から見ればアホらしい、しかし当人たちにとってはかなり真剣な、その分、消耗度も高い戦いを（消耗しているのは、ぼくだけらしいが）このところずっと、続けているのだ。

「あゆむ～、なあ、あゆむ～」

「うるさい！」

振り向き、ぼくは怒鳴った。ベッド（ぼくのだ）にもたれて、秋本が座っている。膝《ひざ》の上に漫画雑誌（ぼくが昨日、買ったばかりのやつだ。まだ、ちゃんと読み終えていない）をのせて、右手にチョコクッキー（ぼくの母親が手作りした）を持ち、傍らに冷えた麦茶のペットボトル（ぼくの家の冷蔵庫の中にあった）を置き、左手（これは、秋本のだ）をひらひらと振った。

「他人の名前を気安く呼ぶな。しかも、む～なんて、変な伸ばし方して、呼ぶな。キモい」

「だって、あゆむ〜が返事、してくんないんだもん」

「む〜って、伸ばすな」

「む〜」

「秋本、断言する。おれは、いつかおまえを殺すことになるだろう」

ぼくは腕組みをして、冷ややかな視線を秋本に向ける。血も涙もないプロの殺し屋が標的に向ける視線を真似たつもりだ。氷のように冷たく、感情が完全に凍りついた眼差《まなざ》し。

秋本が両眼を瞬《しばたた》く。

「あゆむ〜に、殺されるのなら本望です。いっそ、一思いに殺《や》ってもらいやしょう」

「伸ばすなって言ってんだろう。それに、もらいやしょうって、どこの言葉だよ」

「旦那《だんな》、あっしは、旦那に命を預けやした。この貴史の命、煮るなり焼くなり好きに使ってくだせぇ」

「あっわかった。おまえ、昨夜《ゆうべ》九時から某チャンネルで『岡《おか》っ引《ぴき》淀《よど》八捕《はちと》り物控《ものひかえ》』を見たろう」

「昨夜？　昨夜は、あっしは韓《ハン》流ドラマ『夏が過ぎれば、なぜか秋』を見ておりやした。純愛って美しいなあってつくづく、カンドーシマシタ。アンニョンハセヨ」

このあたりで、ぼくは、半歩うしろに下がる。狭い部屋なので、半歩下がれば、壁につき当たる。それでもなお身を縮めようとするぼくの手を秋本は掴《つか》み、しっかりと握り込んだ。

「歩。おれは誓う。何があっても、おまえへの愛は不滅だ。たとえ、地の果てへと引き裂かれようと、おれの魂は必ず、おまえの傍らに留《とど》まり続ける」

「ありがとう」

ぼくは、強張《こわば》った笑顔を浮かべ、握られた手を振り解《ほど》こうとする。秋本の大きな手は、ぼくの両手を握り込んだまま揺るぎもしない。

「ありがとう。きみが地の果てに行ってくれるなら、こんなに嬉《うれ》しいことはないよ。頼むから、できるだけ早めに行ってくれ。魂とか、そういうウザイのいらないから、廃品回収にも出せないでしょ。ねっ、だから、置いていかれても困るから、一緒に持っていってくれたまえ。ほら、お引っ越しパックとかにすれば、安あがりで、全部、運んでくれるから」

「あゆむ～、どうして、おれのこの熱い気持ちをわかってくれへんのや。もう、せつない」

「伸ばすなって。おれの気持ちは冷えてんだからな。魚市場の冷凍倉庫よりまだ冷えてる」

「あれっ？」

「なんだよ？」

「丁度《ちょうど》、ええやんか」

「何が？」

「おれが熱くて、あゆむ～が冷たい。混ぜれば丁度ええ具合になるんとちゃうか。なっ、やっぱおれたち、相性ばっちしや。最高やな」

「伸ばすなって、言ってるだろうが。マジでマジで殺すぞ。混ぜればいいってな、おれたちは風呂《ふろ》の湯加減の話をしてんのかよ」

本当に寒気がしてきた。秋本といると、いつも血圧があがり、心臓がばぐばぐ言い出すのだが、今回はちょっと寒気までする。ぼくは、僅《わず》かに身震いして、手を引こうとした。

「あれっ？」

「秋本、もういいって。風呂の湯加減の話は、よーく、わかったから」

「いや、そうやない。歩、おまえ」

秋本が急に表情を引き締める。こういう顔をすると、大柄な秋本はやけに大人っぽく見えてしまう。こいつ、大人なんだと否応《いやおう》なく思わされてしまう。

大人と子どもの境界線をどこに引くのか、ぼくは知らない。少なくとも二十歳《はたち》という実年齢だけの線引きでは、ないだろう。何を知り、何を覚え、何を忘れたら、人は、本当の大人になれるのだろう。考えても、考えても、答えが摑めない。

ぼくは、時々、秋本に見惚《みと》れることがある。いつもは、屈託なく笑い、つまらないことばかりしゃべり、調子が良いだけの弛《たる》んだ表情が、ふとしたはずみで張り詰め、険しくなる。それは、たいてい一瞬で、すぐに元の屈託がなくて、しゃべりで、調子者の秋本に戻るのだけれど、ぼくは、瞬《まばた》きするほどの間に秋本の顔に浮かんだ表情に見惚れるのだ。それは、ぼくにもぼくの周りの誰にも、決して見ることのできないものだ。大人なんだ。

そう思う。いや、感じるのだ。理屈じゃなくて、感覚が伝える。

秋本は、ぼくよりずっと大人なんだと。

「おまえ、熱いやないか」

秋本が眉《まゆ》をひそめる。

「熱いのは、おまえだろう。おれは冷えてるって」

「いや、そうやなくて」

秋本の手がふいにぼくの額に触れる。

「ほら、やっぱり。熱っぽいやないか」

「やたら、触るな。バカ」

そう言えば、少し身体がだるいような気がする。頭の隅も鈍く痛む。食欲もなくて、母さんが仕事に出かける前に作り置いてくれた弁当も半分ぐらいしか食べられなかった。

「だいじょうぶか？　熱、測ってみるか？」

「かまうな」

「けど、夏風邪が流行《はや》ってるみたいやし、無理すんなや」

「わかった。無理はしない。大事をとって寝る」

「そうやな、そうしろ」

秋本は、ぱたぱたと雑誌やクッキーの入っていた食器を片付け始めた。手際がいい。さすが、お好み焼き屋『おたやん』の息子で、毎晩、店の片付けを手伝っているだけのことはある。最後に、タオルケットを畳み直し、ベッドの上をぽんと叩《たた》く。

「よし、完了。早《はよ》う、寝ろ」

「あ……うん」

「歩」

「うん？」

「一人で寝る方がいいか？　それとも」

ぼくは、鼻血が出そうになった。慌てて大きくかぶりを振った。あまり力を入れて振ったので、くらっときたぐらいだ。

「ひっ、一人で、ねっ、寝るに決まってんだろ」

「そうか」

「だ、誰が、おまえといっ、一緒に寝たりするかよ」

「いや、そういうことやなくて」

秋本の口調は落ち着いていた。声もいつもよりやや低く、深みがある。気のせいかもしれない。頭の痛みが強くなって、耳の奥に蜂の巣でもあるかのように、ブーンと重低音が響いているのだ。だから、いつもの声がいつものように聞こえないのだろう。秋本がふっと息を吐く。

「おれ、帰った方がええか？　それとも、もう少しここにいようか？」

黙っていた。秋本の質問の意味がわかり、同時に自分が、とても恥ずかしい誤解をしていたこともわかったからだ。

「調子の悪いときって、なんとのう心細いやないか。おばさん、帰り遅うなるって言うたんやろ。おれでよければ、おばさんが帰ってくるまで、ここにおってもええで」

具合の悪い自分を抱えて一人でいなければならない心細さを秋本は知っている。ぼくだって知っている。ただ、ぼくは、こんなに素直に誰かに好意を示せない。誰かのために動けない。相手の心細さや、悲しさや、苦しみに心を馳《は》せることはできても、それ以上前に進めない。黙って、何もしないで通り過ぎるだけだ。何もしない、何もできない優しさなんて、冷酷さや無慈悲さとそう大差ないだろう。秋本は優しくて、優しさを行動に移すことができる。ぼくと秋本の優しさには、大きな開きがあるのだ。

ぼくの強張った顔を見て、秋本はにやりと笑った。

「だいじょうぶ、だいじょうぶ。いくらおれでも、具合の悪い歩のベッドにもぐり込んだりせえへんから」

それは、いつもどおりの弛《ゆる》んで軽い言い方だった。

ほら、おまえも、もうちょっと弛め、軽くなれ。

そんな風に言われている気がする。

耳の奥で蜂の羽音が鳴り続いている。

「帰れよ」

ぼくは言った。我ながら力のこもらない声だった。

「帰ってくれ」

もうこれ以上かまってくれるな。おれとおまえは、同じ年なんだ。保護者みたいに、おれを庇護《ひご》しようとするな。おれたちは同等なんだぞ。そのことを決して、決して忘れるな。長々とそう言いたかったけれど、言葉は纏《まと》まらず、身体はだるくなり、羽音はさらに大きくなる。

「そうか。じゃっ帰るわ」

あっさりと秋本は帰っていった。漫才のまの字も口にしないで帰っていった。ぼくは、服を着替えるのも億劫《おっくう》で、Tシャツとジーンズのままベッドにもぐり込んだ。

——お盆やからな。ネタは、やっぱそーいうのにしようぜ。あの世から帰ってきた祖先の霊とその子孫になる男の掛け合いで……

——それとも、子孫と勘違いされた空き巣とかにするか……

——でな、ここで、むっちゃデフォルメした女子高校生を出して……

この数日、完全無視しているぼくにかまわず、秋本がしゃべり続けていた漫才のネタが不思議と鮮明に浮かんでくる。聞こえないふりをしていたのに、ぼくの耳はしっかりと秋本の言葉を捉《とら》えていたらしい。

頭が痛い。耳鳴りがする。

それでもぼくは、いつの間にか眠りに落ち、夢を見た。

恐ろしい夢を見た。見てしまった。秋本と二人、漫才をやっているのだ。舞台に立っているようなのだが、それがどこかは、わからない。なんだか屋外の感じがする。蟬の声がはっきりと聞こえていたのだ。

ミーンミーンジャカジャカジジジジホーホケキョ。

ホーホケキョ？　ウグイスの声まで混じっている。そして、たくさんの人たち。顔、顔、顔……誰が誰なのか判別できない。霞《かす》んでいるわけではないのに、丸顔だとか、眉毛がくっついてるとか、鼻の横に北斗七星みたいにホクロが並んでいるとか、個々の特徴を見て取れない。そんな余裕がないのだ。ぼくはものすごく緊張しているんだと思う、たぶん。自分のことなのに、はっきりしないのは夢だからだろう。目が覚めていても、自分のことがはっきりしないことなんて、しょっちゅうあるけれど……。

秋本がぼくに向かって何かを言った。ぼくが答えた。

「それ、おかしいだろ。どー考えても変だろ。こっちから考えても、あっちから考えても変だろうが」

そんなセリフだ。どうやら、秋本のボケにぼくがつっこんでいるらしい。ああ恐ろしい。

救いは、ぼくのどこかが醒《さ》めていて、これは夢だ、これは夢だと囁《ささや》いてくれていることだ。

これは夢、悪夢だ。目が覚めれば消えてしまう。だいじょうぶだぞ、歩。だいじょうぶだからな。

どんっと衝撃がきた。秋本に殴られたとか、ぼくがしりもちをついたとかじゃない。笑い声がぶつかってきたのだ。衝撃と言っていい強さで、ぼくの全身をきしませる。

みんな、笑っていた。口を開け、身体を揺すり、腹を押さえて笑っていた。とたん、一人一人の顔がはっきりと見えた。

森口がいる、高原も……蓮田、篠原、江河先生、母さんも秋本のおふくろさんも（お好み焼き屋『おたやん』のおばさんなんだけど、なぜか特大のヘラを三つも振り回して笑っている）いた。他にも見知った顔がずらりと並んでいる。そして、父さんと一美姉ちゃんがみんなの後ろで、笑っていた。口を開け、身体を揺すり、腹を押さえて笑っていたのだ。姉ちゃんは、髪を二つに分け耳の上で束ねていた。笑うたびに髪の先が軽やかに左右に揺れている。目が合った。ぼくに向かって姉ちゃんが手を振る。

「あゆむーっ。最高におもしろいよーっ」

目が覚めた。喉《のど》が渇いている。ひりひりと痛いぐらいだ。でも、気分は悪くなかった。目を閉じると一美姉ちゃんの大笑いしていた顔が浮かぶ。すげえ、楽しそうだった。姉ちゃんと父さんは、二年前に交通事故で亡くなった。姉ちゃんは陽気でよく笑う人だったけれど、写真ではなく、動き変化する生き生きした笑顔を久しぶりに見た。紛れもなく姉ちゃんの笑った顔だった。

「姉ちゃん……」

呟《つぶや》いてみる。

「そなた、そうとうのシスコンじゃのう」

背後で嘲《あざけ》るような声がした。振り向く。口が0の形に開いた。まぶたがぴくぴくと痙攣《けいれん》した。

「そなたのようなシスコンに、貴ちゃんは渡さぬぞ」

「はっはっ、萩本……」

萩本恵菜が立っていた。湊三中ナンバー1美女萩本恵菜、愛称メグ。秋本の幼なじみ。そして、信じられないけれど、秋本に恋をしているのだそうだ。しかも、本気で。信じられない。この事実より、秋本が密《ひそ》かに妊娠、出産したとの噂（そんな噂があったとしたらだけど）の方が、まだ信じられる。というか、信じてもかまわない。「ああ、そうか、おまえもたいへんだなあ。がんばれよ」なんて励ましてやろう。だけどメグ（ぼくは密かにメグと呼んでみる。面と向かっては、萩本としか口にできない）と秋本。まさに美女と野獣の組み合わせだ。しかも美女の方は「貴ちゃん、大好き」と公言してはばからないのに、野獣は爪楊枝《つまようじ》で虫歯の跡をほじくりながら「メグ？　あーっなんや妹みたいな感じじゃな。恋愛対象にはならへんわ」などと、ほざいている。この理不尽な現実に、ぼくは時々、めまいすら覚えてしまう。

今もくらくらしている。いや、これは理不尽な現実のせいではない。目の前の美少女のせいだ。

「はっはっ、萩本……そのかっこうは……なんだ?」

くらくらしながら問うてみる。問わずにはおられなかった。

萩本恵菜は、十二単《じゅうにひとえ》を着ていた。十二単と言うのだろうと思う。重そうな着物を何枚も重ねてずるずると引きずっていた。頭にはバニーガールみたいにウサギの耳を模した飾りをくっつけている。

ウサギの耳と十二単の美少女は、ずいという感じでぼくに近づいてきた。

ずい、ずい、ずい、ずい。

けっこうな迫力だ。メグが近寄ってくれるのは、とてもとても嬉《うれ》しいけれど、今回はちょっと怖い。迫力がありすぎる。

ずい、ずい、ずい。ずずずーい。

ウサギの耳が揺れる。十二単のすそが床を滑る。

「よいなぁ。貴ちゃんは渡さぬぞぉ」

「はっ、萩本。おれ、いらないから。秋本なんて渡されても困るから。それに、なんでそんな変な言葉遣いになってんだよ」

「渡さぬぞぉ」

「だから、いらないって。言葉が変だから、萩本、あの。眼つきもちょっと……」

まるで鬼女みたいだぞ、いや萩本なら鬼女でも充分きれいだけど。嚙《か》みつかれるのも悪くないな。いや、はは、冗談、冗談……と言おうとしたとき、メグの両眼が金色に光った。

口がぐわりと裂ける。真っ赤な舌がちらちらと蠢《うごめ》いている。

「渡さぬぞぉ」

悲鳴をあげていた。

目が覚める。汗びっしょりになっていた。喉は渇き、ひりひりと痛いままだ。

「夢……」

ぼくは、喉の痛みをがまんして唾《つば》を飲み込み、大きく息をついた。こういうのをなんて言うんだ。二重夢？　連続夢？　夢を見ている自分を夢で見ていたなんて。しかも、金色だの真っ赤だの、派手な色つきの夢だ。三流映画みたいだった。もう一度、息を吐き出してゆっくりと視線を巡らせてみる。間違いなく、ぼくの部屋だった。狭いけれど、きちんと整えられた清潔で気持ちの良い部屋だと思う。闖入者《ちんにゅうしゃ》がこない限り、居心地の良い場所だ。あくまで、闖入者がこない限りにおいてだが。ともかく、今度こそ完全に目が覚めたようだ。部屋の中は、まだぼんやりと明るい。クーラーはつけっぱなしだったけれど、設定温度を二十六度ぐらいにしてあるから、冷えすぎてはいない。窓にはカーテンがひいてあった。

今、何時だろう？

喉の渇きが、がまんできないほどになる。痛い。ベッドから這《は》い出す。水が欲しかった。床に足をつけたとたん、めまいがした。本物のめまいだ。理不尽な現実や美少女のせいではない。足に力が入らなくて、床や壁がくらんと回った。吐き気がこみあげる。ぼくはよろめき、ぶざまに転んでしまった。ガタンと音がする。机にぶつかったのだ。後頭部がじんと痺《しび》れた。

「歩？」

ドアが開いて、母さんがのぞく。

「どうしたの？　だいじょ……」

床の上にへたりこんでいるぼくの様子に、母さんは言葉と息を飲み込んだ。エプロンで手を拭《ふ》きながら走りよってくる。走りよってくるといっても、大またで三歩ほどの距離だ。冷たいしっとりと濡《ぬ》れた手が、額に置かれた。

「歩、かなり熱があるわよ」

母さんの声が落ち着かなくなる。母さんは、昔から神経が細やかで優しい反面、神経質でとても心配性だ。ぼくに似ている……ではなくて、ぼくが母さん似なのだろう。その心配性は、父さんと一美姉ちゃんを失ってからさらに、深まったような気がする。

運命って残酷だ。残酷で狡猾《こうかつ》で油断ができない。突然に、なんの前触れもなく家族を奪われた母さんは、運命の残酷さも狡猾さも身に沁《し》みているのだ。油断してはいけない。深い穴がどこに口をあけているのかわからない。そして、今、母さんが一番恐れているのは、ぼくを失うことだ。自分の手から奪い去られないように、母さんは、必死でぼくを守ろうとしている。

ちょっと重い。ぼくは、もうすぐ十五歳になる。一人前だなんて大口はたたけないけれど、守られるより守る側に立ちたい。よしよしと胸に抱かれ庇護《ひご》されるのではなく、誰かの盾になりたい。

「熱、測ってみましょ。お水、持ってこようか？」

「うん」

ぼくは意気地なくうなずいていた。身体がだるくて、手足が他人のもののように感じる。一分もたたない間に、氷水のたっぷり入ったコップが差し出された。一気に飲み干す。うまい。水がこんなに美味《おい》しいなんて、知らなかった。喉を潤し、身体の芯《しん》に沁み込んでくる。ほんの少しだけれど元気が出た。

「母さん……仕事は？　今日、遅くなるって言ってたのに……」

「あんたが具合が悪いって聞いたから、ちょっと早めに帰らせてもらったのよ。そんなこと気にしなくていいから」

「誰に？」

「え？」

「誰に、おれのこと聞いたの」

わざわざ聞かなくたって、わかっている。他に誰がいるのだ。だけど聞いてしまった。母さんが、親のカンよとか、あなたの守護霊に決まってるでしょとか、管理人の大野さんよ（ありえないけど）とか、答えてくれないかと微《かす》かに期待しながら。

「秋山くんが、電話してきてくれたの。一応、連絡しときますって」

「秋本だよ」

ため息をついていた。何が守る側だ、何が盾だ。ぼくは、母親どころか同年齢のやつに心配され、庇護されている。

情けない。情けないの極みだ。

「三十九度五分！」

母さんの目が大きく見開かれる。

「すごい熱じゃない。病院に行かなきゃ」

「解熱剤飲んで、寝とく」

「だけど……」

「だいじょうぶ。一晩、寝てたら治るから」

自分なりにきっぱりした言い方をしたつもりだった。

「だめよ。行かなきゃ、だめ」

母さんの方が三倍は、きっぱりしていた。眉《まゆ》の間にシワがより、眼つきが厳しくなる。

「こんな高熱、出してて、何を言ってるの。病院に行きなさい」

「はい」

ぼくは素直に答えた。母さんの真剣な眼差《まなざ》しに気圧《けお》されていた。

「インフルエンザかもしれないでしょ。こんな熱を出して放っていてはだめ」

真夏にインフルエンザなんてと、言い返すことは簡単だったけれど、ぼくは言葉を飲み込んだ。喉《のど》の奥がやはり痛かった。

自動車で送るという母さんを、それだけは絶対嫌だとどうにか振り切って、ぼくは徒歩三分のところにある総合病院に向かった。ここは、急患の場合、昼夜を問わず受け付けてくれる。

眠っている間に、雨が降ったらしい。歩道はしっとりと濡れ、涼やかな風が吹いていた。歩道脇の街路樹も日に晒《さら》され、熱に縮こまったようなありさまではなく、瑞々《みずみず》しく蘇生《そせい》したような幹や葉の色をしていた。そこかしこに出来た水溜《みずた》まりに、暮れていく空が映し出される。

カナカナカナ、カナカナカナカナ……

頭上でヒグラシが鳴いた。澄んだ美しい声だ。だけど、なんとなく物悲しい。他の蟬みたいに一途《いちず》に、ほとんどやけっぱちみたいに鳴きわめくのではなく、どこか諦《あきら》めを含んで控えめに鳴いているみたいだ。ヒグラシって絶妙なネーミングだと思う。暮れていく空にこれ以上相応《ふさわ》しい音はないだろう。頭がぼわっとしている。だけど、部屋にいたときより気分は良かった。

正面玄関のちょうど裏手にある出入り口のドアを開けると、そこは、もう急患用の受付になっていた。少し肥満傾向で、少したれ目で、少し白髪のめだつ看護師さんが、ぼくの顔を見るなり、

「あら、まあ。しんどそうやねえ」

と声をかけてくれた。愛想の良い人なのだろう、こちらが安心するような笑顔のまま手招きする。

「熱があるんかしらね」

「あ……はい、そうです……」

「まあまあ、かわいそうに。はいはい、熱測るわな。どうぞ、中に入ってね」

親切な看護師さんは、ぼくを招きいれ熱を測る。カーテンに仕切られた一画から激しい子どもの泣き声がした。

「はさみで指を切ったの。三歳のぼうやなんだけどね」

尋ねもしないのに、看護師さんは説明してくれる。ちょっと、寒気がした。

「あらあら、かなりの熱ね。はいはい、だいじょうぶだからね。すぐ、治るから。あっ、保険証とか持ってきたかな」

「はい。持ってきました」

ぼくはなるべく低い声を出す。三歳のぼうやと同じ取り扱いをしてもらわなくても、いい。

「はいはい、あっ、やっぱり瀬田くんね」

「はい？　やっぱりって……」

「いやあ、そうやないかなって思うてたの。おもしろかったよ。去年の文化祭の漫才。最高やったね」

部屋で感じた以上のめまいが襲ってくる。俯《うつむ》き、ぼくは耐えた。なんでだよ、なんで、こんなところまで、漫才の話題が追いかけてくるんだ……。

イスに座ったまま、ぼくは控えめに看護師さんを見上げる。母さんと同じぐらいの年齢だろう。中学生の娘、息子を持っている、まさに適齢期だ。これだから、運命以上におばさんは油断ができない。

「『漫才ロミオとジュリエット、ほんまは、あんたがアホやねん』。おもろかったわあ。うちの子六組やったの。瀬田くんたちの前でしょ。うちの子のだけ観たら、帰ろうて思うてたのに、あんまりおもろいからずっと観てしもうたわ」

「あ……どうも……」

『漫才ロミオとジュリエット、ほんまは、あんたがアホやねん』

うわっ、もう一年近くになるのに、なんで、なんで、ぼくに付きまとう。悪夢だ。これは、熱に浮かされて見ている悪夢なんだ。

「うふふっ」

看護師さんが笑った。魔女のように笑った。

「瀬田くんのジュリエット、むっちゃ、かわいかったよね」

「え……あ、いえ……」

「もう、ほんまに。間近で見ると、ほんまにかわいいわぁ」

ぼくは、もてるのだ。おばさんに、やたらもてる。おばさん吸引体質のような気がする。

だけど、だけど、百人のおばさんにもてるより、メグ一人に微笑んでもらいたい。「瀬田くん」、いや、ちょっと贅沢《ぜいたく》を言えば「歩くん」なんて名を呼ばれて、笑いかけてもらいたい。なのに、メグは笑いかけるどころか、ぼくをライバル視してすごむだけだ。

「貴ちゃんは、絶対、渡さへんから」

十二単《じゅうにひとえ》を着て、ウサギの耳をぴくぴくさせながら、ぼくを睨《にら》むだけで……十二単、ウサギの耳ぴくぴく……ああ、何を言ってるんだ。

「……だから、点滴をしておこう。熱がひかないようなら、明日《あした》、また、来てくれたら……」

若い男の人の声がして我にかえると、若い男の人が目の前に座っていた。白衣を着ているから医師らしい。童顔というのだろうか、まだ高校生ぐらいに見えた。

熱のせいなのか、ぼくの記憶回路は調子が悪く、ところどころでショートしてしまう。

次に気がついたとき、急患用の狭いベッドに横たわって天井を眺めていた。無色の液体の入ったパックがぶら下がり、チューブを通じてぼくの体内に流れ込んでいる。ベッドの周りは、クリーム色のカーテンで囲まれていた。そのカーテンの向こうを人の影が忙しく通り過ぎていく。パタパタとこれも忙《せわ》しげな足音やストレッチャーの音、電子音や密《ひそ》やかな笑い声が、耳に届いてきた。

ぼくは、ゆっくりと頭を振ってみる。かなり、楽になった。もともと、そんなにひどくはなかったのだ。ここまで歩いてこられたのだから。ヒグラシの声を気持ちが良いと感じることができたのだから。

『漫才ロミオとジュリエット、ほんまは、あんたがアホやねん』

この一言さえ聞かなければ、もう少しまともだったにちがいない。

生まれて初めて経験した漫才。あれが、漫才と呼べるものかどうかは別にして、ぼくにとっては、正真正銘の初舞台だった。何百人という観客（客なのかなあ？）を前にして、たった一人、いや、秋本と二人、舞台に立ち、スポットライトを浴び……漫才をやった。痛恨の極みだ。忘れたくても、一生、忘れられないだろう。ぼくは、正直、自分が何をしゃべったのか覚えていない。心臓が爆発するかと思うほど激しく鼓動を打っていたことと、秋本が頰にキスしたこと（緊張のあまり凍りついたぼくを正気に戻すためだったと、本人は十四回も言い訳した）、そして、観客のみんながけっこう、笑ってくれたことぐらいしか、残っていないのだ。

そう、みんな、けっこう笑ってくれた。笑いってエネルギーなんだと、あのとき、あの舞台で、確かに感じた。笑いが波動となって押し寄せ、ぼくの全身を包んだのだ。空気がぶつかってくるようだった。あれ、これ、さっきの悪夢の再現みたいだ。ぼくは、『漫才ロミオとジュリエット、ほんまは、あんたがアホやねん』の夢を見ていたのだろうか。ぼく自身、まだ、『漫才ロミオとジュリエット、ほんまは、あんたがアホやねん』の影響下から抜け出していないのだろうか。うわぁっ、嫌だ。まともに考えるのが恐ろしい。考えない、考えない。漫才のことも秋本のことも、頭から追い出してしまうんだ。考えるんだったら、メグのことだ。十二単を着て、ウサギの耳をぴくぴくさせていても、メグはきれいだった。口が裂けても、目が金色に光ってもきれいだった。メグが萩本恵菜である限り、ウサギだろうと、鬼女だろうと、アナグマであろうと、ろくろっ首であろうと、きれいなのだ。

ため息が出る。ため息しか出ない。メグのことを考えると胸の奥の奥の一番底の部分が、ぽっと熱くなる。豆電球の明かりに似たオレンジ色の炎が小さく燃え上がる。そのくせ、周りはしんと冷えているのだ。氷の器に入った蠟燭《ろうそく》みたいだ。メグがぼくのことを好きになることは、ない。メグの眼差《まなざ》しは、いつだって、一途に、ひたむきに「貴ちゃん」だけを追っかけている。なのに、秋本はぼくのところに入り浸っているだけじゃなく、「おれにとっては、特別なんや」なんてセリフを恥ずかしげもなく……はっ、だめだ。また秋本に引っかかっている。引きずられている。しっかりしろ、歩。秋本のことなんかきれいさっぱり、忘れ去るんだ。

「瀬田くん」

カーテンが引かれて、看護師さんがベッドの傍らに立つ。やはり、にこにこ笑っていた。顎《あご》に肉がついているので笑うとかわいらしい。丸顔っていいなと、ふっと思った。同学年の誰のお母さんになるのだろう。胸のネームプレートに、「多々良《たたら》」とあった。それほど平凡でもない苗字《みょうじ》だけれど、具体的にどんな顔も浮かばなかった。ぼくの知らない多々良さん（あるいは、くん）のお母さんは、ぼくの顔を覗《のぞ》き込み、脈を測り、パックの中身がなくなりかけていることを確認し、ぼくの腕から注射針を抜いた。流れるように無駄のない、プロの看護師の動きだった。

「気分はどう？」

「だいじょうぶです」

頭はすっきりしている。身体のだるさも半減していた。これなら、だいじょうぶだ。

「起きられる？　もう少し、休んでいく？」

「いや、もう帰れます。ありがとうございました」

瀬田くん——と、多々良看護師さんが僅《わず》かに首を傾げた。

「疲れてるみたいやねえ」

「は？」

「疲れ。受験生だからね、無理してるのとちがう？」

「いや、そんなことは、ないです」

「うちの息子もぴりぴりしてるんよ。ストレスかかると、普段、どうってことない疲れが堪《こた》えるってことあるからね。あんまり、いらいら、ぴりぴりしたらあかんよ」

「いらいら、ぴりぴりがストレスになるんですか？」

「なるなる。だから、なるべくストレス、ためんようにしてな。受験なんて来年のことなんやから、長距離走のつもりでゆっくりしとかな。身体、こわしたら、どうもならんよ」

看護師半分、母親半分の口調で諭される。ストレスは感じている。しかし、受験に対してではない。やっぱり、あいつだ。マンザイ、マンザイと鳴き続けているあいつが、ストレスの原因、諸悪の根源、この熱とだるさの源なんだ。

「また、秋本くんと漫才するんでしょ」

そうなんだ、秋本こそがぼくのストレスなんだ。

「は？」

「漫才。今度また、秋本くんと組んでやるんでしょ」

ベッドから降り、多々良看護師さんの肩を軽く叩《たた》き、「まさか、そんなことあるわけないでしょう。ははは」と高らかに笑い飛ばす……ことができたら、どんなによかっただろう。ぼくは、狼狽《ろうばい》し「は？」と聞き返したまま、口をぱくぱくさせていただけだった。

「またロミオとジュリエットなん？　それとも、新ネタ？」

「いや、まさか……」

「楽しみやね。夏祭りでやるんだったっけ？」

「そんなことあるわけ……」

「こっちの勝手な要望なんやけどね。できたら、瀬田くんのジュリエット、もう一度、見たいわぁ」

「ないです」

ぼくなりに、きっぱりと言い切った。

ありえない。ジュリエットだけは、絶対、ありえない。

「ないの？　そんなら、やっぱり新ネタなんやね。それはそれで楽しみ。瀬田くんと秋本くんの漫才、絶対、観にいくからね」

ぼくがはははと笑う代わりに、多々良看護師さんがけたけたと笑った。身体に似合った丸い笑い声だった。

隣のカーテンが揺れた。はさみで指を切った三歳児のところだ。

頭のきれいに禿《は》げた、もじゃもじゃした眉毛《まゆげ》の、どう見ても三歳児ではない男の人が、ひょこりと現れる。

「瀬田くんやて？」

もじゃもじゃの眉毛がひくりと動いた。存在感のある眉毛だ。

「おお『漫才ロミオとジュリエット、ほんまは、あんたがアホやねん』の瀬田くんなんか？　まさか、こんなとこで会うなんて」

男の人は太い、でもとてもよく響く声をしていた。バリトン歌手みたいだ。手が差し出される。がっしりとした大きな手のひらだった。

「あっ、あっ……どうも、あの……」

ぼくの手が大きな手のひらに包まれる。

「いやいやいや、ほんまに、こんなところで会うなんてなあ」

多々良看護師さんが、サマーニットのシャツを着た男の人を軽く叩く。肩をぽんぽんという感じだ。顔見知りらしい。

「ちょっと、三瀬さん。こんなとこて、失礼やないの」

みせさん？　みせさん。どこかで聞いたことがある。けっこう重要な名前だった。みせさん、みせさん――。

「あっ」

声をあげていた。背中の筋肉がちょっとひきつった。腹のあたりは痙攣《けいれん》したような気がする。

「三瀬さんて、あの……八百屋の、いや風呂屋の、いや、あの質屋じゃなくて乾物屋の」

「和菓子屋だよ」

三瀬さんの声が少し低くなる。

そうだ三瀬さんだ。

今年六十五歳。和菓子屋『ことぶき餡』の主人。町内会長。夏祭り実行委員会特別顧問。町内美化運動推進委員。ゲートボール審判一級資格所有者。それに、それに、まだあったっけ……餡子《あんこ》だ、子どものとき餡子の中に落ちて死にかけた壮絶な経験がある。

「たいへんでしたね」

思わず呟《つぶや》いていた。餡子の中に落っこちるなんて、誰でもできる経験ではない。三瀬さんが夏祭り実行委員会特別顧問でさえなかったら、ゆっくり話を聞いてみたいものだ。ぼくは、ベッドから降り、Tシャツのすそを引っ張った。三瀬さんは「たいへんでしたね」の意味を取り違えたらしく、ちらりと隣のカーテンに視線を走らせた。

「ああ、直介《なおすけ》のことね。そうなんや。おとなしく遊んでいると思ったら、このありさまで、いやいや胆《きも》が冷えた、冷えた」

ぼくの胆もかなり冷えている。三瀬さんこそが、秋本に夏祭りでの漫才を持ちかけた張本人だ。悪の黒幕、後ろで糸を引く悪徳政治家（ちょっと言い過ぎかもしれない）。

三瀬さんは、文化祭で『漫才ロミオとジュリエット、ほんまは、あんたがアホやねん』の舞台を見て、気に入ったらしい。気に入るのは勝手だけど、夏祭りのステージで漫才をやれと言う。冗談じゃない。言語道断、完全拒否。

「新ネタなんやて」

多々良看護師さんが丸い肩をひょこりとすぼめる。

「ほう、新ネタか。そうやろな。やっぱ夏に相応《ふさわ》しいネタをぱーっとやってもらいたいて思うてたんや。けっこう、けっこう、生きのええ旬のネタ頼むで、瀬田くん。もしかしたら、最後の夏祭りかもしれへんし」

寿司《すし》屋じゃあるまいし、「旬のネタ一丁、へい、おまち」ってわけにいくかよ。

ぼくは心の中でツッコミを入れる。いや、いけない、いけない。何気ない日常会話までボケだのツッコミだのと考えている自分が怖い。せっかく、すっきりしていた頭がまたくらくらしてきそうだ。こんなところは、早々に退散するに限る。

「すいません……失礼します」

頭を一つ下げて、廊下に出る。救急用の会計窓口で支払いをすませたあと、何種類かの薬を渡してもらった。

「おだいじにね」

目元が綾瀬《あやせ》はるかに似ていなくもない受付の女性が紋切り型のあいさつをして、領収書とおつりを差し出してきた。これで、終わり。あとは帰るだけだ。少し空腹を覚えていた。身体が回復してきた証拠だろうか。

救急車のサイレンが聞こえた。近づいてくる。どこかに救急車用の出入り口があるらしく、耳に大きく響くほどになったサイレンがぷつりと途切れた。それだけだ。あとは何も聞こえない。水色のイスが並ぶ待合室は、薄闇の中に沈んでいた。照明をつけていないのだ。片隅にある飲み物の自動販売機だけが、かすかな唸《うな》りと明かりを放っている。

父さんと一美姉ちゃんの事故の報《しら》せを聞いて、母さんと二人駆け込んだのも救急用のドアだった。ここより、もう少し大きな総合病院だった。

手の中の薬袋を握り締める。ふっと姉ちゃんの笑い顔が浮かんだ。夢で見た笑顔だった。イスに座り込む。ぼくは、姉ちゃんの笑顔を反芻《はんすう》する。口元や目元だけじゃなく、顔全部で笑っていた。あははは と笑い声が届いてきそうな顔だった。

足音がした。顔をあげ、ぼくは小さく息を吸い込んだ。

「メグ……」

萩本恵菜が歩いていた。どの科も外来診療はとっくにすんでいて、廊下の照明は落としてある。薄暗い廊下をメグはのろのろとこちらに向かって歩いていたのだ。メグは美少女である。もう、百万回ぐらい言ったかもしれないけど、美少女だ。目鼻立ちが整っているとか肌がきれいとかそんな瑣末《さまつ》なことではなく、存在全部がきらきらしている。大げさでなく、ぼくは眩《まぶ》しい。メグを見るたびに、ちょっと目を細めてしまう。彼女は自ら発光している。ぼくが、そう感じるのは、メグに一目ぼれしてしまった、つまり、恋に目がくらんでいるからではない。メグはきれいで、生き生きとしていて、ちょっと乱暴なところもあって、すごく力持ちで、一途《いちず》で、堂々としている。そんな前向きな力みたいなものが、メグを内側から煌々《こうこう》と照らしている。そんな気がするのだ。しかし……。

ぼくは、少し後ずさりした。そんなことをしなくても、メグはぼくに気がつかなかったかもしれない。肩を落とし、俯《うつむ》いて、足を引きずるように歩いている。白のロゴ入りタンクトップにデニムのミニスカートというかっこうは、とてもよく似合っていた。ミュールをはいた脚がすらりと長い。やっぱり、眩しい。でも、いつものメグ、萩本恵菜じゃない。あの溌剌《はつらつ》としたメグとは、まるで別人じゃないか。うなだれたメグなんて、初めて目にした。

こんなとき、どうすればいい？　むろん、声をかければいいんだ。「萩本」と呼びかけて、よおっと手を上げる。

「あっ、瀬田くん」

「どうしたんだよ、こんなとこで？」

「瀬田くんこそ、どないしたん？　びっくりしたわ」

「おれ？　ははっ、ちょっと熱出しちゃって」

「ほんまに？　だいじょうぶなん？　風邪ひいたの？」

「かもな。萩本もどっか、調子が悪いのか？」

「うん、うちはね……」

　と、会話が続く。続くかもしれない。ぼくはちょっと胸を張り、前に出ようとした。メグの足が止まる。深い、深いため息が一つ、唇からこぼれた。そして、小さな呟きも一つ。

「そんなん、いやや……信じられへん」

　吸い込んだ息が喉《のど》の奥で固まった。萩本の「は」が出てこない。

「いやや……うち」

　メグは、何かを追い払うように頭《かぶり》を振るとふいに駆け出した。ドアを開け、外に飛び出していく。ぼくは、一人、薬袋を握ったまま立っていた。

22　緊急事態　勃発

次の日も、蟬はがんばっていた。太陽もがんばっていた。早朝から窓に当たる光は凶暴なほどぎらついている。それでも、明け方の光は柔らかく、ぎらつき始めるまでに時間がかかるようになった。

なんで、明け方の光のことなんかをごちゃごちゃしゃべっているかと言うと、眠れなかったからだ。まるでと言うわけじゃなく、浅い眠りを繰り返していたらしい。うとうとすると、ふっと目が覚める。目が覚め、あれこれ考えているうちに、うとうとする。ふっと目が覚める。その繰り返しだ。いつの間にか空は白み、雀の声が聞こえ、母さんがキッチンで動く音が伝わってくる時刻になった。何気なくめくった雑誌とかで、早朝とか、朝焼けの一瞬を撮った風景写真を目にすることがある。わりに好きだ。一日の始まりの光に照らされた木々や花や建物なんかの風景は静謐《せいひつ》だけど生き生きとしていて美しいと思う。だけど、それは、秋本みたいな単純なやつが十時間ぐらい爆睡した後に「さあ今日も一日、がんばっていこか。おーっ、ええ景色やな。むっちゃきれいや。らん♪らん♪らん♪」なんて単純に感動する単純な眺めなのかもしれない。

秋本ほど単純でない（秋本より単純なやつがいるとは思えないけど）ぼくは、ときどき眠れなくなる。そして、ときどき窓ガラスを通してゆっくりと明けていく光を眺めていたりする。もっとも、このところ、そんな夜も朝もなかった。けっこうぐっすりと眠り、母さんに起こされる日々が続いていたのだ。だから、久しぶりの浅い眠りだった。

メグのことを考えていた。

ベッドの上で寝返りをうつ。開け放した窓から流れ込んでくる朝の空気を吸い込んでみる。

メグのことを考えていた。どうしても、考えてしまう。何があったのだろう？

「そんなん、いやや……信じられへん」

あの一言にはどんな意味があるのか？　あの引き結んだ口元や暗い表情はどうしたことなのか？

もう一度、寝返りをうつ。

メグに何か良くないことが起こった。それは、メグ自身が信じられないようなこと、あるいは、信じたくないようなことだ。ゆえにメグは深く悩んでいる。

ここまでは、簡単に推理できる。秋本でもできるだろう。なんで秋本が出てくるんだ。さっきからやたら秋本が出張《でば》ってくる。最悪だ。思考が停止する。追い払え、歩。秋本なんかどうでもいい。冷蔵庫の中で干からびた魚肉ソーセージ以上にどうでもいい。問題は、メグが悩んでいる理由だ。悩んでいる理由……。

ぼくは起き上がり、こほこほと咳《せき》をした。空気を吸い込みすぎたのだ。鼓動が激しくなる。それはずっとぼくの頭の中でチカチカと点滅し、でもあえて考えずにいたことだった。朝の光のせいなのか、ぼくの思考はまっすぐにチカチカに引っ張られていく。

メグを見たのは病院だった。街でばったり出会ったとか、図書館で偶然に見つけたとか、駅の改札口の横の掲示板の側で待ち合わせた、とかではない。もし、ぼくが駅の改札口付近でメグと待ち合わせしたとしたら、約束の時間よりかなり早めに出かけ、待っているだろうと思う。遠くから、ぼくに会いに歩いてくるメグの姿を見つけ、見つめていたい。

「わあっ、瀬田くん、待った？　かんにんな」

「あっ、そんなことないよ。おれ、早く着きすぎちゃって」

「うちも急いで来たんやけど。ねっ、どこに行く？」

「どこに行きたい？」

「そうやなあ。瀬田くんといっしょならどこでもええけど」

「あ……いや、そうか。じゃあ、あの、昼も近いし、どこかで飯でも食おうか」

「あっ、ええね。そうしよう。お好み焼きにする？」

「おっ、お好み焼き？」

「うん。『おたやん』に行こう。貴ちゃんもいてるし」

「おっ、おたやん？　たっ、貴ちゃん？」

また空気がつまり、咳が出る。まだ熱があるのだろう、思考が乱れあらぬ方向に迷走してしまう。『おたやん』関係なし。貴ちゃん、消去。駅の改札前での待ち合わせ、ありえない。

メグは病院にいた。暗い廊下を一人歩いていた。

「そんなん、いやや……信じられへん」

「まさか」

声に出して呟《つぶや》いていた。

まさか、メグは難病におかされて……病名を告げられ、呆然《ぼうぜん》としていた……まさか、まさかな。でも、ありえないと断言できないだろう。まさか、まさか……。

「歩？」

母さんがドアを開ける。トーストの香ばしい匂いがした。

「ぐあい、どう？」

「あっ、うん、だいじょうぶ」

「昨夜、寝苦しかったみたいだけど」

母さんの顔が曇る。ぼくは、大きくかぶりを振った。

「だいじょうぶ。もう、平気。母さん、仕事があるんだろ。おれのことは気にしないでいいから、行けよ」

わざとぶっきらぼうな言い方をする。ぼくがここで、少しでも苦しげな様子を見せたら、母さんは仕事に出ることを躊躇《ためら》うに決まっているのだ。母さんの職場は、母さんの実兄、ぼくにとっては伯父《おじ》に当たる人が経営しているスーパーだった。子どものいない伯父さんは、ぼくのことをかわいがってくれる。たった一人の妹である母さんのことも心配だし、不憫《ふびん》だと何度か口にしたことがあった。情の深い人なのだ。伯父さんの気持ちはありがたいけれど、寄りかかってばかりもいられない。一方的に寄りかかりたくない。すがりたくない。保護されたくない。ぼくの中でその思いは膨らみ、ときに激しく突き上げてくる。それは、ぼくが弱くて、無力で、誰かに寄りかかったり、すがったり、保護されていたりするからだろう。ぼくはぼく自身に苛立《いらだ》ち、ぎりぎりと奥歯を噛《か》み締めたりする。

「じゃあ、行ってくるわ。お昼には、ちょっと帰って」

「いいって」

母さんの言葉を遮る。ほんとうに腹がたってきた。ぼくは、あまり頼りになる息子じゃないけど、もうすぐ十五歳だ。小さな子どもみたいに扱われるのも、気遣われるのもうんざりだ。いいかげんにしてほしい。風邪をひいていようが、インフルエンザだろうが、水虫だろうが、ヘルペスだろうが、自分の身体なんだ。自分でなんとかする。

母さん、守って、面倒みて、腕の中に抱きとめることだけが、愛情じゃないんだ。酷《ひど》い感じ方だけど、少しうっとうしい。まとわりつかれて重い。

「お昼は、自分でソーメンでも作って食うから」

放っておいてよ、頼むから。

続く言葉を飲み込み、ぼくは顎《あご》を引いた。

「そう……じゃあ、行ってくるね」

「うん」

ドアが閉まり、母さんの足音が遠ざかる。ちょっと胸が痛くなった。あんな言い方しなくてもよかったかなと、痛い。反省とか後悔って、なんでいつも痛いんだろう。取り返しがつかないからだろうか。

蟬の声がガラス窓を突き抜けてくる。一生を七日間に凝縮された虫は、全エネルギーで鳴き続けるのだろうか。ほんと、がんばってるよなあ。

思いはまた、昨日のメグに返って行く。いくら思っても、考えても答えは出ない。万に一つ、「そんなん、いやや……信じられへん」の真相がわかっても、ぼくに何ができるだろう。それが重いものであればあるほど、ぼくなんかに、できることなどないはずだ。ぼくなんかに……そうだろうか？　もしかしたら、ぼくだってメグの力になれるかもしれない。全面的に支えることは無理でもつっかい棒の一本ぐらいにはなれるかもしれない。

大きく息を吸ってみる。

ぼくは、メグのつっかい棒になりたい。細くても小さくてもメグをささやかに支える一本の棒になりたい。

想いが沸き立つ。ほんとに好きなんだと、ぼくはぼくの想いを改めてつきつけられる。

そのときだった。ふっと頭の中を影がよぎった。小さな影、というか、ひっかかりだ。何かがひっかかっている。それが、ふわっと揺れたのだ。メグのことじゃない。メグとは別にもう一つ、あの病院でひっかかることに出くわしたような……。

額をとんとんと叩《たた》く。何か言われなかったかなあ。誰かに、何か、さらりと、でも、案外重要なことを言われなかっただろうか。今まで、ちらっとも思い出さなかったのだから、どうってことないのかもしれない。

電話が鳴った。リーリーと優しい音色だ。電話だから、いつも同じ音のはずなのに、今日は妙に澄んできこえる。メグのことを考えていたからだろう。聴覚が浄化されたのだ。

「はい、瀬田です」

「あゆむ〜。おれ、おれ」

せっかく浄化された聴覚が、あっという間に汚れてしまった。耳鳴りまでする。

「こちら、全国河童《かっぱ》組合連合本部です。今日の業務は終了いたしました。御手数ですが、また、おかけ直しください」

「河童って、またえらく『日本昔話』風やなあ。それに、まだ九時前やないか。そんなに早《はよ》う業務を終了して、河童組合連合本部としての責任はどうなるんや。会費とか取ってんのやろ。おれは、断固、追及するで」

「ずっと、河童を追及してろ。人間の世界に戻ってくんな」

「あゆむ〜、相方に向かってなんてこと言うの」

「伸ばすな」

「伸ばしません。あむ。おれ、おれ」

「縮めるな」

「どっちやねん」

「おまえは、相方の名前もまともに呼べないのか」

秋本が息を吸い込む気配がした。ほんの束の間、ぼくたちの間に沈黙がおりる。

うん？　なんだ、この間は？　何か変なこと口走ったか？

うろたえる。秋本の沈黙ほど不気味で危険なものはない。

「相方って」

秋本が息を吐き出す気配がした。

「ええ響きやなあ」

頭の上からアルミのヤカンが二十個以上降ってきた。むろん、幻想だ。だけど、ぼくは頭に当たり、はね返り、グワングワンと派手な音をたてて転がるヤカンを確かに感じた。ヤカンが二十個、天井から降ってきた。それくらいの衝撃があったのだ。

しまった、慎重で用心深いと自他共に認めるぼくが、簡単に口を滑らせてしまった。一番、気をつけなくてはいけない相手に対し、油断していた。なんたる不覚。慌てる。慌てると舌がうまく回らなくて、ぼくは言葉につっかえ、つっかえる度に喉《のど》の奥がひくひくと痙攣《けいれん》した。

「秋本、ちっ、違うぞ。相方ってのはな、べっ、別に漫才のことじゃないからな。ごっ、誤解するな。絶対、するなよ」

「えー、じゃあ、なんの相方や？　二人でタッグでも組んでリングで暴れるか？」

「おれが武闘派のわけないだろうが」

「じゃあ、二人ユニットで芸能界デビュー？」

「歌も踊りもできません」

「じゃっ、やっぱり漫才やないか」

「そんなわけねえだろう」

「けど、歩的には、リングや芸能界より漫才の方がマシやろ」

「う……まあ、そりゃあそうだけど……」

「そうやろ」

「うん……まあ」

「納得すんなや」

秋本が、ため息をつく。やれやれという感じのため息だ。

「だいたいな、おまえはなんでも簡単に納得しすぎやぞ」

「うん」

「ほら、また納得する。そんなんやから、ぽいぽい丸め込まれるんやないか。ティッシュペーパーやないんやから、やたら丸められてどうするんや」

まったくだ。図星だ。無念だが納得してしまう。まったくもって無念だが……。

「待てよ、ちょっと待て。おかしいだろうが」

「何が？」

「何がって、丸め込んだの、そっちじゃないかよ」

「おれだからよかったんや。他のやつだってみぃ、鼻かんで、丸めて、ぽい、やで。おまえ、散々、もてあそばれてポイ捨てされる。そういうの、耐えられるか」

「いや……それは、嫌だけど」

「けどなティッシュペーパーなんてその程度のもんや。悲しいけど、ティッシュの運命なんやな。涙なくしては語れんやないか。ぐすっ」

「秋本、おれたち、今、ティッシュの話をしてるのか」

「ううん、違う」

「じゃっ、ティッシュから離れろ。朝っぱらから、ティッシュの話なんかしたくねえよ」

「そうだ、そうだ。悪《わり》ぃ、悪ぃ。じゃあ、漫才の相方のことやけど」

「あーっ、ティッシュと言えば、牛乳パックの再生のやつ、あれ、けっこういいよな。おれ、ずっと、使ってる。使う度に牛乳を飲みたくなるのはどうしてかなあ。そういう成分が混じってんのかなあ。秋本はどんなティッシュ使ってる？」

「歩、あのな」

「ティッシュの話は奥が深いよな。極めるまでには、おれたち、まだまだだ。道のりは遠い。お互い精進しような」

「あゆむ～」

「伸ばすな」

「あはっ、元気そうやな。身体、もうだいじょうぶなんか？」

秋本の口調ががらりと変わった。軽いけれどふざけていない。何気なく、でも本気で気遣ってくれていると感じる。感じさせられてしまう。

「うん。なんとか回復しつつある。ありがとう」

ぼくは、素直に礼を言った。

「いや、別に。礼なんて言われると困るけどな。おれ、用事があって電話したんやから」

身構える。危ない、危ない。人生どこに落とし穴があるかわからない。そして、こいつはぼくの人生にせっせと穴を掘っているようなやつなんだ。口調にごまかされて、そのことを忘れるな、歩。

「あのな、ちょっと緊急事態発生でな」

「緊急事態？」

「うん……歩、一時ごろに、うちに来るの無理か？」

「『おたやん』にか……」

コードレスフォンを握り直し、ぼくは窓から外を見る。真夏そのもののぎらつく風景があった。柔らかさも涼やかさも、ない。真っ昼間に、熱に燻《いぶ》された外に出て行く決心はつかない。

「緊急事態って、なんだよ？」

「うん、いや、実は森口からの情報やねんけどな、夏祭りが縮小か最悪、中止になるかもしれへんねん」

「祭りが？　中止？」

おお、神よと、ぼくはその場にひざまずき、床にひれ伏し、額をこすりつけて、感謝の祈りをささげたいと心底、思った。

人生、落とし穴もあるけれど、思わぬ救いの手がさし伸べられることもある。なんだかんだ言っても、ちゃんと釣り合いがとれているのだ。それが神の思《おぼ》し召《め》しってもんだ。

あーっ、よかった。目の前が開けていく。反対に秋本の口調は重みを増し、ずぶずぶと沈んでいくみたいだ。気の毒に。

秋本くん、きみは人生の落とし穴に落っこちちゃったんだ。でもね、這《は》い上がればいつか、いいこともあるからね。ひひっ。ああ、神さま、ありがとうございます。

「それでな、森口からの情報、ちゃんと聞きたいし、みんなも相談にのってくれるんやて。今日の一時に集合なんやけど」

「みんなって……」

「仮『ロミジュリ』を応援する会のメンバーやないか」

「なんだよ、その仮『ロミジュリ』ってのは？」

「おれたちのコンビ名？」

「コッ、コンブ名？」

「コンビ名。歩、それこの前やって、イマイチやったろ。二度使《つこ》うたら、あかん」

「はい、すいません。いや、それより、なんで勝手にコンビ名が決まってんだよ」

「メンバーがみんな、それがええって言うんやもの。歩の了承とらなあかんから、一応仮つけてるから」

「メンバーって、誰だ？」

「森口京美、高原有一、蓮田伸彦、篠原友美」

「はあ？　ちょっと待て。それって、去年のロミジュリのメンバー、まんまじゃないか」

「まんまやな。あっ、忘れてた。メグもいてる」

「萩本が」

受話器を握る手に力がこもる。

メグも来るのか。

「なあ、秋本」

「なんや？」

「あの、萩本のことなんだけど……」

「メグ？　メグが、どうしたんや？」

「いや」

口をつぐむ。俯《うつむ》いたメグの横顔を思い出したのだ。何かに耐えているような横顔。いくら秋本でも、いや秋本だからこそ、しゃべっちゃいけないのかもしれない。少なくとも、何も知らないぼくが勝手に口にしていいことじゃない。

「なんでもない」

中途半端な会話になったけれど、秋本は追及してこなかった。空咳《からせき》を一つして、来られるかと、遠慮がちに尋ねてきただけだった。妙に心細げな声音だった。しょげていると言うか、気落ちしていると言うか、がっくりしていると言うか、泣きそうと言うか、ともかく相当、まいっている。それは確かだ。

秋本は、はりきっていた。夏祭り、特設ステージで漫才をする。ぼくにすれば、この上ない迷惑な申し出だけれど、秋本にとっては願ってもない機会だったのだ。ほんとうに、はりきっていた。ネタだって、かなり書き込み、練っていたはずだ。

秋本の落胆した表情が生々しく見えるようで、ぼくは目を伏せてしまう。秋本の落胆した表情なんて見たくない。似合わないし、ヘンテコだし、不細工だし……こっちまで、辛《つら》くなる。さっき、神に感謝した浮かれ気分が萎《しぼ》んでいく。

緊急事態発生をぼくに告げるまで、秋本はけっこうノリがよかった。無理をしていたんだと思う。ぼくの体調を気遣っていたんだろう。秋本、おまえって、見かけよりずっと繊細なんだよな。

「行くよ」

ぼくは、いつもより、大きくはっきりと返事をした。

「だいじょうぶか？」

「もちろん」

「そっか。それで……ええよな？」

「うん」

「ほんまやな？」

「うん」

「歩的に、別に文句ないよな？」

「うん」

「じゃあ、決めたで」

「うん……」

なんだか、しつこい。集合時間を決めるのに、こんなに念を入れる必要があるのか。ぼくが眉《まゆ》をひそめたとき、受話器の向こうで秋本が能天気な笑い声をあげた。

「いやあ、よかった、よかった。ほな、コンビ名は仮をとって『ロミジュリ』でいくな。歩が気に入ってくれて、よかった、よかった」

「は？　コンブ名って」

「コンビ名」

「待て、待て、待て。夏祭りは中止なんだろ」

「まだ情報段階。はっきりしたわけやない。それに、おれたち夏祭りのためだけにコンビ組むわけやないしな。おまえの言う通り、道のりは遠いけど、二人でならやってけるもんな。『ロミジュリ』で精進しような。ほな、一時にな。あっ昼は、おかんが特製お好み焼きおごったるって。じゃあな、めっちゃ愛してるぞ」

通話が切れる。ぼくは見慣れた我が家の受話器をまじまじと見つめてしまった。

コンビ名？

ロミジュリ？

道のりは遠いけど二人でならやってける？

めっちゃ愛してる？

何一つとして意味がわからない。まったくもって、理解できない。

わかっているのは、人生の落とし穴に落っこちたのは、秋本じゃなくて、ぼくの方だったというオチだけだ。穴に落っこちるオチなんて、いくらなんでも寒すぎる。あっ、それともう一つ、秋本貴史がとてつもなく図々《ずうずう》しい男だってことも改めて思い知った。一瞬でも繊細だなんて考えた自分が恥ずかしい。

受話器を置く。部屋に戻り窓を開ける。蟬の声が勢いをまして流れ込んできた。

秋本、おまえなんかに負けないからな。

蟬の声をBGMにしてぼくは、腹に力をこめ、背筋を伸ばし、せいいっぱい胸を張った。

23『ロミジュリ』結成？

うだる。その一言が身をもって感じられるような日になった。気温はぐんぐん上昇し続けている。この夏の最高気温を更新する勢いらしい。

真夏の真昼、『おたやん』に向けて歩く。拷問に近い。アスファルトから熱気が立ち上り、頭上から太陽光線が降り注ぐ。ちりちりと肌を焼く音が聞こえてきそうだ。たぶんポプラだろう街路樹の葉は熱に縮み、萎《しお》れている。すれ違う人はほとんどいない。みんな、冷房の効いた室内に閉じこもっているのだろうか。外に出て五分もしないうちに、背中や脇に汗が滲《にじ》み出し、Tシャツを濡《ぬ》らす。

ボトッ。頭上から何かが落ちてきた。帽子の上で一度跳ねたそれは、道路に落ち転がる。蝉だった。油蝉が一匹、街路樹から落ちてきたのだ。ひっくり返り足を僅《わず》かに動かしている。摘《つま》み上げてもほとんど動かなかった。蝉まで暑さにやられ、力尽きたのだろうか。

昼下がり　蝉まで落ちる　暑さかな　　あゆむ

一句浮かんだけれど、あまりの駄作ぶりとこんなところで一句浮かぶ自分に呆《あき》れて、余計、暑くなった。

樹の根元に蝉を置き、歩き出す。商店街を抜けることにした。アーケードがあり日差しを遮ってくれる。ここより、かなりマシだ。ちょっと遠回りになるけれどしかたがない。

商店街は閑散としていた。人通りは、日のぎらつく表通りと大差ない。一人、二人と数えられるぐらいだ。それに暗い。真夏の真昼だというのに、商店街は薄暗く、日の差し込まない森の奥みたいだ。最初は目が夏の眩《まぶ》しさに慣れ過ぎたせいかとも思ったけれど、それだけじゃないらしい。

シャッターの閉まった店があちこちに散らばっていた。それは、歯の抜け替わり始めた子どもの口の中みたいだ。灰色の穴にも見える場所が、けっこう目立つ。陰気な感じがした。普段、たいていの買い物はコンビニか駅前のショッピングセンターで済ませてしまうので、この湊大通り商店街に足を向けることは、ほとんどない。こんな、しょぼいところだとは思わなかった。引っ越してすぐ母さんと細々した買い物をしたときも、秋本とバーガーショップに来たときも、もう少し賑《にぎ》やかだった気がする。そう言えば、へんてこな名前のバーガーショップだった。

「ここはパンが売りなんや。中身は冷凍やからどーでもええけど、パンを味わえ」

秋本が言ったのを覚えている。「パンが売りならパン屋にすればよかったのに」、ぼくは答え、「けど、ネタが旨《うま》いからって寿司屋が魚屋にならないのと同じかな」と続けた。口が軽くなっていた。腹が空《す》いてたからだ。ぼくは空腹だと、満腹時よりやや舌が滑らかになる。ここに越してきてから気がついた。

「ネタな。ネタと言えば、漫才のことやけど。あ」

「秋本、食え」

トレイの上のバーガーを「あ」と発音したばかりの秋本の口に押し込んで難を逃れたことも覚えている。「あ」の後が、「ゆむ」だろうが「のな」だろうが「んどうさん」だろうが「っぷるぱい」だろうが、漫才の一言に続くなら全て阻止しなければならない。秋本は喉《のど》にバーガーを詰まらせて、しばらくもがいていたっけ。おかげで、漫才のネタについてはそのままになった。やれやれだ。危なかった。秋本といると日々の生活のあちこちに落とし穴が口を開けている。なかなかにスリリングだ。心臓には悪いけど、記憶には残る。過去の一日がいつの間にか流れて、薄れて、知らぬ間に消えてしまうことがない。手ごたえがあると言うか、はらはらしたり、びくびくしたり、ほっとしたり、腹をたてたり、しゃべったり、笑ったり、感情が鮮やかな場面としてぼくの中に留《とど》まり、残っていく。もしかして、ぼくは死の間際に、十四歳の一日を思い出したりするのかもしれない。いや……秋本のことはどうでもいいんだ。自家製だというパンは、確かに美味《うま》かった。でも中身のハンバーグがあまりに不味《まず》かったので、それ以来、訪れてない。

それにしても、外出に差し支えるような猛暑を差し引いても、ちょっとしょぼ過ぎる。母さんと買い物をした家具屋は営業していたけれど、バーガーショップは閉まっていた。新聞紙ほどの大きさの紙に、マジックの太い線で、『閉店のお知らせ。さる七月一日をもちましてバーガーショップ「ウイウイロード」は閉店いたしました。長らくのご愛顧に感謝いたします』と書きなぐってあった。ほんとうに書きなぐったという感じの乱暴な字で、下手というより「こんなもの、丁寧に書けるかよ」と怒っている感じがする。

そうか、あの店「ウィウィロード」って名前だったんだ。

閉店したと知ったとたん、ぼくの口の中にしっとりとしたパンの食感がよみがえった。もう一度ぐらい食っておけばよかったと思う。我ながら、げんきんなものだ。

閉店や　パンは確かに　美味かった　あゆむ
やたら、妙な一句が浮かぶのはさっきまで国語の宿題で、「俳句と和歌」のプリントを読んでいたからだろう。漫才より俳句の方が百倍マシだと、秋本に言ってやろうかな。

シャッターを閉めた店は、「ウィウィロード」みたいに閉店の知らせを貼り付けたところが多かった。これだけの店が閉まっていると、活気がないのも当たり前だなと、変に納得する。

足が止まった。いい匂いがする。甘くて香ばしい匂い。ちょうど商店街の真ん中辺り、広い間口の一軒から漂ってくる。煌々《こうこう》と明かりが灯《とも》っていた。辺りのうら淋《さび》しい空気を吹っ飛ばすぜと息巻いているみたいに明るい。しかし、建物自体は相当古いみたいで、めったにお目にかかれないようなどしりとした横長の看板がかかっている。木製だ。暗くなるとぴかぴか光るようなちゃちな物ではなく、年季の入った堂々たる一枚板だった。老舗《しにせ》なのだろう。重厚な雰囲気をぼくでも感じる。

『ことぶき館』

金色の文字の看板が、目を引く。

ことぶき餡……そうか、ここが三瀬さんの店なんだ。

もじゃもじゃ眉毛《まゆげ》の三瀬さん。子どものとき餡子《あんこ》の中に落ちて死にかけた三瀬さん。夏祭り実行委員会特別顧問で……。

頭を横に振る。夏祭りは中止になるらしいし、三瀬さんも特別顧問の立場を失うのだろう。失って惜しい立場とも思えないけれど。

ガラス戸が開いているわけでもないのに、上品な和菓子の匂いが微《かす》かにもれてくる。基本的に水羊羹《みずようかん》以外、和菓子はあまり食べない。でも、こういうさらりとした芳香は好きだ。

それにしてもりっぱだなあと、もう一度、『ことぶき餡』の看板を見上げていたら、ガラス戸の開く音がした。店内から人が出てくる。

とても背の高い男だった。背だけではなく肩幅も腰回りもがっしりしている。色褪《いろあ》せた青っぽいTシャツとこちらもかなり色のはげたジーンズ姿だ。完璧《かんぺき》、格闘技系だ。地方巡業のプロレスラー？

男の後から、もじゃもじゃ眉毛の三瀬さんが現れた。頭を下げる。ぼくにではない。格闘技系の男に向かってだ。

「どうも、わざわざ、ありがとうございました」

「いやいや、こちらこそ、こんなええ土産まで貰《もろ》うて」

「いやいや、こちらこそ、わざわざ来ていただいてやれやれです。ありがたいことですわ」

「いやいや、こちらこそ」

いやいやこちらこその応酬が続いたあと、男はからからと笑った。豪快な笑いだ。鼻がでかい。顔の真ん中にどかんと座っている。三瀬さんほどじゃないけれど眉も太い。目もぐりぐりしていた。要するに全ての作りが（声も）Lサイズなのだ。印象深い、一度見たら忘れられない顔つきの人だった。Lサイズパーツの顔がふいに、しかめられた。そうすると笑ったときの陽気さは失《う》せ、苦悩する哲学者（実際に会ったことはないけど）みたいな雰囲気になる。パーツが大きいと表情も起伏に富むものらしい。

「三瀬さん、まあ、がんばりましょうや」

「ほんまですな。なんとかがんばりたいもんです」

男は、これもまた規格外にでかい手で、三瀬さんの肩を叩《たた》いた。三瀬さんがちょっとよろめく。かなりの力だったのだろう。なんだか見ていて飽きない。ぼくの視線に気がついたのか男がこちらを向いた。目が合う。ぐりぐり眼がぼくを見返してくる。ちょっと怖い。

軽く一礼すると、帽子のひさしを下ろし足早に立ち去った。そして足早に商店街を抜け、『おたやん』まで足早に歩いて……いくはずだった。でも、人生は落とし穴だらけだ。ぼくは特に、想定外の出来事を引き寄せる体質のような気がする。

「おおっ！」

野獣の咆哮《ほうこう》に似た叫びが男の口から飛び出した。一歩、足を前に出していたぼくは思わず身体を竦《すく》ませていた。

「きみは、歩くんやないか！」

まさか、こんなところで、こんな人から、こんな風に名前を呼ばれるとは思いもしなかった。苗字《みょうじ》ではなく名前だ。

「は……あの、あの、あろ」

驚きと恐怖で、しらがもつけている。いや、舌がもつれている。

男はぼくの両手を握り、上下に振った。すごい力だ。肩の関節がはずれそうな不安におののく。

「いやあ、会いたかった。会いたかったぞ」

「は、いや、でも」

「ここでばったり会えるなんて、縁があるとしか思えん」

いや、ただの偶然でしょう。第一、あなたはどなたですか。いきなり、名前を呼ぶなんていささか無礼ではないでしょうか。世の中には、常識と礼儀というものがあるのですよ。こう言い捨てて、足早にその場を立ち去る……ことができるぐらいなら、ぼくはもう少し違う生き方をしていたかもしれない。

「あの……へ……なっ、なんのことで……あの、ぼっ、ぼくは」

しどろもどろになる。ともかく、手を離して欲しい。

「いやあ、生もかわいいと噂には聞いていたが、噂よりかわいいやないか。なあ三瀬さん」

「そうそう。瀬田くんは、ほんまかわいいですな」

背筋が比喩《ひゆ》でなく冷えていく。この暑さだから丁度いいはずだけれど、悪寒というのは単に気持ち悪いだけなんだ。思い知る。

二人は顔を見合わせて、がはがはと笑っている。時代劇の悪代官と悪徳商人コンビに似てなくもない。

「いやいや、噂には聞いておったが、より愛らしいではないか、のう三瀬屋」

「へえ、お代官さまのおっしゃる通りで」

「ふふふ、三瀬屋、そなたも悪よのう」

「いえいえ、お代官さまには及びもいたしません」

がはは、ぐふふ。

馬鹿な想像をしている場合じゃなかった。男の手は、ぼくの両手をがっちりと握り、緩めようともしない。

「瀬田くん、どうや。せっかく通りかかったんやから、ちょっと寄っていきや。冷たい麦茶とババロアがあるんや。わしの手作りやから美味いぞ」

三瀬さんが、にっと笑う。

「バッ、ババロアですか……みっ、水羊羹とかじゃなくて……」

「あー、このおっさん、和菓子屋のくせに洋菓子好きなんや。おもろいやろ」

男が悪代官そのままに、がははと笑う。そのはずみに力が緩んだ。人間って、笑えば力が抜けるようにできているらしい。

力んだり、強張《こわば》ったり、硬直化することのまるで反対側に、笑うという行為はあるのだろう。むろん、嘲笑《ちょうしょう》や冷笑ではなく、腹の底からこみ上げてくる本物の笑いだけだが。

秋本が拘《こだわ》っているのは、そんな笑いのことで……秋本は、どうでもいい。スキー場のリフトにひっかかっている水着よりも、海辺の甲冑《かっちゅう》よりも不必要だ。ともかく、逃げなければ。

ぼくは身を引き、男の手から自分の手を引き抜いた。

「すっ、すいません。いそ、急いで、急いでるので」

「ババロアがいやなら、プディングもあるぞ。パイナップルのフランベは？」

三瀬さんが、一歩、近寄ってくる。男もうんうんとうなずき、また、手をのばしてきた。

「けっこうです。しっ、失礼します」

走り出す。今度はけっこう素早かった。

「あっ、おい歩くん」

「瀬田くん、チョコレートワッフルはーっ」

追いかけてくる声を振り切って、走った。走りながら、ため息をつきそうになる。そんな器用なことはできないから、ぼくは口を開けて、短く息を吐き出した。

まったくもって情けない。おじさん二人から必死で逃げているなんて、情けないの極みだ。ぼくは、女の子にモテないのに、おばさんにはモテる。嬉《うれ》しくないけど、嫌われるよりはマシだと思っている。だけど、おじさんにまで手なんか握られたくない。かわいいなんて、全然、まったく、こんりんざい、誉め言葉じゃない。怒鳴られた方がマシだ。すたこら逃げ出す前に、そう言えばよかったんだ。すたこら逃げ出しておいて、ぐだぐだ考えている自分が情けない。こんなんじゃ、メグに告《こく》ったって無駄だよなあと、さらに考えてしまう。息が切れてきた。でも走る。商店街を抜けた。アーケードを出ると、日差しを遮るものは何もない。さっきより激しさを増したような蟬の声と太陽の熱が、まともに肌にぶつかってくる。でも走る。逃げるためではなくて、メグに心を馳《は》せないためだ。走っていると苦しいから、考えてもしょうがないことを考えなくて済む。

　でも、それは頭のことであって、心の方は肉体の状況とは関係ないらしい。息は切れ、汗でぐしょぐしょになり、熱さで朦朧《もうろう》となっているのに、ぼくの心はメグの周りを彷徨《さまよ》っている。

　メグが好きだ。今まで、こんなに誰かを好きになったことはない。戸惑うほどに、萩本恵菜を好きだと思う。

　ぼくは喘《あえ》ぐ。熱のせいだ。真夏の熱ではなく、メグのことを思うとき、自分の内から突き上げてくる感情の熱に喘ぎ、うろたえる。

　熱を持つような激しい感情は苦手だった。自分のものであっても、他人のものであっても、圧倒的にうっとうしい。静かに、自分の内にも外にも波風をたてず、何も荒立てず、たとえそれが愛とか恋とかいった甘い感情でなくとも、たとえそれが憎しみや哀しみと言った負の感情であったとしても、激しく脈打つものからは、身を引いていたい。凪《な》いだままで生きていきたい。

疲れるのだ。それに、怖い。人の感情は、いつだって刃《やいば》を含む。丁重に用心深く扱わないと、誰かを傷付けることにも、誰かに傷付けられることにもなってしまう。どちらも嫌だった。だから、ぼくは、もう被害者にも加害者にもなりたくない。なのに……。

耳鳴りがする。呼吸が苦しい。わんわん耳底《みみぞこ》まで響くのが、蟬の声なのか幻聴なのか区別がつかなくなる。

なのに、ぼくはこの街に来て、恋をしてしまった。おまけに片恋だ。完璧《かんぺき》に一方通行の恋。黙って諦《あきら》めることもできず、告白して堂々と振られることもできない。

ちきしょう。

ぼくは歯噛《が》みする。情けない自分を蹴《け》っ飛ばしてやりたい。

秋本なら、こんなことはないんだろう。欠片《かけら》もないはずだ。好きになったら、当然のように好きだと告げる。傷付くのが嫌だなんてちらっとも考えない。散ろうが、砕けようが、まずはぶつかる。潔いのだ。見事なもんだ。メグは、きっと秋本のそういう美点を知り尽くしてるんだ。そして、本気で恋している。

美点？　あれって、秋本の美点なのかなあ？　同性のぼくに「おれは、いつでも傍におるからな」と恋愛モード全開のセリフをマジ顔で口にするのって……潔いというより、アホに近いと思う。その他にも「おれにとって、おまえは特別なんや」とか「おれは、歩のこと好きなんや。マジで好きやで」とか言われたし……なんで、秋本のことを考えてんだ。メグはどこにいった。しっかりしろ歩。秋本に毒されているぞ。汚染されかけている。思考回路が上手《うま》く繋《つな》がっていないんだ。

汗が目に沁《し》みる。心臓が胸いっぱいに膨張してるんじゃないか。苦しい。頭がぼんやりする。辺りの風景が蜃気楼《しんきろう》みたいに歪《ゆが》んでいる。

お・た・や・ん。

ちょっとくすんだ赤紫色の地に白く染め抜いた四文字が見えた。一週間ほど前、新調したばかりの「おたやん」の暖簾《のれん》だ。地の色は梅紫と呼ばれるのだと、「おたやん」のおばさん、つまり秋本のおふくろさんが教えてくれた。

ぼくは、目的の地に辿《たど》り着いたのだ。でも、もう限界だ。この戸を開ける力が残っているだろうか。

「わかった、わかった。ほな、暖簾、入れとくで」

秋本の声がして、戸が開いた。

「あっ、歩。待ってたんや。もう、みんな、集まってるで。しばらく、おれたちの貸し切りにするつもり……」

秋本がこくっと息を飲み込んだ。

「歩、どないしたんや。ものすごい汗、かいとるやないか」

「おたやん」の店内は適度な冷房が効いているらしい。秋本の背後から涼やかな空気が流れ出てくる。汗に濡《ぬ》れ、肌にひっついたTシャツが冷えていく。

「秋山……」

「いや、秋本だけど」

秋本が左右に揺れる。まるで忍者だ。悪代官と商人の後は忍者か。

「おぬし、伊賀《いが》か甲賀《こうが》か」

「は？　歩、なんやて？」

秋本の揺れはさらに加速する。気分が悪い。秋本だけでなく、梅紫の暖簾も揺れている。道路も店の前のビールケースも揺れている。

ああ、これが眩暈《めまい》なんだ。

気がついたとたん、膝《ひざ》から力が抜けた。一瞬、目の前が暗くなる。身体が傾いだ。脚が支えきれない。

「歩！」

地面に倒れ込む前に抱き止められる。

「歩、だいじょうぶか。しっかりせえや」

誰かに支えられるということは、効能があるのだろうか。脱力した身体を受け止めてもらったことで、ぼくは少し楽になった。

がんばって、無理して、必死に、自分の脚だけで立っていなくてもだいじょうぶなんだ。

地面に倒れ伏す前に支えてもらえる。

楽になる。息がつけた。

「あゆむ〜、なんで、こんなことに」

「伸ばすな……秋本……」

「おい、早《はよ》う、涼しい場所に寝さした方がええで」

このブレのない冷静な声は高原だ。学年トップの秀才でいかにも学年トップの秀才ですって顔をしているけれど、付き合ってみると案外、おもしろくて、妙に一途《いちず》な男だった。

「そうや。歩、もう少しのしんぼうや」

「いや、秋本……」

もうだいじょうぶだから。おれ、自分の脚で立てるから。ありがとうな。

秋本に礼を言うつもりだった。

「もうだいじょう……」

のところで、身体が持ち上がった。

「は？　え？　うわっ、秋本、なっ、何を」

「無理するな。すぐに救急車を呼んだるからな」

秋本はぼくを抱えあげたまま、ぼくは秋本に抱えあげられたまま店内に入る。「きゃあ」と悲鳴が上がった。恐怖とか驚愕《きょうがく》の悲鳴ではない。喜んでいるのが見え見えの「きゃあ」だ。

「やんやん。お姫さまダッコやないの。やだ、いやらしい。あーっ、でも、瀬田くん、むちゃくちゃ似合《にお》うてるで」

森口京美だ。京美と書いてコトミと読むのは、京が古都だからだそうだ。高原が一途に想う相手でもある。聡明《そうめい》だし、勝気だけど嫌味はないし、こっちまで楽しくなるような笑い方が自然にできるし、つまり、かなり、いいやつだ。しかし、致命的な欠点がある。やたら暴走する妄想癖があるのだ。迷惑この上ない。

「森口、歩が大変なときに、きゃあきゃあ騒ぐな」

「へっへえ。そう言いながら、秋本、ちょっと嬉しいやろ。顔がゆるんでるで」

「なっ、なっ、なんてことを言うか、おまえは。わたし、うれりいころなんて、あっ、あるりわけりが」

「ほら、慌ててる。舌が回ってへん。いひひ。もしかして、そのまま瀬田くんを自分の部屋に連れ込もうとか」

「秋本、ほら、ここに瀬田を寝させるんや。早《はよ》う。おばさん、冷たいタオルを貸してください」

高原がてきぱきと指示を出す。小上がりに降ろされる。額に冷たいタオルが載った。ほっとする。気持ちがいい。身体にこもっていた熱が、この冷たさに吸い取られていくみたいだ。

「脱水症状起こしかけてるかもしれへん。水を……あっ、どうも。ほら、瀬田、水や。背中支えてやるから、ゆっくり飲め」

高原って、頼りになる。ぼくが何より望んでいたのは、お姫さまダッコじゃなく、この水なのだ。

喉《のど》を水が流れ落ちていく。静かに体内に広がっていく。水って、本当に美味《おい》しい。

「どうや？」

「うん……すげえ、楽になった。ありがとう」

大きく息を吐き出し、上半身を起こす。

「ほんとに、ありが」

「あゆむーっ」

秋本が、抱きついてくる。どこまでも暑苦しいやつだ。

「ほんまに、だいじょうぶかぁ。おまえに何かあったら、おれも生きていけへん。後を追うぞ」

「勝手に追っかけてろ。追っかけたまま、海の果てまででも行ってくれ」

「そうか、やっぱりおまえは、海の王子さまやったんやな。白いイルカに乗ってやってきたんや」

「おれは、水族館の職員か？　それで、一日に二度、イルカショーに出演してるのか？　イルカになんか乗れません」

「でも自転車は乗れるやろ」

「うん、乗れる」

「じゃ、だいじょうぶなんやないか。似たようなもんやから。練習したらすぐ、乗れるようになるって。がんばれ」

「うん、わかったよ。がんばってみる……て、わけないだろうが。イルカにはサドルもハンドルもついてないんだよ」

「けど、背びれはあるやないか」

「秋本」

「はい」

「わかったから、おれから離れろ。すっぱり離れろ。できれば半径一メートル以上に近づくな」

「以内だろ、瀬田」

高原の後ろで、蓮田がぼそりとつぶやいた。久しぶりだ。夏休みに入ってから会っていなかった。髪が少し伸びて、頬がこけたみたいだ。随分、大人っぽく見える、なんか、かっこいい。そう言えば高原も痩《や》せて身長が高くなっている。なんで、みんな、こんな風にかっこよく変わっていけるんだろう。僅《わず》かな時の間に、確実に鮮やかに変化していくものが、若さなんだろうか。ぼくはどうなんだろう。ぼくは、十四歳の一夏を越えたとき、どんな風に変わっているのだろうか。

「あゆむ～そんな、冷たいこと言うなや」

「伸ばすな。おまえが熱すぎなんだよ。蓮田、悪いけど、こいつを引き剝《は》がしてくれ」

「あいよ」

蓮田の手が、後ろから秋本の襟を摑《つか》んだ。

「ほらよ。貴史。ここまでや。漫才の練習は後でやれ」

「あゆむ〜。お別れや。運命って残酷やなあ」

「伸ばすなって」

「で、引き剝がしてから、どうするんや？　瀬田」

秋本の襟を摑んだまま、やはりぼそりと蓮田が問うてくる。

「冷蔵庫にでも、しまっといてくれ。入りきらなかったら、三等分にしてな」

「了解。じゃあ、いこか。貴史」

「冷蔵庫いやだあ。三等分いやだあ。歩と一緒にいるぅ」

森口がくすくすと笑う。その横で篠原友美も同じように笑っていた。篠原は平均よりかなり太めだ。その太さが、柔らかくてふわりとした雰囲気を醸し出していた。笑顔がダントツにかわいい。篠原が笑い声をあげたとたん、蓮田の黒目がちらりと動く。

蓮田は篠原に惚《ほ》れている。太めで丸くて柔らかい篠原の笑顔にぞっこんなんだ。本人から聞いたわけじゃないけれど、たぶん、間違いないだろう。

高原も蓮田もなかなかに選球眼が良い。見送っちゃうのか、打ちに行くのか……どうするんだろう。

「貴ちゃん！」

凛《りん》とした声が、秋本の名前を呼んだ。ちゃん付けだ。ぼくの背筋に電流が走る。背骨がまっすぐになった。硬直した姿勢のまま、ゆっくりと首を回す。

「いいかげんに、しとき。みっともない。瀬田くん、ぴんぴんしとるやないの」

萩本恵菜……メグが立っていた。まぶしい。目がくらむ。

メグは、なんと長い髪をポニーテールにしていた。そのせいなのか、いつも以上に目元がきりっと見える。そして、なんと鮮やかな青のタンクトップと白いハンパ丈のズボンを身につけている。鮮やかな青、紺碧《こんぺき》の海だ。目に沁《し》みる。そして、なんと手に空になったグラスを持っていた。さっき、ぼくが水を飲み干したグラスだ。ということは、なんとさっきの水はメグが用意してくれた……のだろうか。もっと味わって飲めばよかった。

「ほら、みんなでお好み焼き食べながら緊急会議をするんやろ。おばちゃんがキャベツ切るの、手伝わなあかんやないの」

「わかったって。うるせえなあ」

秋本は立ち上がり、よれよれのTシャツの裾《すそ》をひっぱった。こちらも青だ。でも、かなりくすんでいる。都会のスモッグに覆われた空といったところだろう。べつに、秋本の着ている物なんか、くすんだシャツだろうが十二単《じゅうにひとえ》だろうが腰みのだけだろうが、どうでもいいけれど。十二単と言えば、夢の中のメグも着ていた。ふっと、頭の中に十二単姿の秋本とメグがしずしずと歩いている絵が浮かんでしまった。思わず、目を押さえる。

「歩、ほんまにだいじょうぶやな」

秋本はぼくを見下ろし、念を押した。

「うん。なんともない」

「そうか。じゃあな、ちょっと聞くけど、何があったんや？」

ぼくは座ったまま、秋本を見上げた。

「なんで、この暑さの中、倒れるまで走ったりしたんや」

「え……そっ、それは」

「おまえが慌てたり騒いだりするの、よほどのことやろ。何があってもけっこう落ち着いてるもんな。なのに、汗びっしょりになって、息切らして、何か怖い目にあったんか」

秋本から目を逸《そ》らす。どう答えていいか戸惑っていた。答えることを躊躇《ちゅうちょ》しているのではない。秋本の言葉に違和感を覚え、戸惑ってしまったのだ。

そうなのかなあと、ぼくはいぶかしむ。ぼくは、しょっちゅう慌てたり騒いだりしているような気がする。慌てふためいて、おろおろして、立ち竦《すく》んで……そんなことばかり繰り返している。まあ、その原因の半分以上は、こいつにあるのは確かだが。

「落ち着いてるで」

真顔のまま秋本が言う。それから、ちょっとだけ笑った。自分の言葉に照れているような、恥ずかしげな笑顔だ。

こういう顔をすると、こいつはかわいい。うっとうしさが消える。いつも黙ってにこにこしてれば、いいのに。

「歩は、自分が思っているよりずっと落ち着いてる。つーか、度胸があると思うで。外見よりずっと逞《たくま》しいやないか。おれ、歩のそういうとこも好きやなあ」

一生、かわいいままでいろ。何もしゃべるな。

胸の中で毒づく。まったく、ちょっと油断するとすぐ、こういううっとうしいセリフをぬけぬけと口にする。バカヤロウ、調子のり、図々《ずうずう》しくて恥知らずで……それにしても、なんで、ぼくの思っていることがわかったんだ。

「きゃあ、もう、秋本ったら」

森口が、秋本の背中を叩《たた》く。かなりの力だったらしい。秋本が顔を歪《ゆが》めて、いてっと声をあげた。

「なに、やだ、もう。そうなんだ、瀬田くん、逞しいんだ。度胸があるんだ。へえへえへえ。今までお姫さま役は瀬田くんかと思ってたけど、もしかして違ってた？」

「京美」

メグのドスの効いた声が響く。

「しょーもないこと言うてる間に、鉄板に油でもひいたら」

メグの言葉は森口に向けられていたけれど、視線はぼくに注がれていた。見つめられている……なんて、甘いものじゃない。細められた目が鋭く光る。つまり、思いっきり睨《にら》んでいるのだ。秋本に笑いかけられ、メグに睨まれ、人生ってほんと、落とし穴だらけだ。

森口がふっと不敵な笑みをうかべた。

「しょーもないことないやん。大切なことやで」

「今日の議題に、なんの関係があるわけ？」

「関係ないけど。でも、もっと大きなテーマに関わってくるやん。すなわち」

「人生は愛と恋とエロ、やろ」

「ポンピンポーン。それよ。人が生きていく上で避けては通れないテーマやないの。瀬田くんこそは、まさにそれを体現してるわけや」

「おれ、エロくない」

「エロチシズムやないの。愛は全てを支配する。瀬田くんは、その愛の虜《とりこ》として、活躍するわけや。舞台は人跡未踏のジャングル。そこに古代文明の遺跡が」

「森口。今、冒険小説を書いてるのか？」

「ううん。正真正銘の恋愛小説」

「じゃ、じゃあ、ジャングルとか古代文明の遺跡を舞台にしない方が、いいと思うけど」

「そうやわ。愛の虜がジャングルで活躍するって設定自体が変やないの」

「そうだ、変だ。話として成り立たない」

「そうそう、成り立たへん」

おお、メグと意見が合った。なんという幸せだろう。

森口が、ぶっと頰を膨らませた。

「ところで、瀬田、ほんまに何かあったんか？」

メガネを押し上げて、高原が口を挟んできた。森口への批判を阻止するつもりなのだ。騎士の役をりっぱに果たしている。高原の心がけに免じて、ぼくはそれ以上、ジャングルを舞台にした恋愛小説へのツッコミを止めた。軽く肩を竦めてみる。メグも同じ動作をしていた。しっかり目が合う。

くすっ。

メグの口元が綻《ほころ》んだ。ぼくに笑いかけたのだ。心臓が高鳴る。メグはすぐに横を向いたけれど、ぼくの鼓動は元にもどらない。

「いや、実は変な男に出会っちゃって」

鼓動が速い分、舌がよく動く。滑らかと言ってもいいほどだ。

「変な男？」

高原がもう一度、メガネを押し上げた。

「うん。ものすごく変な男で、気持ち悪いというか、常識がないというか、こんなに暑いと、ああいうのが多くなるのかなあ」

「もしかして、変態？」

篠原が、二重になった丸い顎《あご》を引いた。

「襲われそうになったんか？」

高原が、こちらは尖《とが》った顎を心持ち上げる。ええっと、秋本は叫び声を上げた。

「そっ、そうやったんか、歩。それで、必死に逃げてきたんか。かわいそうに、怖かったやろ」

「秋本、やたら、抱きつくな。わかったから離れろ……変態って感じじゃなかったし、襲われたわけでもない。けど、変人ていうのか、なんか、ちょっと変わってるというか……うーん、そうじゃなくて、常識がないのかなあ。店から出てきたと思ったら、親しげに、おれの名前呼んで」

「路上に押し倒されたんやね。辺りは人気のない荒野やし、瀬田くん絶体絶命のピンチ。しかし、奇跡はおこった。凛々《りり》しく逞しい王子が通りかかったんや。狩りの最中に家来とはぐれ、一人、馬を走らせていた王子は、悲鳴をききつけ、やってきた」

「あっ、その役、おれ、おれ。おれがやる」

「森口、妄想バルブを全開にするな。この街のどこに人気のない荒野なんてあるんだよ。秋本、おまえは馬なんか乗れないだろうが。違うって。ただ、無理やり……」

「無理やり何をされたん？」

森口が身を乗り出してくる。月並みな言い方だが、両目がらんらんと輝いていた。大型懐中電灯なみの明るさだ。好奇心って、人間の光源になるらしい。

「何をって……手を握られて」

「うんうん」

「会いたかったって大声で言われて」

「うんうん」

「ババロアを食べていけって誘われた」

「ババロア？」

秋本と高原と森口の声が重なった。篠原と蓮田は身じろぎしただけだった。メグは微《かす》かに眉《まゆ》をひそめたようだ。そういう表情であっても、やはり美しい。鼓動の高鳴りはずっと続いている。ぼくは、目を伏せ、早口で続けた。

「それとプディングとかチョコレートワッフルもあるって」

「無理やり、菓子を勧めるわけか？　確かに、ちょっと変わってるな」

高原が腕を組む。

「あっ、いや、ババロアを勧めたのは三瀬さんだけど。その男、三瀬さんの店から出てきたんだ。けっこう親しげに三瀬さんとは話してたみたいで、二人して笑ってたから」

「三瀬さんの店と言うと、『ことぶき餡』か。と言うことは、その男、地元の人間やな。『ことぶき餡』のおやっさんは、それほど愛想がいいわけやない。一見《いちげん》の客と親しげに笑うなんてキャラやないと思う」

高原は首をやや斜めにして、ゆっくりと、ぼくたちを諭すような口調で言う。密室殺人のトリックを暴く名探偵の趣がある。

「そう言えば、三瀬さんがありがとうございますとか、いやいやどうもとか、話してたような……あっ、男ががんばりましょうって励ましてもいたし」

「ふーん、お礼に励ましねえ」

高原がうなずく。ぼくは、だんだんどうでもよくなってきた。確かにあの男は変だった。変てこで無礼だった。でも、冷静に考えれば、突然、名前を呼ばれて握手されただけのことじゃないか。変てこで無礼なやつなんて、いくらでもいる。みんなで騒ぐほどのことじゃないんだ。いいかげんに終わりにしよう。

「なあ、瀬田くん」

メグが身を屈《かが》め、ぼくを覗《のぞ》き込んできた。ポニーテールの毛先が揺れる。鼻の頭に小さなニキビができていた。とても小さな桃色の花が咲いたみたいだ。

「その男、どんな顔してたか覚えてる？」

「顔？　ああ……うん、だいたいは」

答えながら、ぼくは必死で男の顔を思い出そうとしていた。メグに質問されたとたん、どうでもよくなくなっていたのだ。

「あの、こうぎろっと目玉が大きくて、鼻もでかくて……うん、一つ一つのパーツが大きかったなあ。背も高かったし、声もでかかった。力もありそうで……」

「うわっ、怖そうやねえ」

篠原がほわりと言う。あまりにほわりとしていて、ちっとも怖そうには、聞こえない。でも、ぼくは、しっかりとうなずいた。

「そうなんだ。そんなやつが、突然、声をかけてきたもんだから、マジでびっくり。しかも、けっこう親しげにだぜ。ほんと、変なおっさんだった。あれなんなんだろうな」

「たぶん、うちの父親やわ」

メグの一言で、ぼくは固まった。凍りつく。

「あっ、そうなんだ。へえ、お父さんなんだ。あんまり、似てないよな。そうか、萩本ってお母さん似なんだ」

と、軽やかにかわせる力があったら、どんなによかっただろう。だけど、ぼくは、口をぽかりと開けたまま、メグを見つめ、

「おっ……おっ、お父さん？」

と、掠《かす》れた声をしぼりだしただけだった。その一言を発するだけで顎の関節がカタカタと鳴る。

「お父さんて……お母さんじゃない、お父さん？」

我ながら意味不明の発言だ。頭の中が九割方、白くなっている。

あの男が、萩本恵菜の父親？

「うちの父親、市立病院の小児科医なんよ。昨日、『ことぶき館』の孫、確か直介くんて名前やったけど、その子が、救急で運ばれてきたんや」

「あっ……そっ、そうだ。はっ、はさみで、ケガをして……」

かろうじて思考能力の残った一割をフル稼働させて、ぼくは冷静に対応しようとした。

あの男について、何をしゃべったっけ。何かとんでもないことを口にしたような気がす

るけれど……ああ、だめだ。真っ白だ。

「直介くん、お父さんの患者さんやから気になって、ちょこっと寄ってみたんと、ちがうかな」

メグの口調は淡々として冷静だった。冷ややかにさえ聞こえる。

そうか、じゃあ昨日、メグは父親のところに来ていたのか。そして、何かあったんだ。うなだれて歩かなければならない何かが、深いため息をつかねばならない何かが、あった。

そんなん、いやや……信じられへん。

「へえ、じゃあ瀬田くんに襲いかかろうとした変てこな男って、メグのお父さんなんやね」

「もっ、森口。おっ、襲いかかったなんて言うな。違うって、街で声をかけられただけで。襲われてない。絶対、襲われてないから」

「だって、フッーに声をかけられただけで、慌てて逃げたりせえへんやろ。身の危険を感じたんとちゃうの」

図星……とまではいかないけれど、的外れではない。ぼくは、男、メグの父親の行動に驚き、逃げ出した。

「あっ、そういうことか」

秋本がぱちりと指を鳴らす。いい音だった。みんなの視線が、秋本の指先に向けられた。これを特技というのか、特性と呼ぶのか……いや、もっと別のものなんだろう。もっと別の磁力みたいなもの。動き一つ、言葉一つで、その場の視線を集めてしまう。

「メグのおやっさんて、歩の隠れファンなんや」

みんなの注目の中、秋本はさらりと言った。

「はぁ？」

ぼくは間の抜けた声を出す。はぁ？　以外の受け答えが浮かんでこなかった。秋本の黒目がちらりと動いた。

「そうやろ、メグ」

「そうよ」

メグがちっちっと舌を鳴らす。

「悔しいけど、うちの父親、文化祭で『ほんまは、あんたがアホやねん』を見てから、瀬田くんの熱烈ファンやねん。家でも、あのジュリエットは最高やったって、今でも言うてるわ。偶然、瀬田くんに出会《でお》うて、むっちゃ嬉《うれ》しかったんやないの。マジでくそったれやわ。ふん」

メグは鼻にシワを寄せて、もう一度舌を鳴らす。口調もしぐさもはすっぱ風だけれど、やはりメグはメグだ。愛らしい。

「『ほんまは、あんたがアホやねん』て、学校側からのクレームでボツったはずやけど。文化祭のときは、『ロミオとジュリエット。悲しみと笑いの恋』とかいうタイトルやなかったか」

高原がメガネを押し上げる。森口がひらりと手を振った。

「それがどうも、いつの間にか情報流出したらしいんよね。『ほんまは、あんたがアホやねん』の方がずっと良かったのにって感想が、ぎょうさん来てるから」

「来てるって……どこへ？」

おそるおそる森口の顔を窺《うかが》う。

「事務局」

「事務局？」

「『ロミジュリ』を応援する会事務局やないの。今頃、何を言うてんの」

「だって、だって、そんなものいつの間にできたんだよ。おれ、知らねえし」

「えーっ、知らへんの？　これから、『ロミジュリ』を売り出すために結成されたのに。本人が知らんなんて」

「京美」

メグが、遮る。

「あんた、いいかげんに瀬田くんをからかって喜ぶ癖、直しぃや。瀬田くんもいちいち、反応せえへんの。事務局なんて、あるわけないやろ。単に、京美が聞いた噂に過ぎへん」

「単なる噂ってのが、なかなかバカにでけへんのよね」

森口がにっと笑う。意思的というか、顎《あご》をあげて何かに挑むような笑いだ。森口は、こういう笑みが似合う。小さな顔に、凜《りん》とした線が加わる。高原が僅《わず》かに身じろぎした。小学生のころから、ずっと森口一筋だったという高原は、つまり、小学生のころから、この笑顔に魅せられてきたのだ……と、ぼくは思う。頭だけでなく心もなかなかに早熟なやつだ。もっとも、いまだにちゃんと告白してないってことは、ある意味、かなりのおくてということになるかもしれない。

「タイトルはともかく、『ロミジュリ』の漫才、けっこう評判がよかったんは事実やね。中学校の文化祭で漫才やるって発想が、受けたみたい」

「内容は、いまいちやったけどなぁ」

秋本がため息をつく。漫才の内容については、かなりの反省材料があるらしい。秋本にとってはだけれど。ぼくは、反省なんかしない。振り返りたくないのだ。まったく、ジュリエットになって漫才なんて、思い出すたびに赤面してしまう。ドレスを着て、化粧させられて、スポットライトを浴びて、漫才なんて……ぼくは、誰にも気取られないようにそっと下唇を噛《か》んだ。もう、何ヵ月も前の文化祭のこと、『漫才ロミオとジュリエット』のことを考えるたびに、唇を噛んでしまう。恥ずかしかった。あんなこと二度とごめんだと思っている。それなのに、ぼくの感覚は覚えているのだ。どんっという感じでぶつかってきた笑いの衝撃波。それは、ぼくの身体にしみ込み、熱にかわって、内側からぼくを炙《あぶ》った。痛みではなく、わくわくするような感じ、快感に近くて……だめだ、だめだ、だめだ。

歩、漫才のことなんて考えるな。快感なんて、とんでもない。

「まあ、ショージキ、あの漫才は中身がどうのこうの言うより、瀬田くんのジュリエットが受けたってとこが、あるわな」

森口が、容赦なく言い放つ。秋本の肩ががくりと下がった。

「だよなあ。結構、息は合ってたと思うんやけど……」

「息が合いすぎたんとちがうか、秋本」

高原の一言に秋本の肩が上がる。忙しい肩だ。

「合いすぎたって？」

「そうや。瀬田と秋本の息は確かにぴったりやったで。だからおもろかった。ある程度まではな。けど、なんちゅうか、もうちょい意外性ってのか、なんやこれからどうなるんやみたいなとこ、あってもよかったかもな。だいじょうぶかいな、こいつらってはらはらさせて、最後にちゃんと落とす。そっちのほうが、安定感のある漫才よりおもろいような気はするな」

黒板の前で、数式の説明をするときと同じ口調で、高原がしゃべっている。妙に説得力がある。

「高原、そういうこと、もうちょっと早《はよ》う言うてくれや。文化祭の後のうちあげのとき、おまえ、なーんも言わんかったやないか」

「あのときはな、これで終わりかと思うてたんや。学校側からなんだかんだ言われても、おれたちの『ロミジュリ』が一番光ってたのは事実やし、それなら、済んだあとで細かいことごちゃごちゃ言わんかてええわって。あっ、萩本ごめんな。萩本のジュリエットも良かったんやけどな」

「かまわへんよ。確かに、正統派ロミオとジュリエットより、漫才の方が、ずっとおもろかったし、反響があったんやから」

「でも、萩本のジュリエットはマジできれいやったで。瀬田と比べても負けてなかったし」

「あっ、あたりまえだろ」

ぼくは立ち上がり、高原に一歩、つめよった。

「くっ、比べんなよ。おれは男なんだからな。ドレスなんて、そんな似合うわけないし、萩本のほうがずっと、きっ、きれいに決まってるだろう」

「瀬田くん、無理せんかてええよ」

メグが鼻の先にシワをよせる。目つきが怖い。

「うちの父親かて、えらくかわいいジュリエットやったって、娘のことなんかそっちのけで褒めてたもん。ふん、悔しいったらありゃしない」

「それやなあ、それ。瀬田はちょっと不思議な魅力があるし、秋本は瀬田にぞっこんなわけやから、そこらへんの雰囲気を素直に生かして、漫才、作っていったほうが独特の味が出ると思うけどな」

高原がやはり数式解読の口調で続ける。

こいつ、学年トップの秀才だけど……アホだ。まったくもって、どうにもならないほどのアホだ。

「高原、あのな」

「あっ、気を悪うせんといてくれな。おれ、漫才については素人やから、勝手なこと言うてるだけや。けど漫才の客ってのは、ほとんどが素人なんやから、これから、おまえら二人がやっていくのに、素人の意見って必要かなと」

「高原！」

ぼくと秋本の声が重なった。

「ほんま、ありがとな」

「マジでいいかげんにしろよ」

秋本は高原の手をとり、ぼくは、さらにつめよる。つめよったぼくのことを何故だか高原は無視して、秋本に向かって大きくうなずいたりしている。

「礼なんて言われたら困るけど」

「いや、ありがたいで。ちゃんとした意見を聞かせてくれるのが、一番、ありがたいんや」

「秋本、いろいろ言うたけど、おまえらの漫才、なんや魅力があるのはほんまやからな。これからも、がんばれよ」

「ああ、がんばる」

秋本と高原はがっちり握手をしている。ぼくは、つめよった二歩分、きっちりと後ずさりした。

高原、頼むから元のクールな秀才に戻ってくれ。おまえまで、アホになったら、おれは誰を頼りにすればいいんだ。

ジュワジュワジュワーッ。

小気味いい音がした。蓮田と篠原が鉄板の上で特大のお好み焼きを焼いている。直径三十センチはありそうだ。おばさんの新メニューらしく、タラコがたっぷり載っかっていた。

「ひっくり返すときは、みんなでやらなあかんねえ」

篠原がのんびりと言った。蓮田が「だな」なんて短く答えている。

「あのさ……」

ぼくは、空咳《からせき》を一つして、みんなを見回した。タラコ入りのお好み焼きを食べる前に、はっきりさせておかなければならないことがある。

「話を聞いてると、これからずっと漫才をやっていくみたいに聞こえるんだけど」

「やっていくんだろ？」

と、高原。

「あたりまえやん」

と、森口が答える。

「なんで、いまさら、そんなこと聞くの？　これ『ロミジュリ』を応援する会なんやろ」

これは、篠原。のんびりした口調で言われると、よけい恐ろしい内容に聞こえる。

「なんでだよ、なんで。だいたい、夏祭りは中止じゃないのかよ。そしたら、特設ステージの漫才なんてできないだろうが」

ぼくは、上ずる声をなんとか抑え、冷静に話そうとした。メグの前で、みっともなく狼《ろう》狽《ばい》した姿をさらしたくない。

「特設ステージは無理かもな」

秋本が腕組みをする。

「けど、特設ステージでなくても漫才はできるしな。それとも、歩」

「なっ、なんだよ」

「どうしても、特設ステージにこだわるか？」

「こだわんねえよ。特設ステージなんかどうでもいいに決まってるだろ」

「そうか。よかった。ほな、舞台が小さくなっても、かまわへんな。漫才にかわりはないし。そうや、舞台の大小を言うなんて贅沢《ぜいたく》や。歩、悪かった。おれ、思い上がってたんや」

「おまえは思い上がる前に、溺《おぼ》れ死ね。いや、だから待て、待て、ちょっと待て。夏祭りがなくなったのに、なんで漫才ができるんだよ。おかしいだろう。明らかに、おかしい。篠原、蓮田、もうひっくり返した方がいいんじゃないのか。タラコ、しっかり焼いてくれよな。おれ、生臭いのちょっと苦手なんだ」

「夏祭りが完全に中止されたわけやないの」

森口が鉄板を見ながら、軽く顎《あご》をしゃくった。

「ともかく、みんな座って。瀬田くんが、まだ充分、事情を飲み込めてないようなので説明します」

標準語だった。森口は、何かに怒っているらしい。

24 『ロミジュリ』闘い開始？

「補助金、停止？」

ぼくは、口の中に広がる香ばしさを味わいつつ、首を傾げた。

タラコにソースって意外にあうのだ。知らなかった。最初はどうかなと思っていた『おたやん』特製新海の幸バージョン玉は、なかなかにおいしい。

「そう。毎年、市から夏祭り用におりていた補助金が、今年は全面的に打ち切られることになったらしいわ」

森口が青海苔《あおのり》のビンを持ち上げた。

「あっ」と、ぼくは声をあげそうになった。ずっとひっかかっていた何かが、するりと解けたのだ。三瀬さんだ。病院で三瀬さんがつぶやいていたのだ。「もしかしたら最後の夏祭りかもしれへん」と。ぼくは、ぼんやりとそれを聞き流していたけれど、流しっぱなしではなく、一部がひっかかっていたのだ。そうか、三瀬さんは、夏祭りの運命を予想していたのか。運命の終わりが意外にも早くきてしまったというわけだ。ぼくはどっちにしても関係ない。目の前のお好み焼きの方が大切だ。

「ふーん。そりゃあ、きのどくになあ」

　ヘラを使って、お好み焼きをひっくり返す。タラコをもう少し焼いて香ばしくしよう。

「なんや、興味ないみたいやね。瀬田くん」

「だって、市の予算について意見を求められても。だいたい、予算なんて、年度の初めには決定してることだろ。あっソースとってくれる。甘い方のやつ」

　メグが、赤い印のついたソース入れを手渡してくれた。爪がきれいだ。マニキュアなんて塗っていないのにうっすらとピンク色で艶《つや》がある。

「これで、ええの？　瀬田くん」「うん、ありがと」何気なく会話を交わせた。ソース入れを受け取った指先がメグの指に触れる。ものすごく幸せな気分になる。この一瞬だけで、今日『おたやん』に来てよかったと、しみじみ思った。我ながら単純だ。

「それよ、それ。市の当初予算としては、ちゃんと夏祭り用の補助金は出る予定だった。それが、ここにきて、急遽《きゅうきょ》、だめになったってわけ」

　森口が両手を胸の辺りで交差させる。×印だ。ぼくの気分的には◎なんだけど、にやつくわけにもいかず、重々しい口調で問うてみた。

「理由は？」

「表向きは、予算の見直し。春に、合併にともなう市長選ってのがあったこと、覚えてるやろ」

「うん、ああ、なんとなくは」

ぼくは曖昧《あいまい》にうなずいた。そう言えば、この春、湊市もこの国の大半の市町村と同様に、国の掛け声にのって大合併とやらをやった。確か近隣の四つか五つかの町とひっついたはずだ。当然、市長選が行われた。高齢（なんと七十八歳だそうだ）を理由に前湊市市長は出馬しなかったので、数人の候補者（六人ぐらいいたような気がする）が立ってのなかなかに激しい選挙戦となったみたいだ。

すごく煩《うるさ》かった印象しかない。選挙権のないぼくらにとって、市長選だろうが衆参同時選挙だろうが大統領選挙（これは、ないけど）だろうが、あまり関係なかった。第一、中学生にとって住みよい国や市をつくりましょうなんて公約を掲げた候補者は、一人もいなかったはずだ。

「そこで、新しい市長が決まった」

「うん」

「で、予算の見直しが行われ、余分なものとして、わが湊大通り商店街の夏祭りの予算も削られた」

「うん」

「そういうわけや」

「なるほど」

「納得してんの？」

「筋は通ってる」

「ところが、通ってないんよね、これが」

「と言うと？」

「市長選挙で、湊大通り商店街は当選した現市長を推さなかった。要請はあったらしいけど、組織ぐるみの選挙はもう止めようってことで、商店街としての選挙活動は一切、せえへんかったんやね」

「それで、今の市長に睨《にら》まれたわけか」

「そうやと思うで。三瀬さん、ちょっと落ち込んでるって噂や」

「あーっ、それで、あの男……萩本のおやじさんが励ましてたんだ」

メグは、微《かす》かに眉《まゆ》をあげた。

「うちの父親のことなんて、どうでもええやないの」

銀色のヘラが鉄板をこする。不機嫌そうだった。親子の仲が、あまり上手《うま》くいってないのだろうか。ぼくの中で、幸せ気分が萎《しぼ》んでいく。メグの言葉や眼差《まなざ》しで一喜一憂している自分が情けなくもあるけれど、どうにもならない。

「どう思う？」

隣で秋本がぼそりと囁《ささや》いた。こいつの囁きは、なぜかいつも鮮明に聞こえてくる。聞きたいわけじゃないのに。耳がしっかりと捉《とら》えてしまうのだ。聴覚異常かもしれない。

ぼくは、顎を上げ秋本の顔に目をやった。唇に青海苔がくっついていた。

「どう思うって？」

「祭りなんてのは、みんなのものやろ。大人とか子どもとか関係なくな。おれらのもんでもあるはずや。大人の都合で、勝手に中止になったりするの、おかしいと思わへんか」

「思わないけど」

ぼくは、タラコの上にヘラをつきたてた。焦げたタラコが半分に割れ、崩れた。

大人の都合でぼくたちの諸々《もろもろ》が左右されるのは、今に始まったことじゃない。祭りなんて、まだいい。もっと大切なものを……例えば生活そのものを、例えば命を、例えば運命を大人の手でとても簡単に左右されてしまう。それが、子どもってことだろう。

「おれらはいつだって、大人の都合に振り回されてるじゃないか」

言葉にするつもりはなかったのに、ほろりとこぼれた。秋本と知り合ってから、抑止力が確実に衰えている。以前なら、自分の内だけで止めておけた言葉や、口に出さぬまま噛《か》み殺せた想いが、こぼれ落ちる。寸止めができない。その度に、ぼくは慌てて、目を伏せたり、息を大きく飲み込んだりしなければならない。

『覆水盆に返らず』なんて諺《ことわざ》があるけど、水ならいくらこぼれても濡《ぬ》れるだけですむ。でも不用意にこぼれ落ちた言葉は、取り返しがつかない。不用意な分、鋭利なナイフみたいに危険だ。他人を傷つけるし、自分を切り刻む。言葉は怖い。ぼくは、いつも自分や他人の言葉に怯《おび》えている。秋本は、その言葉を使って、他人を思いっきり笑わせようと言う。ぼくと秋本の間には途方もない隔たりがあるのだ。絶対に越えられない溝がある。あってもいいけど……。

ぼくは目を伏せ、息を飲み込む。些細《ささい》なことでも、本音をさらしたくはなかった。適当な会話とか、曖昧な笑みでごまかして、生々しくぶつかり合うことだけは避けたかった。秋本といるとそれが上手くいかない。本音がこぼれ、反論したり、本気でうなずいたりしてしまう。レッドゾーン突入と、頭の中では警戒信号が鳴り響いているのに舌が勝手に動くのだ。

「今さら、何を騒いでんだよ。おれたち中心に世界が回ってるわけじゃなし、大人の都合で勝手に決められてたり、決まってたことがひっくり返ったりするの、そんな珍しいことか？　しょうがねえだろう。おれたちが何をどう騒いだって、どうにかなるもんじゃない。そのくらいのこと、みんなわかってんじゃないのか」

ごめん、舌が勝手に動くんだよ。言いたいこと言っちゃえみたいに、意思に逆らって動くんだ。思ったことが全部、言葉になってしまうんだ。

ぼくは、もう一度ヘラでタラコを突き刺した。タラコはぼろぼろと、原形を留《とど》めないまでに崩れてしまった。

「歩」

秋本が妙に静かな声音でぼくの名前を呼んだ。怒っているのかもしれない。嘲笑《あざわら》ったのかもしれない。

「おまえ、間違ってるで」

「そうか……な」

「そうや。考え違いしてる」

「じゃあ、おまえならどうすんだよ。なんとかなるって思うのか」

「なるなる。歩は、考えすぎなんや。だから」

「だから？」

「タラコが焦げ過ぎになるんやないか」

「はい？　タラコ？」

「タラコ。鱈《たら》の子。そんなに焦がしたら、あかんで。もうチョイ、軽めに焼いてみ。その方がソースの風味に合うから」

「あ……はぁ。軽めに……」

「生臭いのを消そうって、考えすぎるからコゲコゲになる。むしろ、タラコの旨《うま》みでお好み焼きの旨みを引き出すのがコツ。まあ、なんていうか、コンビの関係に似てるんやな」

「はぁ、コンビの……」

「そうそう。お互いの味を消してしまうんやのうて、強烈な個性を持ちながら、やっていく。そこが大切なんやで。あんまり、考えすぎて、持ち味を殺してしまわんように気をつけような」

「秋本」

「なんや」

「今日の議題は、タラコとお好み焼きの相性についてか？」

「いや」

「ちがうよな。じゃあ、コンビの相性についてか？」

「それについては、議題っていうより、おれと歩の問題やないのか」

「あのな、おれはマジでしゃべったんだ。なのに、おまえは」

ぼくは口をつぐむ。自分が腹をたてていると気がついたのだ。

本気でしゃべったことに、本気で応《こた》えろ。はぐらかすな。ちゃんと、言葉を受け止めろ。

秋本に対し、そんな腹立ちを感じている。いや、望んでいるのだ。

本気で応えてくれ。はぐらかさないでくれ。ちゃんと、言葉を受け止めてくれ。

腹立ちと紛《まが》うほどに強く望んでいる。頰が火照った。

何やってんだ、ぼくは？

ヘラを投げ捨てて帰りたくなる。

ほんとに、何やってんだよ、歩。何を他人に求めてるんだ。

顔を上げる。秋本の視線とぶつかる。それは、少しも笑っていなかった。緩んでもいなかった。張り詰め、強く、まっすぐに、ぼくに向けられていた。眼球がぴりっと痺《しび》れた。

「しょうがないってこと、ないやろ」

秋本のヘラがタラコを二つに割った。ぼくのようにぐずぐずと崩れることなく、きれいに二等分される。

「おまえは、いつも、しょうがないって言う」

ぼくは顎《あご》を引き、こぶしを握り締めた。秋本の口元を見つめる。そこからどんな言葉が飛び出してくるのか、ただ見つめる。ものすごく緊張していた。こぶしが軽く震えている。ついさっき、あんなにも強く、秋本の本気の言葉を欲しいと思ったのに、今、秋本のいつにない真剣な眼差しや口調に晒《さら》されると、身が竦《すく》む。もういいよと耳を塞《ふさ》ぎたくなる。望みながら、ぼくには相手の本気の、真剣な言葉一つを受け入れる覚悟ができていないのだ。

「言うよな、歩」

「う……」

「けど、言うだけで、ほんまは思うてないやろ」

「思ってるさ」

ぼくは、口の中で舌を動かす。ぱりぱりと乾いた音が聞こえる。そのくせ重い。

「しょうがないことだらけじゃないかよ。この世の中で、おれたちの思い通りになることなんて、どのくらいあるんだよ？ そりゃあ、全然、ないなんて言わないけど、ほとんど、ないだろうが……ないだろう、違うか？ おまえは、おまえの思う通りに生きてんのかよ。そんなおめでたいこと、能天気なこと、本気で信じて生きてんのかよ」

乾いて重いはずなのに、ぼくの舌は動きを止めない。挑むようにしゃべり続ける。

しょうがない、しょうがない、しょうがない。

しょうがないを呪文《じゅもん》のように唱え、諦《あきら》めなきゃいけないことなんて、捨てなければならないことなんて、山ほどあるじゃないか。そうだろ、秋本？ おまえだって、そうだろ？

「まあな」

秋本がヘラを横においた。ゆっくりとうなずく。おまえの言葉にしなかった思いを確かに聞いたよと首肯したように見えた。舌が唇をゆっくりと舐《な》める。

「歩の言う通りや。しょうがないって諦めなならんことなんて、ごろごろしてる。けどな、全部やない。しょうがなくないことやって、かなりあるはずや。例えば」

秋本が、にっと笑う。ぼくは、その笑顔に釣られて、僅《わず》かに身を乗り出した。

「例えば？」

「おれたちや」

「おれたちって？」

「おれたち、ちゃんと文化祭で『漫才ロミオとジュリエット、ほんまは、あんたがアホやねん』を成功させたやないか」

「え……うん、まあ、それはそうだけど……いや、でも、あれを成功と言うかどうかは、ビミョーだと……」

「内容的にはビミョーやな。それは、認める。けど、見てくれた人を、もう一度見たいって気にさせたんは事実やろ。そうやなぁ、だから、半分は成功した。そう思うてもええんとちゃうか？　なっ」

「うん……まあ、そう言われれば、そうとも言えなくはないかもとしか言えないから、そうとも言えなくはないと言えるかもしれない」

「あのときだって、学校側にあーだこーだ、いろいろ小難しい文句をつけられたやないか」

「うん。あまり思い出したくないけど」

ぼくは、息を吐き出す。思い出してしまう。いや、きっと忘れてなどいないのだ。体育館いっぱいの笑顔、笑顔、笑顔、笑い声、笑い声、笑い声、衝撃波になってぶつかってきたのだ。その波動に呼応してぼくの中に波打った熱と快感。教頭先生や校長先生に説教されたことも、文化祭当日までにあーだこーだ小難しい文句を言われたこともとっくに、朧《おぼろ》になり、薄れ、本当に現実のことだったのかと疑うぐらいあやふやなのに、あの束の間の時間、秋本と舞台にたった十分足らずの時間だけは、消えることなく残っている。

別に喜ばしいことではない。校長先生の説教や教頭先生の小言の方が一過性なだけ、害がないと思う。漫才のことなんて、忘れられるものなら早く、忘れたい。

ぼくの渋面に気がつかないのか、あるいは気づいてもあえて無視しているのか、秋本はしゃべり続ける。

「おれは、ずっと歩と漫才がやりたかったんや。どうしてもな。しょうがないって諦めるわけにはいかんかった」

「諦めてくれてよかったのにな」

「運命の出会いやったからな。おまえに出会って、いっしょに漫才できる。こんな幸運をみすみす、逃してなるもんかって気持ちやったんや」

「おまえの幸運は、おれの不幸だよ」

「おれは諦めんかったし、しょうがないとも思わんかった。それで、結果は大成功やろ」

「秋本、見栄はるな」

「うっ、そうやな。まあまあの成功やろ」

「漫才が成功したわけじゃない。あれは、みんなが頑張って舞台を盛り上げてくれたから、なんとかカッコウがついただけじゃないか」

「でも、おれ的には、おまえと漫才やるって夢が叶《かの》うたってことや。なっ、しょうがないことって、歩が思うてるより、ぎょうさんあるんやないか。だからな」

逃げるヒマがなかった。避けるタイミングを逸してしまった。気がついたとき、ぼくの両手はがっしりと秋本に捕らえられていた。

「今度も、しょうがなくない気分でがんばろうや」

「何を？」

「漫才」

「やだ」

「なんでや」

「やりたくない」

「だから、どうして」

「どうしても」

「みんなが笑《わろ》うてくれるんやで」

「おれ、笑われたくないし」

「歩くんファンがまたまた、増えるやないか」

「おばさんと、おじさんばっかりな」

「そんなことないって。おまえの隠れファン、わりに多いで」

「え、そうか？」

「うんうん、多い」

「おれ、できれば同世代がいいんだけど」

「うんうん、多い、多い」

「あの、それで、できれば、できればでいいんだけど……女の子だったら嬉《うれ》しいなと」

「うんうん、多い、多い、多い」

「マジで？　あのな、あのな、おれな、好みがあるんだけど」

「うん、うん、言《ゆ》うてみ、言うてみ」

「いっ、言ってもいいかな。あの、色が白くて目がぱっちりしてて、気が強そうなんだけど、あっ、本当に基本的には気が強いんだけど、案外優しいって子が……いいけどな、贅《ぜい》沢《たく》？」

「贅沢ない、贅沢ない。多い、多い。いてる、いてる。だいじょうぶ、だいじょうぶ。安心、安心」

「秋本、壊れたロボットみたいになってるぞ。それで、あの、誰？」

「誰って誰が？」

「だから、そのファンの子」

「女の子で、色白で、目がぱっちりしていて、気が強そうで案外、タラコが好きな子やな」

「案外優しい子だよ。タラコはまったく関係ない」

「北京《ペキン》ダックは？」

「タラコ以上に関係ない。自慢じゃないけど、北京ダック食ったことないから」

「おれもない。ピータンなら一度あるけど」

「おれは二度ある。いや、中華料理はいいから。ファン……ほんとにいるんだろうな」

「多い、多い、いてる、いてる……」

「急にロボット語になるなって。そんな子が隠れファンだなんて、ちょっと嬉しいな。で、どこにいるわけ？　やっぱ、同じ中学校？」

「さあ。何せ隠れファンやからな。完全に隠れているんで、わからへん」

ぼくは背筋を伸ばし、思いっきり眉《まゆ》を顰《ひそ》めた。

「秋本」

「はい」

「おまえを信じたおれがアホだった」

「ううん、歩は、アホやないで」

「ありがとうよ。わかったから手を離せ」

「いやや」

「なんでだよ」

「歩の手をずっと握っていたいもん、うふっ」

「かわい子ぶってもダメ。離せ。今から、三つ数える間に離さないと、ヘラで目の玉えぐるからな」

「うわっ。エグすぎ。エグすぎと言えば、歩の隠れファンは」

「隠れファンはもういいって」

「はい、お待ち」

おばさんが、野菜の大盛りになった皿を鉄板の縁にドンと置いた。

「野菜炒《いた》めにして、おあがり。貴史、いつまで図々《ずうずう》しく歩くんの手、握ってんの。ほんまにこの子は。ごめんね、あゆちゃん」

「あっ、あゆちゃん？」

「そうなんよ。うちら、密《ひそ》かに『歩くんをあゆちゃんと呼んで応援しよう会』を作ろうとしてるんよね。あゆちゃんバッジとか、あゆちゃんストラップとか、グッズ、作ってもええかしら」

ぼくが答えられずに視線をうろつかせている間に、おばさんはさっさとカウンターの後ろに戻ってしまった。

「瀬田って、やっぱ」

蓮田が、鉄板に油を引きなおしながらぼくをちらりと見やった。

「おばさんにモテるよな」

「ほっといてくれ」

「それで、漫才の練習が一段落したとこで野菜炒めを食べながら、議事進行に移りますが、みなさんいいですね」

森口が声を大きくする。

「漫才の練習なんかしていません」

異議申し立てをする。高原が肩を竦《すく》め、篠原がちょこっと笑った他は、まるで反応がなかった。

メグが黙ったまま、こぼれたキャベツの一片を拾い上げ、皿に戻す。やけに静かだ。父親の話題を別にすれば。ぼくが『おたやん』に来てから、あまりしゃべっていないのではないだろうか。メグは饒舌《じょうぜつ》ではない。でも、寡黙でもないはずだ。自分の言いたいことはきっちりと言うタイプだと思う。ノリだって悪くない。それに……キャベツともやしとメグとカウンターを順番に見る。

なんで手伝わないんだろう。

いつものメグなら、さっさとカウンターの中に入って、野菜を刻んだり、皿を運んだりと動き回っているはずだ。なのに、今は、おばさんと目も合わさず、座っている。この静かさ、この元気のなさは、やはり病院での一言と関係あるのだろうか。

そんなんいやや……信じられへん。

俯《うつむ》き加減のメグの上に、森口のきびきびした声がかぶさる。こっちは、いつもと変わらず、歯切れが良い。

「わたしは、今、秋本くんと瀬田くんの漫才を聞いていて、あまりおもしろくなかったけれど考えさせられました」

「いや、だから、漫才はやってないから」

「瀬田くん、意見があるなら挙手してください」

「あ、はぁ。別にいいです」

「では続けます。要するに、行政側の一方的な都合により、わたしたちの財産たる夏祭りを中止させられていいのかという問題です」

「蓮田」

ぼくは、額に汗を浮かべて野菜を炒めている蓮田に囁《ささや》いた。

「夏祭りって、財産になるほど大層なもんだったのか」

「いや、たいしたことない。商店街や観光協会主催の屋台が出て、盆踊りがあるぐらいのもんや。あっそれと、しょぼいけど花火大会がある。予算が削られると、そこらへんが苦しいんとちゃうか」

ぼくは手を肩のところまで上げた。

「議長、質問があります」

「どうぞ」

「夏祭りが中止されたら、我々が困るわけがあるんですか」

「瀬田くん。あんた腹がたたへんの。夏祭りやで。祭りなんて、住民のもんやないの。それを勝手に中止にさせられてもええわけ」

「議長、冷静になってください」

「冷静になれますか。ほんまに、文化祭といい夏祭りといい、もうちょっとうちらの気持ちを尊重して欲しいわ」

森口が、ぷっと頰をふくらませる。怒ったときのクセなんだろうが、子犬みたいでかわいい。

ああ、そうかとぼくは納得する。森口は闘士なのだ。自分や仲間を軽んじるもの、蔑《ないがし》ろにする力に対して怒ることができる。

「京美もうちも、せっかく浴衣《ゆかた》、新調したのにねえ」

篠原が、ため息をついた。

「そうやで、帯も下駄《げた》も新しいのにしたんや。夏祭りが中止になったら、どこに着ていけっていうわけ」

森口の頰がますますふくれる。おたふく風邪に罹《かか》った子犬みたいになった。あまり……

かわいくない。

「議長、再び質問があります」

「瀬田くん、どうぞ」

「あの、まさかとは思うんですが、森口さんと篠原さんの、夏祭り中止を中止させたい理由って……新調した浴衣を着るため……なんてことはないですよね」

「まあ、それもあります」

ぼくは、思わずクシャミをしてしまった。

「森口、そんな個人的理由なのかよ」

「個人的な理由が大切なんです。個人の思いを大切にしてこその政治ではないですか、瀬田くん」

「はあ、しかし、それは……どう思う、高原?」

「ええんとちがうか」

高原は、箸《はし》で炒めたキャベツとニンジンをつまみ、口に入れた。

「あっ、美味《うま》いな。おれは、ええと思うで。浴衣が着たいから祭りをしようっての、素朴な感情やないか。そういうの大切にせな、政治はなりたたへん」

「高原くん、えらい。将来、総理大臣になって欲しいわ」

森口が音高く拍手をする。高原はあどけないと思えるほどの笑顔になった。

「そやな。総理大臣もいいかもな。そしたら、祭りで地域おこし運動ってのを全国展開ようかな」

「ますます、ええやないの。じゃっ、うちを実行委員長に任命して」

「ええよ。適任や」

「そしたらね、うち、祭りに参加する女の子に浴衣、配ろうかな。僻地《へきち》の祭りに参加する子ほど、かわいい、すてきな浴衣にすんの。ええやろ、このアイデア。高齢化の進む過疎地でこそドンと、華やかな祭りを催すの。おじいちゃんも、おばあちゃんもみんな参加して楽しむの」

「うん、ええね。で、森口の浴衣って、どんなん？」

「えっとね、紺地なんやけど裾《すそ》と胸元に白いウサギがはねてんの」

「へえ。大人っぽいようで、かわいくもあるって感じなんだ。似合いそうやな」

「そうかな。似合うといいけどな。でも、お祭りがないんじゃ、浴衣、着られへんし」

「だから、なんとか夏祭りができるようにしようって、みんなで考えてるんやろ。おれが思うにな」

高原はメガネを押し上げると、ふっと息をついた。

「みんな、少し形にとらわれすぎてるんやないか」

「形って？」

蓮田が器用に野菜炒めを七等分にしながら、高原の顔にちらっと視線を走らせる。

「祭りの形式にこだわりすぎてるってことか？」

秋本が小皿を七枚並べながら、高原をまじまじと見つめる。

「そういうことや。みんな、夏祭り言うたら、屋台が出て、花火があがって、盆踊りがあってと、昔ながらのイメージにとらわれて、その通りにやろうとするから予算の問題がネックになる」

「と言うと？」

「祭りってのはな、もともと、お上《かみ》なんて関係なかったんや。貴族とか幕府とか政府とか、そんな上から降りてきたもんやなくて、虐げられて苦しい生活を余儀なくされた農民たちの、自分たちの生活を少しでも楽しもうとか、豊作を祈ろうとか感謝しようとか、そんな気持ちから始まったんやないかと思う。そやからな」

高原の指がメガネを軽く押さえる。こういう、秀才ポーズがぴたりと決まるから、やはり、秀才なんだろう。

「原点に返ればええ」

「原点か」

秋本は、その一言を噛《か》み締めるように発音した。

原点か。

「そうや。祭りの、もっとも素朴な形。みんなで楽しもうってとこに返るんや。自分たちで作った祭りを自分たちで楽しむ。楽しみたいから、楽しむ。それがほんまの祭りってもんやないんかな。あの文化祭みたいにな」

ふいに、高原が笑った。口が横に広がる。青海苔《あおのり》のついた前歯が見えた。しかし、不思議にクールな秀才のイメージは崩れない。

「おもろかったやないか、文化祭。学校側の言いつけ通りの定番ロミオとジュリエットやのうて、そこんとこからかなり外れた『漫才ロミオとジュリエット、ほんまは、あんたがアホやねん』をおれたちは、やったわけで、そういうの、めっちゃ愉快やった」

「へぇ、そうなんや」

蓮田の手が止まる。細くややつり上がった目が瞬《まばた》きした。

「高原、文化祭の漫才、楽しんでたんや」

「ああ、楽しかったで。おれ、初めて自分たちのために、自分たちで文化祭をやったって気がしたもんな。こういうの、なんて言うのかな。うーん、だからな」

高原が珍しく言いよどむ。ほんとうに珍しいことだ。

「おれ、おっ学校って、けっこうマトモな楽しいとこでもあったんやなって思うたもんな。秋本と瀬田のおかげや」

高原の言い方には真剣みがあった。嘘や冗談ではない。ぼくは顔を赤らめ（頰が熱くなったから、赤くなったと思う）、手と首を同時に横に振った。

「そんなこと、ない。そんなこと、ないって」

ぼくは流されていただけだ。秋本の気持ちに、森口のパワーに、みんなのやる気に乗っかって、ただ舞台へと運ばれただけだ。自分で何かを創ったわけでも、壊したわけでもない。何もしていない……おかげだなんて真剣に言われたら、目を伏せるしかないじゃないか。

「そうやろ」

肩を抱かれた。いつの間にか、隣に秋本がいて、ぼくの肩を抱え込んでいる。隣にいた蓮田は、篠原の横で野菜炒《いた》めを皿に盛っていた。なんという素早い動きだ。さすが、湊第三中学サッカー部の元ツートップだけのことはある。

「そうなんや。おれたちコンビは最高なんやね。歩といっしょにおると、なんでもやれるって気になるんや。なっ」

「ならないけど」

「うっそう。嘘、嘘。おれ、おまえの顔見ただけでテンション、最高値まで跳ね上がるんやで」

「おれ、下がるから。どん底」

「なんでや。どこか悪いんとちゃうか。低血圧とか貧血とか口内炎とかしゃっくりが止まらないとか。そう言えば、顔色、悪いんとちゃうか。だいじょうぶか?」

「たぶん、おまえがこの手を離して、おれを中心点とした半径一メートルの円内から出てくれたら治ると思う」

「わかった。そうする」

「ありがとう」

「じゃっ、別れる前にさよならのキスを。はい、唇に」

「秋本、鉄板に顔、押し付けるぞ。タラコといっしょにコゲコゲに焼くぞ」

森口が、野菜炒めの皿を受け取り、視線を巡らせた。

「高原くんの言うことはよくわかりました。要は、自分たちで祭りを作っちゃえばいいということですね。あっ、秋本くんと瀬田くんは、漫才の練習を続けてください」

「いや、だから、漫才の練習なんかしてないって」

「高原くん」

「はい」

「提案の鋭さには敬服しました」

「ありがとうございます」

「おーい、森口、なんで無視するんだよ。漫才の練習なんて、絶対の絶対、やってないんだから」

「問題は、具体的にどう動くかです。文化祭みたいに、校内だけで動くってわけにはいきません」

「だいたい、このポジション、おかしくないか。秋本の態度、おかしくないか。なんで、おれの肩を抱いてんだよ。みんな、おかしいって思うだろう。思ってくれよ」

「大人を巻き込まな、どうにもならんよな」

蓮田が、うなずく。リング形のピアスが、きらりと光った。どうやら、誰もがぼくの訴えを完全無視する気らしい。森口がふっと息を吐き、いつもの口調に戻った。

「大人を巻き込むか……そうやねぇ、それは、緊急課題やね」

「いや」

秋本が指を鳴らした。反対側の手の指はぼくの肩を摑《つか》んだままだ。

「今回は、大人に巻き込まれるんや」

「巻き込まれる？」

高原が首を傾げた。蓮田がぼくの前に、篠原がメグの前に野菜炒めの皿を置いた。

「そう。三瀬さんあたりともうちょい相談してみたらどうやろ。市からの予算がおりないとなると、去年までみたいな派手な祭りはできんかもしれへんけど、商店街だって予算0ってわけやないし、そこそこの祭りやったら、開催可能やないんかな」

「なるほど、その、そこそこのところに、うちたちが参加するわけやね」

「そう、祭りを盛り上げるんや。それこそ、文化祭のノリでいろいろさせてもろうたらええんやないか。バンドとか、隠し芸とか、カラオケとか。演奏したいやつも、歌いたいやつも、声かけたらけっこう、おるかもしれへんし」

「そして、メインはもちろん、我らロミジュリの漫才」

「森口、おおきに」

「どういたしまして。けどロミジュリの漫才、けっこう期待値高いみたいやし、たぶん、ぎょうさん人が集まると思う。責任重大やで、秋本」

「まかしとけって、歩とならなんだってやれるから」

ぼくは息を詰め、身体を硬くした。できるなら力いっぱい頭突きをくらわせてやりたいと思った。でも、何度か目にしたことのある、秋本が見事なヘディングシュートを決めた姿を思い出し、やめにした。あの石頭にぶつかっていっても、痛みに唸《うな》るのは、ぼくの方なのだ。しかし、しかし、しかし、しかし、それにしても……。

歩とならなんだってやれるから。

そういうセリフをぬけぬけと吐くな。しかも、肩を抱いたままで。まったくもって、こいつは、本物の、どうしようもない、掛け値なしのバカだ。救いようがない。

秋本の手が動いた。ぼくの肩を軽く叩《たた》いたのだ。それが呪縛《じゅばく》を解くカギだったかのように、ぼくの身体から力が抜ける。

歩とならなんだってやれるから。

胸の奥底が痺《しび》れている。秋本の言葉はいつも、ぼくの一番奥深いところに触れて、麻痺《まひ》させてしまう。いや違う。麻痺から蘇生《そせい》させるのだ。氷点下の大気の中で凍えて感覚のなくなった指先を蒸しタオルできゅっと包み込まれたみたいだ。血が動き始め、むず痒《がゆ》さを感じる。ゆっくりと、ゆっくりと温まってくる。血流は滑らかになり、鼓動は速くなる。

おまえは、普通やない。おれにとっては、特別なんや。

歩とならなんだってやれるから。

この本物の、どうしようもない、掛け値なしのバカなセリフはなんだ。なんでこんなに、全面的な肯定ができるんだ。なんでぼくは、こんなにも揺さぶられるんだ。たぶん、ぼくも秋本以上にバカなんだ。きっと、そうだ。このままバカ度が進行したら、どうしよう。

「漫才については、ロミジュリにまかせてええやろ。あんまり、時間がないし、ともかく三瀬さんとの交渉を始めなあかん」

高原が言った。秋本が、蓮田に向かって顎《あご》をしゃくる。

「頼めるか?」

「ええよ」

蓮田があっさり答える。

「『ことぶき館』の水羊羹《みずようかん》は好物なんや。おっさんとは顔見知りやし、ちょい話をつけてくるわ。あっ、けど、おれ、小難しい話はでけへんで。説明とか苦手やから」

「いっしょに行くわ」

森口が手を挙げる。篠原が仄《ほの》かな笑い声をあげた。

「なあなあ、それなら、文化祭のときみたいに、みんなでいろいろがんばるんやな。役割分担とか、ちゃんと決めるんやろ」

蓮田の視線が、笑っている篠原の口元に注がれる。

「そういうことや。ところでな、篠原」

「うん?」

「篠原の浴衣《ゆかた》って、どんなんや? 篠原も新調したんやろ」

「うん。えーっとね、薄い緑の地に、黄色いナデシコの花模様なんよ。ちょっと太って見えるかもしれれへんて、心配」

「ふーん、ええんやないか。ナデシコってかわいい花やもんな」

『現役中学生の好物が水羊羹！』ぐらいなら、いくらびっくりマークがついていてもそう驚かない。ぼくも、案外好きなのだ。でも、蓮田がナデシコの花を知っているなんて、とうてい信じられない。かわいいのはナデシコじゃなくて、ナデシコの花模様の浴衣を着た篠原本人だろう。みんな、みえみえだ。露骨すぎる。

「みんな」

ぼくは、こぶしで鉄板の縁を叩いた。ソースの入れ物が、カタンと揺れる。

「ちょっと下心がありすぎじゃないか」

「下心？」

森口の眉《まゆ》が八の字に寄る。

「瀬田くん、どういうこと？」

「下心ってなんや？」

これは蓮田だ。高原は、軽くメガネを押し上げる。

「だっ、だって、みんな、浴衣が着たいとか、ゆっ、浴衣姿を見たいとか、浴衣を着て二人で歩きたいとか、そういう下心があって、夏祭りにこだわっているんじゃないかと……」

声が小さくなる。しゃべりながら、焦っていた。また、やってしまった。思ったことをそのまま口にしてしまった。焦る。以前のぼくならこんな軽率なこと、決してやらなかったはずだ。

思いを一度押し留《とど》めて、吟味し、言葉にしていいことかどうか、慎重に確かめる。大半は、もう一度自分の内に逆流させてしまう。言葉はいつだって、刃《やいば》になるんだ。敵を作る。自分を痛めつける。だから、慎重に、臆病《おくびょう》に、丁寧に使わねばならない。なのに……やっぱり、抑止力がかなり低下している。ぼくは、ぼく自身をうまくコントロールできない。そうなんだ、ほんとに寸止めができないんだ。

思わず目を伏せる。後悔がぎりぎりとこみ上げてくる。

秋本はともかく、そしてメグは別格だけれど、残りの、森口、蓮田、高原、篠原……みんなを怒らせたくない。もっと露骨に言えば、嫌われたくなかった。

みんな、けっこう良いやつで、いっしょにいると楽しい。学校という、ぼくにとって神経をすり減らす痛みの多い場所だったものが、みんなに出会えたおかげで楽になった。こんな風に他人と巡り会える場所だったのだと、少し、学校を見直してしまったほどだ。高原じゃないけど、辛《つら》く息苦しいだけじゃなかったと心底、感じた。

もし今、みんなに背を向けられたら、ぼくは淋《さび》しい。たぶん、周りの空気が、しんと冷えていくような淋しさを味わうだろう。一人でいることは好きだ。慣れてもいる。誰にも邪魔されない自分だけの時間を貴重だと思う。だけど、ぼくはこの街に来て、みんなとしゃべる楽しさ、騒ぐ楽しさ、何かを為《な》す楽しさを覚えてしまった。

それを取り上げられたくなかった。失いたくない。この手にいつまでも摑んでいたい。

一人でいること、二人でいること、みんなでいること。どの時間も手放したくないのだ。

ぼくは……みんなに嫌われたくない。

秋本の指に力がこもる。ぼくの肩に力が伝わる。ぼくは抗《あらが》わなかった。自分の不用意さにうろたえていた気持ちが少し鎮まる。緩んでいく。緩むから、不用意な発言をするんだ。言葉を止められないんだ。まったくもって、いつだって、なんだって、諸悪の根源はこいつじゃないか。だけど、楽なんだよなあと、ぼくは緩んだまま思う。

秋本といると、すごく疲れるはずなのにすごく楽なのだ。しょっちゅう腹を立てたり、慌てたりするのに、楽なのだ。矛盾している。矛盾のど真ん中に秋本がいて、気持ち良さ気に笑ったりしている。

篠原が首を傾けて、

「ほんまやねえ」

と、言った。「空って、広いんやねえ」とか「秋が来るんやな。風がええ気持ちやものねえ」という風な、しみじみとした語調だった。

「瀬田くんの言う通りやわ。下心だらけやねえ、うちら」

「秋本ほどやないけどね」

森口が、こっちは「おばちゃん、これまけてよ」とか「その考えはちょっとおかしいと思います」という風な、きびきびした声で言い放った。

「確かに下心は認める。けど、うちら秋本ほど露骨で邪悪な下心はないからね」

「邪悪は言い過ぎやぞ、森口」

「邪悪やもん。秋本なんか瀬田くんといっしょにおれたら、町内の祭りだろうが、リオのカーニバルだろうがなんでもええんとちゃうの」

うぐっと、秋本の喉《のど》が上下した。

「そっそっそっ、そんなことは……おっ、おれは、祭りを愛し、漫才を愛し……」

「瀬田くんを愛しているわけやね」

「森口！」

「京美！」

ぼくとメグの声が重なり、響く。

「今の発言、ただちに取り消せ。この無礼者めが」

「そうよ。言いすぎ。相方として大切にしてるぐらいに言い直しい。あんた、妄想が暴走し過ぎやで」

森口が両手を腰にあて、ふんふんと鼻から息を吐いた。

「なによ、二人して、うちが間違ってるとでも言うわけ」

「事実誤認も甚だしい。名誉毀損《きそん》だ。発言の速やかな撤回を断固、求める」

「そうよ、そうよ。貴ちゃんに対して失礼やないの。ねえ」

「ねえ」という部分で、メグは同意を促すようにぼくの顔を覗《のぞ》き込んだ。メグの目は、白目も黒目もきれいで、瑞々《みずみず》しくて、淡い光を放っている。体温が確実、一、二度は上昇した。

「いや……あの、どちらかと言うと、あの、おれに対して失礼じゃないかと……」

メグの目の光が、真夏の太陽並みにぎらついた。

「は？　なんですって？」

「あっいや、まっ、そうだよ。失礼だよな。失礼です。失礼しました。さようなら。皆さん、お元気で」

「こらこら、歩。ここで、帰ってどないすんねん」

秋本はぼくの肩を摑《つか》んだままだった。あろうことか、力を込めて引き寄せる。ぼくの身体はあっけなく、秋本の腕の中に納まった。メグの両眼は、赤道直下の太陽ほどにも（テレビでしか見たことないけれど）燃え立つ。しかし、そこまでだった。メグは、すっと目を伏せ、黙り込む。やはり変だ。メグをメグたらしめている（と、ぼくが思っている）あの活《い》きの良さが半減している。森口も同じことを感じたのだろう、いつもなら、森口独特の悪戯《いたずら》っぽい笑みを浮かべるところなのに、すっと真顔になり、息を静かに吸い込んだ。

秋本は、ぼくを抱き込んだまま片手をあげひらひらと指を動かした。意味のない無駄な動きの多いやつだ。

「下心ってのは、下の心ってことやから、やっぱ心には違いないわけで、下心もりっぱな心なんやからな。ええやないか、下心がいっぱいでも」

「そうか、下心って、下半身に関係する心なんか」

「伸彦、下半身やない。下の心や。まったく、ほっとくとすぐ、エロイとこに持っていくんやから」

「人生は愛と恋とエロだ。そうやろ、森口？」

「まさに、蓮田の言う通り。けど、下心と愛と恋とエロをいっしょにせんといて」

「下心は、ランクが下がるわけか？」

「当然」

「ほお、そこんとこ詳しゅう聞かせてもらおうやないか」

　秋本が身を乗り出す。

「ええよ。下心の定義というのは、そもそも……」

「まてよ。何か話の方向がおかしくないか？　下心の定義なんかどうでもいいから」

「瀬田くんが、言い出したんやないの」

「おれは、下心で、夏祭りをやりたいというのは、ちょっとどうよって感じだったから、正直に……」

　正直に、素直に、本音を言葉にしたんだ。

「下心は必要だ」

　誰かが叫んだ。こぶしで台を叩《たた》く音までした。

「高原……」

ぼくは高原有一を見つめた。こぶしを握った高原は背筋を伸ばして、ぼくたちを見回す。

「下心ってのは、必要や。おれは、確かに下心満々で今回の会議に参加したし、夏祭りをやりたいと思う。呼びたいなら、おれのことを下心の帝王とでも呼んでくれ」

「たっ、高原、落ち着け」

ぼくが高原に落ち着けなんてセリフを言うなんて、本来ありえないことだ。いつも、冷静で知的で「みんな、落ち着けよ」とぼくらの興奮を冷まし、精神温度を下げるのが高原のポジションだったはずだ。なのに、下心の帝王？　なんだよそれは。

「なっ、高原、誰も、おまえのこと下心の帝王なんて呼んでないから」

「いいんや。下心の帝王でも皇帝ペンギンでも好きなように呼んでくれ。下心、バンザイや。森口さん」

「はい」

「がんばって、夏祭りをやりましょう」

「はい」

「そしたら、新しい浴衣《ゆかた》を着てください」

「はい」

「迎えに行っていいですか」

森口の口が丸く開いたまま止まった。返事は「はい」なのか「いいえ」なのか、ぼくは瞬《まばた》きもせずにその唇を見つめてしまった。

「祭りの夜、新しい浴衣を着た森口さんを迎えに行っていいですか」

森口の顎《あご》から目尻《めじり》にかけて、ぽっと赤みが広がる。

「あ……それは、いい……あっでも、友ちゃんと約束して……」

「篠原のことは、ええよ」

蓮田が鼻の横を指で掻《か》いた。

「おれが引き受けるから。ええやろ、篠原?」

「うん。ええよ。けど、うち、浴衣着たら、またちょっと太って見えるかもしれへん」

「ナデシコは、太目の方が似合うんやで」

「そうなんや。よかった。ほな、うちは蓮田くんとお祭りに行くわ。京美は好きにしい」

「あ……うん、そうだけど……」

「森口さん」

「はい」

「お願いします。ぼくと、付き合《お》うてください」

ぼくは秋本に囁《ささや》いた。

「さっきまで、祭りに迎えに行くって話じゃなかったっけ」

「そうやな。あまりの急展開に、ついていけへんな、おれ」

「おまえがついていく必要、ないだろ」

「そうか。ついていかんかて、ええやろか？」

「ええよ」

森口の声が聞こえた。ぼくは、秋本から声の主に視線を移す。森口はいつもの森口に戻っていた。頬にまだ微《かす》かな赤みが残ってはいるけれど、しっかりとした意思的な表情を取り戻している。反対に高原は、ぽかんと口を開けて、文字通りどうにも締まらない顔をしている。こんな顔の高原を目にするのは初めてだ。

「あの……森口さん」

「はい」

「今、なんて……」

「ええよって言うたけど」

「それは、『悪いけどごめんなさい』のええよじゃなくて、『うん、ええよ』という肯定の意味での、ええよ？」

「高原くん、うちは、一応文芸部やからね。『悪いけどごめんなさい』ってときに『ええよ』なんて言葉を使《つこ》うたりせえへんわ。悪いけどごめんなさいと思うたら『悪いけどごめんなさい』って、正確に言うから」

「はっ、でっ、では、やはり……あの、『ええよ』は『ええよ』という意味での『ええよ』なんやろか？」

「そのつもり」

高原が大きく、身体中の空気を全部吐き出すような大きく深い息を吐いた。メガネの奥の目が、とろんと鈍くなる。全エネルギーを放出した感じだ。

この告白が、とっさの弾みだったのか、計画的だったのか、思い余った末のことだったのか、ぼくにはわからない。だけど、長い間、心に抱えていた想いを高原が、今、吐露したことだけは事実だ。卒業まで後半年あまり。高原はぎりぎり間に合ったようだ。

よかったな、高原。想いが叶《かな》って。

「では、今回の夏祭り実行委員会はこれで終了といたします」

再び秋本に囁く。

「これ……『ロミジュリを応援する会』じゃなかったのか?」

「だな。急展開についていけへん。おれ、目が回る」

首を傾げるぼくも、黒目をうろうろさせている秋本も完全に無視して、森口が続ける。

「今回は、大人を巻き込んで、いや大人に巻き込まれて夏祭りをなんとか開催できるよう、がんばろうという決議を採択しました。そのために、明日《あした》にでもわたしと蓮田くんで、三瀬さんに会い、話し合いをします。その後、もう一度、実行委員会を開きたいと思います。夏祭りを実行するとした上で、みなさん、アイデア等をまとめておいてください。特に、ロミジュリの二人は、漫才の練習を今まで以上にしっかりやってください」

「あの、やっぱ、ロミジュリの二人って、おれと秋本のことなのかよ」

「瀬田くん、今頃、何をおとぼけ言うてんの。あたりまえやないの。ジュリエットになれるのは、瀬田くんだけでしょ。瀬田くんのために、シェークスピアはロミオとジュリエットを書いたとしか思われへんわ。おめでとう」

「めでたくねえよ。ぜんぜん、めでたくない。ちっともめでたくない。まるで、めでたくない。めでたくないし、目立ちたくない。だから、マジで嫌だからな、ジュリエットなんて。漫才だって、やりたくないし……自信もないし。第一、おれ、すんごい上がり性で」

「瀬田くん」

メグと森口がぴたりと声を合わせる。どこかで特訓してたんじゃないかと思えるほど、見事なできだ。ぼくは、もちろんメグの方に顔を向けた。メグは顎を上げ、もう一度、さっきよりややゆっくりめにぼくを呼んだ。

「瀬田くん」

「はい」

「ここまで来て、ごちゃごちゃ言うたらあかん。じたばたしたらみっともないし、人として許されんことや」

「はい」

「漫才、やりなさい」

「はい」

人として許されないことと漫才とが、どう関わり合うのか謎だったけれど、メグに見つめられ、ぼくは素直にうなずいた。母親にこんこんと説教された三歳児みたいなうなずき方だ。

メグにみっともないやつだと思われたくない。かっこうをつけるつもりも、見栄をはるつもりもなかったけれど、メグの前でだけは、ぎりぎりみっともなくない人間でありたかった。そのためには、漫才でもバンザイでもやってやる。

気のせいか、森口がにやりと笑ったように見えた。気のせいだろう。たぶん、気のせいだ。

「では、次の委員会の日程は、明日の結果を受けて決め、また各自に連絡します。以上、解散」

「ごくろうさまでした」

全員が頭を下げる。

今回はおばさんのおごりということで、ぼくたちは手分けして後片付けと店の掃除とトドメス（これは秋本の部屋にいついた野良猫で、トドのように太っている）のえさやりとブラッシングをやった。

ふと気がつくと、四時を回っていた。みんなといると、時間のたつのが早い。

「あっ、もうこんな時間。焦るわあ。うちピアノのレッスンに行かなあかんの。ほな、帰るわな」

篠原が、焦っているようにはちっとも聞こえない口調で言った。

「送っていったるわ。夜道は危ないから」

「蓮田、真夏の午後四時だぞ。どこに夜道が存在するんだよ」

「あっ、ほんまそうや。夜道は危ないな。ほな、森口はおれが送っていく」

「高原、ほんまそうやって、納得してどうするよ。午後四時だってば。しかも、かんかん照りだから。夜道より熱射病の心配した方ずっとリアルだからな」

ぼくのツッコミを蓮田も高原も、悠然と聞き流し、真夏の午後四時の光がこれでもかと降り注ぎ、蟬が声を限りに叫んでいる、絶対に夜道なんか存在しない世界へと出て行った。

「貴史、ビールのケース運んどいてや」

カウンターからおばさんが顔をあげる。秋本が、あいよと答えた。そろそろ、店を始める時間なのだ。ぼくは、立ち上がった。

「おれが運んどくよ」

おまえはメグを送ってやれ。

さすが、そこまでは口にできない。その一言を平気で口にできるほど、ぼくは大人じゃない。自分の感情を押し殺して笑えるほど成熟していないのだ。でも、メグが家まで送ってもらいたい相手は、ぼくじゃなくて秋本だってことぐらいは痛いほどはっきりと察している。『ゲロゲロ事件対策会議』のときが、そうだった。秋本と並んで『おたやん』を出て行ったときの、メグの嬉《うれ》しそうな表情をぼくは、忘れられずにいる。柔らかくて、幸せそうで、とても美しかった。メグに、あんな表情を与えることができるのは、秋本貴史だけなんだ。

ぼくにはできない。

「瀬田くん」

「はい」

「うちを送っていってくれる？」

これはメグのセリフだ。おばさんが、カウンターから出てきてエプロンを外し『あゆちゃん、うちを送っていってくれる？』とウインクしたわけではない。メグがぼくに、送って欲しいと言ったのだ。信じられない。で、ぼくは間抜けにも聞き返してしまった。

「はい？　あの、今、なんと？」

「夜道が危ないから、うちを家まで送っていってくれへん」

「あっ、はい。よっ、夜道が……そうだ、そうだよな。夜道を女の子一人で帰らせたりしちゃいけないよな。わかった、送ってく」

「歩。真夏の午後四時やぞ。夜道なんて、どこに存在するんや。夜道より熱射病の心配した方がええんとちゃうか」

秋本を完全無視して、外に出る。冷房に慣れた身体に、熱気が襲いかかる。暑い。真夏の午後四時。暑く、明るく……ない。辺りはぼんやりと薄暗かった。さっきまであんなにぎらついていた光が急速に、かげっていく。

空を見上げる。濃灰色《のうかいしょく》の雨雲が空の半分を覆い尽くしていた。湿った重い風が吹きつけてくる。黙って立っているだけで、汗がにじみ出る。

「降りそうやね」

「だな。急ごうか」

「うん」

並んで歩き出す。メグとぼくが並んで歩いている。急ぎたくない。ゆっくりとこの時間を楽しみたい。大切にしたい。

ぼくたちは急ぐでもなく、のんびりとでもなく、ごく普通の速度で道路を渡り、商店街に入った。雷鳴が聞こえた。

『ことぶき餡』の前で、メグの足が止まる。

「ここから、うちの父親が出てきたわけやね」

メグは、人食い熊の巣穴を見つけた猟師みたいに重々しい動作で、『ことぶき餡』のガラス戸を指さした。

「え、あ……うん。まあ、そうだけど」

店の中に客の姿はなかった。三瀬さんの店だけではなくて、お客で賑《にぎ》わっている店は商店街のどこにも見当たらない。行き交う人も、数えるほどでしかなかった。へこんでいる。

商店街自体が、肩を落として蹲《うずくま》っている。そんな印象だった。

「いこう」

メグが促す。

商店街を抜けると、辺りはさらに暗くなり、雷鳴は近づいていた。

交差点でメグが首を傾ける。青いタンクトップからのぞいた首筋は、曇天の下でも白く発光していた。目に沁《し》みる。

「うちの家、信号渡って、まっすぐやけど、瀬田くん家《ち》は信号、渡らへんよね」

「あっ、でも近くまで送るよ」

「ありがとう」

「いや……」

ごく普通の会話が、ぼくの鼓動を限界まで速める。音がメグの耳まで届くんじゃないかと不安になるほど、胸を高鳴らせる。

信号を渡り、数メートル行くと、木々が茂り木製のベンチがおいてある一画があった。公園と言えるほどの広さではない。傍らに白い外壁のマンションが建っていたから、その前庭なのかもしれない。

雨を連れてくるどんよりとした風が、木々の枝を揺らし、メグのポニーテールの毛先を揺らす。風の音に臆《おく》したのか、蟬は鳴きやみ、ぼくたちの頭上にあるのは葉擦れの音だけだった。

「瀬田くん」

「うん？」

「背ぇ、伸びたね」

メグの視線がぼくを見上げる。

「そうかな」

Tシャツを押し上げて心臓が膨らむ。これ以上、会話を続けていると、かなり危険かもしれない。心臓がどうにかなりそうなのだ。

「そうや。気ぃつかへんかった。初めて会ったとき、うちとそんなに変わらへんかったのに。ずいぶん、伸びたんとちがう」

「かな。秋本といるといつも見下ろされてるから、背が伸びたって実感、しないんだよな」

うわっ、ぼくはばかだ。なんで、こんなときに秋本の名前なんか出すんだよ。

メグがフンと鼻息をもらした。

「貴ちゃん、でっかいもの。追いつけるわけないやろ。骨組みがぜんぜん、違うやないの」

断定的な言い方だ。ぼくは、こういう物言いが嫌いだったし、苦手だった。一方的に押し付けてくる言葉、決め付けてくる言葉、それは醜いし、嫌らしい。相手を尊ぼうとすれば、人は決して言葉も行為も感情も、押し付けたり決め付けたりはしないはずだ。

メグは気も力も強いけれど、相手を蔑《ないがし》ろにするような人間じゃない。一目惚《ぼ》れしたからじゃなく、萩本恵菜という少女を見つめてきた一年ちかい時間が、ぼくに確信をもって、そう言いきらせてくれるのだ（惚れたから一年ちかく見つめていたんだけれど）。だから違和感を覚えた。メグは無理をしている。無理をして、ぼくを責めようとしている。そんな気がしてならなかった。なぜだろう？

メグは、ぼくから目を逸《そ》らし、視線をざわめく木々の間に彷徨《さまよ》わせた。

「瀬田くん、いつまでもジュリエットなんてやってられへんやん」

メグはぼくを見ない。ぼくを見てしゃべれないのだ。風になぶられ、髪が揺れる。

「萩本」

ぼくは、両手の指を身体の横で軽く握った。

「そんな言い方するなよ。萩本らしくない」

振り向いたメグの唇は、固く結ばれていた。

「おれに言いたいことがあるなら、ちゃんと言えよ。いつもの萩本みたいに……」

堂々と真正面から、向かってこいよ。萩本恵菜は、いつだってそうしてきたじゃないか。だから、好きなんだ。どこまで行っても叶《かな》うことのない想いだって、永遠の片想いだってわかっているけれど、好きなんだ。目の前で、笑って、怒って、胸を張る、そんなメグがどうしようもないほど、好きだ。

「うちの何がわかるのよ」

メグがぼくを睨《にら》む。

「瀬田くんに、うちの何がわかってるわけ。何も知らないでしょ」

確かにそうだ。ぼくはメグのことが好きだけれど、ほとんど何も知らない。父親の顔さえ知らなかった。

「知らないくせに、萩本らしくないなんて言わんといて。うちは、うちは……瀬田くんが思うてるより、ずっと嫌なやつなんや。うちは……瀬田くんが憎らしいんや」

「萩本、あの、それって……」

「貴ちゃん、ほんまに瀬田くんのこと好きみたいやし」

「そっ、そんなことあるわけ……」

あるかもしれない。秋本はふざけたやつだが、ふざけて「おまえは特別なんや」なんて言葉を口にするようなやつじゃない。

「瀬田くんとおると、貴ちゃん、ほんま楽しそうやもん。幸せいっぱいって感じで……あんな顔するの、瀬田くんとおるときだけやもん。うち、だから瀬田くんのこと憎らしいって思うてしまう」

「おれに……嫉妬《しっと》してるわけ？」

「そうや。瀬田くんが川にはまって、どんぶらこって海まで流されてくれたらええのにとか、イヌワシにでも捕まって遠くに連れて行かれたらええのにとか、ともかく貴ちゃんの前から消えてくれへんかななんて考えて……」

「萩本、もう少しマシな消え方を考えてくれ」

「ごめん。うち、ほんま最低やろ。自分でも嫌やもの」

頬に水滴が当たった。思わず差し出した手のひらにも落ちてくる。しかし、雷鳴はまだかなり遠くにあった。

自分でも嫌やもの。

メグから、自分を否定する言葉を聞くとは思わなかった。聞きたくもない。戸惑うより、驚くより先に、いぶかしむ。

何にここまで追い込まれているんだ、メグ？

「萩本……何かあったのか？」

メグの横顔が震えているように見えた。ぼくは、一歩前に出てタンクトップからむき出しになった腕を摑《つか》んだ。細く冷たい腕だった。

そうやって支えないと、メグが倒れそうに思えたのだ。

薄暗い病院の廊下を俯《うつむ》いて歩く姿が浮かぶ。

「おやじさんと、何かあったのか？」

メグが大きく目を見開いた。

「病院で、萩本を見たんだ。何か辛《つら》そうだった。今日も元気なかったし……」

テレビドラマなら、ここで腕を引き寄せ固く抱きしめるところなのだろうが、ぼくにその勇気はない。数秒前に消えてくれたらいいのにと言われたばかりなのだ。

「萩本、何があったんだよ？　おれに、話せることか？」

勇気はないけど、耳はある。想いもある。聞くことぐらいはできる。ぼくは、メグの力になりたかった。メグが望むなら、イヌワシにさらわれても構わない。雛《ひな》の餌になるのは勘弁して欲しいけれど。

「瀬田くん」

「聞くぐらいは、聞けるから。話してみろよ」

「蚊が」

「は？」

「蚊が留まってる」

同時に額に衝撃がきた。バッチンと、音が響く。けっこうな衝撃だ。一瞬、たった一つだけだったけど星が飛んだ。

「ほら、おでこのとこ。血ぃ吸うてる」

メグの手のひらに潰《つぶ》れた蚊と少しの血がへばりついていた。

「あ……どうも」

「瀬田くん、顔色、悪いけどだいじょうぶ？」

「うん……ちょっと、くらっときて」

「ごめん。うち、力がありすぎるんよね。手加減したんやけど。そこのベンチに座ろうか」

ぼくとメグは並んで、茶色いペンキがはげかけたベンチに腰をおろした。メグは、自分の手のひらにふいっと息をふきかけた。ぼくの血を吸った蚊がどこかに、吹き飛ばされていった。

「瀬田くん」

「はっ、いや、ちょっと待ってくれ。今度はどこに留まってる？」

「蚊じゃなくて、昨日のこと……病院でうちのこと見たって？」

「あっ、うん。偶然だけど。深刻そうな顔してたから、声をかけそびれて……」

メグが深いため息をつく。それから、唐突に謝った。

「ごめんね」

「え？　ごめんて？」

「さっき、酷《ひど》いこと言うてしもうて」

「イヌワシにさらわれてしまえってやつか」

「うん。海まで流れて欲しいとかも言うたし。ごめんね。怒った？」

「怒ってないけど……」

「瀬田くんて、めったに怒ったりせえへんのね」

「しょっちゅう怒ってる。それをちゃんと表に出せないだけだ」

「そうかな」

「そうだよ。おれ、弱虫で卑怯《ひきょう》なんだ。自分でも時々、いや、けっこう度々嫌になる」

「そんなことないよ。瀬田くん、自分で思うてる以上に度胸もあるし、勇気もあると思うで」

「なんだよ、それ。さっきのフォローかよ」

ほんとはすごく嬉《うれ》しいのに、ぼくはわざと渋面を作ってみた。

「だって、貴ちゃんが本気で好きになったんやもの。卑怯なだけやないと思うし」

「萩本、あのなあ。卑怯って、本人にむかってそんな露骨に言うなよ」

「瀬田くん、自分で言うたやん」

「そっ、そりゃあそうだけど、できるなら、そこんとこ、否定して欲しいというか、肯定して欲しくないというか。ビミョーな男心ってのが」

「瀬田くん」

「はい」

「うちの父親、再婚したい言うの」

「サイコン？　再び結婚するって意味の？」

「他にどんな意味があるんよ」

「そうだけど、じゃあ……萩本のとこ、おふくろさんがいなかったんだ」

知らなかった。当たり前だけど、知らなかった。メグの言う通り、ぼくはメグのことをほとんど何も知らないのだ。胸の奥がすっと冷えていく。淋《さび》しい冷え方だった。

「うちが三歳のときに、離婚して外国に行ってしもうた。今、ペンギンの研究と保護活動をしてるらしいわ」

「ぺ、ペンギン。あの南極にいる？」

「瀬田くん、ペンギンは世界に十八種いるの。中には温帯雨林に住んでる種だっているんやから」

「あっ、そっ、そうなんだ。けど、ペンギンってかわいいよな。小さくて、よちよち歩いて」

「エンペラーペンギン、高原くんが言うてた皇帝ペンギンやね。それは体長一メートルを超えるって。絶滅したけどジャイアントペンギンは体長が百七十センチ近くあったらしいし」

「あっ、ちっ、小さくないんだ」

「まあ、ペンギンのことはええけど。ともかく、うちの母親はペンギン好きが過ぎて、とうとう家を出て行ったわけ。表向きは」

「表向きってことは、裏があるわけか？」

メグが肩を竦《すく》める。ちょっと、はすっぱな雰囲気がして、どきりとした。はすっぱだろうが、ペンギンの着ぐるみをつけていようが、ちょっとどころでなくかわいい。

「だって、ペンギンが離婚の原因になったなんて、どう考えても変やないの。うちの家、代々小児科の医者の家系やねん。もう亡くなったけどおばあちゃん、医者にあらずんば人にあらずみたいな……なんて言うの、時代錯誤？　そう、それ時代錯誤の考えにコチコチに固まってたから、ペンギンが好きだった母親は耐えられへんかったんとちがうかな」

「やっぱ、ペンギンが関係してるわけか。だけど、温帯雨林にいるペンギンって、どんなやつなんだろう」

「瀬田くん、ペンギンはもうええから。ともかく、うちの父親は、離婚した後、ずっと独身やったの。それが……結婚したい女性が現れたって」

ああ、そうかと、ぼくはメグの指先を見つめた。メグは、ずっと二人で生きてきた父親を奪われたような喪失感を味わっていたのだ。

ぼくだって、母さんが再婚すると言ったら、少なからず戸惑うだろう。淋しさもあるだろう。メグの気持ちは、全部じゃないけど、理解できる。

「瀬田くん、まさかと思うけど」

「うん？」

「うちが、再婚問題で、父親を奪われた気になって淋しがってるとか、考えてないよね」

「は……いや、まさか、そんな……ちっ、違うわけ？」

「違うに決まってるやろ。それこそペンギンでもシーラカンスでもええから、再婚してもらいたかったぐらいや。娘が言うのもなんやけど、うちの父親、顔はヘンテコやけど、優しいいし、おもろいし、けっこう頼りになるし、わりにモテるんよね。結婚したいって言うてきた人もぎょうさんいたらしいわ」

「かっ顔も、そんなにヘンテコじゃなかったけど……」

「変態と間違えたやないの」

「うーっ、うっ、うっ、それは……」

「ええよ、そんなに無理せんかて。ともかく、うちの父親はずっと独身を通してきた。母親の方は、数年前にペンギンの研究者と再婚したんやけどね」

「あっ、やっぱりペンギンと再婚したんだ」

「ペンギンの研究者。主にイエローアイドペンギンの生態を研究してるんやて」

イエローアイドペンギンという名前を初めて聞いた。動物園によくいるペンギンは、なんと呼ばれているのだろうか。いや今考えるのは、ペンギンではなく、メグの父親のことだ。

「だけど、ついにお父さんが結婚したいって思うペンギン……女性が現れたわけだ」

「そう」

「萩本はその人のことが気に入らないわけ？」

「ううん。そうやない。すてきな人やと思う。明るくて、陽気で、屈託がなくて、快活で、めっちゃあっさりしてるもん」

明るくて、陽気で、屈託がなくて……どれも同じようだけど。まあ、美点には違いない。

「おまけに働き者で美人やし」

「そりゃあ、満点じゃないか。どこが、気に入らないんだよ」

「だって……」

メグが唇を噛《か》み、俯《うつむ》く。

「貴ちゃんのお母さんなんやもの」

雷がかなり近くで鳴った。雨粒が、足元の土に落ち、乾ききった地に吸い込まれていく。

25　愛のてんこ盛り

「誰だって？」

ぼくは聞き返した。

「貴ちゃんのお母さん。『おたやん』のおばちゃん」

額がかゆい。さっきの蚊は潰《つぶ》れる前に、ぼくの血をたっぷり吸って満足だったろう。額に降りかかる雨をぬぐい、額を搔《か》きながら、ぼくはできるだけ冷静にメグに話しかけた。

「萩本、おかしかないか」

「何が？」

「再婚相手って、明るくて、陽気で、屈託がなくて、快活で……」

「めっちゃあっさりしてる。おばちゃん、そうやないの」

「そうだ。そこまでは認める。働き者なのも認める。けど美人ってのは、どうなんだ？」

「おばちゃん美人やん。お好み焼き、焼いてるときの横顔なんて、うっとりするぐらいきれいやで。うちの父親、もう何年も前からおばちゃんのこと好きやったらしいわ。けど、おばちゃん、貴ちゃんと二人でちゃんと生活してるし、けっこう楽しそうやし、美人やし、告白する勇気がなかったんやね」

萩本親子の美的感覚にはどうにもついていけない。おばさんは、確かに良い人だ。やたら触りまくるのには、辟易《へきえき》するけれど、明るくて陽気で屈託がなくて、ともかく良い人だ。しかし、うっとりするぐらいの美人とは、どうしても思えなかった。

「うちの父親、ああ見えて小心者やねん。それで、ずっと告白できずにおったんやと。それが、この前、倒れてん」

「お父さんが?」

「うん。疲れとストレスで……たいしたことなかったんやけど、そこで思うたわけよ。

人生は　はかない
明日《あした》の命は　わからない
人よ、みな、想いをとげよう
昨日に想いを残さず
今日を生き
明日を迎えよう」

「なんだ、その下手な詩は?」

「父親の作。昔は詩人になりたかったそうやけど、才能ないよね」

「ないな。悪いけど。だけど、言いたいことは伝わってくる気がする。ようするに、人間、いつ死ぬかわからないから後悔しないように生きようってことだろ」

「それそれ。ほんま、五十歳近くなって何を言うてるのって感じやけど。一大決心して、おばちゃんにプロポーズしたんやて」

「それで、おばさん承諾したのか？」

「保留中。賞味期限ぎりぎりまで考えさせてくれって言われたらしいわ」

「なんの賞味期限だよ」

「ソースやないの。お好み焼き屋やし」

「ソースの賞味期限とプロポーズの返事がどう関係あるんだ？」

「わからへん。そこんとこが、おばちゃんの考えの深いとことちがうの」

「ちっとも深くねえよ。意味、わかんないよ、おれ」

「瀬田くん！」

「はいっ」

　メグが立ち上がる。ぼくもつられて腰を上げた。

「うち、貴ちゃんと兄弟とか姉妹とか、そんなもんになりたくない。そんなん、いやや。うちは、貴ちゃんと結婚したいんや」

「あ……そうなんだ……」

　どこまでも間抜けなぼくは、間抜けなあいづちなんかをうってしまう。わかっている。そんなこと、わかりすぎるほどわかっている。

ぼくが誰より好きなメグは、誰より秋本が好きなんだ。

「なっ、どないしたらええ。家族になったら、結婚なんてできんのやろ。そんなん、絶対いやや。昨日、父親からそのこと聞いて、頭の中、真っ白や。今日でも、まともにおばちゃんの顔、見られへんし。貴ちゃんは、『おかんのことは、おかんしか決められへん』なんて、ノンキやし。瀬田くん、うち、どうしたら……」

メグの肩が震える。

抱きしめたい。

そう思った。想いが強くぼくを揺さぶる。頭上の木々のようだ。

抱きしめたい。引き寄せたい。ぼくが、ここにいるから。ぼくが、いつでも傍にいるから。メグにそう伝えたい。

なんで秋本じゃなければだめなんだろう。なんでぼくじゃだめなんだろう。

人の心はかたくなで、一人の人間しか真剣に愛せないのだろうか。

抱きしめたい。引き寄せたい。せめて好きだと、ずっと好きだったと告げたい。

雨脚が強くなる。メグのタンクトップが濡《ぬ》れ、下着の線が透けて見えた。首から胸にかけて、水滴が滑る。雷鳴が轟《とどろ》いた。

「ごめんな、瀬田くん。こんな話聞かせて」

「いや……でも、力になれなくて」

「ほんまごめん」

「いいって」

メグが両手を握りしめ、ぼくを見つめる。まつげの先がぬれていた。涙ではなく雨のせいだ。

「ううん、やっぱりごめんや。うち、瀬田くんのこと憎らしくて……。うちが貴ちゃんと家族になって、結婚でけへんことになったら……。そうなったら、瀬田くんに完全に貴ちゃんをとられてしまうって思って……」

「萩本、悪いけど、おれと秋本も結婚できないから。そこんとこ、理解してくれ」

「そんなこと、ない。お互いの気持ちがちゃんとしてれば、同性でもええやないの」

「だから、萩本、言ってることおかしいって。おれの気持ちはちゃんとしてないから」

「はっ、そうやね。京美みたいになってた」

「かんべんしてくれよ」

ぼくは笑ってみせた。メグも少しだけ笑ってくれた。

「ともかく、うち、瀬田くんをいじめたかった。いじわるしたかった。酷《ひど》いこと言ってやりたかった」

「だから、送ってくれなんてさそったわけか？」

メグがうなずく。幼児のようなうなずき方だ。せつなくて、息がつまる。

「なのに、瀬田くん、うちの話、本気で聞いてくれて。瀬田くんと話しているうちにわかったんや。うち、自分のこと誰かに聞いて欲しかったんや。どうしてか、わからへんけど、それが瀬田くんやったんやって、今、気がついた。瀬田くんなら、ちゃんと聞いてくれるかなって……甘えてしもうて、ごめんな」

ぼくは泣きたくなった。メグの言葉は残酷だ。ぼくはメグの良い友人以上にはなれない。どんなに努力しても、とても良い友人でしか、ないのだ。憎いと言われた方が、まだ、ましな気がした。メグは秋本のために悩むけれど、ぼくはメグのために苦しい。

「瀬田くん」

頬がぴしゃりと鳴った。一歩半、後ろによろめく。

「はっ、萩本、また蚊か？」

「そう思うたのに、ただのゴミやった。ほんま、ごめん」

差し出された手のひらを雨粒が埋めていく。

「ありがとうな」

メグがくるりと背を向けて、走って行く。雨の向こうに消えていく。ぼくは、その後ろ姿を目で追うことしかできなかった。

シャツが、ズボンが、髪の毛が水分を含み、重くなる。それでも立っていた。

「歩」

男の声がして、雨が止んだ。いや、傘が差しかけられたのだ。

「秋本」

「そんな濡れっぱやと、風邪、ぶり返すぞ」

「おまえ、わざわざ傘持って来てくれたのか？」

「まあな。メグは？　もう帰ったか？」

「秋本」

「なんや？」

「メグのこと……」

受け止めてやれよ。そんな言葉をのみ下す。愚かな言葉だ。メグは秋本の同情を望んでいるわけじゃない。一途《いちず》に、まっとうに愛し合いたいと願っているだけだ。

ぼくに口出しはできない。秋本の心もメグの想いも、秋本のものであり、メグのものだ。愛せとか、愛してやれとか、愛するんだとか、強制できるものじゃないのだ。強いられた愛は、愛ではなくなってしまう。

メグも秋本もそしてぼくも、まだ十五年足らずの年月しか生きていないけれど、そのくらいのことは、わきまえている。

「帰ろうか。家まで送るから」

「夜道が、怖いからな」

「まったく、それや。ほら、もうちょいこっちに来い」

秋本はぼくの肩を抱き、引き寄せた。自然な動作だった。

「なんで、傘が一本しかないんだよ」

「ええやん。二人で一本、充分やで」

稲光。雷鳴。木々が激しく揺れる。

「歩、怖くないか。遠慮せんと、抱きついてきてええぞ」

「おまえに抱きつくぐらいなら、イエローアイドペンギンをだっこするよ」

「イエローアイド……なんや、それ？」

「秋本」

「はいよ」

「おれのこと、好きか？」

「うん。好きやで」

なんの躊躇《ちゅうちょ》もなく、肯定された。

「どんな風に？」

「抱きしめたいって思うぐらい」

「思うって、もう充分、抱きしめてる気がするけど。こういうの見られたら、恥ずかしくないか？」

「いっこうに、まったくもって、まるっきり恥ずかしくない」

「なんで？」

「なんでって、じぶんのやりたいことやってるのに、恥ずかしいわけないやろ。あっ、けど」

秋本が肩から手を外した。

「歩が嫌なら止める」

「漫才もか？」

「漫才はやるで」

秋本の声が、少しだけ低くなる。

「歩、まだ、漫才のこと迷ってるんか？」

ぼくは、秋本の頬を叩《たた》いた。秋本は目を閉じただけで、よろめきはしなかった。

「蚊だ」

ぼくの手のひらに、秋本の血を吸った蚊が秋本の血といっしょに潰《つぶ》れていた。秋本が頬をなで、顔をしかめる。

「いっ、痛い。思いっきりぶっ叩かれた気がする」

「やるよ」

「へ？」

「漫才。最高におもしろい、漫才、やろうぜ」

笑わせてやるんだ。

ぼくは決意する。

メグを笑わせてやる。メグの抱えている悩みも辛《つら》さも、笑いの力で、粉々に砕いてやる。

それが、僅《わず》かの時間にすぎなくても、笑わせて、全てを忘れさせてやるんだ。

「歩」

「やろうぜ、秋本」

ぼくは一歩前に出て、秋本にこぶしを突き出した。秋本は、にやりと笑い指を握り締める。濡《ぬ》れた二つのこぶしが軽くぶつかる。

第一ラウンド開始。

そう告げる鉦《かね》の音をぼくは、確かに聞いた。

それから三度、『夏祭り実行委員会』(「ロミジュリを応援する会」は、いつの間にか霧散していた。名称なんてどうでもいいけど)は開かれた。森口曰《いわ》く、例年より規模を縮小した上での「手作り夏祭り」となるそうだ。

「だから、残念やけど、特設ステージも無理みたいや。がっかりした、瀬田くん?」

「まったく、しない」

「メイン会場は、『ことぶき館』の倉庫と裏の空地にするんやて。かなりの広さがあるから、なんとかなるやろって、いや、してみせるって三瀬さん、燃えてたで」

「うん」

「雨降ったら倉庫の中、お天気やったら空地にイス並べて簡単な舞台こさえて、そこで出し物しようって決まったんやね。もちろん、ロミジュリの漫才、やってもらうで」

「わかった」

「あれ?」

「なんだよ」

「いつもならここで、『おれ、嫌だ』って瀬田くんの悲痛な叫びが響くとこなんやけど」

「森口、おまえ、おれの悲痛な叫びを期待してるわけか」

「そうなんよね。嫌がる瀬田くんって、なかなか可愛くて、うちの創作意欲を刺激するんやけど」

「それ、それ。で?」

「愛と恋とエロのな」

「うん?」

「今回は、やる気なんだ」

「まあな」

特設ステージであろうと、仮設舞台であろうと、国技館であろうと、熱帯雨林のど真ん中であろうと関係ない。

漫才をやるだけだ。

森口が、にやりという感じそのままの笑みを浮かべた。

「瀬田くん、度胸がすわったやないの。ええ男の条件やで」

「森口」

「瀬田」

傍で打ち合わせをしていた秋本と高原がほぼ同時に勢いよく、顔を上げた。

「歩に、手を出すな」

「森口と、もう少し離れてくれ」

「手も足も出す気なんざ、あたしにゃあ、ありやせん」

森口が鼻の頭にシワをよせる。

「もう少しと言わず、三キロぐらいは離れてもいいけど」

ぼくも顔をしかめてみせる。

「わたしたちのことより、高原くん。出店の方はだいじょうぶ?」

森口が事務的な、つまり標準語で、尋ねる。ぼくたちは、有志でヨーヨー釣りの出店を出すことにしていた。その手配を高原が、受け持っている。

「だいじょうぶ。ヨーヨー各種はすでに手配済み。ただ、ヨーヨーを浮かべるビニールプールの提供者と、当日ヨーヨーを膨らませる係がはっきりきまっていない。けど、これはそんなに問題ないやろ。今日中に蓮田が見つけてくることになってる」

「当日三日前までには、全ての手配を終わらせてください」

「了解」

高原がメガネをおしあげる。

ぼくたちは、夏祭りの会場となる『ことぶき館』の倉庫前に集まっていた。老舗《しにせ》らしく、広く贅沢《ぜいたく》な空間と空地がある。これなら、なんとかやれそうだ。

空地の横にある路地を自転車の一団が通り過ぎる。見知った顔もあった。湊三中の三年生だ。塾に行くのか、塾からの帰りなのか、辞書や問題集がぎっしり入っていそうなカバンを肩からかけたり、前カゴに積んだりしている。

「高原」

出店の場所を確認していた高原に声をかけてみる。

「おまえ、いいのかよ？」

「なにが？」

「塾、行かなくて」

夏祭りまでの時間は限られているから、ぼくたちは、このところ一日中、どたばたと走り回り、打ち合わせをし、漫才のネタを練り（これは、ぼくと秋本だけだ）、ちょっとおしゃべりをして、忙しく、慌ただしく過ごしていた。

中学三年の夏休みだ。受験が控えている。ぼくは、地元の公立高校に進学するつもりだったし、他のみんなもそうだろうと思う。

安全圏というわけではないけれど、今の成績を維持していれば、なんとか合格圏内には入れる。しかし、高原はそうはいかない。我校だけでなく県内でもトップの成績をほこる高原は、隣県にある全国屈指の有名私立進学校を受験すると聞いている。いくら高原でも難関なのは間違いないだろうし、周りの期待だってすごいんじゃないだろうか。受験生の夏、この大切な時期に、問題集じゃなくてヨーヨー釣りに頭を悩ませていていいのだろうか。

「あれ、瀬田、おれのこと心配してくれてんのか」

「いや、心配なんて……おれが、してもしかたないし。けど、おまえ、すごいとこ受験するんだろ。いいのか？」

「受験はする。力試しや。けど、入学するかどうかは、決めてへん」

「は？　それって、合格しても、入学しないかもしれないって、そういうことか？」

「そういうこと」

冷静に聞けば、高原が「試験を受ければ、必ず合格する」という前提のもとにしゃべっているると気がつく。自信があるのだ。あんまりあっさり言われたので、不遜《ふそん》さは微塵《みじん》も感じない。ただ、先が読めなかった。

「入学しないで、どうすんだよ」

「うん。瀬田と同じ高校に行こうかなって」

「はあっ？」

「でかい声、出すなや」

「でかい声も出るさ。おれと同じ高校って……あっ、森口か」

森口もぼくと同じ高校を受験するはずだ。

「なるほどね」

さっきより、さらに顔を歪《ゆが》めてみる。

なるほどね、他県に進学して寮生活を送るより、森口といっしょに高校生活を謳歌《おうか》しようってわけだ。

「おれの名前なんか出すな。ばかやろう」

「なんでや。瀬田といっしょにおるの、おれ、好きやで。おもろいもん」

「あっ、どうも。ありがとよ」

「あれ？」

「なんだよ」

「今までの瀬田なら、好きやなんて言われたら、真っ赤になって慌てるとこなのに、やけに冷静やな」

「おれの慌てるとこ、見たいわけ？」

「ちょっとはな。けっこうかわいいし」

「悪いけど、ストレートな愛の告白には、かなり免疫できてんだ」

「なるほど。ずいぶん図太くなったな、瀬田」

高原は、さっきの森口とそっくりの笑みを浮かべ、ぼくの胸を指先で軽く弾《はじ》いた。

好きな女の子のために、有名進学校を捨てる。高原の選択を愚かと笑うことも、さすがだと称賛することも、ぼくにはできない。ただ恋の力ってすごいなと感じ入るだけだ。

この力を糧に、学校とか親とか、周りの軋轢《あつれき》とどう立ち向かうのか。高原の闘いはなかなかに壮絶そうだ。

「歩」

倉庫の陰から、秋本が呼んだ。傍らでは、メグと篠原を中心に有志の女の子たちが、輪飾りを作っている。当日の舞台を飾るらしい。


「出だしなんやけどな、あんまりわざとらしくない方がええやろ」

「うん。そうだな」

「と言って、なんかきっかけがないと、おもろうないし。出だしって大切やからな」

「うん。そうだな」

「それで、やっぱりキスしかないと思うんや」

「うん。そうだな。まて、まて、こら、キスってなんだよ」

「文化祭でやったやつ。ほっぺにチュッ。あれ、かなり受けたやろ」

「断固拒否する」

「そうか。しゃあないな。じゃあ、おでこにチュッか」

「ありえない」

「もう。だったら、唇しかないやないか。唇にチュッ。これで、いこか」

「キスから離れろ。もう少しマシなことを考えろ」

「だって、おれらコンビやで。ロミジュリやし」

「キスとコンビは関係ない」

「だって、おれ、やりたいもん」

「おれはやりたくない」

「なんでやねん。一生、漫才しようって誓ったのにキスぐらいいいやん」

「誓ってねえよ。この一回っきりだから」

「えーっ、なんでや。おれたち、これからずっとコンビやろ」

「やだよ」

「二人で、最高の漫才コンビになって世界に羽ばたくんやないか」

「羽ばたかない。おれ、高所恐怖症だから」

「有名になって、がっぽがっぽ稼いで、豪邸建てて、政治家に献金して、二人で未公開株を買おう」

「一人で地道に働いて、妻子を養う」

「あゆむ～。なんでそんなに、冷たいんや」

「名前を伸ばすな」

「伸ばしません。それで、出だしのことやけど。ほっぺにチュッでええかな」

「秋本、殺すぞ」

女の子数人が、噴き出した。メグが、作りかけのワッカをくるりと回す。

「うん、そのキャラでええんやないの。もうちょい、メリハリ付けた方がおもろいけど」

「キャラって？」

「熱い貴ちゃんと、しら～とした瀬田くん。そこらへんで、やってみたら。けど、もうちょい、ひねらんとね」

「萩本、今のは漫才の練習じゃないんだけど。なっ、秋本」

秋本は腕を組み、うーんとうなった。

「熱《あつ》キャラと白けキャラか。それでいこう。ほとんど素でやれるしな。ええな、歩」

「いいけど」

「じゃっ、最初からいってみよか」

「えっ、今のほんとに漫才の練習だったのかよ」

「こうなったら、毎日が漫才やで。油断するな。いつも、四方に注意して様子をうかがうんや」

「そんな、たいそうなもんかよ。やだよ、おれ。そんなに緊張するの」

「おれがついてるって。守ってやるからだいじょうぶ。頼もしいやろ。見直したか」

「暑苦しい」

「あゆむ〜」

「伸ばすなって。練習するなら、早くやろうぜ」

「わかった。じゃあ、ベッドでのキスシーンからな」

「秋本、どんどん過激になってるから。いいかげんにしとけ」

「そうやで、貴ちゃん。子どもかてたくさん見にくるんやから。健全な舞台にしてや」

メグが口を挟む。女の子たちが、また、どっと笑った。倉庫の壁に軽やかな笑い声が跳ね返り、響く。

メグはメグらしく、凜《りん》として、溌剌《はつらつ》として、気が強そうで、女々しいとこなんてまったくなくて、美しかった。少なくとも、ぼくの目にはそう映った。

秋本のおふくろさんは、メグのおやじさんに、まだ返事をしていないらしい。ソースの賞味期限は来年の初めまで切れないのだと、秋本が言っていた。

おばさんは、プロポーズを受けるのか受けないのか。メグの想いはどうなるのか。秋本は、どうするのか。

ぼくには、推測さえできない。

でも、みんな闘っている。

高原の闘いが壮絶であるように、メグも秋本も、そしてぼくの闘いだってきっと壮絶だ。それぞれの想いや意思や決意を武器に、ぼくたちは闘いを繰り広げる。それを笑うことは、誰にもできない。ぼくたちの闘いを「たかだか子どもじゃないか」と笑うやつらと、ぼくたちは闘わなければならないのかもしれない。むろん、自分自身とも。

「ちょっと、三瀬さんと打ち合わせしてきまーすっ」

高原の声に、女の子たちが拍手をしている。がんばれの拍手だ。

ぼくは、顎《あご》を上げる。拍手の響いた空を見上げる。うっすらと、夕焼けが始まりかけていた。

祭りの当日、ぼくは浴衣《ゆかた》を着た。今回は、衣装まで手が回らなかったので、いっそ浴衣にしたらとメグが提案したのだ。

「まあ、ぴったり」

母さんが目を細める。それは、藍色《あいいろ》の格子模様の入った父さんの浴衣だった。

「丈を直さなくても、ぴったりだったわ。歩、背が伸びたのね」

帯を結んでくれながら、母さんは何度もため息をついた。

「祭り、来るだろう？」

「もちろん。歩、知らなかったの？」

「え？」

「母さんね、秋本さんに誘われて『歩くんをあゆちゃんと呼んで応援しよう会』に入会しちゃったの。しかも、監査役を引き受けちゃった」

「かっ、母さん」

母さんが笑いながら、ぼくの背を叩《たた》いたとき、チャイムが鳴った。

薄茶色の縞《しま》模様の浴衣を着た秋本が、団扇《うちわ》を手に立っていた。いつもの何倍も大人っぽく見える。

「おおっ、歩。また、一段と美しいやないか」

「そんな誉め方するな。オリジナリティに欠ける。それに、わざわざ迎えになんかこなくてよかった」

のにと続く言葉を飲み込んだ。秋本の広い背中の後ろから、メグが顔を出したのだ。髪を結い上げて大きな花の髪留めをつけている。明るい灰色の地に白と黄色で水芭蕉の花が染め抜いてある。その柄に合わせたのか、帯も白黄の二色だった。

「はっ、萩本、また一段と美しいけど」

「歩、オリジナリティに欠けてるぞ」

　ふふっとメグが笑う。花が開いたかのようだ。

「瀬田くんと貴ちゃんを二人っきりにするのいややから、邪魔しにきたの」

邪魔してくれ。ずっと邪魔してくれ。

「萩本、すごくきれいだ。よく似合うよ」

　さらりと本気の誉め言葉が言えた。我ながら成長したものだ。

「ありがとう」

「十二単《じゅうにひとえ》より、似合ってる」

「は？　十二単？」

「あっいや、妄想が……。いや、じゅっ、じゅっ、十二支の干支《えと》はいや、あの干支の十二支は何かなと……」

　口が滑りすぎる。未熟だ。汗が出る。

「ほな、行こか」

　秋本が、団扇をぱたぱたと動かし風を送ってくれた。

「あっ、うん、行こう」

これも父さんの物だった下駄《げた》をはく。カタカタといい音がした。
「あっ、あそこやね」
メグの指さした方向に、光の場所がある。夏の闇が訪れた街の一画が淡く輝いている。
夏祭りの会場だ。
あそこで、これからぼくと秋本の漫才が始まる。
大きく息を吸い込む。
胸の奥まで滑り込んできた夜気は、もう秋の気配を秘めて、どこか涼やかだった。

〈下巻に続く〉

本書は二〇一六年八月、ポプラ文庫ピュアフルより刊行された『The MANZAI 上 つきおうてくれ』『The MANZAI 中 めっちゃ愛してる』を再編集し、改題、修正したものです。

The《ザ》 MANZAI《マンザイ》

十五歳《じゅうごさい》の章《しょう》 上

あさのあつこ

平成30年 6月25日　初版発行

発行者●郡司 聡

発行●株式会社KADOKAWA
〒102-8177　東京都千代田区富士見2-13-3
電話 0570-002-301（ナビダイヤル）

角川文庫 20988

印刷所●旭印刷株式会社　製本所●株式会社ビルディング・ブックセンター

表紙画●和田三造

ISBN978-4-04-105060-6　C0193

角川文庫発刊に際して

角川源義

第二次世界大戦の敗北は、軍事力の敗北であった以上に、私たちの若い文化力の敗退であった。私たちの文化が戦争に対して如何に無力であり、単なるあだ花に過ぎなかったかを、私たちは身を以て体験し痛感した。西洋近代文化の摂取にとって、明治以後八十年の歳月は決して短かすぎたとは言えない。にもかかわらず、近代文化の伝統を確立し、自由な批判と柔軟な良識に富む文化層として自らを形成することに私たちは失敗して来た。そしてこれは、各層への文化の普及滲透を任務とする出版人の責任でもあった。

一九四五年以来、私たちは再び振出しに戻り、第一歩から踏み出すことを余儀なくされた。これは大きな不幸ではあるが、反面、これまでの混沌・未熟・歪曲の中にあった我が国の文化に秩序と確たる基礎を齎らすためには絶好の機会でもある。角川書店は、このような祖国の文化的危機にあたり、微力をも顧みず再建の礎石たるべき抱負と決意とをもって出発したが、ここに創立以来の念願を果すべく角川文庫を発刊する。これまで刊行されたあらゆる全集叢書文庫類の長所と短所とを検討し、古今東西の不朽の典籍を、良心的編集のもとに、廉価に、そして書架にふさわしい美本として、多くのひとびとに提供しようとする。しかし私たちは徒らに百科全書的な知識のジレッタントを作ることを目的とせず、あくまで祖国の文化に秩序と再建への道を示し、この文庫を角川書店の栄ある事業として、今後永久に継続発展せしめ、学芸と教養との殿堂として大成せんことを期したい。多くの読書子の愛情ある忠言と支持とによって、この希望と抱負とを完遂せしめられんことを願う。

一九四九年五月三日